Virginia Woolf

Vers le Phare

Texte présenté,
traduit et annoté
par Françoise Pellan

Professeure émérite
à l'Université de Bourgogne

Gallimard

PRÉFACE

Un an et demi après la publication de Vers le Phare, *Virginia Woolf notait dans son* Journal : « *Anniversaire de Père. Il aurait eu [...], oui, 96 ans aujourd'hui ; et aurait pu avoir 96 ans, comme d'autres qu'on a connus ; mais fort heureusement ça n'a pas été le cas. Sa vie aurait mis fin à la mienne. Que serait-il arrivé ? Pas d'écriture, pas de livres — inconcevable. Autrefois je pensais à lui et à maman tous les jours ; mais le fait d'écrire* Le Phare *les a exorcisés dans mon esprit. Et maintenant il revient parfois, mais différemment. (Je crois vraiment que tous deux m'obsédaient, de façon malsaine, et qu'écrire sur eux fut un acte nécessaire.)* [1] » *S'il en était besoin, ces réflexions nous dissuaderaient de réduire* Vers le Phare *à une simple évocation de l'enfance et de la prime jeunesse de son auteur. Certes, les personnages principaux, Mr et Mrs Ramsay, ont pour modèles avoués Leslie et Julia Stephen, les parents de Virginia Woolf et, certes, les circonstances et événements de leur histoire sont pour la plupart fondés sur la réalité. À cet égard, la Chronologie ci-après, ainsi qu'un certain*

1. *Journal,* 28 novembre 1928.

*nombre de références plus précises mentionnées dans les
Notes permettront au lecteur de mesurer la dimension
autobiographique de ce roman. Mais elles l'aideront surtout à apprécier le processus d'abstraction et de restructuration auquel l'écriture a soumis ces éléments du réel
et donc, au-delà, à appréhender la finalité de la démarche de l'écrivain.*

Publié en 1927, Vers le Phare *a d'emblée reçu de la
critique britannique et américaine un accueil beaucoup
plus favorable que les deux précédents romans « moder-
nistes » de Virginia Woolf,* La Chambre de Jacob
(1922) et Mrs Dalloway *(1925). La plupart des comptes
rendus ont loué le charme et la finesse des portraits, la
solidité de la composition et la poésie de l'écriture,
confirmant l'enthousiasme des proches de Virginia
Woolf et apaisant ses propres craintes : « Virginia est
suprêmement heureuse », écrit à l'époque son beau-frère
Clive Bell, « et elle peut l'être : son livre est un chef-
d'œuvre. » De part et d'autre de l'Atlantique, le public a
suivi la critique, permettant au roman de réaliser des
chiffres de vente nettement supérieurs à ceux de* La
Chambre de Jacob *et de* Mrs Dalloway [1].

*Du point de vue de la forme et de la technique narra-
tive, l'œuvre ne respectait cependant pas davantage les
conventions du genre romanesque et n'était pas moins
de nature à déconcerter ses premiers lecteurs. Emprun-
tant au domaine pictural le principe de sa composition,
elle se présente sous la forme d'un triptyque. Le premier*

---

1. À titre d'exemple : au cours de la première année *La Chambre de Jacob*
s'est vendu en Angleterre à 1 413 exemplaires, *Mrs Dalloway* à 2 236 exemplaires, et *Vers le Phare* à 3 873 exemplaires, dont 3 000 entre le 5 mai et la
mi-juillet.

*volet baigne dans la chaude lumière d'un soir de septem-
bre, quelques années avant la guerre de quatorze. Le
panneau central a la couleur des nuits de tempête
zébrées d'éclairs. Le second volet doit sa lumière crue
au soleil d'un matin d'été, juste après la guerre. Trois
représentations contrastées d'un même lieu : une maison
de vacances sur une île au large de l'Écosse, d'abord
habitée, puis déserte, enfin de nouveau occupée. Dans
la première partie les Ramsay et leurs huit enfants y
séjournent en compagnie de quelques invités. Professeur
de philosophie à Londres, Mr Ramsay a du mal à se
détacher de son travail et se mêle rarement au reste de
la maisonnée. Mère et hôtesse attentive, Mrs Ramsay
veille seule à l'harmonie de leur petit groupe. En dépit
de la courtoisie ambiante, sa tâche n'est pas des plus
simples. William Bankes, éminent botaniste et ami de
jeunesse de son mari, n'est guère plus enclin que lui à
délaisser ses livres. Augustus Carmichael, vieux poète
taciturne, n'a que faire de sa sollicitude et passe ses journées à rêvasser, lire ou écrire dans son coin. Charles
Tansley, jeune disciple de Mr Ramsay, complexé par sa
pauvreté et son physique ingrat, tente maladroitement de
s'affirmer et ne réussit qu'à exaspérer les uns et les autres.
Paul Rayley, lui, est un fort charmant jeune homme, et
s'il voulait bien se décider à demander la pétulante
Minta Doyle en mariage il comblerait les vœux de son
hôtesse. Marieuse impénitente, Mrs Ramsay s'emploie à
leur ménager de longs moments d'intimité et attend
impatiemment l'annonce de leurs fiançailles. Il ne lui
déplairait pas non plus de favoriser l'union de William
Bankes et de Lily Briscoe. Le botaniste est veuf, la
demoiselle a dépassé la trentaine et mène auprès de son
vieux père une existence bien terne. L'affaire, toutefois,*

*semble moins bien engagée. Outre que William s'est ins-
tallé dans des habitudes de vieux garçon, Lily ne semble
guère tentée par le mariage, prétendant curieusement
vouloir se consacrer à son art, la peinture.*

  *Parler d'intrigue serait abusif. Pour la plupart inexpri-
més, les pensées, émotions, désirs et frustrations des personnages constituent la matière d'un récit qui s'ouvre
sur une promesse faite par Mrs Ramsay à James, son
benjamin : ils iront au Phare le lendemain, si le temps
le permet. Aussitôt Mr Ramsay intervient pour annoncer
qu'il ne fera pas beau, provoquant la fureur de son fils
et l'agacement de sa femme. Cela dit, il se remet à arpenter la terrasse en devisant philosophie avec Charles
Tansley. Chacun s'occupe à sa façon en attendant
l'heure du dîner qui les rassemblera pour un temps. À la
fin de cette journée les lumières s'éteignent une à une.
Les personnages sombrent dans le sommeil et la maison
dans les ténèbres, sinon tout à fait dans le silence : les
premières gouttes de la pluie annoncée par Mr Ramsay
commencent à crépiter sur le toit. Cette nuit se fond
alors dans une autre, qui va durer dix ans. Dix années
de souffrance, de violence, de chaos, ponctuées de morts
sur la scène familiale et, bientôt, sur celle du monde
déchiré par la guerre. Le délabrement progressif de la
maison déserte figure ce double processus de destruction.
Puis la paix revient dans le monde. La maison des
Hébrides est remise en état pour accueillir les survivants
de la famille Ramsay et leurs invités. Le jour se lève. La
matinée sera belle : l'expédition au Phare pourra enfin
avoir lieu.*

  À défaut d'intrigue traditionnelle, Vers le Phare *possède donc assurément un dénouement, mais un dénouement paradoxalement complexe et qui est loin de se*

réduire à l'accomplissement de la promesse faite à la première page du livre.

PERSPECTIVES

D'abord installée avec James à la fenêtre qui donne son titre à la première partie, Mrs Ramsay occupe le centre de l'espace romanesque, cependant que Mr Ramsay va et vient à la périphérie. Plus tard, dans la grande scène du dîner, Mr Ramsay, exilé à une extrémité de la table et longtemps à l'écart des conversations, n'émerge que rarement de l'ombre. Enfin, au terme de cette longue soirée, il apparaît une fois encore en retrait, dominé et éclipsé par Mrs Ramsay debout devant la fenêtre, dans la lumière du Phare. Le relatif effacement de la figure paternelle et l'installation de la mère au premier plan témoignent d'une vision proprement enfantine, analogue à celle du petit James qui n'a d'yeux que pour sa mère et ne supporte aucune intrusion paternelle dans la douillette intimité de ses relations avec elle. Telle est bien la vision du peintre, Lily Briscoe qui, en cette fin d'après-midi, a planté son chevalet sur la pelouse de manière à peindre le couple Mère-Enfant qui s'encadre dans la fenêtre. Pour elle aussi, donc, Mr Ramsay fait figure de gêneur lorsque, s'arrêtant parfois devant sa femme et son fils, il s'interpose entre le peintre et ses modèles.

Achevé à la toute dernière page de l'œuvre, le tableau de Miss Briscoe en constitue la métaphore, de même que son prénom, Lily, signifiant du lys virginal, est métaphore de celui de l'écrivain. Le portrait du couple parental se double ainsi d'un autoportrait de l'artiste, auto-

portrait, est-il besoin d'y insister, de l'artiste en (vieille) fille.

À William Bankes qui l'interroge sur la signification du triangle violet qui apparaît déjà dans sa première ébauche, Lily répond qu'il s'agit de Mrs Ramsay en train de faire la lecture à James. Mais, se hâte-t-elle d'ajouter, elle ne cherche pas à peindre un portrait ressemblant. Contrairement à son interlocuteur qui ne conçoit point la peinture autrement que figurative (ni sans doute la fiction autrement que réaliste), Lily rejette le concept d'imitation en tant que principe esthétique fondamental et donne la primauté aux valeurs formelles de l'œuvre d'art. Le problème, explique-t-elle, consiste à équilibrer les masses, l'ombre et la lumière, à mettre correctement en relation les différents éléments du tableau. À cet égard, les conceptions de Lily sont très proches de celles qui étaient mises en pratique ou systématisées dans le premier cercle des intimes de Virginia Woolf, par les peintres Vanessa Bell (sa propre sœur) et Duncan Grant, par les critiques d'art Clive Bell et Roger Fry. Ce dernier, qui avait organisé en 1910 la première exposition post-impressionniste en Angleterre, n'était pas le moins influent. Loin de se laisser décourager par la violence des réactions suscitées par ce premier contact avec les œuvres de Cézanne, Van Gogh, Gauguin, Seurat et Picasso, Fry a inlassablement tenté par la suite de réconcilier ses compatriotes avec l'esthétique post-impressionniste. Le discours véhiculé par Lily Briscoe fait clairement écho aux théories de Fry, telles en particulier qu'il les a exposées dans Vision and Design, *recueil d'essais publié quelques années avant que Virginia Woolf ne commence à écrire* Vers le Phare, *et qui lui offrait une formulation de ce qu'elle-même tentait de réaliser dans l'écriture.*

L'objectif étant fixé, ne reste plus qu'à l'atteindre ou du moins à s'en rapprocher, ce qui, on s'en rend compte, ne va pas de soi. Lily ne parvient pas à composer son tableau de manière esthétiquement satisfaisante. Sa toile se couvre peu à peu de taches de couleur, mais l'ensemble demeure disparate. Parallèlement, les portraits de Mr et de Mrs Ramsay s'élaborent au fil des pages et des discours intérieurs, complétés par quelques gestes et les rares paroles prononcées, par eux-mêmes ou par d'autres. Entrent également en ligne de compte les citations ou références littéraires qui fonctionnent à un premier niveau de lecture comme éléments de caractérisation et de structuration des données éparpillées dans le reste du texte. Constitutives des deux personnages auxquels elles se rattachent, elles mettent particulièrement en évidence la dissymétrie de leur relation.

Dans les premières pages, Mr Ramsay arpente la terrasse mais le philosophe piétine dans sa recherche. Bientôt il s'en détourne et se met à réciter « La Charge de la Brigade légère », poème d'Alfred Tennyson à la gloire des soldats sacrifiés à Balaklava pendant la guerre de Crimée. Un premier vers en est cité dans la section trois, « Assaillis d'obus et de mitraille », puis deux autres, dans la section suivante : « Nous chevauchions hardis et sûrs », « Quelqu'un s'était trompé ». Rien n'étant plus morne, ni moins héroïque, que de tourner en rond parmi les concepts, butant toujours sur les mêmes obstacles, on conçoit que pour s'encourager Mr Ramsay métamorphose les problèmes épistémologiques qui le tiennent en échec en cette armée innombrable contre laquelle s'élancèrent follement les cavaliers chantés par Tennyson.

Brave parmi les braves, il substitue « nous » à « ils » et se projette à leur tête. Seulement, l'ordre de citation des trois vers ne correspond pas exactement à celui de leur succession dans le poème. Craignant peut-être de ternir l'héroïsme et le patriotisme qu'il souhaitait exalter, Tennyson ne s'est autorisé qu'une allusion discrète, dans la seconde strophe, à la stupidité d'une décision d'état-major qui a condamné des centaines de soldats à une mort inutile. Puis il s'est empressé de noyer cette fausse note sous un déluge de sonorités clinquantes et dans le tourbillon d'une rhétorique tapageuse. Le dernier vers introduit dans le texte évoquant précisément l'erreur commise en amont, tout se passe comme si Mr Ramsay récitait ce poème à rebours. Dès lors que se trouve inversé le mouvement original, la fausse note vire au point d'orgue. L'exaltation martiale ne refoule plus triomphalement une vérité gênante mais elle finit par s'y briser, telle la vague sur un écueil incontournable. Incapable de passer outre, soudain dégrisé, Mr Ramsay ne peut que répéter sombrement, inlassablement que « Quelqu'un s'était trompé ». Quelqu'un, donc, a commis une bévue aux conséquences désastreuses. Mais qui ? Quel est ce personnage disposant d'une autorité dont il fait si piètre usage qu'on la dirait usurpée ? Mr Ramsay, philosophe fourvoyé, qui pour mieux se situer dans le camp des victimes héroïques ferait endosser à quelque autre indéfini la responsabilité de ses propres errements ? Plausible en soi, cette interprétation se heurte à l'ordre des citations introduites dans le texte. Celles-ci jalonnent un parcours imaginaire qui, loin de refouler l'évidence d'une culpabilité originaire, y conduit implacablement et s'accomplit en outre à reculons. Au lecteur de suivre ce mouvement rétrograde et de remonter le cours du texte jusqu'à son point de départ : l'alliance de la mère avec son fils, contre le père qui déclare que l'expédition au Phare ne pourra avoir lieu, leur refus commun de sa parole.

Guidé par les citations de Tennyson, le lecteur commence à entrevoir une relation de cause à effet entre le désaveu infligé au père et les fantasmes du philosophe, et donc à soupçonner que l'attitude de Mrs Ramsay n'est pas étrangère aux difficultés rencontrées par ce dernier. Interprétation confirmée au début de la sixième section et, de nouveau, par la médiation du poème. Le troisième vers accusateur y est cette fois directement rattaché au personnage de Mrs Ramsay, tandis qu'une juxtaposition confuse d'autres fragments associés à Mr Ramsay suggère la détresse d'un sujet à la dérive. Ainsi se trouve posé entre les Ramsay un rapport homologue à celui qui relie les cavaliers subalternes à l'autorité qui les a condamnés à un combat désespéré. Peu après, Mr Ramsay fait halte devant la fenêtre et la relance, sur un mode plus virulent, de la querelle météorologique initiale provoque bien logiquement une nouvelle identification aux cavaliers de Balaklava. Toutefois, si le philosophe bloqué dans sa recherche avait pu se raccrocher quelque temps à l'image du héros magnifique, le chef de famille une fois de plus contré par sa femme en présence de leur fils ne peut que retrouver d'emblée celle du soldat brisé qui avait fini par s'y substituer. Le fantasme n'est plus source du moindre réconfort et renforce seulement son exaspération et son sentiment d'injustice. Il tempête, il jure. Mrs Ramsay se cantonne dans le silence des victimes innocentes. Plus efficace que n'eût pu l'être aucun reproche, ce mutisme résigné le pousse à faire indirectement amende honorable, puis il s'en retourne philoso-

*pher dans la solitude, un peu penaud d'abord et finale-
ment soulagé au point de fredonner tout légèrement le
vers « butoir » de Tennyson. Le coupable n'est plus autre
ni inconnu. Pour la première fois Mr Ramsay s'identifie
à lui et ramène la folie criminelle aux dimensions d'une
simple gaffe : il a eu tort de s'emporter. Tout est de sa
faute, au fond, et la faute est vénielle. Le repérage d'un
trajet textuel identique à celui des premières sections
empêche néanmoins le lecteur d'adopter le point de vue
de Mr Ramsay et d'inverser les termes du rapport de
fautive à victime posé dans les pages précédentes. La
citation de Tennyson, décourageant leitmotiv, signifie
que le regain d'optimisme de Mr Ramsay ne repose
jamais que sur une illusion. À même cause, même effet :
une fois encore contredit par sa femme devant leur fils,
Mr Ramsay ne saurait logiquement progresser d'un pas
dans sa recherche. De fait, il va continuer à s'efforcer en
vain, constamment renvoyé d'un obstacle que sa bril-
lante intelligence est impuissante à franchir à de nouveaux fantasmes, simples variations sur le thème introduit par le poème. En s'arrogeant l'héroïsme d'hommes
qui ne s'avouent jamais vaincus, Mr Ramsay fait donc
plus que magnifier sa recherche. Il cherche encore, et
surtout, à compenser l'insignifiance du rôle qui lui est
reconnu. En effet, il ne se glisse pas dans la peau du
soldat, de l'explorateur ou de l'alpiniste valeureux mais
obscur. Il est le plus intrépide, le plus résolu de tous. Il
est le général qui par son exemple ranime les énergies
défaillantes, le meneur d'hommes qui dans les pires
moments garde la tête froide et redonne foi à ses compa-
gnons, le guide qui ne les mène peut-être pas tout à fait
jusqu'au but (inaccessible) mais ne les fourvoie pas. La
puérilité même de ces fantasmes trahit le désarroi d'un*

sujet précairement installé dans le système symbolique de sa famille et donc mal assuré de son identité. Le conte qui, dans la section sept, prend le relais du poème de Tennyson confirme et précise ce que celui-ci permet seulement d'inférer en éclairant sous un autre angle les rapports du couple Ramsay.

James ayant épuisé les joies du découpage, Mrs Ramsay se met à lui lire un conte des frères Grimm, « Le Pêcheur et sa Femme », qui raconte l'histoire d'un pauvre homme poussé par sa femme à profiter des pouvoirs magiques d'un poisson qu'il a sauvé de la mort. Un souhait, à peine exaucé, en appelle un autre, et l'épouse d'exiger toujours plus de bien-être matériel et toujours plus de puissance. Vivant au point de départ du conte dans un taudis, elle réclame successivement une chaumière, un château, un palais. Parallèlement, elle se veut roi, puis empereur, puis pape. L'embarras du pêcheur chargé de transmettre ces demandes va croissant et la mer peu à peu se déchaîne jusqu'à ce que la revendication ultime, être Dieu, déclenche une tempête quasi apocalyptique et précipite le couple dans sa misère initiale. Deux références au conte et six citations ponctuent les réflexions de Mrs Ramsay et en infléchissent le cours jusqu'à la fin de la section dix. Le conte, qui intervient chaque fois en rupture avec le discours intérieur du personnage, lui impose à la fois ses thèmes, sa structure antithétique fondée sur l'alternance satisfaction / frustration, et jusqu'à sa conclusion désenchantée : en fin de compte il faut tout perdre, se dit Mrs Ramsay, songeant à ses enfants et à la vie qui les attend. Ce qui s'écrirait aussi bien en fin de conte...

« Le Pêcheur et sa Femme » est mentionné pour la première fois alors que Mrs Ramsay vient de calmer les

*angoisses de son mari « comme une nurse traversant une
chambre obscure une lampe à la main rassure un enfant
nerveux ». Heureuse de son succès, elle reprend sa lecture
à haute voix mais aussitôt l'histoire de cet homme outrageusement dominé par sa femme la renvoie à son propre
couple et l'oblige à s'avouer un pénible sentiment de
supériorité personnelle, lié à la dépendance manifeste de
Mr Ramsay à son égard. Ce qui la trouble spontanément
n'est pas le déséquilibre en soi de leur relation mais
l'inversion du rapport de forces qu'elle juge naturel dans
un couple. Autrement dit, la gêne de Mrs Ramsay trahit
sa soumission à l'idéologie victorienne dans le domaine
de la famille et du mariage, et plus précisément son respect d'un principe fondamental : « La supériorité de
votre mari simplement en tant qu'homme [1]. » D'où son
empressement à se créer d'elle-même et de son couple
une image plus conforme au modèle imposé en protes-
tant de son insignifiance par rapport à son mari. À ce
dernier, et contrairement à la femme du pêcheur,
Mrs Ramsay ne reproche jamais la (relative) précarité
de leur situation financière. Elle ne lui fait pas ouvertement grief d'avoir choisi une profession peu rentable.
Bien plus, elle s'abstient de lui faire part de certaines
dépenses nécessaires. Le coût de la réparation de leur
serre, par exemple, la tient fort en souci, pourtant elle ne
peut se résoudre à lui en parler. Son silence à cet égard
ressemble trop à un refus de partager avec lui des respon-
sabilités qu'un chef de famille ne saurait éluder pour
qu'on ne la soupçonne pas de vouloir s'arroger ce rôle.
Belle illustration, en somme, de la théorie de John Stuart*

---

1. Mrs Sarah Stickney Ellis, *The Wives of England : Their Relative Duties,
Domestic Influences, and Social Obligations* (1843).

Mill sur le rapport existant entre la sujétion des femmes dans la société patriarcale et leur goût du pouvoir domestique [1]. *Ce pouvoir, néanmoins, ne saurait pas plus satisfaire Mrs Ramsay qu'un titre de roi ou d'empereur ne comble la femme du pêcheur.*

Figurant comme en abyme les rapports du couple Ramsay, soulignant par la répétition la domination de Mrs Ramsay, le conte éclaire principalement le vide logé au cœur du personnage, ce manque à être qui fonde le désir. À travers l'histoire d'une femme impérieuse et démesurément ambitieuse il illustre en effet la course métonymique du désir, l'engrenage des demandes où il ne peut que s'aliéner et, donc, sa perpétuelle frustration. Non moins insatisfaite que son mari, et pour cause, Mrs Ramsay en est réduite comme lui à chercher refuge dans l'imaginaire, que ce soit en s'identifiant à un rôle d'épouse inférieure et soumise, en guettant dans un jeune couple-miroir un reflet de sa félicité conjugale, en s'accrochant à une relation duelle, immédiate, avec son plus jeune fils, ou encore, ainsi qu'il apparaît dans la section onze, en s'abîmant dans la rêverie. Cet enfermement dans l'imaginaire est d'autant plus logique que les deux personnages apparaissent interdits de dialogue. Chaque fois que Mr Ramsay s'immobilise devant la fenêtre il se fait renvoyer, tel le pêcheur vers le rivage. Plus tard, lorsqu'il se promène avec sa femme dans le jardin et s'inquiète de la tristesse qu'il a observée de loin sur son visage, elle élude sa question. Dans le salon, après dîner, c'est au tour de Mrs Ramsay de souhaiter qu'il lui parle, mais il s'est évadé dans la lecture et elle

---

1. J. S. Mill, *The Subjection of Women* (1869).

ne tarde pas à en faire autant. Une fois les livres refer-
més, quand le temps du dialogue semble enfin venu, une
ultime dérobade de Mrs Ramsay l'empêche d'avoir lieu.

Ainsi la relation établie entre les Ramsay n'est pas
seulement déséquilibrée mais encore privée d'une double
dimension essentielle : celle de la parole médiatrice et
du désir qu'elle véhicule. Dans cette première partie se
dessinent deux portraits séparés, chacun admirable,
nuancé et subtil, mais non le portrait d'un couple. À
l'évidence, la composition du tableau est défectueuse.
Face à sa toile, Lily Briscoe ne se dit pas autre chose,
mais sa première ébauche fait plus que refléter la dyshar-
monie de l'œuvre en cours. Elle signifie en outre l'origine
et la solution du problème de l'artiste. En tant que structure, le triangle violet censé représenter Mrs Ramsay et
James appelle un troisième terme qui, en l'occurrence,
ne peut être que le père. C'est lui qu'il s'agit d'intégrer
au tableau, dans son double rapport à la mère et à
l'enfant. Et puisque, le texte y insiste, Lily s'efforce scrupuleusement de peindre ce qu'elle voit, c'est bien la
vision de l'artiste qui est en cause, soit encore, la
perspective adoptée. Pour en changer, que faire sinon
prendre de la distance, quitter, non pas ce lieu, mais ce
temps des vacances heureuses et de l'enfance ? La courte
partie centrale intitulée « Le Temps passe » matérialise
cet éloignement nécessaire à la restructuration et à
l'achèvement du tableau. Prise de recul indispensable,
certes, mais non suffisante, comme en témoignent les
tâtonnements du peintre dans la dernière partie. Longtemps, en effet, Lily s'évertue à contresens en tentant de
retrouver sa vision première. Pendant ce temps, dans le
bateau qui lentement fait route vers le Phare, Mr Ramsay

s'apitoie sur son sort, coupé de ses enfants par le mur de leur silence hostile.

N'aboutissant à rien, Lily se détourne de sa toile, va s'asseoir un peu plus loin sur la pelouse et là, peu à peu, le champ de sa vision intérieure s'élargit au point de comprendre enfin Mr et Mrs Ramsay. Elle en vient à imaginer l'échange de paroles qui jadis constitua le couple, revoit ensuite sous l'aspect d'un jeu de séduction mutuelle les préludes de leur réconciliation après chaque petite brouille, glisse de là à une évocation symbolique de leur accord sexuel, enfin se représente une scène qui, si brève soit-elle, fait pendant au grand dîner de la première partie et manifeste on ne peut plus clairement le renversement de perspective qui a fini par s'opérer. Assis chacun à une extrémité de la longue table, entourés de leurs enfants, Mr et Mrs Ramsay parlent, rient, et de l'un à l'autre passe et repasse le frémissement de la tendresse et du désir. Parallèlement, dans le bateau qui s'approche du Phare, Cam, puis James, se réconcilient intérieurement avec leur père. Cessant de l'envisager comme un monstre d'égoïsme, un tyran haïssable, ils ne voient plus en lui qu'un homme digne et stoïque, un père qu'ils peuvent enfin admirer et aimer.

Au terme d'un long travail d'écriture, Virginia Woolf est donc parvenue à recomposer ce tableau du passé qui la hantait depuis tant d'années. Le père a retrouvé sa place dans la triade familiale, les conflits sont résolus, la culpabilité abolie. Il ne lui restait plus qu'à poser la dernière touche, celle qui assure l'équilibre de l'ensemble, telle la ligne tracée par Lily au centre de sa toile, écrire le dernier mot, si juste en effet : vision.

DE LA LECTURE

À la fois relation et aboutissement d'une aventure dans l'écriture, Vers le Phare *pousse la réflexivité jusqu'à inclure, en fin de première partie, un discours sur la lecture qui éclaire l'expérience de son propre lecteur. Retirés au salon après dîner, plongés, respectivement, dans un roman de Walter Scott et dans une anthologie de poèmes, Mr et Mrs Ramsay illustrent différents modes de lecture et d'investissement subjectif. Disons, en bref, que pour Mr Ramsay le texte est surtout un lieu de projections imaginaires et d'assouvissement fantasmatique qui ont pour effet de consolider son moi et d'exorciser son angoisse de la mort. Sa lecture est en outre intellectuellement et culturellement valorisante, car il ne se dépouille pas absolument de son sens critique et reste capable, à l'occasion, de prendre du recul vis-à-vis de l'œuvre, de la mettre en perspective et d'en tirer quelques réflexions satisfaisantes sur ce qui distingue le roman anglais du roman français. L'expérience de Mrs Ramsay est d'un autre ordre. Ce qu'elle lit la ravit littéralement. Glissant de vers en vers et de poème en poème, elle ne cherche pas à les comprendre intellectuellement, n'est pas à l'affût du sens mais se laisse entraîner par leur mouvement même, attentive à la seule qualité sensible des mots, à leurs sonorités, à leur rythme. Loin de conforter son identité imaginaire, ce mode de lecture l'en libère, ce que signale au reste l'effacement de son nom. Le pronom de la troisième personne qui est systématiquement employé en ces pages ne désigne pas le personnage qu'elle s'est construit et auquel elle s'identifie d'ordinaire mais le sujet symbolique auquel un texte après l'autre offre un lieu d'existence et de structuration.*

Ces premiers poèmes deviennent ainsi pour elle des textes de jouissance, au sens où l'entend Roland Barthes. Il n'en va pas de même du dernier cité. En effet, dès qu'elle commence à prendre conscience du regard de son mari, sa lecture se ralentit et, comme en témoigne le retour de son nom, cesse de la soustraire entièrement à elle-même. Mrs Ramsay fixe alors son attention sur un sonnet de Shakespeare, sensible non plus seulement à la musique des mots mais encore à leur sens. D'où la complexité nouvelle de son expérience et la pluralité de ses plaisirs : plaisir sensuel se muant en plaisir esthétique dû à l'appréhension d'une forme satisfaisante, et en même temps plaisir d'une identification narcissique au destinataire du sonnet, l'archétype de toute beauté aux yeux de l'amant-poète, comme en cet instant Mrs Ramsay ne doute pas de l'être aux yeux de son mari.

L'expérience de Mrs Ramsay finit donc par rejoindre celle de Mr Ramsay, mais seulement en partie. De par leur nature, le roman de Scott et les poèmes choisis invitent à des lectures qui peuvent à la rigueur se recouper mais non se confondre. Or que lisons-nous nous-mêmes ? Quelque chose qui n'est ni un poème ni un roman de facture traditionnelle. Une œuvre de fiction, que la présence de personnages rattache encore au genre romanesque. Un texte dont l'écriture, productrice de sens et non strictement asservie à un signifié préconçu, est, elle, proprement poétique. C'est dire que notre expérience de lecteur ne se réduit pas plus à celle de Mr Ramsay qu'à celle de Mrs Ramsay mais participe de l'une et de l'autre, soit encore, que nous oscillons entre différents modes de lecture.

Tel Mr Ramsay, nous nous intéressons à des personnages dont la vraisemblance est source de satisfactions diver-

ses, certaines superficielles, d'autres beaucoup moins, selon la distance que le récit permet ou non de conserver, mais toutes essentiellement imaginaires. Au simple plaisir de la reconnaissance, par exemple, d'un type de comportement familier, s'ajoute éventuellement l'amusement qu'il suscite. Le dîner de la section dix-sept est particulièrement riche à cet égard. Certes, il ne se réduit pas à une scène de comédie sociale à la Jane Austen, mais il y ressemble çà et là. Nous sourions, non parfois sans quelque sentiment de supériorité gratifiant, de la gaucherie de Charles Tansley, du mutisme un tantinet sadique conservé par Lily Briscoe, de la maniaquerie de William Bankes, des marottes de Mrs Ramsay, de l'indignation de son mari lorsque le vieil Augustus ose réclamer du potage et faire ainsi traîner un repas qui, selon son hôte, n'a déjà que trop duré, etc. La critique a un peu tendance à l'oublier : Virginia Woolf sait aussi être drôle... Le plus souvent, il est vrai, le lecteur perd toute distance vis-à-vis des personnages et s'identifie successivement à tel ou tel en fonction de son histoire et de ses fantasmes personnels. Point n'est besoin ici de suggérer un seul exemple : chacun reconnaîtra les siens. Trois personnages, cependant, sont inévitablement pour tout lecteur des lieux de projection imaginaire. Qui ne retrouverait, à travers James, Cam et Nancy, les sensations de sa propre enfance ? Peu d'écrivains ont évoqué avec autant de justesse l'intensité des perceptions de l'enfant, la fulgurance de ses joies, de ses chagrins ou de ses terreurs, la violence de ses sentiments, l'exubérance de son imagination, sa vulnérabilité et son ressort, sa solitude aussi. Aucun écrivain, en outre, n'a mieux dit la tendresse maternelle, l'apaisement qu'elle procure, et pas seulement à l'enfant qui en est l'objet. Il n'entre aucune mièvrerie dans la relation des gestes et paroles de Mrs Ramsay s'asseyant la nuit sur le lit de la petite Cam, posant sa tête sur l'oreiller, tout contre la sienne, calmant ses angoisses en évoquant l'image d'un monde enchanteur, en lui parlant tout bas sur ce rythme à deux temps qui est celui des battements du cœur, de la respiration et, donc, de la berceuse. *Parmi beaucoup d'autres*, cette scène charmante au plein sens du terme est de nature à rencontrer bien des échos en son lecteur, à toucher des souvenirs enfouis, à éveiller une nostalgie plus ou moins douce, à rouvrir, peut-être, une très ancienne blessure. Les plaisirs imaginaires sont complexes. Ils peuvent aussi être poignants. On s'en aperçoit plus sûrement encore à la lecture de la troisième partie où se crie inlassablement la souffrance du manque, à travers les personnages de Lily et de Mr Ramsay, reliés par l'image d'un poisson mutilé rejeté vivant à la mer. Cela dit, on y revient, le texte, en tant que tel, réserve encore à son lecteur des émotions d'un autre ordre.

« La lumière d'une aile de papillon, posée sur les arcs d'une cathédrale » : telle est l'impression visuelle que Lily cherche à rendre par le jeu des couleurs et des lignes, sans réel succès si l'on en juge par l'humilité de son dernier regard sur l'œuvre achevée. L'image, pourtant, traduit on ne peut mieux l'émotion esthétique suscitée par un texte dont l'écriture chatoyante et légère prend appui sur une architecture à la fois solide et rigoureusement rythmée. À la structure tripartite massive, conçue par Virginia Woolf comme « deux blocs reliés par un couloir[1] », répondent, à l'intérieur de chacune des parties, l'agencement des sections, l'ordonnance des leitmotive

---

1. « Notes for "To the Lighthouse" » in *To the Lighthouse : The Original Holograph Draft*, ed. Susan Dick, The Hogarth Press, 1983, Appendix A, p. 48.

textuels, la cadence même de la phrase, autant d'éléments d'une structuration interne certes plus subtile, plus souple, mais non moins efficace.

Dans la première partie, les fractures du texte ne coïncident pas forcément, tant s'en faut, avec les points d'articulation traditionnels du récit que sont les ruptures spatiales ou temporelles. Pour autant, elles ne sont pas arbitraires mais subordonnées à une autre logique qui est celle du discours. Par exemple, la séparation des sections cinq et six est justifiée par ce qu'elle met clairement en évidence, à savoir l'orientation nouvelle des pensées de Mrs Ramsay, brutalement arrachée par la voix de son mari à une rêverie redevenue paisible. Élasticité et fluidité caractérisent la narration, pour le plus grand bonheur du lecteur habitué à plus de rigidité en la matière. En témoignent, outre l'étirement de certaines scènes sur plusieurs sections, qui d'ailleurs ne se suivent pas toujours, les variations du point de vue narratif, les modulations du style indirect au style direct, l'irrégularité dans l'emploi des guillemets, et encore les glissements d'un niveau temporel à l'autre, parfois si discrets qu'ils échappent à l'attention. C'est ainsi que la toute première scène se fond insensiblement dans une autre, non précisément située dans le temps mais nécessairement antérieure, l'épisode d'une course en ville effectuée par Mrs Ramsay en compagnie de Charles Tansley. Cette excursion se prolonge jusqu'à la fin de la section, le retour au présent du récit s'effectuant sans transition au début de la suivante. Le lecteur qui s'imaginait être allé constamment de l'avant, convaincu en cela par la double continuité du discours et du texte, a de quoi être surpris. La scène du passé n'est ni introduite sous la forme d'une rétrospection subjective, de Mrs Ramsay ou de Charles

Tansley, ni relatée ostensiblement comme telle par le narrateur omniscient. Le changement de niveau intervient sans heurt, c'est-à-dire sans la moindre indication d'ordre lexical ou grammatical. Aucun adverbe de temps, aucune forme verbale ne signale le décalage. Ici comme ailleurs, Virginia Woolf tire parti de la flexibilité du prétérit anglais, équivalent, selon le contexte, non seulement au passé simple, au passé composé ou à l'imparfait, mais encore, le cas n'est pas rare, au plus-que-parfait français. C'est dire que la traduction qui suit ne saurait toujours rivaliser avec le texte original sur le plan de l'ambiguïté temporelle. Là, bien sûr, n'est pas le seul effet du passage d'une langue à une autre, ni le plus marquant. Les mots ont d'autres sons, les phrases ne peuvent jamais suivre exactement le même rythme. La musique est différente, ce qui a une incidence sur le plaisir sensuel de la lecture mais aussi sur le sens, dans la mesure où son appréhension relève davantage de la sensibilité que de l'intellect. Comme l'a justement fait observer Virginia Woolf, qui en tant que cotraductrice de Tolstoï et de Dostoïevski écrivait en connaissance de cause : « Quand on a changé chaque mot d'une phrase en passant du russe à l'anglais, qu'on a de ce fait un peu modifié le sens et complètement transformé le son, le poids et l'accent de chaque mot en relation aux autres, il ne reste plus qu'une version appauvrie et grossière du sens [1]. »

Il est cependant une caractéristique de l'écriture woolfienne qui ne souffre pas trop du transfert et en limite même quelque peu les effets pervers : sa réticence à

---

1. « The Russian Point of View » (1925), *Collected Essays*, vol. 1, Hogarth Press, 1966, pp. 238-239.

l'égard de la désignation précise et directe. Un des mots qui reviennent le plus souvent dans le texte est « chose », seul ou précédé de « quelque », adjectif qui, par ailleurs, se substitue fréquemment à l'article indéfini pour renforcer l'indétermination du nom. Abondent en outre les hypothèses conditionnelles comparatives, introduites par « comme si ». Virginia Woolf se refuse ainsi à aller droit au sens, à l'épingler par des noms à forte valeur dénotative, à le figer dans une syntaxe de l'assertion péremptoire. Elle procède par approximations successives, qui ne se justifient pas exclusivement de la difficulté des personnages à se formuler ce qu'ils pensent ou ressentent. Cette approche tâtonnante du sens se retrouve également dans le discours pris en charge par le narrateur omniscient et relève de la stratégie instinctive d'un écrivain qui se défie des pièges du langage et sait que le « mot juste » est une dangereuse illusion, que toute affirmation est nécessairement inexacte. Et donc, lire ce texte, même en traduction, c'est aussi, telle Mrs Ramsay, se laisser emporter au fil des mots, vers un sens perpétuellement différé, que l'on oublie parfois même de guetter, tout au bonheur de ce parcours ponctué d'échos, semé d'images éblouissantes. Enfin, surgit le sentiment d'une forme pleinement satisfaisante, d'une complétude, fugace autant que l'intuition de Mrs Ramsay à la lecture du dernier vers du sonnet de Shakespeare, que la vision de Lily au moment de poser la dernière touche. Sitôt refermé le livre, reposé le pinceau ou la plume, renaît le manque et avec lui le désir, de lire, de peindre, d'écrire. Le Phare ne s'atteint pas : il s'entrevoit seulement, dans l'instant. Mais encore ?

VERS LE PHARE

Le symbolisme présumé du Phare (toujours écrit avec une majuscule) a intrigué de nombreux lecteurs et suscité des interprétations diverses. D'aucuns, s'appuyant sur la forme du référent, y ont vu un symbole du Père. D'autres, privilégiant son aspect lumineux, y ont vu un symbole de la Mère, ou encore de la Vérité. Autant de lectures partiellement fondées et donc réductrices, méconnaissant le fait que Virginia Woolf n'est pas un écrivain « symboliste » et qu'il en va du Phare comme de tous les autres éléments de ce système symbolique qu'est le texte : il ne possède pas en lui-même de signification propre à déterminer par avance sa fonction dans le discours mais, comme eux, avec eux, prend sens peu à peu, par le jeu de leurs relations réciproques. À son ami Roger Fry, qui la questionnait justement au sujet du Phare et lui demandait ce qu'elle avait « voulu dire » par là, Virginia Woolf répondit : « rien », soulignant ce mot. Et d'ajouter : « On a besoin d'une ligne centrale au milieu du livre pour que la structure d'ensemble se tienne [1]. » Petit clin d'œil à l'auteur de Vision and Design*, et en particulier de cette phrase : « Dans un tableau l'unité vient de l'équilibre de ce qui attire le regard de part et d'autre de la ligne centrale du tableau [2]. » On conçoit que, s'adressant à Fry et cherchant à lui expliquer ce qu'elle avait voulu « faire », Virginia Woolf ait continué spontanément à filer la métaphore picturale et identifié le rôle du Phare à celui de la ligne tracée par Lily à la dernière page.*

1. *The Letters of Virginia Woolf*, vol. 3, Hogarth Press, 1977, p. 385.
2. Roger Fry, *Vision and Design* (1920), World Publishing C°, 1969, p. 31.

Que le Phare ait une fonction de structuration est indubitable et se vérifie à différents niveaux. D'une part, bien sûr, l'expédition envisagée, remise et finalement organisée, sert de fil conducteur au récit et relie la troisième partie à la première. D'autre part, le Phare renforce la structure tripartite fondée sur le cycle des jours et des nuits. Les multiples variations sur le thème de l'intermittence éparpillées au long du texte cristallisent autour de cette image centrale d'une source de lumière discontinue dans les ténèbres. Autrement dit, le Phare assure la cohérence thématique du discours véhiculé par les personnages qui, tous, sous des formes diverses et plus ou moins douloureuses, subissent la loi de l'intermittence : de la présence et de l'attention maternelle (James), de leurs propres sentiments (Mrs Ramsay, William Bankes, Charles Tansley, Lily...), de la séduction (Mrs Ramsay, Minta), de la vision (Mr Ramsay, Lily), intermittence enfin, éprouvée par chacun, de la paix intérieure.

S'agissant de la fonction signifiante du Phare, le plus simple est de prendre Virginia Woolf au pied de la lettre et d'admettre qu'elle se définit en effet par le « rien », c'est-à-dire, déjà, par ce vide, ce manque à être que « rien » assurément ne saurait combler. Présenté d'emblée dans le récit comme un rêve d'enfant, le Phare désigne métaphoriquement l'inaccessible objet du désir humain. Seul de tous les personnages à poser le pied sur le rocher du Phare, Mr Ramsay ne touche au but que parce qu'il touche aussi au terme de son existence. La rupture du texte à ce point et les connotations funèbres du discours pris en charge par Lily au début de la dernière section sont assez claires : la quête et la vie ne peuvent s'achever qu'au même instant.

Métaphore de l'inaccessible objet du désir, le Phare l'est encore, très littéralement, en ce qu'il tient lieu de ces mots introuvables qui révéleraient à lui-même le sujet de l'écriture, qui lui permettraient de se saisir enfin dans sa vérité et dans son unité. En ce sens, c'est bien le texte lui-même qui tend vers le Phare, cet indicible qu'il vise inlassablement, mot après mot. D'où son titre anglais, qui signifie l'élan vers un but à jamais hors de portée, sous la forme de l'adresse poétique. « To the Lighthouse », en effet, doit aussi se lire comme, par exemple, « To Jane... », titre d'un poème de Shelley mentionné dans le texte. Ce titre, qui ne réduit pas le Phare à n'être qu'une destination mais en fait encore le destinataire, l'inspirateur toujours absent, du texte qui va suivre, pose véridiquement l'objet du désir, l'impossible complétude, comme origine et fin de l'écriture.

Virginia Woolf ne l'ignorait pas, l'écriture poétique est une quête vouée à l'échec, mais elle lui permettait seule de résister à la tentation d'une plongée à corps perdu dans l'imaginaire, et donc, tout simplement, de continuer à vivre. Le Phare ne s'atteint pas, non, mais il préserve du naufrage.

FRANÇOISE PELLAN

Vers le Phare

I

LA FENÊTRE

« Oui, bien sûr, s'il fait beau demain », dit Mrs Ramsay. « Mais, ajouta-t-elle, il faudra que tu te lèves à l'aurore. »

À ces mots, son fils ne se sentit plus de joie, comme s'il était entendu que l'expédition aurait lieu à coup sûr et que cette merveille qu'il attendait depuis des années et des années semblait-il, était enfin, passé une nuit d'obscurité et une journée de mer, à portée de sa main. Comme il appartenait déjà, à l'âge de six ans, au vaste clan de ceux dont les sentiments ont tendance à empiéter les uns sur les autres, et qui ne peuvent empêcher les perspectives d'avenir, leurs joies et leurs peines, de brouiller la réalité présente ; comme pour ces gens-là, si petits soient-ils, le moindre tour de la roue des sensations a le pouvoir de cristalliser et fixer l'instant sur quoi porte son ombre ou sa lumière, James Ramsay, assis par terre à découper des illustrations dans le catalogue des « Army and Navy Stores[1] », investit l'image d'un réfrigérateur, tandis que sa mère parlait, d'un bonheur suprême. Elle était auréolée de joie[2]. La brouette, la tondeuse à gazon, le bruissement des peupliers, la pâleur des feuilles avant la pluie, le

croassement des freux, les chocs des balais, le froisse-
ment des robes — tout avait dans son esprit tant de
couleur et de netteté qu'il possédait déjà son code personnel, son langage secret, tout en donnant l'image de
la rigueur absolue et intraitable, avec son grand front,
ses yeux bleus farouches, parfaitement francs et limpi-
des, et ce léger froncement de sourcil devant le spectacle de la fragilité humaine, au point que sa mère, le
regardant guider précisément ses ciseaux autour du
réfrigérateur, l'imaginait siégeant au tribunal, tout de
rouge et d'hermine vêtu, ou décidant de mesures difficiles et cruciales à un moment critique pour la nation.

« Mais », dit son père en s'arrêtant devant la fenêtre du salon, « il ne fera pas beau. »

S'il avait eu une hache à sa portée, un tisonnier ou
toute arme capable de fendre la poitrine de son père,
de le tuer, là, sur-le-champ, James s'en serait emparé.
C'était bien ce genre d'émotions extrêmes que
Mr Ramsay, par sa seule présence, soulevait dans le
cœur de ses enfants ; quand il se tenait là, comme en
ce moment, maigre comme un couteau, étroit comme
une lame, avec ce sourire sarcastique qui, outre le
plaisir de décevoir son fils et de ridiculiser sa femme,
qui lui était dix mille fois supérieure en tout (selon
James), traduisait la secrète vanité qu'il tirait de la
rectitude de son jugement. Ce qu'il disait était vrai.
C'était toujours vrai. Il était incapable de proférer une
contrevérité ; ne transigeait jamais avec les faits ; ne
modifiait jamais une parole désagréable pour satisfaire ou arranger âme qui vive, et surtout pas ses propres enfants qui, chair de sa chair, devaient savoir dès
leur plus jeune âge que la vie est difficile ; les faits

irréductibles ; et que la traversée jusqu'à cette terre fabuleuse où s'anéantissent nos plus belles espérances, où nos frêles esquifs s'abîment dans les ténèbres (là, Mr Ramsay se redressait, plissait ses petits yeux bleus et les fixait sur l'horizon), est un voyage qui exige avant tout courage, probité, et patience dans l'épreuve.

« Mais peut-être qu'il fera beau — je crois bien qu'il fera beau », dit Mrs Ramsay en tirant impatiemment sur le bas de couleur brun-rouge qu'elle était en train de tricoter. Si elle le terminait ce soir, si finalement ils allaient au Phare, elle en ferait cadeau au gardien pour son petit garçon menacé de tuberculose de la hanche ; plus un tas de vieilles revues et du tabac, en fait tout ce qui traînait par-ci par-là, dont on n'avait pas vraiment besoin, qui encombrait seulement la pièce, histoire de donner à ces pauvres gens qui devaient s'ennuyer à mourir sans rien d'autre à faire qu'astiquer la lampe, égaliser la mèche et ratisser leur bout de jardin, de quoi se distraire. Car, demandait-elle volontiers, que diriez-vous de rester enfermé tout un mois, et parfois davantage par gros temps, sur un rocher pas plus grand qu'un terrain de tennis ? Et de ne recevoir ni lettres ni journaux, et de ne voir personne ; si vous étiez marié, de ne pas voir votre femme, de ne pas savoir comment vont vos enfants — s'ils sont malades, s'ils sont tombés et se sont cassé bras ou jambes ; de voir toujours les mêmes vagues se briser monotones semaine après semaine, jusqu'à ce qu'arrive une tempête épouvantable, que les vitres se couvrent d'embruns, que les oiseaux viennent se fracasser contre la lampe et que tout l'édifice se mette à trembler, et de ne pas pouvoir mettre le nez dehors de peur d'être emporté par une lame ? Que diriez-vous de cela ? demandait-elle en s'adressant plus particulièrement à ses filles. Et donc, ajoutait-elle sur un ton sensiblement différent, on se devait de leur apporter tout ce qui était susceptible d'agrémenter un peu leur existence.

« Plein ouest », dit Tansley, l'athée, offrant au vent une main osseuse aux doigts largement écartés, car il s'était joint à Mr Ramsay pour sa promenade du soir et marchait avec lui de long en large sur la terrasse. Autrement dit, le plus mauvais vent possible pour débarquer au Phare. Oui, c'était tout de même vrai qu'il disait des choses désagréables, Mrs Ramsay en convenait ; c'était odieux de sa part de retourner le fer dans la plaie et d'ajouter encore à la déception de James ; mais d'un autre côté elle n'admettait pas qu'on le tourne en dérision. « L'athée », c'est ainsi qu'ils l'appelaient ; « le petit athée ». Rose se moquait de lui ; Prue se moquait de lui ; et Andrew, et Jasper, et Roger ; jusqu'au vieux Badger tout édenté qui l'avait mordu, parce qu'il était (comme disait Nancy) le cent dixième jeune homme à leur courir après jusqu'aux Hébrides alors qu'on était tellement mieux tout seuls.

« Sottises », dit Mrs Ramsay sur un ton de grande sévérité. Indépendamment de cette tendance à l'exagération qu'ils tenaient d'elle et du reproche qu'ils lui faisaient indirectement (et à bon droit) d'inviter trop de monde à séjourner chez eux, et d'être obligée d'en loger quelques-uns en ville, elle ne supportait pas qu'on manque de courtoisie à l'égard de ses hôtes, en particulier des jeunes gens, pauvres comme des rats d'église, « exceptionnellement doués », disait son mari dont ils étaient les admirateurs fervents, et qui venaient passer là de petites vacances. À dire vrai, elle tenait l'ensemble du sexe opposé sous sa protection ; elle n'aurait su dire exactement pourquoi, pour leur esprit chevaleresque et leur bravoure, parce qu'ils négociaient des traités, gouvernaient l'Inde[1], géraient les finances de la nation ; et enfin parce qu'ils avaient envers elle une attitude qui ne pouvait laisser aucune femme insensible ou indifférente, un mélange de confiance, de candeur enfantine, et de profond respect ; qu'une femme âgée pouvait accepter d'un jeune homme sans rien perdre de sa dignité, et malheur à la jeune fille — fasse le ciel que ce ne soit pas le cas de ses propres filles ! — qui n'en ressentirait pas tout le prix et toute la portée, jusqu'au tréfonds de son être.

Elle s'en prit sévèrement à Nancy. Il ne leur avait pas couru après, dit-elle. On l'avait invité.

On ne pouvait pas continuer comme cela. Peut-être y avait-il moyen d'organiser les choses plus simplement, plus légèrement, soupira-t-elle. Quand elle se regardait dans la glace et voyait ses cheveux gris, ses joues creuses, à cinquante ans, elle se disait que, peut-être, elle aurait pu mener leur barque avec plus d'habileté — son mari ; l'argent ; les livres de son mari. Mais pour sa part elle ne serait jamais tentée un seul instant de regretter la décision prise, d'éluder les difficultés ou de se soustraire à ses obligations. Elle avait en cet instant un air fort intimidant, et c'est en silence seulement, levant le nez de leur assiette après qu'elle se fut exprimée si sévèrement sur le chapitre de Charles Tansley, que ses filles — Prue, Nancy, Rose — se permirent de caresser les pensées déloya-

les qui mûrissaient dans le secret de leur cœur, d'une
vie différente de la sienne ; à Paris, peut-être ; une vie
moins sage ; qui ne se passerait pas à s'occuper d'un
homme ou d'un autre ; car chacune d'elles remettait
silencieusement en cause la déférence et l'esprit chevaleresque, la Banque d'Angleterre et l'Empire des
Indes, les doigts chargés de bagues et la dentelle,
même si chacune y percevait aussi quelque chose qui
était de la nature de la beauté, qui exaltait la virilité
de leurs cœurs d'adolescentes et les poussait, assises
à cette table sous le regard de leur mère, à révérer sa
singulière sévérité, sa courtoisie extrême, pareille à
celle d'une reine soulevant de la boue pour le laver le
pied crasseux d'un mendiant, quand elle les admones-
tait avec tant de sévérité à propos de ce fichu petit
athée qui leur avait couru après jusque — ou, plus
exactement, qui avait été invité à séjourner chez
eux — dans l'île de Skye[1].

« Pas question demain de débarquer au Phare », dit
Charles Tansley en claquant dans ses mains, immobile
devant la fenêtre aux côtés de son mari. Tout de
même, il en avait assez dit. Elle aurait aimé qu'ils les
laissent tranquilles, James et elle et se remettent à
discuter entre eux. Elle le regarda. C'était vraiment
un pauvre type, disaient les enfants, tout efflanqué et
mal fichu. Il était nul au cricket ; incapable de frapper
franchement la balle, de rester deux secondes sans
bouger. C'était une sale bête toujours prête à se
moquer, disait Andrew. On savait bien ce qu'il aimait
par-dessus tout — marcher éternellement de long en
large avec Mr Ramsay, en racontant qui avait réussi
ceci, qui avait réussi cela, qui était « un crack » en vers
latins, qui était « brillant mais à mon sens dépourvu

de rigueur intellectuelle », qui était incontestablement
« le type le plus doué à Balliol[1] », qui était allé s'enterrer provisoirement à Bristol ou Bedford, mais ne man-
querait pas de faire parler de lui plus tard quand ses
Prolégomènes, dont Mr Tansley avait apporté les premières pages sur épreuves si Mr Ramsay souhaitait y
jeter un coup d'œil, à telle ou telle branche des
mathématiques ou de la philosophie verraient le jour.
Voilà de quoi ils parlaient.

Elle-même ne pouvait s'empêcher de rire parfois.
Elle parlait l'autre jour de « vagues hautes comme des
montagnes ». Oui, avait dit Charles Tansley, la mer
était un peu agitée. « Vous devez être trempé jusqu'aux os, non ? » avait-elle dit. « Un peu mouillé,
oui, mais ça n'a pas transpercé », avait répondu
Mr Tansley, pinçant une de ses manches et tâtant
ses chaussettes.

Mais ce n'était pas cela qu'ils lui reprochaient,
disaient les enfants. Ce n'était pas sa tête ; ce n'étaient
pas ses manières. C'était lui — sa façon de voir les
choses. Quand ils parlaient d'un sujet intéressant, les
gens, la musique, l'histoire, n'importe quoi, ne serait-
ce que pour dire quelle belle soirée et si on allait
s'asseoir dehors, alors l'agaçant avec Charles Tansley
c'est qu'il n'avait de cesse de retourner la chose pour
la transformer en miroir de ses vertus et de leurs propres faiblesses, et n'était pas content tant qu'il ne leur
avait pas mis à tous les nerfs en pelote avec sa façon
mordante de tout disséquer et de tout gâcher. Et il
allait visiter les galeries de peinture, disaient-ils, et il
vous demandait si sa cravate vous plaisait. Dieu sait
que non, disait Rose.

Sitôt le repas terminé, les huit fils et filles de Mr et

Mrs Ramsay quittaient la table, furtifs comme des cerfs, et regagnaient leurs chambres, leurs forteresses dans une maison par ailleurs ouverte à tous les vents pour discuter de tout et de rien : la cravate de Tansley ; le vote de la Loi de Réforme[1] ; les oiseaux de mer et les papillons ; les gens ; tandis que le soleil pénétrait à flots dans ces mansardes séparées les unes des autres par une simple planche, de sorte qu'on entendait distinctement le moindre bruit de pas et les sanglots de la jeune Suissesse dont le père se mourait d'un cancer dans une vallée des Grisons, et que ses rayons éclairaient battes et pantalons de cricket, cha-peaux de paille, encriers, godets de peinture, scara-bées et petits crânes d'oiseaux, tout en exhalant des longs rubans d'algues festonnées épinglés sur le mur une odeur de sel et d'herbes, qui imprégnait aussi les serviettes de bain, toutes rêches du sable rapporté de la plage.

Querelles, discordes, divergences d'opinions, préju-gés intimement mêlés à la fibre même de l'être, oh ! que cela commençait donc tôt, se lamentait Mrs Ram-say. Ils avaient l'esprit si critique, ses enfants. Ils racontaient tant de bêtises. Elle quitta la salle à man-ger, tenant James par la main, puisqu'il ne voulait pas aller avec les autres. Cela lui paraissait tellement bête — aller inventer des différences quand, Dieu sait, les gens étaient déjà assez différents comme ça. Les véritables différences, songeait-elle, debout près de la fenêtre du salon, sont suffisantes, bien suffisan-tes. Elle avait à l'esprit en cet instant les riches et les pauvres, les puissants et les humbles ; les grands de ce monde recevant de sa part, un peu à contrecœur, un certain respect, car après tout coulait dans ses veines le sang de cette lignée italienne très noble[1], bien qu'un peu mythique, dont les filles, éparpillées dans les salons anglais au dix-neuvième siècle, avaient zézayé de si charmante façon, s'étaient emportées si follement, et tout son esprit, son maintien et son caractère lui venaient d'elles, et non des Anglais apathiques, ni des froids Écossais ; mais plus en profondeur ce qui la tracassait c'était cet autre problème, celui des riches et des pauvres, et ce qu'elle voyait de ses propres yeux, chaque semaine, chaque jour, ici comme à Londres, quand elle rendait personnellement visite à telle veuve ou telle épouse sans ressources, un sac accroché à son bras, munie d'un carnet et d'un crayon pour inscrire dans des colonnes soigneusement tracées à cet effet les salaires et les dépenses, les emplois occupés ou cherchés, dans l'espoir de cesser par ce biais d'être un simple individu pratiquant la charité, en partie pour calmer son indignation, en partie pour satisfaire sa curiosité, et de devenir ce que la profane qu'elle était admirait tant : une investigatrice travaillant à élucider le problème social.

C'étaient là des questions insolubles, se disait-elle, toujours immobile, tenant James par la main. Il l'avait suivie au salon, ce jeune homme dont ils se moquaient ; debout près de la table il tripotait quelque chose, gauchement, avec le sentiment d'être à l'écart, elle le savait sans avoir besoin de se retourner. Tout le monde était parti — les enfants ; Minta Doyle et Paul Rayley ; Augustus Carmichael ; son mari — tout le monde était parti. Aussi se retourna-t-elle en soupirant et dit : « Cela vous ennuierait-il de m'accompagner, Mr Tansley ? »

Elle avait une course à faire en ville, rien de bien

amusant ; elle avait une ou deux lettres à écrire ;
c'était l'affaire de dix minutes peut-être ; elle allait
mettre son chapeau. Et la revoici, munie de son
panier et de son ombrelle, dix minutes plus tard, l'air
d'être fin prête, équipée pour une petite escapade
qu'il lui fallut, toutefois, interrompre un instant,
comme ils passaient devant le terrain de tennis, pour
demander à Mr Carmichael, qui se prélassait au soleil,
les paupières mi-closes sur ses yeux jaunes de chat,
qui, tels ceux d'un chat, semblaient refléter le mouvement des branches ou le passage des nuages mais ne
rien révéler de ses pensées intimes ni trahir aucune
émotion, s'il avait besoin de quoi que ce soit.

Car ils partaient pour la grande expédition, dit-elle
en riant. Ils allaient à la ville. « Timbres, papier à lettres, tabac ? » proposa-t-elle en s'arrêtant près de lui.
Mais non, il n'avait besoin de rien. Il croisa les mains
sur son ventre rebondi, cligna des yeux, comme s'il
avait souhaité répondre aimablement à ces petites
cajoleries (elle se montrait séduisante encore qu'un
peu nerveuse) mais en était incapable, enfoncé qu'il
était dans une somnolence verdâtre qui les enveloppait tous, sans qu'il fût besoin de mots, dans une vaste
et bienveillante torpeur amicale : la maison entière, le
monde entier et tous ceux qui le peuplaient, car il
avait glissé dans son verre au déjeuner quelques gouttes de quelque chose, ce qui expliquait, d'après les
enfants, la traînée d'un beau jaune canari dans une
barbe et une moustache qui étaient par ailleurs d'une
blancheur laiteuse. Il n'avait besoin de rien, murmura-
t-il.

Il avait tout pour devenir un grand philosophe, dit
Mrs Ramsay sur la route qui descendait jusqu'au petit

port de pêche, mais il avait fait un mariage malheureux. Tenant son ombrelle noire bien droite, l'air
étrangement aux aguets, comme si elle s'attendait à
rencontrer quelqu'un au détour du chemin, elle
raconta l'histoire : une liaison à Oxford avec une
jeune fille connue par hasard ; un mariage précoce ;
la pauvreté ; le départ pour l'Inde ; quelques traductions de poèmes « très bonnes, à ce qu'on m'a dit » ;
les cours de persan ou d'hindoustani qu'il était prêt à
faire aux élèves, mais à quoi cela pouvait-il bien leur
servir ? — et pour finir, comme on le voyait, des heures passées à se prélasser sur la pelouse.

Cela le flattait ; après l'humiliation qu'il venait de
subir, l'idée que Mrs Ramsay lui raconte tout cela lui
faisait l'effet d'un baume. Charles Tansley se sentait
revivre. D'autant qu'en insinuant, comme elle le faisait, la grandeur de l'intelligence masculine, même
déchue, la dépendance de toutes les épouses — non
qu'elle fît le moindre reproche à cette fille, et le
mariage avait, croyait-elle, été assez heureux — à
l'égard des travaux de leur mari, elle lui permettait de
se sentir plus satisfait de lui-même qu'auparavant, et
il aurait aimé, s'ils avaient pris un fiacre, par exemple,
payer la course. Quant à son petit sac, l'autoriserait-
elle à le lui porter ? Non, non, dit-elle, *ça* elle le portait toujours elle-même. C'était d'ailleurs vrai. Oui, il
sentait qu'elle y tenait. Il sentait beaucoup de choses,
une en particulier qui l'exaltait et le troublait à la fois
sans qu'il puisse s'expliquer pourquoi. Il aimerait
qu'elle le voie défiler revêtu de sa toge. Un poste à
l'Université[1], une chaire de professeur, — il se sentait
capable de tout et se voyait — mais que regardait-
elle ? Un colleur d'affiches. L'immense feuille cla-

quant au vent s'étalait bien à plat et chaque coup de brosse faisait apparaître d'autres paires de jambes, des cerceaux, des chevaux, des rouges et des bleus chatoyants, merveilleusement lisses, jusqu'à ce que la moitié du mur fût couvert d'une publicité pour un cirque ; cent cavaliers, vingt phoques savants, des lions, des tigres... Tendant le cou, car elle était myope, elle parvint à lire... « seront dans votre ville ». C'était horriblement dangereux pour un manchot, s'exclamat-elle, de se tenir comme cela en équilibre au sommet d'une échelle — son bras gauche avait été sectionné par une moissonneuse deux ans plus tôt.

« Allons-y tous ! » s'écria-t-elle en se remettant en marche, comme si tous ces cavaliers et leurs chevaux l'avaient remplie d'une jubilation enfantine et balayé sa pitié.

« Allons-y », dit-il, reprenant ses mots, les prononçant, toutefois, d'un ton si sec et si peu naturel qu'elle en frémit intérieurement. « Allons au Cirque. » Non. Il ne le disait pas bien. Il ne le sentait pas bien. Mais pourquoi donc ? se demanda-t-elle. Qu'est-ce qui pouvait bien clocher chez lui ? Elle éprouvait en cet instant une vive affection à son égard. Ne les avait-on pas amenés au cirque quand ils étaient petits ? demanda-t-elle. Jamais, répondit-il, comme si elle lui posait la question même à laquelle il souhaitait répondre ; comme s'il brûlait depuis son arrivée de raconter qu'ils n'étaient jamais allés au cirque. C'était une famille nombreuse, neuf frères et sœurs, et son père travaillait pour les nourrir ; « Mon père est pharmacien, Mrs Ramsay. Il tient une officine. » Lui-même travaillait pour payer ses études depuis l'âge de treize ans. Il s'était souvent passé de pardessus en hiver. Il ne pouvait jamais « rendre la politesse » (telle était la formule guindée qu'il employait) quand on l'invitait à Oxford. Il était obligé de faire durer ses vêtements deux fois plus longtemps que les autres ; il fumait le tabac le moins cher ; du gris ; celui que les petits vieux fumaient sur les quais. Il travaillait dur — sept heures par jour ; étudiait à présent l'influence de quelque chose sur quelqu'un — ils poursuivaient leur route et Mrs Ramsay ne saisissait pas bien ce qu'il disait, attrapait seulement quelques mots au vol... thèse... poste d'assistant... de maître assistant... de maître de conférences. Elle n'arrivait pas à suivre l'affreux jargon universitaire, qui coulait de source de sa bouche, mais se dit qu'elle voyait maintenant pourquoi l'idée d'aller au cirque lui avait porté un coup cuisant, pauvre petit bonhomme, et pourquoi il s'était aussitôt lancé dans tous ces discours sur son père, sa mère, ses frères et sœurs, et elle veillerait à ce qu'on cesse de se moquer de lui ; elle en parlerait à Prue. Ce qui lui aurait plu, imaginait-elle, ç'aurait été de pouvoir raconter qu'il était allé voir une pièce d'Ibsen[1] avec les Ramsay. C'était un affreux poseur — oh oui, un fieffé raseur. Car ils étaient arrivés en ville et suivaient la grand-rue, avec ses carrioles brinquebalantes sur les pavés, mais pour autant il continuait à pérorer sur les donations, l'enseignement, les ouvriers, la solidarité de classe, les cours, et elle en conclut qu'il avait recouvré toute son assurance, s'était remis de l'épisode du cirque, et s'apprêtait (et de nouveau elle éprouvait pour lui une vive affection) à lui dire — mais à ce moment-là les rangées de maisons s'écartèrent de chaque côté de la rue : ils débouchèrent sur le quai, et toute la baie s'offrit à leurs yeux et Mrs Ramsay ne put s'empêcher de s'exclamer : « Ah, que c'est beau ! » La grande nappe d'eau bleue s'étalait devant elle ; le vieux Phare blanc, lointain, austère, en plein milieu ; et sur la droite, à perte de vue, plongeant et s'évanouissant en une suite de petites courbes douces, les dunes vertes où ondulaient les herbes folles, qui donnaient toujours l'impression de s'enfuir vers quelque territoire lunaire, inaccessible aux hommes.

Voilà, dit-elle en s'arrêtant, l'œil soudain plus gris, la vue que son mari aimait tant.

Elle se tut un instant. Mais maintenant, reprit-elle, des artistes avaient fait leur apparition. Et justement, l'un d'eux était installé à quelques pas de là, coiffé d'un Panama, chaussé de bottines jaunes, qui regardait droit devant lui avec sérieux, douceur et concentration, malgré la dizaine de gamins qui l'observaient, une expression de satisfaction profonde sur son visage rond et rougeaud, et puis, après avoir bien regardé, qui baissait la tête, et trempait la pointe de son pinceau dans un petit tas moelleux de vert ou de rose. Depuis l'arrivée de Mr Paunceforte[1], trois ans plus tôt, tous les tableaux étaient comme cela, dit-elle, vert et gris, avec des voiliers couleur citron et des femmes roses sur la plage.

Mais les amis de sa grand-mère[2], dit-elle en jetant au passage un coup d'œil discret, se donnaient énormément de peine ; d'abord ils mélangeaient eux-mêmes leurs couleurs, et puis ils les broyaient, et puis ils les recouvraient d'un linge humide pour éviter qu'elles ne se dessèchent.

Mr Tansley en conclut qu'elle cherchait à lui faire comprendre que le tableau de cet homme avait quelque chose d'étriqué, c'est bien cela qu'on disait ? Sous l'effet de cette émotion extraordinaire qui n'avait cessé de croître au long de leur promenade, qu'il avait commencé à ressentir dans le jardin quand il avait voulu lui prendre son sac, qu'il avait éprouvée plus fortement en ville quand il avait voulu lui raconter toute l'histoire de sa vie, il en venait à se voir ainsi que tout ce qu'il avait jamais connu comme dans un miroir légèrement déformant. C'était extrêmement bizarre.

Voilà qu'il se tenait dans le salon de la maison minuscule où elle l'avait amené, à l'attendre pendant qu'elle montait quelques minutes voir une femme[1]. Il entendit son pas pressé au-dessus de lui ; l'entendit parler d'un ton enjoué puis à voix basse ; regarda les dessous-de-plat, les boîtes à thé, les verres de lampe ; attendit avec une certaine nervosité, tout impatient de refaire le trajet en sens inverse, bien décidé à lui porter son sac ; puis il l'entendit sortir sur le palier ; refermer une porte ; dire qu'il fallait tenir les fenêtres ouvertes et les portes fermées, et venir à la maison s'ils avaient besoin de quoi que ce soit (elle devait parler à un enfant), et, soudain, elle fut dans la pièce, resta un instant silencieuse (comme si elle s'était forcée à jouer un rôle là-haut, et qu'à présent elle se laissait aller un instant), resta un instant parfaitement immobile devant un portrait de la reine Victoria parée du cordon bleu de l'ordre de la Jarretière[2] ; et tout d'un coup il comprit que c'était cela : c'était cela : — c'était la plus belle personne qu'il ait jamais vue.

Des étoiles dans les yeux, des voiles sur ses cheveux, des cyclamens et des violettes sauvages — mais qu'allait-il inventer ? Elle avait au moins cinquante ans ; elle avait huit enfants. Elle traversait d'un pas

léger des champs de fleurs et pressait sur son cœur
des boutons aux tiges brisées et des agneaux aux pattes fragiles ; des étoiles dans les yeux et le vent dans
ses cheveux — Il lui prit son sac.

« Au revoir, Elsie », dit-elle, et ils remontèrent la
rue, elle, tenant son ombrelle bien droite et marchant
comme si elle s'attendait à rencontrer quelqu'un au
détour du chemin, et lui, Charles Tansley, ressentant
pour la première fois de sa vie une immense fierté ;
un homme occupé à creuser une canalisation s'arrêta
de creuser pour la regarder ; laissa retomber son bras
et la regarda ; Charles Tansley ressentit une immense
fierté ; sentit le vent et les cyclamens et les violettes
car il marchait aux côtés d'une belle femme pour la
première fois de sa vie. Et il tenait son sac.

2

« Pas question d'aller au Phare, James », dit-il,
debout devant la fenêtre, maladroit dans ses paroles,
mais essayant, par égard pour Mrs Ramsay, d'adoucir
le ton de sa voix pour lui donner au moins un semblant de cordialité.

Sale petit bonhomme, se dit Mrs Ramsay, pourquoi
répéter toujours la même chose ?

3

« Peut-être découvriras-tu à ton réveil que le soleil brille et que les oiseaux chantent », dit-elle d'un ton compatissant, en lissant les cheveux du petit garçon, car en déclarant d'un ton narquois qu'il ne ferait pas beau, son mari, elle le voyait bien, l'avait rendu tout triste. Cette expédition au Phare était une obsession chez lui, elle le voyait, et comme si son mari n'en avait pas dit assez, en déclarant d'un ton narquois qu'il ne ferait pas beau, voilà que ce sale petit bonhomme venait encore retourner le fer dans la plaie.

« Peut-être qu'il fera beau demain », dit-elle en lui lissant les cheveux.

Tout ce qu'elle pouvait faire à présent c'était admirer le réfrigérateur et tourner les pages du catalogue dans l'espoir de tomber sur une image à découper, celle d'un râteau ou d'une tondeuse à gazon qui, avec ses dents et ses poignées, exigerait énormément de soin et d'adresse. Tous ces jeunes gens singeaient son mari, pensa-t-elle ; il disait qu'il allait pleuvoir : ils annonçaient une véritable tornade.

Mais là, comme elle tournait la page, elle fut brusquement interrompue dans sa recherche d'une image de râteau ou de tondeuse à gazon. Le murmure de voix rauques, suspendu à intervalles irréguliers, le temps d'ôter une pipe de la bouche et de l'y remettre, qui n'avait cessé de l'assurer, bien qu'elle ne pût entendre ce qui se disait (étant assise dans l'embrasure de la fenêtre), que les deux hommes bavardaient tranquillement ; ce bruit qui depuis maintenant une demi-heure faisait sentir sa présence apaisante dans

la gamme de tous ceux qui l'assaillaient, comme, par
exemple, le choc des balles sur les battes, les exclama-
tions poussées de temps à autre par les enfants qui
jouaient au cricket : « Et celle-là ? Et celle-là[1] ? »,
avait cessé ; si bien que le déferlement monotone des
vagues sur la grève qui, dans l'ensemble, ponctuait ses
pensées d'une cadence apaisante et semblait répéter
à n'en plus finir en guise de consolation quand elle
était assise avec les enfants les paroles de quelque
antique berceuse murmurée par la nature : « Je veille
sur vous — je suis votre soutien », mais qui à d'autres
moments, de façon soudaine et inopinée, surtout
quand son esprit s'évadait tant soit peu de l'activité
du moment, ne revêtait pas une signification aussi
bienveillante mais, tel un roulement de tambour fan-
tomatique battait implacablement la mesure de la vie,
faisait songer à la destruction de l'île, à son engloutis-
sement dans la mer, et l'avertissait, elle dont la journée avait passé si vite en une suite de petites tâches
insignifiantes, que tout était aussi éphémère qu'un
arc-en-ciel — ce bruit, donc, masqué jusqu'alors et
couvert par les autres bruits, tonna soudain caverneux
à ses oreilles et lui fit lever les yeux dans un sursaut
de terreur.

Ils avaient cessé de parler ; voilà l'explication. Passant en une seconde de la tension qui l'avait étreinte
à l'autre extrême qui, comme pour la dédommager de
l'émotion dépensée en pure perte, était fait de calme,
d'amusement et même d'une pointe de malveillance,
elle conclut que ce pauvre Charles Tansley avait été
laissé en plan. Peu lui importait. Si son mari exigeait
des sacrifices (et c'était bien le cas) elle lui offrait allè-

grement en holocauste Charles Tansley, qui avait
rabroué son petit garçon.

Un moment encore, tête levée, elle écouta, comme
dans l'attente d'un bruit habituel, d'un bruit mécani-
que et régulier ; alors, entendant monter du jardin,
tandis que son mari arpentait la terrasse, quelque
chose de cadencé, mi-parlé, mi-psalmodié, quelque
chose d'intermédiaire entre un grognement et un
chant, elle se sentit apaisée une fois de plus, assurée
de nouveau que tout allait bien, et, baissant les yeux
sur le livre posé sur ses genoux, découvrit l'image d'un
canif à six lames que James ne pourrait découper qu'à
la condition de faire très attention.

Soudain un cri perçant, comme celui d'un somnambule partiellement arraché au sommeil, où il était
question d'être

Assaillis d'obus et de mitraille [1]

résonna à son oreille avec une intensité extrême, la fit
se retourner avec inquiétude pour voir si quelqu'un
l'avait entendu. Seulement Lily Briscoe, comme elle le
constata avec plaisir ; et ça n'avait aucune importance.
Mais à la vue de la jeune femme installée à peindre
sur le bord de la pelouse la mémoire lui revint ; elle
était censée garder la tête aussi immobile que possible
pour le tableau de Lily. Le tableau de Lily !
Mrs Ramsay sourit. Avec ses petits yeux de Chinoise
et son visage tout chiffonné elle ne se marierait
jamais ; on ne pouvait pas prendre sa peinture très au
sérieux ; mais c'était une petite personne indépen-
dante, Mrs Ramsay l'aimait bien à cause de cela, et
donc, se souvenant de sa promesse, elle inclina la tête.

4

Ma foi, peu s'en fallut qu'il ne renverse son chevalet, à fondre sur elle en gesticulant, en hurlant « Nous
chevauchions hardis et sûrs[1] », mais, Dieu merci, il
tourna court et s'élança à bride abattue vers une mort
glorieuse, à ce qu'il semblait, sur les hauteurs de Balaklava. On n'avait jamais vu personne d'aussi ridicule
et d'aussi effrayant à la fois. Mais tant qu'il continuait
comme cela, à hurler et gesticuler, elle n'avait rien à
craindre ; il ne s'immobiliserait pas pour regarder son
tableau. Ça, Lily Briscoe n'aurait pu le supporter.
Tout en regardant les volumes, le trait, la couleur,
Mrs Ramsay assise à la fenêtre avec James, elle
demeurait sur le qui-vive, de peur que quelqu'un ne
s'approche en catimini et qu'elle ne s'aperçoive qu'on
était en train de regarder son tableau. Mais justement,
tandis qu'elle regardait, tous ses sens en éveil, scrutait
au point que la couleur du mur et, plus loin, le
jackmanii[2] s'imprimaient à vif sur sa rétine, elle sentit
que quelqu'un sortait de la maison, se dirigeait vers
elle ; mais au pas elle devina qu'il s'agissait de William
Bankes, et donc, hormis un léger frémissement de son
pinceau, elle ne réagit pas comme elle l'aurait fait s'il
s'était agi de Mr Tansley, Paul Rayley, Minta Doyle,
ou pratiquement n'importe qui d'autre, elle ne posa
pas sa toile face contre la pelouse mais la laissa sur le
chevalet. William Bankes se tenait à ses côtés.

Ils logeaient chez l'habitant dans le village, et donc,
à force de sortir et rentrer ensemble, de se séparer
tard la nuit devant leurs portes, ils avaient échangé
des petites remarques sur le potage, sur les enfants,

sur une chose ou une autre, qui faisaient d'eux des
alliés ; si bien que lorsqu'il vint se placer à ses côtés,
l'air réfléchi comme toujours (d'ailleurs il avait l'âge
d'être son père, un botaniste, un veuf qui sentait la
savonnette, d'une propreté méticuleuse) elle resta
immobile. Il resta immobile. Elle avait, observa-t-il,
de très bonnes chaussures ; qui permettaient aux
orteils de s'étaler à leur aise. Comme ils logeaient
dans la même maison, il avait également remarqué
que son existence était bien réglée : debout avant le
petit déjeuner pour s'en aller peindre, pensait-il, toute
seule ; pas bien riche, sans doute, et sans le joli teint
ni la séduction de Miss Doyle assurément, mais douée
d'un bon sens qui à ses yeux la rendait supérieure à
cette jeune fille. En cet instant, par exemple, où Ramsay fondait sur eux en hurlant et gesticulant,
Miss Briscoe, il en était sûr, comprenait.

Quelqu'un s'était trompé [1].

Mr Ramsay les foudroya du regard. Il les foudroya
sans paraître les voir. Cela les mit tout de même un
peu mal à l'aise. Ensemble ils avaient vu quelque
chose qui ne leur était pas destiné. Ils avaient violé
l'intimité d'un être. Aussi, se dit Lily, c'était sans
doute pour se donner une raison de bouger et de se
mettre hors de portée de voix que Mr Bankes fit presque aussitôt allusion à la fraîcheur de l'air et proposa
d'aller faire un petit tour. Elle voulait bien, oui. Mais
elle eut du mal à s'arracher à la contemplation de
son tableau.

Le jackmanii était d'un violet éclatant ; le mur d'un
blanc cru. Elle n'aurait pas jugé honnête d'altérer le

violet éclatant et le blanc cru puisque c'est ainsi qu'elle les voyait, même s'il était de bon ton, depuis le séjour de Mr Paunceforte, de voir tout uniformément pâle, raffiné, diaphane. Et puis sous la couleur il y avait la forme. Tout cela lui apparaissait si clairement, s'imposait à elle avec une telle évidence, quand elle le regardait : c'est à l'instant où elle se saisissait de son pinceau que tout changeait. C'est dans ce parcours éclair de l'image à la toile que l'assaillaient les démons qui souvent la mettaient au bord des larmes et rendaient le passage de la conception à l'exécution aussi redoutable que l'est pour un enfant la traversée d'un couloir obscur. Elle ressentait souvent cette impression — de lutter pied à pied contre l'adversité pour garder courage ; de dire : « Mais c'est cela que je vois ; c'est cela que je vois », et de presser sur son sein les pauvres vestiges d'une vision que des forces innombrables s'acharnaient à lui ravir. Et c'est alors aussi, quand elle commençait à peindre, exposée à tous les vents, que d'autres choses s'imposaient à elle, sa propre incompétence, son insignifiance, le fait qu'elle tenait la maison de son père du côté de Brompton Road[1], et avait bien du mal à maîtriser son désir de se jeter (Dieu merci elle avait su y résister jusqu'à présent) aux pieds de Mrs Ramsay et de lui dire — mais que pouvait-on lui dire ? « Je suis amoureuse de vous ? » Non, ce n'était pas vrai. « Je suis amoureuse de tout cela », en désignant d'un geste large la haie, la maison, les enfants ? C'était absurde, c'était impossible. On ne pouvait pas dire ce qu'on pensait. Et donc à présent elle rangea ses pinceaux dans la boîte, bien soigneusement l'un contre l'autre, et dit à William Bankes :

« Il fait froid tout à coup. On dirait que le soleil est moins chaud », dit-elle en regardant autour d'elle, car la lumière était encore vive, l'herbe encore d'un beau vert tendre, la maison dans son berceau de verdure toute piquetée de passiflores mauves, et les freux lançaient leurs cris stridents tout là-haut dans le bleu du ciel. Mais il y eut soudain un mouvement, un éclair, un battement d'aile argentée dans l'air. On était en septembre après tout, à la mi-septembre, et il était plus de six heures. Aussi s'éloignèrent-ils dans le jardin, suivant la direction habituelle, dépassant le terrain de tennis, la touffe d'herbe des pampas, pour arriver devant cette brèche taillée dans l'épaisseur de la haie, flanquée de tritomas aussi flamboyants que des charbons ardents, entre lesquels les eaux bleues de la baie paraissaient plus bleues que jamais.

Ils venaient là régulièrement chaque soir, poussés par quelque besoin intérieur. Comme si l'eau faisait flotter, faisait voguer des pensées devenues stagnantes sur la terre ferme, et procurait à leurs corps mêmes une espèce de détente physique. D'abord, la vibration de la couleur inondait la baie de bleu et le cœur se dilatait lui aussi et le corps ondoyait librement avant d'être aussitôt freiné et glacé par la noirceur épineuse dont se hérissait chaque vague. Puis, derrière le grand rocher noir, presque chaque soir à intervalles irréguliers, d'où la nécessité d'être vigilant et quel délice quand cela se produisait, jaillissait une fontaine d'eau blanche ; et puis pendant qu'on l'attendait, on regardait, sur le pâle demi-cercle de la grève, la pellicule de nacre que déposait inlassablement une vague après l'autre.

Tous deux souriaient, immobiles. Tous deux ressen-

taient une même allégresse, suscitée par le mouvement des vagues ; puis par la course vive et tranchante
d'un voilier qui, après avoir tracé une courbe dans la
baie, s'arrêta ; frémit ; affala sa voile ; puis, cherchant
instinctivement à compléter le tableau après ce mouvement rapide, tous deux regardèrent les dunes dans
le lointain, et à la gaieté succéda une certaine tristesse — en partie à cause de cette complétude, et en
partie parce que les horizons lointains paraissent avoir
un million d'années d'avance (songeait Lily) sur qui
les contemple et communier déjà avec un ciel qui a
vue sur une terre parfaitement en repos.

En regardant au loin les dunes de sable, William
Bankes pensait à Ramsay : pensait à une route du
Westmorland[1], pensait à Ramsay marchant à grandes
enjambées sur une route, absorbé en lui-même, enveloppé dans cette solitude qui semblait être son élément naturel. Mais la scène était soudain interrompue, William Bankes s'en souvenait (et il devait s'agir
là d'un épisode qui avait vraiment eu lieu), par une
poule qui écartait largement les ailes pour protéger
une couvée de poussins, sur quoi Ramsay, s'arrêtant,
les désigna du bout de son bâton ferré et dit « Charmant — oui charmant », révélant un aspect inattendu
de sa sensibilité, s'était dit Bankes, prouvant sa simplicité, le lien qui l'unissait aux créatures les plus humbles ; mais il lui semblait que leur amitié avait pris fin,
là, sur cette portion de route. Après cela, Ramsay
s'était marié. Après cela, une chose en entraînant une
autre, leur amitié avait perdu de sa fraîcheur première. À qui la faute, il ne saurait le dire, simplement,
au bout d'un certain temps, la répétition s'était substi-
tuée à la nouveauté. Ils ne se rencontraient plus que

pour se répéter. Pourtant dans ce dialogue silencieux avec les dunes il soutenait que son affection pour Ramsay n'avait en rien diminué ; pourtant là, tel le corps d'un jeune homme reposant dans la tourbe depuis un siècle, les lèvres rouges encore, reposait son amitié, dans toute son intensité et sa réalité, de l'autre côté de la baie parmi les dunes.

Il souhaitait ardemment, par égard pour cette amitié et peut-être aussi pour se disculper à ses propres yeux de l'accusation d'être tout desséché et racorni — car Ramsay vivait au milieu d'une nuée d'enfants, alors que Bankes était veuf et sans enfants — il souhaitait ardemment que Lily ne dise pas de mal de Ramsay (un grand homme à sa manière) mais comprenne exactement ce qu'étaient leurs rapports. Née voici bien des années, leur amitié avait tourné court sur une route du Westmorland, là où la poule avait déployé ses ailes devant ses poussins ; après quoi Ramsay s'était marié et, leurs chemins divergeant, ils avaient eu un peu tendance, et ce n'était sûrement la faute de personne, quand ils se rencontraient, à se répéter.

Oui. C'était bien cela. Rien d'autre à ajouter. Il se détourna de la vue. Et, se détournant pour remonter vers la maison par l'autre côté, en suivant l'allée, Mr Bankes était sensible à des choses qui ne l'auraient pas frappé si les dunes ne lui avaient révélé le corps de son amitié reposant dans la tourbe, les lèvres rouges encore — par exemple, la petite Cam, la fille cadette de Ramsay. Elle était en train de cueillir des alysses sur le talus. Elle était sauvage et farouche. Elle ne voulait pas « donner une fleur au monsieur » comme le lui demandait la nurse. Non, non et non ! elle ne voulait pas ! Elle serra le poing. Elle tapa du pied. Et Mr Bankes se sentit vieux et attristé et eut comme l'impression qu'elle lui donnait tort pour son amitié. Sans doute était-il tout desséché et racorni.

Les Ramsay n'étaient pas riches et on se demandait bien comment ils arrivaient à s'en sortir. Huit enfants ! Nourrir huit enfants par la philosophie ! En voilà un autre, Jasper cette fois, qui descendait tranquillement l'allée, pour aller tirer un oiseau, lança-t-il avec nonchalance, secouant vigoureusement la main de Lily au passage, ce qui incita Mr Bankes à dire, non sans amertume, qu'*elle* au moins était bien vue. Bon, il fallait aussi assurer leur instruction (évidemment, Mrs Ramsay avait peut-être quelques revenus personnels) sans parler des chaussures et chaussettes qui devaient vite s'user avec ces « solides gaillards », des garçons tous grands et secs qui ne ménageaient rien ni personne. Quant à savoir qui était qui, ou dans quel ordre ils se suivaient, cela le dépassait. Il avait attribué à chacun le surnom d'un Roi ou d'une Reine d'Angleterre : Cam la Mauvaise, James l'Implacable, Andrew le Juste, Prue la Belle — car à Prue reviendrait la beauté, se dit-il, comment pourrait-il en être autrement ? — et à Andrew l'intelligence. Tandis qu'il remontait l'allée, et que Lily Briscoe répondait par oui ou par non, rajoutant çà et là un petit commentaire de son cru (car elle était amoureuse d'eux tous, amoureuse de cet univers), il débattait intérieurement le cas Ramsay, s'apitoyait sur lui, l'enviait, comme s'il l'avait vu renoncer aux splendeurs de l'isolement et de l'austérité qui l'auréolaient dans sa jeunesse pour s'encombrer définitivement de poule et poussins et de tous les caquets d'une vie familiale. Il en retirait quelque chose — William Bankes en convenait ; cela ne lui aurait pas déplu que Cam lui pique une fleur à la boutonnière ou grimpe sur ses épaules, comme elle le faisait avec son père, pour regarder un tableau du Vésuve en éruption ; mais cela avait aussi, et ses vieux amis ne pouvaient s'empêcher de le penser, détruit quelque chose. Quelle idée se ferait aujourd'hui de lui un étranger ? Quelle idée s'en faisait cette Lily Briscoe ? Pouvait-on ne pas remarquer que ses petites manies allaient en s'accentuant ? comme ses excentricités, ses faiblesses peut-être ? Il était ahurissant qu'un homme d'une telle intelligence puisse s'abaisser — non, le mot était trop fort — puisse dépendre à ce point des compliments d'autrui.

« Oh, dit Lily, mais songez à son travail ! »

Chaque fois qu'elle « songeait à son travail » elle voyait toujours clairement devant elle une grande table de cuisine. C'est à Andrew qu'elle le devait. Elle lui avait demandé de quoi parlaient les livres de son père. « Sujet et objet et la nature de la réalité », avait répondu Andrew. Et quand elle avait dit que, Grands dieux ! elle n'avait pas la moindre idée de ce que cela signifiait, « Alors pensez à une table de cuisine[1] », lui avait-il dit, « quand vous n'êtes pas là. »

C'est pourquoi elle voyait toujours, quand elle songeait au travail de Mr Ramsay, une table de cuisine fraîchement brossée. En cet instant elle était logée dans la fourche d'un poirier, car ils étaient arrivés dans le verger. Au prix d'un grand effort sur elle-même, elle se concentra, non point sur l'écorce aux bosselures argentées, ni sur les feuilles en forme de poisson, mais sur une table de cuisine fantasmagorique, une de ces tables en bois brut bien brossées, aux

veines et nodosités bien visibles, dont l'âme semble
avoir été mise à nu par des années de soins énergiques
et intègres, qui était perchée là, les quatre pieds en
l'air. Forcément, si on passait ses journées à contempler des essences anguleuses, à réduire de belles soirées, faites de nuages d'un rose tendre, de bleu et
d'argent, à une table en bois blanc bien massive (et
c'était la marque d'un esprit brillant que d'y parvenir),
forcément on ne pouvait être jugé comme un
homme ordinaire.

Mr Bankes fut touché qu'elle l'invite à « songer à
son travail ». Il y avait songé, souvent, si souvent.
Combien de fois avait-il déclaré : « Ramsay est de ces
hommes qui donnent le meilleur d'eux-mêmes avant
quarante ans. » Il avait apporté une contribution
définitive à la philosophie en publiant un petit
ouvrage à l'âge de vingt-cinq ans à peine ; ce qui avait
suivi relevait plus ou moins du développement et de
la répétition. Mais les hommes qui apportent une
contribution définitive à quoi que ce soit ne sont pas
si nombreux, dit-il, en s'arrêtant un instant près du
poirier, l'air impeccable, scrupuleusement précis,
suprêmement impartial. Soudain, comme libérée par
le geste de sa main, bascula la lourde masse des
impressions que Lily avait accumulées au fil de leurs
rencontres, et se déversa en avalanche tout ce qu'elle
éprouvait à son égard. C'était là une première sensation. Puis s'éleva en fumée l'essence même de son
être. C'en était une autre. Elle se sentait clouée sur
place par l'acuité de sa perception ; c'était sa sévérité ;
sa bonté. Je vous respecte (lui déclara-t-elle silencieusement) en chaque parcelle de votre être ; vous êtes
dépourvu de vanité ; vous êtes totalement détaché de

vous-même ; vous êtes plus noble que Mr Ramsay ; vous êtes l'être le plus noble que je connaisse ; vous n'avez ni femme ni enfant (elle aurait tant voulu, et il n'entrait rien de sexuel dans son désir, se dévouer à cette solitude), vous vivez pour la science (automatiquement, des coupes de pommes de terre apparurent devant ses yeux) ; les éloges vous seraient une insulte ; homme généreux, homme au cœur pur, homme héroïque ! Mais en même temps, elle se souvenait qu'il était venu de Londres avec un domestique ; qu'il n'aimait pas voir des chiens installés sur les fauteuils ; qu'il dissertait des heures durant (jusqu'à ce que Mr Ramsay quitte les lieux en claquant la porte) sur le sel dans les légumes et l'ignominie des cuisinières anglaises.

Que pouvait-on donc faire de tout ça ? Comment porter un jugement sur les gens, ou même penser à eux ? Comment additionner ceci, cela, pour en conclure qu'on les trouvait sympathiques ou antipathiques ? Et d'ailleurs quelle signification s'attachait à ces mots ? Toujours immobile, comme clouée sur place, près du poirier, elle subissait l'avalanche des impressions laissées par ces deux hommes, et suivre sa pensée était comme suivre une voix qui parle trop vite pour qu'on puisse consigner par écrit ce qu'elle dit, et cette voix était la sienne, qui disait spontanément des choses indéniables, éternelles, contradictoires, si bien que même les bosses et fissures sur l'écorce du poirier s'en trouvaient irrévocablement fixées pour l'éternité. Vous avez de la grandeur, poursuivit-elle, mais Mr Ramsay n'en a point. Il est petit, égoïste, vaniteux, obsédé de lui-même ; c'est un enfant gâté ; un tyran ; il épuise Mrs Ramsay, il la tue ; mais il a (déclara-t-elle à William Bankes) ce que vous n'avez pas : une souveraine indifférence aux choses de ce monde ; tout ce qui est futile lui est étranger ; il aime les chiens et ses enfants. Il en a huit. Vous n'en avez aucun. N'est-il pas descendu l'autre soir avec deux vestes l'une sur l'autre, et n'a-t-il pas laissé Mrs Ramsay lui rafraîchir grossièrement les cheveux ? Tout cela virevoltait en cadence, telle une nuée de moucherons, séparés les uns des autres, mais tous pourtant merveilleusement tenus ensemble par un invisible filet élastique — virevoltait en cadence dans l'esprit de Lily, entre les branches du poirier, où perchait toujours en effigie la table de cuisine bien brossée, symbole de son profond respect pour l'intelligence de Mr Ramsay, jusqu'au moment où sa pensée, emportée dans un tourbillon toujours plus rapide, explosa sous l'effet de sa propre intensité ; elle se sentit plus légère ; un coup de feu retentit tout près, puis apparut, fuyant les retombées, une volée d'étourneaux apeurés, éperdus et criards.

« Jasper ! » dit Mr Bankes. Ils se tournèrent dans la direction des étourneaux, qui survolaient maintenant la terrasse. Tout en suivant leur dispersion à tire-d'aile dans le ciel ils passèrent par la trouée de la grande haie et tombèrent sur Mr Ramsay, qui leur lança d'une voix tonitruante : « Quelqu'un s'était trompé[1] ! »

Son regard, voilé par l'émotion, provocant dans son intensité tragique, croisa le leur et vacilla l'espace d'un instant au bord de la reconnaissance ; mais aussitôt, ébauchant le geste de porter la main à son visage comme pour éviter, repousser dans un accès de honte mêlée d'irritation, leur regard tout ordinaire, comme s'il les suppliait de différer un peu ce qu'il savait être inévitable, comme s'il leur marquait la rancœur puérile qu'il éprouvait à être interrompu et pourtant, à l'instant même où il était découvert, refusait sa déroute, résolu qu'il était à retenir de son mieux un peu de cette exquise émotion, de cette exaltation impure qui faisait sa honte mais aussi ses délices — il se détourna brusquement, entra en lui-même en leur claquant la porte au nez ; et Lily Briscoe et Mr Bankes, levant les yeux vers le ciel, un peu gênés, constatèrent que la volée d'étourneaux que Jasper avait mis en déroute avec sa carabine s'étaient posés à la cime des ormes.

5

« Et même s'il ne fait pas beau demain », dit Mrs Ramsay, levant les yeux pour regarder passer William Bankes et Lily Briscoe, « ce sera pour un autre jour. Maintenant », dit-elle, tout en songeant que le charme de Lily c'étaient ses yeux de Chinoise, des yeux obliques dans un petit visage pâle et chiffonné, mais seul un homme intelligent pourrait s'en apercevoir, « maintenant lève-toi et laisse-moi mesurer ta jambe », car il se pourrait bien tout de même qu'ils aillent au Phare, et il fallait qu'elle vérifie si le bas n'était pas un peu juste en longueur.

Souriante, car une idée admirable venait à l'instant même de lui traverser l'esprit — William et Lily devraient bien se marier — elle prit le bas couleur de bruyère surmonté de son croisillon d'aiguilles d'acier, et le mesura contre la jambe de James.

« Ne bouge pas mon chéri », dit-elle, car jaloux comme il l'était, furieux de servir de mannequin pour le petit garçon du gardien du Phare, James faisait exprès de s'agiter ; et s'il faisait ça, comment pouvait-elle se rendre compte si c'était trop long, ou bien trop court ? demanda-t-elle.

Elle leva les yeux — quel démon le possédait, son benjamin, son enfant chéri ? — et vit la pièce, vit les fauteuils, les trouva affreusement délabrés. Leurs entrailles, comme disait Andrew, se répandaient partout sur le sol ; d'un autre côté, se dit-elle, à quoi bon acheter de bons fauteuils pour les laisser s'abîmer ici tout l'hiver quand il n'y avait plus personne, à part une vieille femme qui passait de temps en temps, et que la maison dégoulinait positivement d'humidité ? Quelle importance : le loyer s'élevait exactement à trois sous ; les enfants s'y plaisaient beaucoup ; ça faisait du bien à son mari de se retrouver à trois mille, enfin, s'il lui fallait être précise, à trois cents milles de sa bibliothèque, de ses cours et de ses étudiants ; et il y avait de la place pour recevoir. Nattes, lits de camp, tables et chaises toutes bancales qui avaient fait leur temps à Londres — ça suffisait ici ; plus une ou deux photographies, et des livres. Les livres, se dit-elle, proliféraient. Elle n'avait jamais le temps de les lire. Hélas ! même ceux qui lui avaient été offerts, dédicacés de la main même du poète : « À celle dont les désirs sont des ordres... » « Hélène d'aujourd'hui, au sort moins funeste »... c'était affreux à dire, mais elle ne les avait jamais lus. Et l'ouvrage de Croom[1] sur l'Esprit, et celui de Bates sur les Coutumes Primitives

en Polynésie (« Ne bouge pas mon chéri », dit-elle) —
ce n'était pas ça qu'on pouvait faire parvenir au
Phare. Le jour viendrait, sans doute, où la maison
serait si délabrée qu'il faudrait faire quelque chose.
S'ils voulaient bien prendre l'habitude de s'essuyer les
pieds avant d'entrer et de ne pas rapporter tout ce
qu'ils trouvaient sur la plage — ce serait déjà quelque
chose. Les crabes, elle ne pouvait pas les interdire, si
Andrew souhaitait vraiment les disséquer, et si Jasper
croyait qu'on pouvait faire de la soupe avec des
algues, on ne pouvait pas l'empêcher ; et Rose et sa
collection d'objets — tiges de roseaux, pierres, coquillages ; car ils étaient doués, ses enfants, mais chacun
dans son domaine bien particulier. Et le résultat, soupira-t-elle en embrassant toute la pièce du regard,
tout en maintenant le bas contre la jambe de James,
c'est que tout se délabrait été après été. Le tapis était
tout passé, le papier peint se décollait. On ne voyait
même plus que le motif représentait des roses. Seulement voilà, si on laisse en permanence toutes les portes ouvertes, en Écosse où il ne se trouve pas un seul
serrurier capable de réparer une targette, forcément
les choses s'abîment. À quoi bon accrocher un châle
en cachemire vert au cadre d'un tableau ? D'ici quinze
jours il aurait la couleur de la soupe aux pois. Mais
c'était cette histoire de portes qui l'agaçait ; toutes les
portes restaient ouvertes. Elle tendit l'oreille. La
porte du salon était ouverte ; la porte du vestibule
était ouverte ; apparemment les portes des chambres
étaient ouvertes ; et bien sûr la fenêtre du palier était
ouverte puisque, celle-là, elle l'avait ouverte elle-
même. Il fallait ouvrir les fenêtres, et fermer les portes — c'était pourtant simple, et il n'y en avait pas un

pour se mettre ça dans la tête ? Elle se rendait le soir dans les chambres des bonnes et les trouvait calfeutrées comme une porte de four, sauf celle de Marie, la petite Suissesse, qui se passerait plus volontiers d'un bain que d'air frais, mais aussi, chez elle, avait-elle dit, « les montagnes sont si belles ». Elle avait dit cela hier soir en regardant par la fenêtre, les larmes aux yeux. « Les montagnes sont si belles. » Son père était en train de mourir là-bas, Mrs Ramsay le savait. Il les laissait orphelins. Remontrances et démonstrations (sur la façon de faire un lit, d'ouvrir une fenêtre, les mains sans cesse en mouvement comme une Française) tout s'était replié doucement autour d'elle, pendant que la jeune fille parlait, tout comme, après un vol au soleil, se replient doucement les ailes d'un oiseau et que le bleu de son plumage vire de l'acier brillant au mauve tendre. Elle était restée là sans un mot, car il n'y avait rien à dire. Il était atteint d'un cancer de la gorge. Au souvenir de cette scène — elle qui restait là, la jeune fille qui disait : « Chez moi les montagnes sont si belles », et il n'y avait pas d'espoir, pas le moindre espoir, elle eut un accès d'irritation et, d'une voix sèche, dit à James :

« Arrête de bouger. Tu es fatigant à la fin », et comprenant aussitôt que sa sévérité n'était pas feinte, il s'immobilisa, la jambe bien droite, et elle prit la mesure.

Le bas était trop court, il s'en fallait au moins d'un demi-pouce, même en tenant compte du fait que le fils de Sorley était sûrement moins grand que James.

« C'est trop court, dit-elle, bien, bien trop court. »

Personne jamais n'avait eu l'air aussi triste. Une larme, peut-être, se forma, amère et noire, dans les ténèbres, à mi-chemin du puits qui conduisait de la lumière du jour jusqu'aux tréfonds ; une larme coula ; la surface de l'eau se troubla légèrement à son contact puis redevint lisse. Personne jamais n'avait eu l'air aussi triste.

Mais était-ce seulement son visage ? demandaient les gens. Que se cachait-il derrière — sa beauté, son éclat ? S'était-il fait sauter la cervelle, demandaient-ils, était-il mort une semaine avant leur mariage — cet autre amour, plus ancien[1], que d'aucuns lui prêtaient ? Ou n'y avait-il rien ? rien d'autre qu'une beauté sans pareille à l'abri de laquelle elle vivait et qu'il n'était pas en son pouvoir d'altérer ? Car bien qu'il lui eût été facile, dans des moments d'intimité, quand lui étaient confiées des histoires de grande passion, d'amour contrarié, d'ambition déçue, de dire qu'elle-même avait connu ou éprouvé ou subi ces choses, elle ne se livrait jamais. Gardait toujours le silence. Elle savait donc — savait sans l'avoir appris. Comprenait dans sa simplicité ce que les êtres très intelligents dénaturaient. Sa parfaite intégrité lui permettait de tomber juste et droit comme la pierre, de se poser, précise comme l'oiseau, de fondre immanquablement sur la vérité, ce qui enchantait, soulageait, réconfortait — fallacieusement peut-être.

(« La Nature possède bien peu d'argile », dit un jour Mr Bankes, tout ému d'entendre sa voix au téléphone alors qu'elle se contentait de lui donner un renseignement à propos d'un train, « semblable à celle dont elle vous a façonnée ». Il la voyait à l'autre bout du fil, grecque, l'œil bleu, le nez droit. Dieu qu'il semblait incongru de téléphoner à une femme pareille. À croire que les Trois Grâces assemblées s'étaient donné la main dans des champs d'asphodèles pour composer ce visage. Oui, il attraperait le train de 10 h 30 à la gare de Euston[1].

« Mais elle n'est pas plus consciente de sa beauté qu'une enfant[2] », dit Mr Bankes avant de raccrocher et de traverser la pièce pour voir où en étaient les ouvriers qui construisaient un hôtel derrière chez lui. Et il pensa à Mrs Ramsay en observant toute cette agitation entre les murs inachevés. Car il y avait toujours, se dit-il, un petit quelque chose d'incongru qui ne cadrait pas avec l'harmonie de son visage. Elle enfonçait un feutre de chasse sur sa tête ; elle se précipitait en galoches sur la pelouse pour empêcher un enfant de faire une sottise. C'est pourquoi, si on pensait seulement à sa beauté, il fallait se rappeler le détail frémissant, le détail vivant (il les voyait maintenant transporter des briques le long d'un petit plan incliné) et l'intégrer au tableau ; ou si on pensait à elle simplement comme à une femme, il fallait lui reconnaître une certaine bizarrerie de caractère ; ou lui prêter quelque désir latent de dépouiller cette majesté de la forme comme si sa beauté et tout ce que les hommes disent de la beauté l'ennuyaient, et qu'elle ne demandait qu'à être comme les autres, insignifiante. Comment savoir ? Comment savoir ? Il était temps de se mettre au travail.)

Tricotant son bas brun-rouge en grosse laine, la tête se détachant absurdement sur fond de cadre doré, de châle vert négligemment jeté sur le bord du cadre, et de chef-d'œuvre authentifié de Michel-Ange, Mrs Ramsay effaça tout ce que son attitude avait eu de revêche un instant plus tôt, releva la tête de son petit garçon, et l'embrassa sur le front. « Cherchons une autre image à découper », dit-elle.

6

Mais que s'était-il passé ?

Quelqu'un s'était trompé.

Brusquement arrachée à sa rêverie, elle donna un sens à des mots qui, logés depuis un certain temps dans son esprit, en étaient jusque-là dépourvus. « Quelqu'un s'était trompé » — Fixant ses yeux de myope sur son mari, qui fondait sur elle en cet instant, elle le regarda attentivement jusqu'à ce qu'il soit assez proche pour qu'elle découvre (le petit couplet prit forme dans sa tête) que quelque chose s'était passé, quelqu'un s'était trompé. Mais quant à savoir quoi, elle était bien incapable de le dire.

Il frissonnait ; il frémissait. Toute sa vanité, toute la satisfaction que lui procurait sa splendeur, à chevaucher cruel comme la foudre, féroce comme un épervier à la tête de ses hommes dans la vallée de la mort, avaient été anéanties, mises en pièces. Assaillis d'obus et de mitraille, nous chevauchâmes hardis et sûrs, traversâmes sabres au clair la vallée de la mort, nous ruâmes dans le grondement de la canonnade[1] — droit sur Lily Briscoe et William Bankes. Il frémissait ; il frissonnait.

Pour rien au monde elle ne lui aurait parlé, comprenant, à quelques signes familiers, le regard détourné, et cette façon curieuse de s'absorber en lui-même, comme s'il s'enveloppait dans sa cape et avait besoin d'être seul pour recouvrer son équilibre, qu'il était outragé et angoissé. Elle caressa la tête de James ; elle reporta sur lui ce qu'elle éprouvait pour son mari, et, tout en le regardant colorier en jaune la chemise blanche d'un monsieur en tenue de soirée dans le catalogue des « Army and Navy Stores », se dit quelle joie merveilleuse ce serait pour elle s'il devenait un jour un grand artiste ; et pourquoi pas ? Il avait un front magnifique. Puis, levant les yeux au moment où son mari passait à nouveau devant la fenêtre, elle fut soulagée de constater qu'un voile dissimulait à présent le désastre ; la vie ordinaire reprenait ses droits ; la voix de l'habitude imposait son rythme apaisant, si bien que lorsqu'il s'arrêta délibérément devant la fenêtre, après avoir fait demi-tour, et se pencha l'air narquois et facétieux pour chatouiller le mollet nu de James avec une petite brindille, elle lui reprocha d'un ton taquin de s'être débarrassé de « ce pauvre jeune homme », Charles Tansley. Tansley avait dû retourner travailler à sa thèse, dit-il.

« James aussi devra travailler à sa thèse un de ces jours », ajouta-t-il ironiquement en le frappant légèrement de sa brindille.

Empli de haine pour son père, James écarta la tige piquante qu'il utilisait, d'une façon bien à lui, mi-sévère, mi-badine, pour agacer la jambe nue de son plus jeune fils.

Elle essayait de terminer ces malheureux bas pour qu'ils puissent les apporter demain au petit garçon de Sorley, dit Mrs Ramsay.

Il n'y avait pas la moindre chance qu'ils aillent au Phare demain, rétorqua Mr Ramsay avec humeur.

Qu'en savait-il ? demanda-t-elle. Le vent tournait souvent.

L'incroyable irrationalité de sa réflexion, la folie de la logique féminine le mettaient en rage. Il avait chevauché dans la vallée de la mort, avait été mis en pièces et secoué de frissons ; et voilà qu'elle se permettait de nier l'évidence, poussait ses propres enfants à espérer quelque chose qui était absolument hors de question, pratiquement, racontait des mensonges. Il tapa du pied sur le seuil de pierre. « Le diable t'emporte », dit-il. Mais qu'avait-elle dit ? Seulement qu'il ferait peut-être beau demain. C'était possible.

Pas avec un baromètre en chute libre et un vent de plein ouest.

Qu'on puisse rechercher la vérité en se montrant à ce point insensible aux sentiments d'autrui, déchirer les voiles fragiles de la civilisation aussi gratuitement, aussi brutalement, constituait à ses yeux un manquement à la politesse tellement abominable que, s'abstenant de répondre, étourdie et aveuglée, elle baissa la tête comme pour endurer sans protester la volée de grêlons acérés, le déluge d'eau sale. Il n'y avait rien à dire.

Debout près d'elle, il gardait le silence. Enfin, très humblement, il dit qu'il irait demander aux gardes-côtes si elle voulait.

Il n'y avait personne qu'elle révérât autant que lui.

Elle était toute prête à le croire sur parole, dit-elle. Seulement dans ce cas ce n'était pas la peine de préparer des sandwiches — voilà tout. On venait à elle, tout naturellement, puisqu'elle était une femme, du matin au soir pour ceci ou cela ; l'un voulait ceci, l'autre cela ; les enfants grandissaient ; elle avait sou-

vent l'impression de n'être qu'une éponge tout imbi-
bée d'émotions humaines. Et puis il disait : Le diable
t'emporte. Il disait : Il pleuvra sûrement. Il disait : Il
ne pleuvra pas ; et aussitôt un éden de sécurité
s'ouvrait devant elle. Il n'y avait personne qu'elle
révérât davantage. Elle n'était pas digne d'attacher les
lacets de ses souliers, se dit-elle.

Déjà honteux de tant d'irascibilité, de tant de gesticulations quand il chargeait à la tête de ses troupes,
Mr Ramsay, tout penaud, chatouilla une dernière fois
les jambes nues de son fils, puis, comme s'il en avait
reçu la permission de sa femme, dans un mouvement
qui évoquait curieusement à cette dernière la grande
otarie du Zoo de Londres retombant à la renverse
après avoir avalé son poisson et s'écartant à grands
coups de nageoire qui renvoient l'eau d'un bord à
l'autre du bassin, il plongea dans l'air du soir qui, déjà
moins dense, privait feuilles et haies de leur substance
mais, comme en retour, rendait aux roses et aux
œillets un éclat qui, de jour, n'était pas le leur.

« Quelqu'un s'était trompé », dit-il encore en se
remettant à marcher de long en large sur la terrasse.

Mais Dieu que son ton avait changé ! C'était
comme le coucou ; « quand vient l'été il ne sait plus
chanter[1] » ; comme s'il faisait un petit essai, recher-
chait timidement une formule en rapport avec son
humeur nouvelle, et n'ayant que celle-ci sous la main,
l'utilisait, malgré sa fausseté. Mais cela faisait ridicule — « Quelqu'un s'était trompé » — dit ainsi, presque comme une question, sans la moindre conviction,
mélodieusement. Mrs Ramsay ne put s'empêcher de
sourire, et bientôt, comme il fallait s'y attendre, mar-

chant de long en large, il se mit à le chantonner, y renonça, et se tut.

Il était en sûreté, de nouveau seul enfin. Il s'arrêta pour allumer sa pipe, jeta un coup d'œil à sa femme et son fils dans l'embrasure de la fenêtre, et de même qu'on lève les yeux de sa page dans un rapide pour voir une ferme, un arbre, un hameau, qui viennent confirmer ce qu'on est en train de lire et vers quoi on fait retour, revigoré, satisfait, de même, et bien qu'il ne distinguât ni sa femme ni son fils, il se sentit à leur vue revigoré, satisfait, confirmé dans sa résolution d'élucider le problème qui mobilisait en ce moment toutes les ressources de sa remarquable intelligence.

Remarquable, elle l'était. Car à supposer que la pensée soit comme le clavier d'un piano, divisée en un certain nombre de notes, ou qu'elle soit comme l'alphabet disposée en vingt-six lettres qui se suivent dans l'ordre, alors sa remarquable intelligence n'avait aucune espèce de difficulté à parcourir ces lettres, l'une après l'autre, avec assurance et exactitude, jusqu'à atteindre, disons, la lettre Q. Il atteignait Q. Très peu de gens dans toute l'Angleterre l'atteignent jamais. Là, marquant une courte pause à la hauteur de l'urne en pierre qui contenait les géraniums, il vit, mais au loin, tout au loin à présent, comme des enfants ramassant des coquillages, merveilleusement innocents, tout occupés par les petites babioles à leurs pieds et en un sens totalement désarmés contre une fatalité que lui entrevoyait, sa femme et son fils, assis ensemble, dans l'embrasure de la fenêtre. Ils avaient besoin de sa protection. Il la leur donnait. Mais après Q ? Qu'est-ce qui vient après ? Après Q il y a un certain nombre de lettres dont la dernière est à peine visible à l'œil humain, mais rougeoie faiblement dans le lointain. Z n'est atteint qu'une fois par un seul homme dans une génération. Tout de même, s'il pouvait atteindre R ce serait déjà quelque chose. Ici en tout cas était Q. Pas question de l'en déloger. Q, il en était sûr. Q, il était capable de le démontrer. Donc si Q est Q — R — Là il vida sa pipe, donnant deux ou trois petits coups sonores sur la corne de bélier qui constituait l'anneau de l'urne, et poursuivit. « Donc R[1]... » Il rassembla ses forces. Il se raidit.

Des qualités qui auraient sauvé un équipage naufragé dérivant sous un soleil de plomb sans autres provisions que six biscuits et une bonbonne d'eau douce — l'endurance et la justice, la prévoyance, l'abnégation, la compétence, vinrent à son secours. R est donc — Qu'est-ce que R ?

Un rideau s'abaissa, telle la paupière de cuir d'un lézard, devant son regard intense et éclipsa la lettre R. Dans cette obscurité soudaine il entendit des gens qui disaient — il n'était qu'un raté — que R n'était pas à sa portée. Il n'atteindrait jamais R. Allez, sus à R, encore une fois. R —

Des qualités qui dans une expédition errant à l'abandon dans les solitudes glacées de la région polaire auraient fait de lui le chef, le guide, le conseiller qui, sans excès d'optimisme ni découragement, contemple sereinement l'inévitable et fait front, vinrent de nouveau à son secours. R —

La paupière du lézard s'abaissa encore une fois. Les veines se gonflèrent sur son front. Le géranium dans l'urne lui apparut d'une netteté saisissante, lui révélant entre ses feuilles, bien malgré lui, cette différence évidente et vieille comme le monde entre deux catégories d'hommes ; d'un côté les bûcheurs à l'énergie surhumaine qui, à force d'application et de persévérance, récitent entièrement l'alphabet dans l'ordre, vingt-six lettres en tout, du début à la fin ; de l'autre les surdoués, les inspirés qui, miraculeusement, saisissent d'un coup toutes les lettres en bloc — la voie du génie. Il n'avait pas de génie ; il ne prétendait pas à ça : mais il avait, ou aurait pu avoir, la faculté de réciter sans se tromper toutes les lettres de l'alphabet de A jusqu'à Z. En attendant, il était bloqué à Q. Sus donc, sus à R.

Des sentiments qui n'auraient point déshonoré un chef qui, maintenant que la neige s'est mise à tomber et que le sommet disparaît dans la brume, sait qu'il lui faut se coucher sur le sol et mourir avant le retour du jour, s'insinuèrent dans son âme, pâlissant le bleu de ses yeux, lui donnant, en quelques minutes à peine, le temps d'un tour sur la terrasse, cet aspect blafard et desséché de l'extrême vieillesse. Pourtant il ne mourrait pas couché ; il trouverait un roc escarpé, et là, les yeux fixés sur la tourmente, essayant jusqu'au bout de percer les ténèbres, il mourrait debout. Il n'atteindrait jamais R.

Il restait planté comme un piquet, à côté de l'urne ruisselante de géraniums. Combien d'hommes sur un milliard, se demanda-t-il, atteignent Z après tout ? Le chef d'une expédition vouée à l'échec a bien le droit de se poser cette question, et de répondre, sans traîtrise envers ceux qui le suivent : « Un seul peut-être. » Un seul dans une génération. Peut-on lui reprocher alors de n'être pas celui-là ? pourvu qu'il ait lutté loyalement, donné tout ce qu'il était en son pouvoir de donner, jusqu'à épuisement de ses ressources ? Et

sa gloire dure combien de temps ? Même un héros à
l'agonie a le droit de penser avant de mourir à ce que
les hommes diront de lui plus tard. Sa gloire dure
peut-être deux mille ans. Et qu'est-ce que deux mille
ans ? (demanda ironiquement Mr Ramsay en regardant fixement la haie). Qu'est-ce en effet, pour qui
contemple du haut d'une montagne l'immensité désolée des âges ? Le moindre caillou que l'on frappe du
bout de sa chaussure survivra à Shakespeare. Sa petite
lumière à lui brillerait encore, sans grand éclat, un an
ou deux, puis se fondrait dans une lumière plus forte,
et celle-ci dans une autre, plus forte encore. (Il scruta
l'obscurité, l'enchevêtrement des brindilles.) Et donc,
qui pourrait blâmer le chef de ce détachement sacrifié
qui après tout a grimpé assez haut pour voir l'immensité des ans et l'extinction des étoiles, si, avant que la
mort ne fige à jamais ses membres glacés, il porte à
son front, pas tout à fait inconsciemment, ses doigts
engourdis, et rejette les épaules en arrière, afin qu'à
leur arrivée les secours le trouvent mort à son poste,
en soldat exemplaire ? Mr Ramsay rejeta les épaules
en arrière et se tint très droit à côté de l'urne.

Qui le blâmera si, toujours dans la même position,
il s'attarde un moment sur la gloire, les expéditions
de secours, les cairns élevés sur sa dépouille par des
disciples reconnaissants ? Enfin, qui blâmera le chef
de l'expédition condamnée si, après avoir pris tous les
risques, dépensé jusqu'à la dernière parcelle de ses
forces et s'être endormi, pour toujours peut-être et
que lui importe, il s'aperçoit à présent, à quelques
picotements dans les orteils, qu'il est vivant, et n'y voit
somme toute aucun inconvénient, mais a seulement
besoin de sympathie, de whisky, et de quelqu'un à qui

faire immédiatement le récit de ses souffrances ? Qui le blâmera ? Qui ne se réjouirait secrètement de voir le héros dépouiller son armure, s'arrêter devant la fenêtre et contempler sa femme et son fils qui, d'abord très éloignés, se rapprochent peu à peu, jusqu'à ce que tête, livre et lèvres lui apparaissent distinctement, bien qu'encore marqués du charme et de l'étrangeté dus à l'intensité de son isolement, à l'immensité des âges et l'extinction des étoiles, et enfin, remettant sa pipe dans sa poche et inclinant devant elle sa tête magnifique — qui le blâmerait de rendre hommage à la beauté du monde ?

7

Mais son fils le haïssait. Il haïssait cet homme qui leur tombait dessus, qui restait là à les regarder de tout son haut ; il haïssait cet homme qui venait les interrompre ; il le haïssait à cause de ses gestes exaltés et sublimes ; de sa tête superbe ; de son exigence et de son égotisme (car il se tenait là devant eux, leur enjoignant de s'occuper de lui) ; mais par-dessus tout, il haïssait ce débordement d'émotion, cette effusion vibrante qui troublait la simplicité et le naturel parfaits de ses rapports avec sa mère. Il gardait les yeux obstinément fixés sur la page, dans l'espoir de le faire bouger ; il désignait un mot du doigt, dans l'espoir d'attirer de nouveau sur lui l'attention maternelle qui, il le constatait avec colère, faiblissait dès que son père s'arrêtait près d'eux. Mais non. Impossible de faire

bouger Mr Ramsay. Il restait là, à réclamer de la sympathie.

Mrs Ramsay, qui s'était laissée un peu aller dans
son fauteuil, un bras autour des épaules de son fils, se
ressaisit et, se tournant à demi, sembla se redresser
avec effort, et aussitôt faire jaillir droit dans l'air une
pluie d'énergie, une colonne d'écume, tout en s'ani-
mant, reprenant vie elle-même, comme si toute son
énergie devenait force pure, brûlante et rayonnante
(elle avait pourtant l'air bien paisible en se remettant
à son ouvrage), et dans cette fécondité délicieuse,
cette fontaine et source écumante de vie, plongea
l'aridité fatale du mâle, comme un bec de bronze, sec
et stérile. Il voulait de la sympathie. Il n'était qu'un
raté[1], dit-il. Mrs Ramsay fit luire ses aiguilles.
Mr Ramsay répéta, les yeux rivés sur son visage, qu'il
n'était qu'un raté. Elle lui retourna doucement ses
paroles. « Charles Tansley... » dit-elle. Mais il lui en
fallait plus. C'était de sympathie qu'il avait besoin,
qu'on l'assure de son génie, d'abord, et puis qu'on
l'accueille dans le cercle de vie, qu'on l'y réchauffe et
l'apaise, qu'on rende fertile son aridité, et que toutes
les pièces de la maison soient pleines de vie — le
salon ; derrière le salon la cuisine ; au-dessus de la
cuisine les chambres ; et au-delà le domaine des
enfants ; que tout soit meublé, que tout soit empli de
vie[2].

Charles Tansley pensait qu'il était le plus grand
métaphysicien de son temps, dit-elle. Mais il lui en
fallait plus. Il lui fallait de la sympathie ; l'assurance
que lui aussi vivait au cœur de la vie ; qu'on avait
besoin de lui ; pas seulement ici, mais dans le monde
entier. Faisant luire ses aiguilles, sûre d'elle, bien

droite, elle créa salon et cuisine, baignés dans une chaude lumière ; l'invita à y prendre ses aises, à aller et venir, se donner du bon temps. Elle riait, elle tricotait. Debout entre ses genoux, tout raide, James sentait sa force jaillir pour être bue et tarie par le bec de bronze, le cimeterre aride du mâle, qui frappait sans pitié, encore et encore, réclamant de la sympathie.

Il n'était qu'un raté, répéta-t-il. Eh bien alors regarde, et touche. Faisant luire ses aiguilles, jetant un coup d'œil autour d'elle, par la fenêtre, dans la pièce, à James lui-même, elle l'assura, sans l'ombre d'un doute, par son rire, son calme, son autorité (comme une nurse traversant une chambre obscure une lampe à la main rassure un enfant nerveux), que tout cela était bien réel ; la maison était pleine ; le jardin palpitait de vie. S'il avait foi en elle, absolument, il ne lui arriverait aucun mal ; si loin qu'il aille, dans quelles profondeurs ou vers quels sommets, toujours, à chaque seconde, elle serait près de lui. Se glorifiant ainsi de son aptitude à entourer et protéger, elle avait l'impression de ne plus s'appartenir ; tant elle se prodiguait, se dépensait ; et James, tout raide entre ses genoux, la sentit s'épanouir tel un arbre fruitier à fleurs roses, plein de feuilles et de rameaux dansants parmi lesquels le bec de bronze, l'aride cimeterre de son père, l'homme égoïste, plongeait et frappait, réclamant de la sympathie.

Empli de ses paroles, comme un enfant repu quitte le sein, il dit enfin, la regardant avec une humble gratitude, revivifié, régénéré, qu'il allait faire un tour ; il allait regarder les enfants jouer au cricket. Il partit.

Aussitôt, Mrs Ramsay parut se replier, se refermer

sur elle-même, un pétale après l'autre, s'affaissa
d'épuisement, si bien qu'il lui restait juste assez de
force pour suivre du doigt sur la page, délicieusement
abandonnée à l'épuisement, le conte de Grimm[1], tandis que vibrait en elle, comme le frémissement pro-
longé d'un ressort brusquement détendu, la joie
intense de la création réussie.

Chacune de ces vibrations semblait, alors que son
mari s'éloignait, les contenir tous deux, et procurer à
chacun ce réconfort que deux notes distinctes, l'une
aiguë, l'autre grave, jouées ensemble, paraissent se
donner en résonnant à l'unisson. Pourtant, comme
l'écho se dissipait et qu'elle en revenait au Conte de
Fées, Mrs Ramsay se sentit physiquement épuisée
(c'est toujours ce qu'elle éprouvait, pas sur le
moment, mais un peu après), seulement cette fois, à
sa fatigue physique se mêlait une sensation légèrement déplaisante qui n'avait pas la même origine.
Non qu'elle sût exactement, tout en lisant à haute voix
l'histoire de la Femme du Pêcheur, d'où elle venait ;
et elle s'interdit même de formuler précisément son
insatisfaction lorsqu'elle comprit, au détour d'une
page, en entendant une vague se briser, sourde et
menaçante, qu'elle venait de là : elle n'aimait pas, ne
serait-ce qu'un instant, se sentir supérieure à son
mari ; et qui plus est ne supportait pas de n'être pas
entièrement certaine, quand elle lui parlait, de la
vérité de ce qu'elle disait. Les universités et les gens
qui le réclamaient, ses cours et ses livres et le fait
qu'ils soient de la plus haute importance — de tout
cela elle ne doutait pas une seconde ; mais c'étaient
leurs relations, et sa façon de venir à elle comme ça,

ouvertement, au vu et au su de tout le monde, qui la
mettaient mal à l'aise ; parce que après les gens
disaient qu'il dépendait d'elle, alors qu'ils savaient
bien que des deux c'était lui qui avait, et de loin, le
plus d'importance, et que ce qu'elle donnait au
monde, comparé à ce que lui-même donnait, était
dérisoire. Oui mais, encore une fois, c'était aussi
l'autre problème — ne pas pouvoir lui dire la vérité,
ne pas oser, par exemple pour le toit de la serre et ce
qu'il en coûterait, peut-être cinquante livres, pour le
faire réparer ; et puis pour ses livres, craindre qu'il ne
devine, ce qu'elle soupçonnait un peu, que son dernier
livre n'était pas tout à fait le meilleur (d'après ce que
lui avait dit William Bankes) ; et puis cacher des petites choses de tous les jours, et les enfants qui s'en
apercevaient, et le poids que cela représentait pour
eux — tout cela diminuait la joie parfaite, la joie pure
des deux notes à l'unisson, et faisait qu'en cet instant
ne lui parvenait plus qu'une résonance sinistre et
désaccordée.

Une ombre tomba sur la page ; elle leva les yeux.
C'était Augustus Carmichael qui passait en traînant
les pieds à l'instant même, justement quand il lui était
si pénible d'avoir à reconnaître l'imperfection des rapports humains, à admettre que les relations les plus
harmonieuses avaient leurs failles et ne résistaient pas
à l'examen que, par amour pour son mari, et guidée
par son instinct de la vérité, elle leur faisait subir ;
quand il lui était si pénible de se sentir convaincue
d'indignité et empêchée de remplir sa fonction par
tous ces mensonges, ces exagérations, — à l'instant
même où de vils tracas succédaient à son exaltation,
il fallait que Mr Carmichael passe en traînant les

pieds dans ses pantoufles jaunes, et, poussée par on
ne sait trop quel démon, elle lança à son passage :
« Vous rentrez, Mr Carmichael ? »

8

Pas un mot de sa part. Il prenait de l'opium. Les
enfants disaient que cela lui avait jauni la barbe. Peut-
être. Ce qui était sûr pour elle c'est que ce pauvre
homme était malheureux, qu'il cherchait à s'évader en
venant chez eux chaque année ; et pourtant chaque
année, elle ressentait la même impression ; il n'avait
pas confiance en elle. Elle disait : « Je vais à la ville.
Voulez-vous que je vous achète des timbres, du
papier, du tabac ? » et elle le sentait frémir. Il n'avait
pas confiance en elle. C'était la faute de sa femme.
Elle se rappelait cette méchanceté de sa femme à son
égard, qui l'avait pétrifiée et glacée ce jour-là, dans
l'horrible petit salon de St John's Wood[1], quand elle
avait vu de ses propres yeux cette femme odieuse le
chasser de chez lui. Il était mal tenu ; il faisait des
taches sur son veston ; il était agaçant comme peut
l'être un vieillard qui n'a absolument rien à faire ; et
elle l'avait chassé de la pièce. Disant, à sa façon
odieuse : « Maintenant, Mrs Ramsay et moi voulons
causer un peu toutes les deux », et Mrs Ramsay avait
vu, comme étalées sous ses yeux, les innombrables
misères de son existence. Avait-il de quoi s'acheter du
tabac ? Était-il obligé de lui demander de l'argent
pour ça ? deux shillings ? dix-huit pence ? Oh, l'idée

des petites humiliations qu'elle lui faisait subir lui
était insupportable. Et maintenant (pourquoi, elle
n'en savait rien, sauf que, d'une certaine façon, c'était
sans doute à cause de cette femme) il avait toujours
comme un mouvement de recul en sa présence. Il ne
lui racontait jamais rien. Mais qu'aurait-elle pu faire
de plus ? On lui avait donné une chambre ensoleillée.
Les enfants étaient gentils avec lui. Jamais elle ne
manifestait la moindre impatience à son égard. En fait
elle ne savait quoi inventer pour lui être agréable.
Avez-vous besoin de timbres, avez-vous besoin de
tabac ? Voici un livre qui pourrait bien vous plaire et
ainsi de suite. Et après tout — après tout (là, imperceptiblement, elle se ressaisit physiquement, le sentiment de sa propre beauté, une fois n'est pas coutume,
s'imposant à elle) — après tout, elle n'avait en général
aucun mal à attirer la sympathie ; George Manning,
par exemple ; Mr Wallace ; tout célèbres qu'ils
étaient, ils venaient la voir de temps en temps le soir,
sans cérémonies, pour parler seul à seule au coin du
feu. Toujours et en tout lieu, elle était bien forcée de
le savoir, l'accompagnait le flambeau de sa beauté ;
elle le portait bien droit dans chaque pièce où elle
pénétrait ; et après tout, elle avait beau la dissimuler,
et refuser le maintien monotone qu'elle lui imposait,
sa beauté était manifeste. On l'avait admirée. On
l'avait aimée. Elle avait pénétré dans des chambres
mortuaires. Des larmes avaient coulé en sa présence.
Des hommes, et des femmes aussi, oubliant pour un
temps la complexité des choses, avaient connu auprès
d'elle le soulagement de la simplicité. Ce recul instinctif la blessait. Il lui faisait de la peine. Mais cela n'était
pas bien net, pas bien pur. Voilà ce qui la gênait, sur-

tout maintenant, alors qu'elle était déjà contrariée à cause de son mari ; l'impression qu'elle avait en voyant passer Mr Carmichael, un livre sous le bras, traînant les pieds dans ses pantoufles jaunes et se bornant à hocher la tête en réponse à sa question, d'être tenue en suspicion ; et que tout ce désir qu'elle avait de donner, d'aider, n'était que vanité. Était-ce donc seulement pour satisfaire son amour-propre qu'elle souhaitait si instinctivement aider, donner, pour que les gens disent d'elle : « Ô Mrs Ramsay ! Chère Mrs Ramsay... Mrs Ramsay, bien sûr ! » et aient besoin d'elle, et fassent appel à elle et l'admirent ? N'était-ce pas secrètement cela qu'elle désirait, et donc quand Mr Carmichael l'évitait, comme en cet instant, et se sauvait dans un coin pour y composer ses éternels acrostiches, il ne se contentait pas de repousser son élan instinctif, il lui faisait encore prendre conscience de la part de mesquinerie qui était en elle, comme aussi dans les rapports humains, tellement imparfaits, tellement sordides, tellement égoïstes dans le meilleur des cas. Fanée et usée comme elle l'était, probablement incapable désormais (elle avait les joues creuses, les cheveux blancs) de charmer les regards, mieux valait qu'elle se concentre sur l'histoire du Pêcheur et sa Femme et apaise ainsi ce petit écorché vif (aucun de ses enfants n'était aussi sensible) son fils James.

« Le cœur de l'homme se serra », lut-elle à haute voix, « et il refusa d'y aller. Il se dit : "Ce n'est pas bien", mais il finit par y aller. Et quand il arriva devant la mer l'eau était toute violette et bleu foncé, et grise et visqueuse, et non plus verte et jaune, mais elle était encore calme. Et il resta planté là et dit — »

Mrs Ramsay aurait préféré que son mari ne choisisse pas cet instant pour s'arrêter. Pourquoi n'était-il pas allé comme il l'avait dit voir les enfants jouer au cricket ? Mais il ne dit pas un mot ; il regarda ; hocha la tête ; approuva ; se remit en marche. Il glissa, voyant devant lui cette haie qui tant et tant de fois avait complété un silence, signifié une conclusion, voyant sa femme et son enfant, voyant de nouveau les urnes d'où retombaient les géraniums rouges qui si souvent avaient accompagné le développement de sa pensée et portaient, inscrits sur leurs feuilles, comme sur autant de petits papiers où l'on griffonne à la hâte des notes de lecture — il glissa sans heurt, à la vue de ces choses, dans une méditation inspirée par un article du *Times* sur le nombre d'Américains qui visitent chaque année la maison de Shakespeare. Si Shakespeare n'avait jamais existé, se demanda-t-il, le monde serait-il très différent de ce qu'il est aujourd'hui ? Le progrès de la civilisation dépend-il des grands hommes ? Le sort de l'homme ordinaire s'est-il amélioré depuis le temps des Pharaons ? D'un autre côté, se demanda-t-il, le sort de l'homme ordinaire constitue-t-il un bon critère pour évaluer la civilisation ? Peut-être pas. Peut-être que le plus grand bien requiert l'existence d'une classe d'esclaves. Le liftier du métro est une nécessité éternelle. Cette pensée lui était désagréable. Il rejeta la tête en arrière. Pour l'écarter, il trouverait un moyen quelconque de rabaisser la suprématie des arts. Il soutiendrait que le monde existe pour l'homme ordinaire ; que les arts ne sont jamais qu'un ornement de la vie humaine, rajouté en prime ; ils n'en sont pas l'expression. Shakespeare non plus ne lui est pas nécessaire. Sans savoir exactement pourquoi il tenait

tant à déprécier Shakespeare et voler à la rescousse
de l'homme éternellement planté sur le seuil de
l'ascenseur, il arracha sèchement une feuille de la
haie. Il faudrait, se dit-il, mettre tout ça en forme
avant de le servir aux étudiants de Cardiff le mois
prochain ; ici, sur sa terrasse, il se contentait de fure-
ter et de grappiller (il jeta la feuille qu'il avait arrachée avec tant d'humeur) comme un cavalier qui se
penche pour cueillir un bouquet de roses, ou bourre
ses poches de noisettes en chevauchant à loisir dans
les chemins et les prés d'une contrée connue depuis
l'enfance. Tout lui était familier ; ce tournant, cet
échalier, ce raccourci à travers champs. Il passait ainsi
des heures, le soir, à fumer la pipe en arpentant les
vieux chemins et champs communaux familiers, jalon-
nés, çà et là, de l'histoire de telle campagne, de la vie
de tel homme d'État, de poèmes et d'anecdotes, de
personnages aussi, tel penseur, tel soldat ; le tout bien
clair et net ; mais finalement le chemin, le pré, le
champ communal, le noisetier fécond et la haie en
fleurs l'amenèrent jusqu'à ce dernier tournant où il
mettait toujours pied à terre, attachait son cheval à
un arbre et continuait seul à pied. Il atteignit le bord
de la pelouse et contempla de haut l'étendue de la
baie.

C'était son lot, sa particularité, qu'il le veuille ou
non, de s'avancer ainsi sur une langue de terre lentement rongée par la mer, et de se poster là, comme un
sombre oiseau de mer, tout seul. C'était son pouvoir,
son don, de se dépouiller d'un coup de tout le super-
flu, de se contracter, se concentrer au point de paraître plus nu et de se sentir plus sec, même physiquement, sans rien perdre toutefois de son acuité

intellectuelle, et de rester posté là sur son petit promontoire face aux ténèbres de l'ignorance humaine, à l'évidence que nous ne savons rien et que la mer peu à peu ronge le sol sous nos pieds — tel était son lot, son don. Mais ayant renoncé, en mettant pied à terre, à toute pose ou mimique, à tous les trophées de noisettes et de roses, s'étant contracté au point d'en oublier la gloire et jusqu'à son propre nom, il conservait, même dans cette solitude, une vigilance qui n'épargnait aucune chimère et ne succombait à aucune vision, et c'est sous cet aspect qu'il inspirait à William Bankes (irrégulièrement) et à Charles Tansley (obséquieusement) et en cet instant à sa femme, quand elle leva les yeux et le vit posté au bord de la pelouse, de la révérence, de la pitié, de la gratitude aussi, tout comme un pieu fiché dans le lit d'un chenal, sur quoi les mouettes viennent se percher et les vagues se briser, inspire aux voyageurs joyeusement accoudés au bastingage un sentiment de gratitude pour s'être chargé de marquer le chenal là-bas au milieu des flots, tout seul.

« Mais le père de huit enfants n'a pas le choix... » Marmonnant entre ses dents, il s'interrompit, se retourna, soupira, leva les yeux, chercha la silhouette de sa femme en train de lire des histoires au petit ; bourra sa pipe. Il se détourna du spectacle de l'ignorance humaine et de la destinée humaine et de la mer qui ronge peu à peu le sol sous nos pieds, qui, s'il avait pu le contempler fixement aurait peut-être mené à quelque chose ; et trouva une consolation dans des bagatelles si insignifiantes en regard du thème sublime qui l'accaparait un instant plus tôt qu'il fut tenté de négliger ce réconfort, de le désavouer, comme si le fait d'être surpris à se sentir heureux dans un monde de souffrance constituait pour un honnête homme le plus honteux des crimes. C'était vrai ; dans l'ensemble il était heureux ; il avait sa femme ; il avait ses enfants ; dans six semaines il avait promis d'aller raconter aux étudiants de Cardiff « deux trois faribo-les » sur Locke, Hume, Berkeley[1], et les causes de la Révolution française. Mais tout ceci et le plaisir qu'il prenait, à trouver des formules bien frappées, à l'ardeur de la jeunesse, à la beauté de sa femme, aux témoignages d'admiration qui lui parvenaient de Swansea, Cardiff, Exeter, Southampton, Kidderminster, Oxford, Cambridge — il fallait tout désavouer, tout dissimuler sous cette formule, « deux trois faribo-les », parce que en réalité, il n'avait pas fait ce qu'il aurait pu faire. C'était une feinte ; le subterfuge d'un homme qui n'osait pas s'avouer ses sentiments, qui ne pouvait pas dire : Voilà ce que j'aime — voilà ce que je suis ; assez pitoyable et déplaisant aux yeux de William Bankes et Lily Briscoe, qui se demandaient pour-quoi tant de dissimulation était nécessaire ; pourquoi il avait toujours besoin d'éloges ; pourquoi un homme aussi courageux en pensée se montrait aussi timoré dans la vie ; et comment pouvait-on être aussi vénéra-ble et aussi grotesque à la fois ?

Être un maître, un guide spirituel, exige sans doute, se dit Lily, des qualités surhumaines. (Elle était en train de ranger son matériel.) Plus on s'élève, plus dure doit être la chute, d'une manière ou d'une autre. Mrs Ramsay lui donnait trop facilement ce qu'il demandait. Et puis le changement a de quoi le perturber, dit Lily. Il quitte ses livres pour nous trouver tous en train de jouer et de raconter des faribo-les. Imaginez un peu le changement par rapport aux choses qui occupent son esprit, dit-elle.

Il fondait sur eux. Il s'arrêta net et resta là à regarder la mer en silence. L'instant d'après il s'en était détourné.

9

Oui, dit Mr Bankes, en le regardant s'éloigner. Quel dommage. (Lily avait dit qu'elle le trouvait un peu effrayant — ses sautes d'humeur étaient si brutales.) Oui, dit Mr Bankes, quel dommage que Ramsay ne puisse se comporter un peu plus comme tout le monde. (Car il aimait bien Lily Briscoe ; il pouvait parler de Ramsay avec elle en toute franchise.) C'est pour cela, dit-il, que les jeunes ne lisent plus Carlyle[1]. Ce vieux ronchon qui piquait une colère quand son porridge n'était pas assez chaud, de quel droit viendrait-il nous faire la morale ? Voilà, à ce que croyait Mr Bankes, ce que disaient les jeunes gens d'aujourd'hui. Quel dommage si l'on considérait, comme lui, que Carlyle était un des grands maîtres de l'humanité. Lily avait honte de le dire, mais elle n'avait pas lu Carlyle depuis qu'elle avait quitté l'école. Mais à son avis, cette façon qu'avait Mr Ramsay de croire que le monde allait s'arrêter parce qu'il avait mal au petit doigt le rendait d'autant plus attendrissant. Non, ce n'était pas cela qui la gênait. Car qui pouvait-il tromper ? Il vous demandait ouvertement de le flatter, de l'admirer. Ses petites

ruses ne trompaient personne. Ce qu'elle n'aimait pas
c'était son côté étroit et obtus, dit-elle en le suivant
du regard.

« Un peu hypocrite ? » suggéra Mr Bankes, en
regardant lui aussi le dos de Mr Ramsay, car ne songeait-il pas à son amitié, et à Cam qui avait refusé de
lui donner une fleur, et à tous ces garçons et ces filles,
et à sa maison à lui, très confortable, certes, mais,
depuis la mort de sa femme, un peu trop calme peut-
être ? Bien sûr, il avait son travail... Tout de même, il
aimerait bien entendre Lily reconnaître que Ramsay
était, comme il disait, « un peu hypocrite ».

Lily Briscoe continuait à ranger ses pinceaux, sans
cesser de lever et baisser la tête. Quand elle la levait,
il était là — Mr Ramsay — qui marchait sur eux, le
pas vif, l'allure désinvolte, perdu dans ses pensées, distant. Un peu hypocrite ? répéta-t-elle. Oh non — le
plus sincère des hommes, le plus loyal (le voilà qui
arrivait), le meilleur ; mais dès qu'elle baissait la tête
elle pensait : il est centré sur lui-même ; tyrannique ;
injuste ; et faisait exprès de garder la tête baissée, car
c'était le seul moyen pour elle de se contrôler, quand
elle était chez les Ramsay. Dès qu'on levait la tête et
qu'on les voyait, ce qu'elle appelait « être amoureuse » les enveloppait d'une sorte d'aura. Ils apparte-
naient à cet univers irréel mais pénétrant et troublant
qu'est le monde vu par les yeux de l'amour. Ils se
détachaient sur le ciel ; les oiseaux chantaient à travers eux. Et, plus troublant encore, elle avait l'impression, à voir Mr Ramsay fondre sur elle et battre en
retraite, et Mrs Ramsay assise avec James dans
l'embrasure de la fenêtre, et le nuage passer et l'arbre
se pencher, que la vie, au lieu d'être faite de menus

incidents distincts vécus l'un après l'autre, se ramas-
sait et se recourbait comme une vague qui vous soulève et vous précipite ensuite, dans un jaillissement
d'écume, là sur la grève.

Mr Bankes attendait d'elle une réponse. Et elle
était sur le point de critiquer un peu Mrs Ramsay,
de dire qu'elle aussi était redoutable, à sa manière,
impérieuse, ou quelque chose d'approchant, lorsque
Mr Bankes la dispensa de tout discours par son ravissement. Il n'y avait pas d'autre mot, étant donné son
âge, soixante ans passés, sa propreté méticuleuse, son
détachement, et la blouse blanche du savant dont il
semblait enveloppé. Qu'un homme tel que lui
contemple Mrs Ramsay avec le regard que lui voyait
Lily était une forme de ravissement, qui valait bien,
songea-t-elle, l'amour de douzaines de jeunes gens (et
Mrs Ramsay n'avait peut-être jamais suscité l'amour
de douzaines de jeunes gens). C'était un amour, se dit
Lily en faisant mine de déplacer sa toile, distillé et
épuré ; un amour qui ne cherchait en rien à s'emparer
de son objet, mais qui, semblable à l'amour que les
mathématiciens vouent à leurs symboles, ou les poètes
à leurs tours de phrase, était destiné à se répandre
sur le monde pour l'enrichissement du genre humain.
C'était bien cela. Et le monde assurément y aurait eu
part, si Mr Bankes avait pu dire pourquoi cette femme
le charmait à ce point ; pourquoi la voir lire un conte
de fées à son enfant produisait sur lui exactement le
même effet que la solution d'un problème scientifique, de sorte qu'il demeurait dans cette contemplation avec le sentiment, comme à chaque fois qu'il
venait de prouver quelque chose de définitif concer-

nant le système digestif des végétaux, que la barbarie était vaincue, le règne du chaos aboli.

Un tel ravissement — comment l'appeler autrement ? — fit complètement oublier à Lily Briscoe ce qu'elle avait été sur le point de dire. Ce n'était rien d'important ; quelque chose à propos de Mrs Ramsay. Cela paraissait dérisoire à côté de ce « ravissement », de cette contemplation silencieuse qui lui inspirait une gratitude intense ; car rien ne la réconfortait, ne la soulageait de la complexité de la vie, et ne la délestait de ses fardeaux, autant que cette force sublime, ce cadeau des dieux, et on n'avait pas plus envie de la troubler, tant que cela durait, que de briser le rayon de soleil qui s'étendait à l'horizontale sur le sol.

Que les gens puissent aimer ainsi, que Mr Bankes puisse éprouver ceci pour Mrs Ramsay (elle s'assura d'un coup d'œil qu'il était toujours perdu dans ses pensées) était bienfaisant, exaltant. Elle essuya un pinceau après l'autre sur un vieux chiffon, humble comme une servante, volontairement. Elle s'abritait sous cette révérence qui s'étendait à toutes les femmes ; elle avait part aux louanges. Qu'il poursuive sa contemplation ; elle en profiterait pour jeter un œil discret sur son tableau.

Elle en aurait pleuré. C'était mauvais, mauvais, épouvantablement mauvais ! Bien sûr elle aurait pu s'y prendre autrement ; diluer et atténuer la couleur ; créer des formes vaporeuses ; c'est comme ça que Paunceforte l'aurait vu. Seulement elle, elle ne le voyait pas comme ça. Elle voyait la couleur flamber sur une structure en acier ; la lumière d'une aile de papillon, posée sur les arcs d'une cathédrale[1]. De tout cela ne restaient plus sur la toile que quelques taches barbouillées au hasard. Et ce tableau ne serait jamais vu par personne ; jamais accroché nulle part même, et voici qu'elle entendait Mr Tansley lui murmurer à l'oreille : « Les femmes sont incapables de peindre, incapables d'écrire... »

Elle se rappelait à présent ce qu'elle avait été sur le point de dire à propos de Mrs Ramsay. Elle ne savait pas comment elle l'aurait formulé ; mais ç'aurait été une critique. Elle avait été agacée l'autre soir par ses manières soudain impérieuses. Dirigeant son regard parallèlement à celui de Mr Bankes, elle songea qu'aucune femme ne peut en adorer une autre comme lui adorait ; elles ne pouvaient que s'abriter dans l'ombre que Mr Bankes étendait sur elles deux. Suivant le trait lumineux de son regard, elle le doubla de son propre rayon, songeant qu'elle était sans conteste (ainsi penchée sur son livre) l'être le plus exquis qu'on puisse imaginer ; le meilleur peut-être ; mais aussi qu'elle était différente de la forme parfaite que l'on voyait là. Mais pourquoi cette différence, et en quoi consistait-elle ? se demanda-t-elle en raclant sur sa palette tous ces petits tas de bleu et de vert qui lui apparaissaient maintenant comme autant de croûtes inertes, mais, elle en faisait le serment, demain elle leur rendrait vie, les forcerait à bouger, à jaillir, à se plier à ses volontés. En quoi différait-elle ? Quel était le principe de son être, cet élément essentiel qui faisait que, si l'on avait trouvé un gant au coin d'un canapé, on aurait su, à son doigt déformé, que c'était le sien, sans erreur possible ? Elle était vive comme un oiseau, directe comme une flèche. Elle était obstinée ; elle était autoritaire (bien sûr, reconnut Lily, je pense ici à ses rapports avec les fem-

mes, et je suis beaucoup plus jeune, quelqu'un d'insi-
gnifiant qui habite du côté de Brompton Road). Elle
ouvrait les fenêtres des chambres. Elle fermait les
portes. (Ainsi essayait-elle d'amorcer dans sa tête la
petite musique de Mrs Ramsay.) Tard le soir, elle
venait frapper doucement à la porte de votre chambre, enveloppée dans un vieux manteau de fourrure
(car l'écrin de sa beauté était toujours dans ce style —
aucune recherche, mais le ton juste), et se lançait dans
l'imitation de tel ou tel — Charles Tansley perdant
son parapluie ; Mr Carmichael reniflant et renâclant ;
Mr Bankes déclarant : « Tous les sels minéraux des
légumes sont perdus. » Elle tournait tout cela avec
adresse ; le déformait même avec un brin de mali-
gnité ; elle allait à la fenêtre, sous prétexte qu'il était
temps pour elle de partir, — déjà l'aurore, elle apercevait les premiers rayons du soleil, — puis revenant à
moitié sur ses pas, soudain plus proche, et néanmoins
toujours enjouée, insistait sur la nécessité pour elle,
pour Minta, pour tous les autres, de se marier, car
partout dans le monde, quelques lauriers qu'on lui
tressât (mais Mrs Ramsay se moquait éperdument de
sa peinture), quelques succès qu'elle remportât
(Mrs Ramsay en avait probablement eu sa part), et à
ces mots elle s'attristait, se rembrunissait, et revenait
s'asseoir, une chose était sûre : une femme qui ne s'est
pas mariée (elle lui prenait délicatement la main un
instant), une femme qui ne s'est pas mariée est passée
à côté de ce que la vie a de plus beau à offrir. La
maison semblait pleine d'enfants endormis et d'une
Mrs Ramsay prêtant l'oreille ; de lumières tamisées et
de respirations régulières.

Oh ! mais, disait Lily, il y avait son père ; sa mai-

son ; et même, mais elle n'osait le dire, sa peinture.
Tout cela pourtant semblait si étriqué, si virginal en
regard de cette autre chose. Pourtant, comme la nuit
avançait, que des rais de lumière blanche entre-
bâillaient les rideaux, que parfois un oiseau chantait
dans le jardin, rassemblant désespérément son courage, elle revendiquait le droit d'échapper à la loi
universelle ; se faisait éloquente ; elle aimait être
seule ; elle aimait être elle-même ; elle n'était pas
faite pour ça ; et devait alors soutenir le regard grave
de ces yeux d'une profondeur sans pareille, puis bra-
ver la conviction toute simple de Mrs Ramsay (et elle
était à présent d'une candeur enfantine) que sa chère
Lily, sa petite Brisk, n'était qu'une sotte. Alors, elle
s'en souvenait, elle avait posé sa tête sur les genoux
de Mrs Ramsay et s'était mise à rire, rire, rire, d'un
rire quasi hystérique, à l'idée de Mrs Ramsay présidant avec un calme imperturbable à des destinées
qu'elle était complètement incapable de comprendre.
Elle était assise là, simple et sérieuse. Elle avait à présent retrouvé l'impression qu'elle lui faisait — c'était
cela le doigt déformé du gant. Mais dans quel sanctuaire avait-on pénétré ? Lily Briscoe avait fini par
relever la tête, et Mrs Ramsay était là, parfaitement
inconsciente de ce qui avait provoqué son fou rire,
présidant toujours, mais à présent sans plus aucune
trace d'obstination, et, à la place, quelque chose de
clair comme l'espace qui se découvre enfin quand passent les nuages — ce petit espace de ciel blotti contre
la lune.

Était-ce sagesse ? Était-ce savoir ? Était-ce, une fois
de plus, le leurre de la beauté, qui emmêlait toutes
vos perceptions, à mi-chemin de la vérité, dans les

mailles d'un filet doré ? ou recelait-elle un secret que
les autres aussi, se disait Lily, devaient forcément
connaître pour que le monde poursuive ainsi sa marche ? Tout le monde ne pouvait pas mener comme
elle une existence décousue, au jour le jour. Mais si
les gens savaient, pouvaient-ils vous dire ce qu'ils
savaient ? Assise par terre, encerclant de ses bras les
genoux de Mrs Ramsay, se serrant contre elle autant
qu'il était possible, souriant à l'idée que Mrs Ramsay
ne connaîtrait jamais la raison de cette étreinte, elle
imaginait que dans les tréfonds de l'esprit et du cœur
de cette femme, en cet instant si proche, physiquement, reposaient, comme les trésors amassés dans les
tombeaux des rois, des tablettes portant des inscriptions sacrées, qui apprendraient toutes choses à qui
saurait les déchiffrer, mais elles ne seraient jamais
livrées aux regards, jamais rendues publiques. Exis-
tait-il un art, accessible à l'amour ou à la ruse, qui
permettait de forcer le passage jusqu'à ces tréfonds ?
Un moyen de se confondre absolument comme des
eaux versées dans une même jarre, de ne faire qu'un
avec l'objet de son adoration ? Le corps pouvait-il y
parvenir, ou bien l'esprit, par quelque fusion subtile
dans les replis sinueux du cerveau ? ou bien le cœur ?
La force de l'amour, comme disaient les gens, pouvait-elle faire que leurs deux êtres se fondent en un
seul ? car ce n'était pas le savoir qu'elle désirait mais
l'unité, non pas les inscriptions sur des tablettes, ni
rien qui puisse s'écrire dans aucune langue connue
des hommes, mais l'intimité même, qui est connaissance, avait-elle songé, la tête appuyée contre les
genoux de Mrs Ramsay.

  Rien ne s'était passé. Rien ! Rien ! alors qu'elle

appuyait sa tête contre les genoux de Mrs Ramsay. Et pourtant, elle savait que savoir et sagesse étaient engrangés dans le cœur de Mrs Ramsay. Comment alors, s'était-elle demandé, savait-on une chose ou une autre sur les gens, impénétrables comme ils l'étaient ? Simplement, telle une abeille, attirée par quelque douceur ou âcreté dans l'air qui échappe au toucher comme au goût, on hantait la ruche en forme de dôme, on parcourait seul l'immensité des airs au-dessus des pays du monde, et revenait hanter les ruches grouillantes et murmurantes, ces ruches qui étaient les gens. Mrs Ramsay se leva. Lily se leva. Mrs Ramsay partit. Pendant des jours avait flotté autour d'elle, comme on sent après un rêve un changement subtil chez la personne dont on a rêvé, plus insistant que les paroles qu'elle pouvait prononcer, un bruissement de murmures et, assise dans le fauteuil en osier à la fenêtre du salon, elle revêtait aux yeux de Lily une forme auguste ; la forme d'un dôme.

Ce rayon, parallèle à celui de Mr Bankes, alla droit à Mrs Ramsay assise à lire, James contre ses genoux. Mais à présent, tandis que son regard s'attardait, Mr Bankes en avait terminé. Il avait chaussé ses lunettes. Il avait reculé d'un pas. Il avait levé la main. Il avait plissé légèrement ses yeux d'un bleu limpide, quand Lily, sortant de sa rêverie, vit ce qu'il était en train de faire, et tressaillit, comme un chien qui voit une main se lever pour le frapper. Elle aurait bien voulu arracher son tableau du chevalet, mais, se dit-elle : Il le faut. Elle s'arma de courage pour résister à la terrible épreuve d'un regard étranger posé sur son tableau. Il le faut, se dit-elle, il le faut. Et s'il fallait qu'il soit vu, Mr Bankes faisait moins peur qu'un autre. Mais que d'autres yeux que les siens voient le résidu de ses trente-trois années d'existence, le dépôt laissé par chacune des journées vécues, mêlé à quelque chose de plus secret que ce qu'elle avait jamais pu dire ou montrer au cours de toutes ces journées, la mettait au supplice. En même temps c'était prodigieusement excitant.

On n'aurait rien pu imaginer de plus calme ni de plus posé. Sortant un canif de sa poche, Mr Bankes tapota la toile avec le manche en os. Que voulait-elle indiquer par la forme triangulaire violette, « juste ici » ? demanda-t-il.

C'était Mrs Ramsay en train de faire la lecture à James, dit-elle. Elle devinait son objection — que personne ne pourrait y voir une forme humaine. Mais elle n'avait pas du tout cherché la ressemblance, dit-elle. Pour quelle raison alors les avait-elle introduits ? demanda-t-il. Pourquoi en effet ? — sauf que si ce coin, là, était clair, dans celui-ci, elle ressentait le besoin d'une masse sombre. C'était simple, évident, banal, et malgré tout Mr Bankes était intéressé. La mère et l'enfant — objets d'une vénération universelle, et en l'occurrence la mère était réputée pour sa beauté[1] — pouvaient donc être ramenés, observa-t-il à part lui, à une ombre violette sans irrévérence.

Mais ce tableau ne visait pas à les représenter, dit-elle. Du moins, pas au sens où il l'entendait. Il y avait d'autres sens, aussi, d'autres manières de marquer sa révérence. Par une ombre ici et une lumière là, par exemple. Son hommage prenait cette forme, si tant est qu'un tableau, comme elle le supposait vaguement, constitue nécessairement un hommage. Une mère à l'enfant pouvait être ramenée à une ombre sans irrévérence. Une lumière ici appelait une ombre là. Il réfléchissait. Il était intéressé. Son attitude était scientifique, d'une parfaite bonne foi. À la vérité, expliquat-il, tous ses préjugés allaient dans l'autre sens. Le plus grand tableau dans son salon, que des peintres avaient admiré, et estimé plus cher qu'il ne l'avait payé, représentait les cerisiers en fleur sur les berges de la Kennet[1]. Il avait passé sa lune de miel sur les berges de la Kennet, dit-il. Il faudrait que Lily vienne voir ce tableau, dit-il. Mais voyons — il entreprit, les lunettes relevées sur le front, d'examiner scientifiquement sa toile. Puisqu'il s'agissait de rapports de masses, d'ombres et de lumières, ce qui, pour parler franchement, ne lui était jamais venu à l'esprit, il aimerait bien quelques explications — que voulait-elle donc faire avec cela ? Et de désigner le spectacle devant leurs yeux. Elle regarda. Elle était incapable de lui montrer ce qu'elle voulait en faire, incapable d'ailleurs de le voir elle-même, sans un pinceau à la main. Elle reprit une fois encore sa position habituelle pour peindre, l'œil vague et l'air absent, soumettant toutes ses impressions personnelles à quelque chose de beaucoup plus général ; retombant une fois encore sous l'emprise de cette vision qui lui était apparue clairement une seule fois et qu'il lui fallait depuis rechercher à tâtons parmi les haies, les maisons, les mères et les enfants — son tableau. Il s'agissait de savoir, cela lui revenait, comment relier cette masseci sur la droite à cette autre sur la gauche. Elle pourrait le faire en prolongeant transversalement la ligne de cette branche, comme ceci ; ou alors elle pourrait meubler ce vide au premier plan en rajoutant quelque chose (James peut-être) comme cela. Mais à ce moment-là on risquait de détruire l'unité de l'ensemble. Elle s'arrêta ; elle ne voulait pas l'ennuyer ; d'un geste preste elle ôta la toile du chevalet.

Mais quelqu'un l'avait vue ; quelqu'un la lui avait prise. Cet homme avait partagé avec elle quelque chose de tout à fait intime. Et, remerciant intérieurement Mr Ramsay, et Mrs Ramsay, et l'heure et le lieu, prêtant au monde un pouvoir qu'elle ne lui soupçonnait pas, qui vous permettait d'explorer cette longue galerie souterraine non plus seule comme d'habitude mais bras dessus, bras dessous — l'impression la plus étrange qui soit, mais aussi la plus grisante — elle fixa le crochet de sa boîte de couleurs, avec plus de vigueur qu'il n'était nécessaire, et ce crochet parut emprisonner à jamais la boîte de couleurs, la pelouse, Mr Bankes, et cette petite sauvageonne, Cam, qui passait à toute allure.

10

De fait, Cam frôla de près le chevalet ; pas question de s'arrêter pour Mr Bankes et Lily Briscoe ; malgré la main que lui tendit Mr Bankes, qui aurait bien aimé avoir une fille lui aussi ; pas question de s'arrêter pour son père, qu'elle frôla également de près ; ni pour sa mère, qui cria « Cam ! Viens un peu ici ! » au moment où elle passait à toute allure. Elle filait comme un oiseau, une balle, ou une flèche, portée par quel désir, tirée par quel chasseur, et vers quelle cible, qui pouvait le dire ? Allez donc savoir, s'interrogea

Mrs Ramsay en la suivant des yeux. Ce pouvait être une vision — d'un coquillage, d'une brouette, d'un royaume enchanté de l'autre côté de la haie ; ou ce pouvait être l'ivresse de la vitesse ; nul ne savait. Mais quand Mrs Ramsay cria « Cam ! » une deuxième fois, le projectile retomba à mi-course, et Cam revint en traînant les pieds, arrachant une feuille au passage, vers sa mère.

À quoi rêvait-elle, s'interrogea Mrs Ramsay en la voyant tellement absorbée, là devant elle, dans quelque pensée personnelle, qu'elle fut obligée de répéter deux fois son message — demander à Mildred si Andrew, Miss Doyle, et Mr Rayley étaient rentrés — Les mots semblaient tomber dans un puits, dont les eaux, si claires fussent-elles, avaient aussi un tel pouvoir déformant qu'on les voyait commencer à se tortiller avant même de toucher le fond et de s'y agencer ensuite Dieu sait comment. Quel message Cam allait-elle transmettre à la cuisinière ? s'interrogea Mrs Ramsay. Et, en effet, c'est seulement après avoir attendu patiemment, et appris qu'il y avait dans la cuisine une vieille dame aux joues très rouges qui buvait du potage dans un grand bol, que Mrs Ramsay réussit enfin à réveiller cet instinct de perroquet qui avait retenu assez exactement les paroles de Mildred et pouvait à présent les reproduire, si on se montrait patient, les psalmodier d'une voix sans timbre. Se dandinant d'une jambe sur l'autre, Cam répéta les paroles : « Non, toujours pas, et j'ai dit à Ellen de desservir la table du thé. »

Minta Doyle et Paul Rayley n'étaient donc pas encore rentrés. Et cela, pensa Mrs Ramsay, ne pouvait vouloir dire qu'une chose. Il fallait qu'elle accepte sa demande ou qu'elle la refuse. Cette façon de partir se promener après le déjeuner, même si Andrew était avec eux — qu'est-ce que cela voulait dire, sinon qu'elle avait décidé, à juste titre, se dit Mrs Ramsay (et elle avait beaucoup, beaucoup d'affection pour Minta), d'accepter la demande de ce brave garçon, qui n'était peut-être pas un aigle, mais finalement, se dit Mrs Ramsay, s'apercevant que James la tirait par la manche pour qu'elle continue à lire à haute voix le Pêcheur et sa Femme, au fond d'elle-même elle préférait de loin les nigauds aux forts en thème qui écrivaient des thèses ; comme Charles Tansley. En tout cas, l'affaire devait être réglée, d'une manière ou d'une autre, à l'heure qu'il était.

Mais elle lut : « Le lendemain matin la femme s'éveilla la première, au point du jour, et de son lit vit la belle campagne qui s'étendait sous ses yeux. Son mari était toujours en train de s'étirer... »

Mais comment Minta pourrait-elle dire maintenant qu'elle ne voulait pas de lui ? Pas si elle acceptait de passer des après-midi entières à traînasser dans la campagne seule avec lui — car Andrew était sûrement parti de son côté pour pêcher ses crabes — mais peut-être bien que Nancy les accompagnait. Elle essaya de se représenter leur petit groupe sur le seuil de la porte après le déjeuner. Ils restaient là à regarder le ciel, à se demander quel temps il allait faire, et elle avait dit, tant pour couvrir leur gêne que pour les encourager à sortir (car elle avait pris le parti de Paul) :

« Il n'y a pas un nuage à l'horizon », sur quoi elle avait senti le ricanement du petit Charles Tansley, qui les avait suivis au dehors. Mais elle l'avait fait exprès. Quant à savoir si Nancy était là ou pas... passant en esprit de l'un à l'autre elle n'arrivait pas à se prononcer.

Elle poursuivit sa lecture : « Ah, femme, dit l'homme, pourquoi faudrait-il que nous soyons roi ? Moi je ne veux pas être Roi — Eh bien, dit sa femme, si tu ne veux pas être Roi, c'est moi qui le serai ; va trouver le Carrelet, car je veux être Roi. »

« Tu entres ou tu sors, Cam », dit-elle, sachant que Cam n'était attirée que par le mot « Carrelet » et que d'ici une minute elle commencerait à avoir la bougeotte et à se chamailler avec James comme d'habitude. Cam fila comme une flèche. Mrs Ramsay continua à lire, soulagée, car James et elle partageaient les mêmes goûts et se sentaient bien ensemble.

« Et quand il arriva au bord de la mer, celle-ci était d'un gris très sombre, et l'eau se soulevait des profondeurs et exhalait une odeur nauséabonde. Alors il s'approcha et dit :

> *"Carrelet, carrelet, viens ici*
> *Réponds, je t'en prie, à mon appel ;*
> *Car ma femme, la bonne Isabelle,*
> *Ne veut pas faire comme je dis."*

“Eh bien, que veut-elle donc ?” dit le Carrelet. » Et où étaient-ils à présent ? se demanda Mrs Ramsay, lisant et réfléchissant tout à la fois, sans aucune difficulté ; car l'histoire du Pêcheur et sa Femme était comme la basse continue qui accompagne un air en sourdine, et de temps à autre fait irruption dans la mélodie. Et quand la mettrait-on au courant ? Si rien ne se passait, il faudrait qu'elle parle sérieusement à Minta. Car elle ne pouvait pas aller traînasser dans

toute la région, même si Nancy les accompagnait (elle
essaya une fois de plus, sans succès, de revoir les dos
qui s'éloignaient sur le sentier, et de les compter). Elle
était responsable envers les parents de Minta — la
Chouette et le Tisonnier. Les surnoms qu'elle leur
donnait surgirent dans son esprit pendant qu'elle
lisait. La Chouette et le Tisonnier — oui, ils seraient
contrariés s'ils apprenaient — et ils ne manqueraient
pas de l'apprendre — que Minta, pendant son séjour
chez les Ramsay, avait été vue et cetera, et cetera, et
cetera. « Il portait perruque à la Chambre des
Communes et elle le secondait efficacement en jouant
les potiches », répéta-t-elle, les extirpant de sa
mémoire à l'aide d'une épigramme qu'elle avait
composée, au retour d'une réception chez eux, pour
amuser son mari. Mon Dieu, mon Dieu, se dit
Mrs Ramsay, comment avaient-ils fait pour avoir une
fille pareille ? Minta, ce garçon manqué qui avait un
trou à son bas ? Comment pouvait-elle survivre dans
cette atmosphère guindée, avec une bonne qui n'arrêtait pas de ramasser dans une petite pelle le sable
répandu par le perroquet, et une conversation portant
presque exclusivement sur les exploits — intéressants
certes, mais tout de même limités — de ce volatile ?
Naturellement on l'avait invitée à déjeuner, à prendre
le thé, à dîner, et pour finir à séjourner chez eux à
Finlay, ce qui avait entraîné quelques frictions avec la
Chouette, sa mère, d'où nouvelles visites, nouvelles
conversations, nouveaux jets de sable, et vraiment, au
bout du compte, elle avait débité assez de mensonges
sur les perroquets pour le restant de ses jours (comme
elle l'avait déclaré à son mari ce soir-là, au retour de
la réception). Toujours est-il que Minta était venue...

Oui, elle était venue, songea Mrs Ramsay, soup-
çonnant la présence d'une épine dans l'enchevêtrement de cette pensée ; et la dégageant, elle en découvrit la nature : une femme l'avait accusée un jour de
lui « ravir l'affection de sa fille » ; quelque chose que
Mrs Doyle avait dit faisait remonter cette accusation
à sa mémoire. Elle voulait tout régenter, elle voulait
se mêler de tout, elle forçait les gens à se plier à sa
volonté — voilà ce dont on l'accusait, et elle trouvait
cela parfaitement injuste. Ce n'était tout de même pas
sa faute si elle était « comme ça » physiquement. Personne ne pouvait l'accuser de chercher à faire impres
sion. Elle avait souvent honte de porter toujours les
mêmes toilettes défraîchies. Et elle n'avait rien non
plus de dominateur, rien de tyrannique. Ç'aurait été
plus justifié pour ces questions d'hôpitaux, de canali-
sations, et de laiteries. Ce genre de choses, c'est vrai,
lui tenait fortement à cœur et, si elle en avait eu
l'occasion, elle aurait aimé saisir les gens par la peau
du cou pour les forcer à ouvrir les yeux. Pas d'hôpital
sur toute cette île. C'était un scandale. Le lait déposé
devant votre porte à Londres carrément marron
d'impuretés[1]. Il devrait y avoir une loi contre ça. Une
laiterie modèle et un hôpital sur l'île — ces deux cho-
ses-là elle aurait voulu les organiser, elle-même. Mais
comment ? Avec tous ces enfants ? Quand ils seraient
plus grands, alors peut-être aurait-elle le temps ;
quand ils seraient tous à l'école.

Oh ! mais elle ne voulait surtout pas que James
grandisse si peu que ce soit, ni Cam non plus. Ces
deux-là, elle aurait voulu les garder à jamais tels quels,
démons d'espièglerie et adorables petits anges, ne
jamais les voir se transformer en monstres à longues

jambes. Rien ne compensait cette perte. Quand elle
lisait en cet instant à James : « et il y avait quantité
de soldats qui battaient le tambour et sonnaient de la
trompette », et que ses yeux s'assombrissaient, elle se
disait : pourquoi fallait-il qu'ils grandissent et perdent
tout cela ? C'était le plus doué, le plus sensible de
ses enfants. Mais tous, se dit-elle, étaient pleins de
promesses. Prue, un véritable ange avec ses frères et
sœurs, et depuis quelque temps, le soir surtout, sa
beauté vous coupait le souffle. Andrew — même son
mari reconnaissait qu'il avait un don extraordinaire
pour les mathématiques. Et Nancy et Roger, deux
vrais sauvageons à présent, qui passaient leurs journées à galoper dans la campagne. Quant à Rose, sa
bouche était un peu grande, mais elle était merveilleusement adroite de ses mains. Quand on jouait aux
charades, c'est Rose qui faisait les costumes ; elle faisait tout ; elle aimait par-dessus tout disposer les
tables, les fleurs, n'importe quoi. Ça l'ennuyait que
Jasper tire sur les oiseaux ; mais ça ne durerait pas ;
tous les enfants passaient par des phases. Pourquoi,
se demanda-t-elle, appuyant son menton sur la tête
de James, fallait-il qu'ils grandissent si vite ? Pourquoi
fallait-il qu'ils partent à l'école ? Elle aurait voulu
avoir toujours un petit à la maison. Elle n'était jamais
si heureuse que lorsqu'elle en portait un dans ses bras.
Alors les gens pouvaient bien dire qu'elle était tyrannique, dominatrice, impérieuse, si cela leur faisait
plaisir ; peu lui importait. Et, posant ses lèvres sur ses
cheveux, elle pensa : il ne sera jamais aussi heureux,
mais elle n'alla pas plus loin, se rappelant combien
cela irritait son mari de l'entendre dire cela[1]. Pourtant
c'était vrai. Ils étaient plus heureux maintenant qu'ils

ne le seraient de toute leur vie. Une dînette de dix pence faisait le bonheur de Cam pendant des jours. Elle les entendait galoper et caqueter au-dessus de sa tête dès leur réveil. Ils se précipitaient tout excités dans le couloir. Soudain la porte s'ouvrait et les voilà qui entraient, frais comme des roses, les yeux écarquillés, bien réveillés, comme si ce petit tour à la salle à manger après le petit déjeuner, qu'ils faisaient chaque jour de leur vie, représentait pour eux un véritable événement ; et ainsi de suite, une chose après l'autre, tout le long du jour, jusqu'au moment où elle montait leur dire bonsoir, et les trouvait bien bordés dans leurs petits lits comme des oiseaux pris au piège au milieu des cerises et des framboises, encore à inventer des histoires à propos d'une bêtise ou d'une autre — quelque chose qu'ils avaient entendu, quelque chose qu'ils avaient ramassé dans le jardin. Ils avaient tous leurs petits trésors... Et donc elle redescendait et disait à son mari : Pourquoi faut-il qu'ils grandissent et perdent tout cela ? Jamais plus ils ne seront aussi heureux. Et cela l'irritait. Pourquoi voir la vie sous un jour aussi sombre ? disait-il. Ce n'est pas raisonnable. En effet, chose curieuse, mais qu'elle croyait vraie, malgré toute sa mélancolie et tout son désespoir, il était plus heureux, plus confiant dans l'ensemble, qu'elle ne l'était. Moins exposé aux tracas de l'existence. C'était peut-être ça. Il pouvait toujours se rabattre sur son travail. Non qu'elle-même fût « pessimiste », comme il l'en accusait. Simplement elle se disait : la vie — et aussitôt un petit ruban de temps se présentait à ses yeux, ses cinquante années. Elle était là devant elle — la vie. La vie, pensait-elle, mais n'allait pas au bout de sa pensée. Elle jetait un coup d'œil à la vie, car elle lui apparaissait alors assez clairement, quelque chose de réel, quelque chose d'intime, qu'elle ne partageait ni avec ses enfants ni avec son mari. Une sorte de transaction s'effectuait entre elles deux, la vie d'un côté et elle de l'autre, et chacune essayait toujours de l'emporter sur l'autre ; et il leur arrivait de parlementer (quand elle était assise toute seule) ; il y avait, se souvenait-elle, de grandes scènes de réconciliation ; mais curieusement, dans l'ensemble, il fallait bien reconnaître que cette chose qu'elle appelait la vie lui paraissait terrible, hostile, et prête à vous sauter à la gorge à la moindre occasion. Il y avait les problèmes éternels : la souffrance ; la mort ; les pauvres. Il y avait toujours une femme en train de mourir du cancer, même ici. Et pourtant elle avait dit à tous ces enfants : Il faut faire face. À huit personnes elle l'avait répété sans relâche (et la réparation de la serre coûterait cinquante livres). C'est pourquoi, sachant ce qui les attendait — l'amour, l'ambition et l'angoisse de la solitude dans des lieux sinistres — elle se faisait souvent cette réflexion : Pourquoi faut-il qu'ils grandissent et perdent tout cela ? Et aussitôt elle se disait, brandissant son épée face à la vie : Sottises que tout cela. Ils seront parfaitement heureux. Et voilà maintenant, songea-t-elle, et de nouveau la vie lui paraissait plutôt effrayante, qu'elle-même poussait Minta à épouser Paul Rayley ; parce que, quoi qu'elle puisse penser de sa transaction personnelle et elle avait vécu certaines choses qui n'arrivaient pas forcément à tout le monde (elle s'abstint de se préciser lesquelles), son instinct la portait, trop rapidement elle le savait, comme si cela représentait aussi pour elle une échappatoire, à dire qu'il fallait se marier[1], qu'il fallait avoir des enfants.

Peut-être était-ce un tort, se dit-elle, passant en revue sa conduite au cours des dix ou quinze jours précédents, et se demandant si, de fait, elle n'avait pas exercé une certaine pression sur Minta, qui n'avait que vingt-quatre ans, pour qu'elle se décide enfin. Elle se sentait mal à l'aise. N'avait-elle pas plaisanté là-dessus ? N'avait-elle pas tendance une fois de plus à oublier la forte influence qu'elle avait sur autrui ? Le mariage exigeait — oh ! toutes sortes de qualités (la réparation de la serre coûterait cinquante livres) ; l'une d'elles — inutile de la nommer — ça c'était essentiel ; ce qui existait entre elle et son mari. Avaient-ils ça ?

« Alors il enfila son pantalon et partit en courant comme un fou », lut-elle. « Mais au-dehors une violente tempête faisait rage et le vent soufflait si fort qu'il avait du mal à tenir debout ; arbres et maisons s'écroulaient, les montagnes tremblaient, les rochers dégringolaient dans la mer, le ciel était noir comme de l'encre, et il y avait du tonnerre et des éclairs, et la mer montait, avec des vagues noires aussi hautes que des tours d'église et des montagnes, et toutes couronnées d'écume blanche. »

Elle tourna la page ; il ne restait plus que quelques lignes ; elle allait donc terminer l'histoire, bien que pour James l'heure du coucher soit déjà passée. Il se faisait tard. Elle le voyait au jour qui commençait à baisser dans le jardin ; et le blanchissement des fleurs joint à quelque chose de gris dans les feuilles suscita en elle un sentiment d'angoisse. Quant à le rattacher à un objet précis, elle en fut d'abord incapable. Puis

elle se souvint. Paul, Minta et Andrew n'étaient pas
rentrés. Elle tenta une fois encore de se représenter
le petit groupe sur la terrasse devant la porte du vestibule, les yeux levés vers le ciel. Andrew avait son
haveneau et son panier. Cela voulait dire qu'il allait
attraper des crabes et autres bestioles. Cela voulait
dire qu'il grimperait sur un rocher ; il serait surpris
par la marée. Ou bien au retour, marchant en file
indienne sur un des petits sentiers qui longent le bord
de la falaise, l'un d'eux risquait de glisser. Il dégringo-
lerait la pente avant de s'écraser en contrebas. Il
commençait vraiment à faire nuit.

Mais elle ne laissa pas sa voix s'altérer si peu que
ce soit en terminant l'histoire, et ajouta, refermant le
livre et prononçant les derniers mots comme si elle-
même les avait inventés, les yeux dans ceux de James :
« Et c'est là qu'ils continuent de vivre encore aujour-
d'hui. »

« Et c'est fini », dit-elle, et elle vit dans ses yeux, au
fur et à mesure que s'y éteignait l'intérêt de l'histoire,
quelque chose d'autre prendre sa place ; quelque
chose de rêveur, de pâle, comme le reflet d'une
lumière, qui aussitôt capta son regard émerveillé.
Tournant la tête, elle regarda de l'autre côté de la
baie et vit, bien sûr, rasant régulièrement les vagues,
d'abord deux traits brefs et puis un long trait continu,
la lumière du Phare. Il venait d'être allumé.

Dans un instant il lui demanderait : « On va aller
au Phare ? » Et elle serait obligée de répondre :
« Non ; pas demain ; ton père dit que non. » Heureusement, Mildred arriva à ce moment-là pour chercher
les enfants, et le petit remue-ménage détourna leur
attention. Mais il regarda plusieurs fois par-dessus son

épaule en quittant la pièce dans les bras de Mildred, et elle était sûre qu'il pensait : demain on ne va pas au Phare ; et elle pensa : il s'en souviendra toute sa vie.

11

Non, pensa-t-elle, rassemblant quelques-unes des images qu'il avait découpées — un réfrigérateur, une tondeuse, un monsieur en tenue de soirée — les enfants n'oublient jamais. C'est pourquoi il fallait faire tellement attention à ce qu'on disait, et à ce qu'on faisait, et quel soulagement quand ils allaient se coucher. Car maintenant elle n'avait plus besoin de penser à personne. Elle pouvait être elle-même, s'isoler un peu. Et c'est ce dont elle éprouvait fréquemment le besoin à présent — de penser ; enfin même pas de penser. D'être silencieuse ; d'être seule. Tout ce qu'il fallait être et faire, si foisonnant, scintillant et volubile, se dissipait ; et on se contractait, avec un sentiment de solennité, jusqu'à n'être plus que soi-même, un noyau d'ombre en forme de coin, quelque chose d'invisible à autrui. Bien qu'elle continuât de tricoter, assise bien droite, c'est ainsi qu'elle se sentait elle-même ; et ce moi qui avait rompu tous ses liens était prêt pour les aventures les plus insolites. Quand la vie s'évanouissait un moment, le champ de l'expérience paraissait sans limites. Et chacun, supposait-elle, ressentait toujours cette même impression de ressources illimitées ; chacun à son tour, elle-même, Lily, Augustus Carmichael, devait se dire : nos manifesta-

tions, les choses par quoi vous nous connaissez, sont
tout simplement puériles. Au-dessous tout est noir,
tout est tentaculaire et d'une profondeur insondable ;
mais de temps à autre nous montons à la surface et
c'est à cela que vous nous voyez. Son horizon lui
paraissait sans limites. S'offraient à elle tous ces lieux
qu'elle n'avait jamais vus ; les plaines de l'Inde ; elle
poussait en cet instant la lourde portière en cuir d'une
église de Rome. Ce noyau d'ombre pouvait aller
n'importe où, car nul ne le voyait. Personne ne pouvait l'arrêter, pensa-t-elle avec jubilation. S'offraient à
elle la liberté, la paix, et, le plus précieux de tout, le
recueillement, un espace de stabilité où se reposer.
Ce n'était jamais en tant que soi-même qu'on trouvait
le repos, d'après son expérience (elle accomplit à l'instant même quelque chose de très délicat avec ses
aiguilles), mais en tant que coin de ténèbres. En perdant sa personnalité, on perdait l'inquiétude, la hâte,
l'agitation ; et montait toujours à ses lèvres un cri de
triomphe sur la vie quand tout se rassemblait ainsi
dans cette paix, ce repos, cette éternité ; marquant
une pause, elle regarda au-dehors pour rencontrer ce
rayon du Phare, ce long trait continu, le dernier des
trois, qui était le sien, car à les observer dans cet état
d'esprit toujours à cette heure-ci, on ne pouvait éviter
de s'attacher plus particulièrement à l'une des choses
qu'on voyait ; et cette chose, le long trait continu, était
son rayon à elle. Il lui arrivait souvent de rester assise
à regarder, regarder, son ouvrage dans les mains, jusqu'à devenir la chose regardée — cette lumière par
exemple. Et elle soulevait avec elle une quelconque
expression qui reposait au fond de son esprit, comme
celle-ci — « Les enfants n'oublient pas, les enfants

n'oublient pas » — qu'elle répétait et commençait à compléter : Cela finira, Cela finira, dit-elle. Cela viendra, cela viendra, quand soudain elle ajouta : Nous sommes entre les mains du Seigneur[1].

Mais aussitôt elle s'en voulut d'avoir dit cela. Qui l'avait dit ? pas elle ; elle avait traîtreusement été amenée à dire quelque chose qu'elle ne pensait pas. Elle leva les yeux de son tricot et rencontra le troisième trait de lumière et elle eut l'impression de rencontrer son propre regard, scrutant comme elle seule pouvait le faire son esprit et son cœur, les purifiant de ce mensonge, de tout mensonge. Elle se louait elle-même en louant la lumière, sans vanité, car elle était stricte, elle était pénétrante, elle était belle autant que cette lumière. Curieux, pensa-t-elle, dès qu'on était seul, comme on inclinait vers les choses, les choses inanimées ; les arbres, les ruisseaux, les fleurs ; on avait l'impression qu'elles nous exprimaient ; qu'elles nous allaient bien ; qu'elles nous connaissaient, en un sens qu'elles étaient nous ; on éprouvait ainsi une tendresse irrationnelle (elle regarda ce long trait continu de lumière) comme envers soi-même. S'élevait alors, et elle ne détacha point son regard, les aiguilles en suspens, montait en volutes du fond de l'esprit, s'élevait du lac de son être, une brume, une mariée allant à la rencontre de son bien-aimé.

Qu'est-ce qui l'avait amenée à dire ça : « Nous sommes entre les mains du Seigneur » ? se demanda-t-elle. Cette fausseté qui s'était glissée parmi les vérités la contrariait, l'irritait. Elle se remit à son tricot. Quel Seigneur aurait bien pu créer ce monde ? demanda-t-elle. Son esprit avait saisi tout de suite qu'il n'y avait ni raison, ni ordre, ni justice : seulement la souffrance, la mort, les pauvres. Ce monde était capable des pires infamies ; elle le savait. Aucun bonheur ne durait ; elle le savait. Elle tricotait avec calme et fermeté, les lèvres un peu pincées et, à son insu, durcissait tellement ses traits, se composait par habitude un visage si sévère que lorsque son mari passa, tout amusé qu'il fût à l'idée que Hume, le philosophe, devenu épouvantablement gros, était resté coincé dans une tourbière[1], il ne put s'empêcher de remarquer, en passant, la sévérité qui se logeait au cœur de sa beauté. Il en fut attristé, son éloignement le peina, il sentit, en passant, qu'il ne pouvait la protéger et, quand il atteignit la haie, il était triste. Il ne pouvait rien faire pour l'aider. Il lui fallait rester là à la regarder. En vérité, pour comble de malheur, il ne faisait qu'aggraver les choses. Il était irritable — il était susceptible. Il s'était emporté pour cette histoire de Phare. Il fouilla la haie du regard, son enchevêtrement, son obscurité.

Et toujours, se dit Mrs Ramsay, on s'aidait à regret à sortir de sa solitude en attrapant au vol un petit rien, une image, un son. Elle prêta l'oreille, mais tout était parfaitement tranquille ; la partie de cricket était terminée ; les enfants étaient dans leur bain ; il n'y avait que le bruit de la mer. Elle s'arrêta de tricoter ; elle tint le long bas brun-rouge un instant suspendu devant elle. Elle vit de nouveau la lumière. L'air interrogateur et quelque peu ironique, car dès qu'on revenait à la réalité les relations changeaient, elle regarda la lumière continue, l'impitoyable, l'implacable, qui était tellement elle, et cependant si peu elle, qui la tenait en son pouvoir (elle se réveillait la nuit et la voyait penchée en travers de leur lit, caressant le plancher), mais malgré tout, pensa-t-elle, la regardant avec fascination, hypnotisée, comme si elle était en train de caresser de ses doigts d'argent quelque vaisseau secret[1] dans son cerveau, dont l'éclatement l'inonderait de plaisir, elle avait connu le bonheur, un bonheur exquis, un bonheur intense, et la lumière teintait les vagues inégales d'un argent un peu plus brillant, à mesure que le jour baissait, et le bleu se retira de la mer et elle déferla en vagues d'une pure couleur citron qui se recourbaient, s'enflaient et se brisaient sur la grève et la jouissance éclata dans ses yeux et des vagues de pur plaisir se propagèrent dans les tréfonds de son esprit et elle se dit : Assez ! Assez !

Il se retourna et la vit. Ah ! Elle était délicieuse, plus délicieuse que jamais en cet instant, pensa-t-il. Mais il ne pouvait pas lui parler. Il ne pouvait pas l'interrompre. Il désirait ardemment lui parler maintenant que James n'était plus là et qu'elle se trouvait seule enfin. Mais non, décida-t-il ; il ne l'interromprait pas. Elle était loin de lui à présent dans sa beauté, dans sa tristesse. Il la laisserait en paix, et il passa devant elle sans un mot, bien qu'il souffrît de lui voir un air si distant, et il ne pouvait pas l'atteindre, il ne pouvait rien faire pour l'aider. Et une fois encore il serait passé devant elle sans un mot si, à cet instant précis, elle ne lui avait donné, de son plein gré, ce qu'elle savait qu'il ne demanderait jamais, si elle ne l'avait appelé, et si, prenant le châle vert accroché au cadre du tableau, elle n'était allée vers lui. Car, elle le savait, il souhaitait la protéger.

12

Elle jeta le châle vert sur ses épaules. Elle lui prit le bras. Il était tellement beau, dit-elle, se mettant aussitôt à parler de Kennedy le jardinier ; c'était un si bel homme, qu'elle ne pouvait pas le renvoyer. Une échelle était appuyée contre la serre et des petits morceaux de mastic étaient collés un peu partout, car on avait commencé à réparer le toit de la serre. Oui, mais se promenant tranquillement avec son mari, elle sentit que cette source particulière d'inquiétude avait été identifiée. Elle fut sur le point de dire, tandis qu'ils se promenaient : « Ça coûtera cinquante livres », mais au lieu de cela, car le cœur lui manquait dès qu'il était question d'argent, elle parla de Jasper qui tirait sur les oiseaux, et il répondit aussitôt, la tranquillisant instantanément, que c'était naturel chez un garçon, et qu'il trouverait sûrement d'ici peu de meilleures façons de se distraire. Son mari était si raisonnable, si juste. Aussi dit-elle : « Oui ; tous les enfants passent par des phases », et se mit à examiner les dahlias dans le grand massif, et à s'interroger sur les fleurs de l'an prochain, et avait-il entendu le surnom que les enfants donnaient à Charles Tansley, demanda-t-elle. L'athée, c'est comme ça qu'ils l'appelaient, le petit athée. « Ce n'est pas un modèle de raffinement », dit Mr Ramsay. « Tant s'en faut », dit Mrs Ramsay.

Elle supposait qu'il n'y avait pas de mal à le laisser se débrouiller tout seul, dit Mrs Ramsay, tout en se demandant si cela servait à quelque chose d'envoyer des bulbes de Londres ; les plantait-on seulement ? « Oh ! il a sa thèse à écrire », dit Mr Ramsay. Ah ça, elle ne risquait pas de l'ignorer, dit Mrs Ramsay. Il n'arrêtait pas d'en parler. Ça avait trait à l'influence de quelqu'un sur quelque chose. « Ma foi, il n'a rien d'autre à quoi se raccrocher », dit Mr Ramsay. « Fasse le ciel qu'il ne tombe pas amoureux de Prue », dit Mrs Ramsay. Il la déshériterait si elle l'épousait, dit Mr Ramsay. Il ne regardait pas les fleurs que sa femme était en train d'examiner, mais un point situé une vingtaine de centimètres au-dessus d'elles. Ce n'était pas un méchant garçon, ajouta-t-il, et il était juste sur le point de dire qu'en tout cas c'était le seul jeune homme en Angleterre qui admirât ses — mais il se retint. Il n'allait pas encore l'ennuyer avec ses livres. Ces fleurs avaient plutôt bel aspect, dit Mr Ramsay, abaissant son regard et remarquant quelque chose de rouge, quelque chose de brun. Oui, seulement voilà, celles-ci elle les avait plantées de ses propres mains, dit Mrs Ramsay. Restait à savoir ce qui se passait quand elle envoyait des bulbes de Londres ; est-ce que Kennedy les plantait ? Il était d'une incurable paresse, ajouta-t-elle en se remettant en marche. Si elle restait toute la journée derrière son dos, une bêche à la main, alors oui, il lui arrivait de travailler un peu, par à-coups. Ils poursuivirent ainsi leur promenade, en direction des tritomas. « Tu encourages tes filles à exagérer », dit Mr Ramsay sur un ton de reproche. Sa tante Camilla était bien pire qu'elle, répliqua Mrs Ramsay. « Personne n'a jamais présenté ta tante Camilla comme un modèle de vertu, que je sache », dit Mr Ramsay. « C'était la plus belle femme que j'aie jamais vue[1] », dit Mrs Ramsay. « J'en connais une autre », dit Mr Ramsay. Prue allait être beaucoup plus belle qu'elle, dit Mrs Ramsay. Il n'en

voyait pas le moindre signe, dit Mr Ramsay. « Ah ?
alors regarde bien ce soir », dit Mrs Ramsay. Ils firent
une pause. Si seulement Andrew voulait bien l'écouter et travailler un peu plus. Faute de quoi il perdrait
toute chance de décrocher une bourse d'études[1].
« Oh, les bourses ! » dit-elle. Mr Ramsay trouva
qu'elle était sotte de dire ça, à propos d'une chose
aussi sérieuse qu'une bourse d'études. Il serait très
fier d'Andrew s'il obtenait une bourse, dit-il. Elle
serait tout aussi fière de lui dans le cas contraire,
répondit-elle. Ils n'étaient jamais d'accord sur ce
sujet, mais cela ne faisait rien. Elle aimait qu'il attache
de l'importance aux bourses d'études, et il aimait
qu'elle soit fière d'Andrew quoi qu'il fasse. Soudain
elle se rappela ces petits sentiers en bordure des
falaises.

　　N'était-il pas bien tard ? demanda-t-elle. Ils
n'étaient pas encore rentrés. Il ouvrit négligemment
sa montre. Mais il n'était qu'un peu plus de sept heures. Il garda sa montre ouverte un instant, et prit la
décision de lui dire ce qu'il avait ressenti sur la terrasse. D'abord, ce n'était pas raisonnable de s'inquiéter ainsi. Andrew était capable de se débrouiller tout
seul. Ensuite, il voulait lui dire que quand il marchait
sur la terrasse tout à l'heure — là il commença à se
sentir gêné, comme s'il essayait de s'ingérer dans sa
solitude, de forcer cette réserve, cette distance... Mais
elle le pressa de continuer. Qu'avait-il voulu lui dire,
demanda-t-elle, pensant que cela avait un rapport
avec l'expédition au Phare ; et qu'il regrettait d'avoir
dit « Le diable t'emporte ». Mais non. Il n'aimait pas
lui voir l'air aussi triste, dit-il. Seulement dans les nuages, protesta-t-elle, en rougissant un peu. Tous deux

se sentaient gênés, comme s'ils se demandaient s'il valait mieux continuer ou faire demi-tour. Elle avait lu des contes de fées à James, dit-elle. Non, ils ne pouvaient pas partager cela ; ils ne pouvaient pas dire cela.

Ils avaient atteint la brèche entre les deux massifs de tritomas, et le Phare était de nouveau sous ses yeux, mais pas question de se laisser aller à le regarder. Si elle avait su qu'il la regardait, se dit-elle, elle ne serait pas restée assise là, perdue dans ses pensées. Elle détestait tout ce qui pouvait lui rappeler qu'on l'avait vue perdue dans ses pensées. Aussi regarda-t-elle par-dessus son épaule, du côté de la ville. Les lumières ondulaient et couraient comme des gouttes d'eau argentée retenues par le vent. Et voilà ce qu'étaient devenues toute cette pauvreté, toute cette souffrance, se dit Mrs Ramsay. Les lumières de la ville, du port et des bateaux évoquaient un filet fantôme flottant là pour signaler l'emplacement de quelque chose qui se serait englouti. Ma foi, s'il ne pouvait partager ses pensées, se dit Mr Ramsay, il n'avait plus qu'à s'évader lui aussi, de son côté. Il voulait continuer à réfléchir, à se raconter l'histoire de Hume coincé dans une tourbière ; il voulait rire un peu. Mais d'abord c'était ridicule de s'inquiéter pour Andrew. À l'âge d'Andrew il courait la campagne toute la journée, avec un simple biscuit en poche et personne ne se tracassait pour lui ni n'allait s'imaginer qu'il était tombé du haut d'une falaise[1]. Il dit tout haut qu'il pensait aller marcher une journée si le temps se maintenait. Il en avait un peu par-dessus la tête de Bankes et de Carmichael. Il aimerait bien un peu de solitude. Oui, dit-elle. Il fut contrarié de ne pas l'entendre protester. Elle savait qu'il ne le ferait jamais. Il était trop vieux maintenant pour marcher toute une journée avec un biscuit en poche. Elle s'inquiétait pour les garçons, mais pas pour lui. Il y a des années de cela, avant son mariage, pensa-t-il en regardant de l'autre côté de la baie, immobile près d'elle entre les massifs de tritomas, il partait marcher pour la journée. Il déjeunait de pain et de fromage dans un pub. Il travaillait dix heures d'affilée ; une vieille femme passait simplement de temps en temps pour s'occuper du feu. Voilà la région qu'il préférait, là-bas ; ces dunes qui se perdaient dans l'obscurité. On pouvait marcher toute une journée sans rencontrer âme qui vive. Il n'y avait pratiquement pas de maisons, pas un seul village sur des milles. On pouvait se colleter avec un problème sans être dérangé. Il y avait des petites plages de sable où on n'avait jamais vu personne depuis l'aube des temps. Les phoques tendaient le cou pour vous regarder. Il lui semblait parfois que dans une petite maison perdue, là-bas, tout seul — il s'interrompit avec un soupir. Il n'avait pas le droit. Le père de huit enfants... se rappela-t-il. Et il aurait fallu qu'il soit bien monstrueux, bien méprisable pour vouloir changer quoi que ce soit à sa vie. Andrew serait un homme meilleur que lui. Prue serait une beauté, disait sa mère. Ils endigueraient un peu la montée des ténèbres. Somme toute c'était du bon travail — ses huit enfants. Cela prouvait qu'il ne désespérait pas entièrement de ce pauvre petit univers, car par un soir comme celui-ci, pensa-t-il en regardant la côte qui s'amenuisait dans le lointain, la petite île vous serrait le cœur tant elle paraissait minuscule, à moitié engloutie par la mer.

« Pauvre petit bout de terre », murmura-t-il dans un soupir.

Elle l'entendit. Ce qu'il disait était parfois d'une mélancolie noire, mais elle constatait qu'aussitôt après l'avoir dit il semblait toujours plus guilleret que d'habitude. Cette façon de faire des phrases n'était qu'un jeu, se dit-elle, car si elle avait dit la moitié de ce qu'il disait, elle se serait déjà fait sauter la cervelle.

Ça l'agaçait, cette façon de faire des phrases, et elle lui dit tout uniment que la soirée était tout à fait délicieuse. Et qu'avait-il à gémir comme ça, demanda-t-elle, sur un ton mi-rieur, mi-plaintif, car elle devinait ce qu'il était en train de se dire — il aurait écrit de meilleurs livres s'il ne s'était pas marié.

Il ne se plaignait pas, dit-il. Elle savait bien qu'il ne se plaignait pas. Elle savait bien qu'il n'avait absolument aucune raison de se plaindre. Et il lui prit la main, la porta à ses lèvres, la baisa avec tant de ferveur qu'elle en eut les larmes aux yeux, puis très vite la laissa retomber.

Ils tournèrent le dos à la vue et commencèrent à remonter bras dessus, bras dessous, le sentier bordé de plantes lancéolées d'un vert argenté. Son bras était presque semblable à celui d'un jeune homme, songea Mrs Ramsay, mince et ferme, et, songea-t-elle avec joie, comme il était fort encore, bien qu'il ait dépassé la soixantaine, et farouche et optimiste, et comme il était étrange que d'être convaincu, comme il l'était, de toutes sortes d'horreurs, loin de l'accabler, semblât le ragaillardir. N'était-ce pas curieux ? se dit-elle. À vrai dire elle avait parfois l'impression qu'il n'était pas fait comme les autres hommes, qu'il était né aveugle, sourd et muet pour tout ce qui touchait à l'ordinaire,

mais que, dans le domaine de l'extraordinaire, il était
doté d'un œil d'aigle. Son intelligence la stupéfiait
souvent. Mais remarquait-il les fleurs ? Non. Remarquait-il la vue ? Non. Remarquait-il même la beauté
de sa propre fille, ou si son assiette contenait du des-
sert ou une tranche de rôti ? Assis à table avec eux il
était comme dans un rêve. Et l'habitude qu'il avait de
parler tout seul, de réciter des poèmes à haute voix,
tournait, elle en avait peur, à la manie ; c'était parfois
gênant en effet —

Bonne et radieuse entre toutes, partons[1] *!*

la pauvre Miss Giddings, quand il lui avait hurlé cela
aux oreilles, avait manqué avoir une attaque. Seulement, pensa Mrs Ramsay, prenant immédiatement
son parti contre toutes les sottes demoiselles Giddings
de ce monde, seulement, pensa-t-elle, lui pressant
légèrement le bras pour lui faire comprendre qu'il
montait la pente trop vite pour elle et qu'elle avait
besoin de s'arrêter un instant pour voir si ce n'étaient
pas de nouvelles taupinières, là sur le talus, seulement, pensa-t-elle, se penchant pour regarder, un
grand esprit comme le sien devait différer en tous
points des nôtres. Tous les grands hommes qu'elle
avait connus, pensa-t-elle, décidant qu'un lapin avait
dû rentrer dans le jardin, étaient ainsi, et cela faisait
du bien à ces jeunes gens (même si elle n'était pas
loin de trouver l'atmosphère des salles de cours insup-
portablement étouffante et déprimante) simplement
de l'entendre, de le regarder. Mais si on ne tirait pas
sur les lapins, comment faire pour les empêcher de
pulluler ? s'interrogea-t-elle. Ce pouvait être un

lapin ; ce pouvait être une taupe. En tout cas cet animal saccageait ses œnothères. Et, levant les yeux, elle aperçut au-dessus des arbres minces le premier frémissement de la grande étoile palpitante, et eut envie d'attirer l'attention de son mari ; tant son plaisir à la regarder était intense. Mais elle se retint. Il ne regardait jamais les choses. Autrement, il se contenterait de dire : Pauvre petit monde, en poussant un de ses soupirs habituels.

Au même instant, il dit : « Très joli », pour lui faire plaisir, et fit semblant d'admirer les fleurs. Mais elle savait parfaitement qu'il ne les admirait pas, qu'il ne s'apercevait peut-être même pas qu'elles étaient là. C'était juste pour lui faire plaisir... Oh ! mais n'était-ce pas Lily Briscoe qui se promenait là-bas avec William Bankes ? Elle fixa son regard de myope sur les deux dos qui s'éloignaient. Mais si, c'étaient bien eux. Cela ne voulait-il pas dire qu'ils allaient se marier ? Certainement que si ! Quelle merveilleuse idée ! Il fallait qu'ils se marient !

13

Il était allé à Amsterdam, disait Mr Bankes en traversant lentement la pelouse aux côtés de Lily Briscoe. Il avait vu les Rembrandt. Il était allé à Madrid. Malheureusement c'était le Vendredi saint et le Prado était fermé. Il était allé à Rome. Miss Briscoe n'était-elle jamais allée à Rome ? Oh, elle devrait — Ce serait pour elle une expérience merveilleuse — la

Chapelle Sixtine ; Michel-Ange ; et Padoue, avec ses
Giotto. Sa femme avait longtemps été de santé fragile,
ce qui expliquait qu'ils n'aient pas fait beaucoup de
tourisme.

Elle était allée à Bruxelles ; elle était allée à Paris,
mais juste un saut pour voir une tante qui était
malade. Elle était allée à Dresde ; il y avait une foule
de tableaux qu'elle n'avait pas vus ; toutefois, remarqua Lily, peut-être valait-il mieux ne pas voir de
tableaux : cela ne servait qu'à vous rendre désespérément mécontent de votre propre travail. Mr Bankes
était d'avis qu'il ne fallait pas pousser trop loin ce
genre d'argument. Nous ne pouvons pas tous être des
Titien et nous ne pouvons pas tous être des Darwin,
dit-il ; en même temps il lui semblait que pour qu'il y
ait un Darwin et un Titien il fallait aussi qu'il y ait des
gens obscurs tels que nous. Lily aurait aimé lui faire
un compliment ; vous ne faites pas partie des obscurs,
Mr Bankes, aurait-elle aimé dire. Mais il ne cherchait
pas les compliments (contrairement à la plupart des
hommes, songea-t-elle) et, un peu honteuse de son
élan, elle ne dit rien tandis qu'il observait que ce qu'il
disait ne s'appliquait peut-être pas à la peinture. En
tout cas, dit Lily, ravalant sa petite fausseté, elle continuerait toujours à peindre, parce que cela l'intéressait.
Oui, dit Mr Bankes, il lui faisait confiance pour cela,
et comme ils arrivaient au bout de la pelouse il en
était à lui demander si elle avait du mal à trouver des
sujets à Londres quand, tournant dans le sentier, ils
virent les Ramsay. C'est donc ça le mariage, songea
Lily, un homme et une femme qui regardent une
jeune fille lancer une balle. Voilà ce que Mrs Ramsay
essayait de me dire l'autre soir, songea-t-elle. Car elle

portait un châle vert, et serrés l'un contre l'autre ils
regardaient Prue et Jasper se lancer des balles. Et
soudain cette signification dont se chargent les gens,
on ne sait pourquoi, par exemple au moment où ils
sortent du métro ou sonnent à une porte, et qui leur
confère un aspect symbolique, emblématique, descendit sur les Ramsay et fit de ce couple immobile et
attentif dans le crépuscule le symbole du mariage,
mari et femme. Puis, au bout d'un instant, le halo symbolique qui transcendait les silhouettes réelles s'éva-
nouit, et lorsqu'ils arrivèrent à leur hauteur ils étaient
redevenus Mr et Mrs Ramsay regardant les enfants se
lancer des balles. Pourtant, pendant quelques instants,
bien que Mrs Ramsay les accueillît avec son sourire
habituel (oh ! elle est en train de se dire que nous
allons nous marier, se dit Lily) leur lançant : « J'ai
triomphé ce soir », voulant dire par là que pour une
fois Mr Bankes avait accepté de dîner avec eux au lieu
de se dépêcher de regagner le petit logement où son
domestique faisait cuire les légumes dans les règles de
l'art ; pourtant, pendant quelques instants, persista
une impression d'éclatement, d'espace, d'irresponsa-
bilité, tandis que la balle s'envolait dans les airs, qu'ils
la suivaient des yeux, la perdaient, et découvraient
l'étoile solitaire et les draperies des branches. Dans
le jour qui baissait leurs silhouettes se découpaient
nettement, comme éthérées et séparées les unes des
autres par de vastes distances. Puis, filant à reculons
dans cette immensité (on eût dit, en effet, que la
matière n'avait plus rien de solide), Prue se heurta à
eux de plein fouet et attrapa brillamment la balle au
vol dans sa main gauche, et sa mère dit : « Ils ne sont
pas encore rentrés ? », et aussitôt le charme fut

rompu. Mr Ramsay se sentit libre alors de s'esclaffer à la pensée de Hume coincé dans une tourbière, et secouru par une vieille femme à la condition qu'il récite le Notre Père, et, riant tout seul, il se dirigea d'un pas tranquille vers son bureau. Mrs Ramsay, ramenant Prue au sein de la coalition familiale dont elle s'était échappée en jouant à la balle, demanda :

« Est-ce que Nancy les accompagnait ? »

14

(Bien sûr que Nancy les accompagnait, puisque Minta Doyle l'en avait discrètement priée du regard en lui tendant la main, juste après le déjeuner, au moment où Nancy se sauvait vers sa mansarde, pour échapper aux horreurs de la vie familiale. Sans doute n'avait-elle pas le choix. Mais elle n'avait pas envie d'y aller. Elle n'avait pas envie d'être mêlée à tout ça. En effet, sur la route qui menait à la falaise, Minta n'arrêtait pas de lui prendre la main. Elle la lâchait. Puis elle la reprenait. Que voulait-elle au juste ? se demanda Nancy. Il y avait quelque chose, bien sûr, que les gens voulaient ; car chaque fois que Minta prenait sa main et la gardait dans la sienne, Nancy, bien malgré elle, voyait le monde entier s'étaler au-dessous d'elle, comme on devine Constantinople à travers la brume et, malgré la lourdeur des paupières, on ne peut s'empêcher de demander : « C'est Sainte-Sophie, là ? » « Et là, c'est la Corne d'Or[1] ? » De même, quand Minta lui prenait la main, Nancy se deman-

dait : « Que veut-elle au juste ? Est-ce que c'est ça ? »
Et c'était quoi, ça ? Ici et là émergeaient de la brume
(tandis que Nancy contemplait la vie qui s'étalait au-
dessous d'elle) un pinacle, un dôme ; des proéminen-
ces sans nom. Mais quand Minta lâchait sa main, ce
qu'elle fit quand ils dévalèrent la pente, le dôme, le
pinacle, enfin tout ce qui avait pu dépasser dans la
brume, s'y enfonçaient à nouveau et disparaissaient.

Minta, constata Andrew, était plutôt bonne mar-
cheuse. Elle portait des vêtements plus pratiques que
la plupart des femmes. Elle portait des jupes très
courtes sur des knickers noirs. Elle n'hésitait pas à
sauter et patauger dans les ruisseaux pour les traverser. Il aimait sa témérité, mais voyait bien que ça ne
pouvait pas aller comme ça — elle finirait par se tuer
bêtement un de ces jours. Elle semblait n'avoir peur
de rien — sauf des taureaux. À la seule vue d'un taureau dans un pré elle levait les bras au ciel et
s'enfuyait en hurlant, ce qui était évidemment le plus
sûr moyen d'exaspérer un taureau. Mais elle n'avait
absolument aucune gêne à l'admettre ; il fallait bien
le reconnaître. Elle se savait, disait-elle, affreusement
poltronne devant les taureaux. Elle pensait qu'elle
avait dû être renversée dans son landau quand elle
était bébé. Elle ne donnait pas l'impression de se sou-
cier de ce qu'elle disait ou faisait. La voilà maintenant
qui se laissait tomber sur l'herbe au bord de la falaise
et entonnait une petite chanson qui disait :

Au diable, au diable, au diable.

Ils furent bien obligés de reprendre le refrain, et de
hurler en chœur :

Au diable, au diable, au diable,

mais il ne fallait surtout pas attendre que la marée monte et recouvre tous les bons coins de pêche pour descendre sur la plage.

« Surtout pas », reconnut Paul en se levant d'un bond, et tandis qu'ils dégringolaient la pente il n'arrêta pas de citer des passages du guide parlant de « ces îles justement célèbres pour leurs sites aux allures de parcs paysagers, ainsi que pour l'importance et la variété de leurs curiosités marines ». Mais ça n'allait pas du tout, ces cris, cette façon de hurler « au diable, au diable », se dit Andrew en descendant précautionneusement la falaise, cette façon de lui donner des claques dans le dos, de lui dire « mon vieux » et cetera ; ça n'allait pas du tout. C'était l'inconvénient d'emmener des femmes dans les promenades. Une fois sur la plage ils se séparèrent : lui continua jusqu'au Nez-du-Pape, ôta ses souliers, roula ses chaussettes à l'intérieur et laissa ces deux-là se débrouiller tout seuls ; Nancy pataugea jusqu'à ses rochers à elle, explora ses petites flaques et laissa ces deux-là se débrouiller tout seuls. Elle s'accroupit et toucha les anémones de mer lisses comme du caoutchouc, collées au rocher comme des gros tas de gélatine. Toute à sa rumination, elle métamorphosa la flaque en mer, les épinoches en requins et baleines, projeta d'immenses nuages sur ce monde minuscule en cachant le soleil de sa main, plongeant ainsi dans les ténèbres et la désolation, tel Dieu lui-même, des millions de créatures ignorantes et innocentes, puis écarta brusquement la main et laissa ruisseler le soleil. Sur le sable pâle tout sillonné de rides, sortit dignement, levant bien haut une patte après l'autre, un fabuleux monstre marin à franges et gantelets (elle continuait d'agrandir la flaque), qui alla se glisser dans les immenses crevasses ouvertes au flanc de la montagne. Puis, laissant son regard glisser imperceptiblement au-dessus de la flaque et se poser sur cette ligne vacillante de mer et de ciel, sur les troncs d'arbres que la fumée des vapeurs faisait vaciller à l'horizon, elle se sentit hypnotisée, par toute cette force qui déferlait sauvagement puis inévitablement se retirait, et le sentiment de cette immensité joint au sentiment de cette petitesse (la flaque avait maintenant diminué de volume) qui s'épanouissait en son sein lui donna l'impression d'être pieds et poings liés, paralysée par l'intensité des émotions qui réduisaient son propre corps, sa propre vie, et celles de tous les êtres de la terre, pour toujours, à néant. Ainsi ruminait-elle, écoutant les vagues, accroupie au-dessus de la flaque.

Et Andrew cria que la mer montait ; aussitôt elle sauta dans les vaguelettes, courut vers le rivage, continua jusqu'au haut de la plage et, emportée par son impétuosité et son désir de vitesse, se retrouva derrière un rocher et là, oh ! mon Dieu ! dans les bras l'un de l'autre, Paul et Minta ! en train de s'embrasser probablement. Elle était outrée, indignée. Andrew et elle remirent leurs bas et leurs souliers dans un silence de mort sans y faire la moindre allusion[1]. Ils se houspillèrent même un peu. Elle aurait pu l'appeler quand elle avait vu son homard ou Dieu sait quoi, maugréa Andrew. En tout cas, se disaient-ils tous deux, ce n'est pas notre faute. Ils n'avaient rien fait pour provoquer

ces complications. Tout de même, cela irritait Andrew
que Nancy soit une femme, et Nancy qu'Andrew soit
un homme et ils attachèrent leurs lacets très soigneusement, en serrant même un peu trop les nœuds.

Ils avaient déjà remonté toute la pente jusqu'au
haut de la falaise quand Minta s'écria qu'elle avait
perdu la broche de sa grand-mère[1] — la broche de sa
grand-mère, le seul bijou qu'elle possédât — un saule
pleureur, qui était (ils s'en souvenaient sûrement)
serti de perles. Ils l'avaient sûrement vue, dit-elle, les
joues ruisselantes de larmes, la broche avec laquelle
sa grand-mère avait attaché son bonnet jusqu'au dernier jour de sa vie. Voilà qu'elle l'avait perdue. Elle
aurait préféré perdre n'importe quoi d'autre ! Elle
allait retourner la chercher. Ils y allèrent tous. Ils furetèrent, fouillèrent et regardèrent un peu partout. Ils
marchaient tête baissée et échangeaient de rares
paroles d'un ton bourru. Paul Rayley chercha comme
un fou tout autour du rocher où ils s'étaient assis.
Tant d'histoires pour une broche, vraiment ça n'allait
pas du tout, pensa Andrew, quand Paul lui ordonna
de « passer au peigne fin la zone comprise entre ces
deux points ». La marée montait vite. D'ici une
minute la mer recouvrirait l'endroit où ils s'étaient
assis. Il n'y avait pas l'ombre d'une chance de la
retrouver maintenant. « On va être encerclés ! » glapit
Minta, soudain terrifiée. Comme s'il y avait le moindre risque que cela arrive ! Ça recommençait comme
pour les taureaux — elle était incapable de maîtriser
ses émotions, pensa Andrew. Comme toutes les femmes. Le malheureux Paul fut obligé de la calmer. Les
hommes (Andrew et Paul adoptèrent aussitôt une
attitude virile, différente de leur manière habituelle)

se consultèrent brièvement et décidèrent de planter la canne de Rayley là où ils s'étaient assis et de revenir ensuite à marée basse. On ne pouvait rien faire de plus pour le moment. Si la broche était là, elle y serait toujours le lendemain matin, lui certifièrent-ils, mais Minta continua de sangloter pendant toute la remontée de la falaise. C'était la broche de sa grand-mère ; elle aurait préféré perdre n'importe quoi sauf ça, et pourtant, se dit Nancy, même s'il était vrai que cela la contrariait d'avoir perdu sa broche, elle ne pleurait pas que pour ça. Elle pleurait aussi pour autre chose. Nous pourrions tous nous asseoir par terre et nous mettre à pleurer, se dit-elle. Mais elle ne savait pas pourquoi.

Ils partirent devant tous les deux, Paul et Minta, et il la consola, lui dit qu'il n'avait pas son pareil pour trouver les objets égarés. Une fois, quand il était petit, il avait trouvé une montre en or. Il se lèverait au point du jour et il était sûr et certain de la trouver. Il imaginait qu'il ferait encore presque nuit, et il serait seul sur la plage, et en un sens ce serait assez dangereux. Néanmoins il se mit à lui affirmer qu'il la trouverait sûrement, et elle répondit qu'il n'était pas question qu'il se lève à l'aube : la broche était perdue : elle le savait : elle avait eu un pressentiment en la mettant cet après-midi. Et il décida à part lui qu'il ne lui dirait rien, mais qu'il se glisserait dehors à l'aube quand tout le monde dormirait encore et s'il ne parvenait pas à mettre la main dessus il irait à Édimbourg lui en acheter une autre, exactement la même mais en plus beau. Il prouverait ce dont il était capable. Et comme ils arrivaient sur la colline et apercevaient à leurs pieds les lumières de la ville, ces lumières qui s'allumaient

soudain l'une après l'autre évoquèrent à ses yeux les
choses qui allaient lui arriver — son mariage, ses
enfants, sa maison ; de même, quand ils débouchèrent
sur la grand-route, assombrie par de hauts taillis, il
songea qu'ils se retireraient ensemble dans la solitude,
et continueraient à marcher ainsi, lui la guidant toujours, et elle se serrant tout contre lui (comme en ce
moment). Comme ils tournaient un peu avant le car-
refour il se dit qu'il venait de traverser une épreuve
épouvantable, et qu'il avait besoin d'en parler à quelqu'un — à Mrs Ramsay bien sûr, car il n'en revenait
pas de son audace. Ç'avait été, et de loin, le pire
moment de son existence quand il avait demandé à
Minta de l'épouser. Il irait droit à Mrs Ramsay, parce
qu'il sentait confusément que c'était elle qui l'avait
amené à faire ça. Elle l'avait persuadé qu'il était capable de tout. Personne d'autre ne le prenait au sérieux.
Mais elle l'avait convaincu qu'il était capable de faire
absolument tout ce qu'il voulait. Il avait senti son
regard posé sur lui tout au long de cette journée, le
suivant partout (bien qu'elle n'ait pas prononcé une
seule parole) comme pour dire : « Si, vous en êtes
capable. Je crois en vous. Je compte sur vous. » Elle
lui avait fait sentir tout cela, et sitôt qu'ils seraient
rentrés (il chercha des yeux les lumières de la maison
qui dominait la baie) il irait à elle et lui dirait : « Je
l'ai fait, Mrs Ramsay ; grâce à vous. » Puis, tournant
dans la petite route qui menait à la maison, il vit des
lumières se déplacer derrière les fenêtres du haut.
C'est donc qu'ils étaient affreusement en retard. Tout
le monde se préparait pour le dîner. La maison était
tout illuminée[1], et, venant de l'obscurité, il eut
l'impression d'avoir de la lumière plein les yeux, et il

se dit comme un enfant, en remontant l'allée, Lumières, lumières, lumières, répétant tout abasourdi,
Lumières, lumières, lumières, au moment où ils pénétraient dans la maison, regardant autour de lui les
yeux écarquillés, le visage parfaitement rigide. Mais,
bonté divine ! se dit-il, portant la main à sa cravate, il
ne faut pas que je me rende ridicule.)

15

« Oui », dit Prue, à sa manière réfléchie, en réponse
à la question de sa mère, « je crois que Nancy les
accompagnait ».

16

Eh bien alors, il fallait croire que Nancy les avait
accompagnés, conclut Mrs Ramsay, et de se demander, le temps de poser une brosse, de prendre un peigne et de crier « Entrez » en entendant frapper à la
porte (Jasper et Rose entrèrent), si la présence de
Nancy augmentait ou diminuait les risques qu'il arrive
quelque chose Elle les diminuait plutôt, songea
Mrs Ramsay, contre toute logique, sinon tout de
même qu'une hécatombe à pareille échelle paraissait
peu probable. Ils ne pouvaient pas tous s'être noyés.

Et de nouveau elle se sentit seule face à son vieil adversaire, la vie.

Jasper et Rose dirent que Mildred demandait s'il fallait prévoir de servir un peu plus tard.

« Pas question », dit Mrs Ramsay énergiquement, « même pour la reine d'Angleterre. »

« Même pour l'impératrice du Mexique », ajouta-t-elle en riant à l'adresse de Jasper ; car il partageait le travers de sa mère : lui aussi avait tendance à exagérer.

Et si cela lui faisait plaisir, dit-elle, tandis que Jasper repartait avec le message, Rose pouvait choisir les bijoux qu'elle allait porter[1]. Quand on reçoit quinze personnes à dîner, on ne peut pas laisser les choses indéfiniment en attente. Elle commençait maintenant à leur en vouloir d'être tellement en retard ; c'était un manque d'égards de leur part, et outre qu'elle continuait à s'inquiéter à leur sujet elle leur en voulait d'avoir choisi ce soir, justement, pour rentrer tard, alors qu'elle désirait que le dîner soit particulièrement réussi, puisque William Bankes avait enfin consenti à le prendre avec eux et que le chef-d'œuvre de Mildred figurait au menu — du bœuf en daube. Il était essentiel de servir ce plat à la minute même où il était prêt. Le bœuf, la feuille de laurier et le vin — tout devait être cuit à point. Le laisser mijoter sur le feu était hors de question. Mais bien sûr, ils avaient justement choisi ce soir pour partir au diable vauvert et rentrer en retard, et il faudrait renvoyer les plats à la cuisine, il faudrait les tenir au chaud ; le bœuf en daube serait complètement fichu.

Jasper lui présenta un collier d'opales ; Rose un collier en or. Lequel allait le mieux sur sa robe noire ?

Eh oui, lequel ? répéta distraitement Mrs Ramsay en regardant son cou et ses épaules (mais en évitant son visage) dans le miroir. Puis, tandis que les enfants fouillaient dans son coffret à bijoux, elle regarda par la fenêtre un spectacle qui ne manquait jamais de l'amuser — les freux qui essayaient de décider sur quel arbre ils allaient se poser. À chaque fois ils semblaient changer d'avis et s'élevaient à nouveau dans les airs, parce que, pensait-elle, le vieux freux, le père freux, le vieux Joseph comme elle l'appelait, était un oiseau au caractère très difficile et très pénible. C'était un vieil oiseau peu recommandable, aux ailes à moitié déplumées. Il ressemblait à un vieux monsieur miteux qu'elle avait vu jouer du cor en haut-de-forme devant un pub.

« Regardez ! » dit-elle en riant. Ils étaient réellement en train de se battre. Joseph et Mary se battaient. Mais voici que tous s'envolaient à nouveau, écartant l'air de leurs ailes noires, le découpant finement de leurs lames recourbées. Le battement rythmé de leurs ailes, hop, hop, hop — elle n'arrivait jamais à le décrire assez précisément à son gré — était un des mouvements les plus délicieux qu'elle connaisse. Regarde ça, dit-elle à Rose, espérant que Rose en aurait une vision plus claire que la sienne. Car les enfants donnaient si souvent un petit coup de pouce à vos perceptions.

Mais enfin lequel choisir ? Ils avaient ouvert tous les tiroirs de son coffret à bijoux. Le collier en or, qui était italien, ou le collier d'opales que l'oncle James lui avait rapporté des Indes ; ou ferait-elle mieux de mettre ses améthystes ?

« Choisissez, mes chéris, choisissez », dit-elle, souhaitant qu'ils se dépêchent un peu.

Mais elle les laissa prendre leur temps pour choisir : elle laissa Rose, en particulier, prendre l'un, puis l'autre, et tenir ses bijoux devant la robe noire, car, elle le savait, Rose aimait par-dessus tout ce petit cérémonial du choix des bijoux que l'on observait chaque soir. Si elle attachait tant d'importance à choisir ce que sa mère allait porter c'est qu'au fond d'elle-même elle avait ses raisons. Lesquelles, se demanda Mrs Ramsay, en s'immobilisant pour lui permettre d'attacher le collier qu'elle avait choisi, devinant, par référence à son propre passé, ce sentiment profond, enfoui, purement indicible que l'on éprouvait pour sa mère à l'âge de Rose. Comme tous les sentiments dont on était l'objet, songea Mrs Ramsay, cela faisait un peu de peine. C'était tellement dérisoire, ce que l'on pouvait donner en retour ; et ce que Rose éprouvait était parfaitement disproportionné à ce qu'elle était en réalité. Et Rose grandirait ; et Rose souffrirait, sans doute, à ressentir les choses aussi profondément, et elle dit qu'elle était prête maintenant, et qu'ils allaient descendre ; que Jasper, parce qu'il était le monsieur, devait lui offrir son bras ; que Rose, qui était la dame, devait porter son mouchoir (elle lui donna le mouchoir), et quoi d'autre ? ah oui, il risquait de faire frais : un châle. Choisis-moi un châle, dit-elle, car cela ferait plaisir à Rose, qui était promise à tant de souffrances. « Tiens », dit-elle en s'arrêtant devant la fenêtre du palier, « tiens, les revoilà. » Joseph s'était perché à la cime d'un autre arbre. « Tu ne crois pas que cela les ennuie, dit-elle à Jasper, qu'on leur brise les ailes ? » Pourquoi donc voulait-il

tirer sur ces pauvres vieux Joseph et Mary ? Il se
balança un peu d'un pied sur l'autre sur les marches,
et se sentit réprimandé, mais pas sérieusement, car
elle ne comprenait rien au plaisir de tirer les oiseaux ;
ne comprenait pas qu'ils ne sentaient rien ; étant sa
mère, elle vivait bien loin dans une autre partie du
monde, mais quand même il aimait bien ses histoires
de Mary et Joseph. Elle le faisait rire. Mais comment
savait-elle que ces deux-là étaient Mary et Joseph ?
Croyait-elle que les mêmes oiseaux revenaient chaque
soir se poser sur les mêmes arbres ? demanda-t-il.
Mais là, soudain, comme toutes les grandes personnes, elle cessa de lui prêter la moindre attention. Elle
écoutait les bruits confus qui montaient du vestibule.

« Ils sont rentrés ! » s'exclama-t-elle, et aussitôt son
irritation l'emporta de beaucoup sur son soulagement.
Puis elle s'inquiéta : l'affaire était-elle réglée ? Elle
allait descendre et ils le lui diraient — mais non. Ils
ne pourraient rien lui dire, avec tous ces gens autour.
Il lui fallait donc descendre, commencer à dîner, et
attendre. Et, telle une reine qui, voyant ses gens réunis au bas de l'escalier, les contemple de haut, descend parmi eux, répond silencieusement à leurs hom-
mages, et accepte leur dévotion et leur prosternation
devant elle (Paul n'eut pas un frémissement mais
regarda droit devant lui à son passage), elle descendit
l'escalier, traversa le vestibule et inclina très légèrement la tête, comme si elle acceptait ce qu'ils ne pouvaient formuler : leur hommage à sa beauté.

Mais elle s'arrêta. Il y avait une légère odeur de
brûlé. Se pouvait-il qu'on ait trop laissé réduire le
bœuf en daube ? se demanda-t-elle. Plût au ciel que
non ! Alors, le fracas du gong annonça solennelle-

ment, impérieusement, que tous ceux qui étaient
éparpillés, dans les mansardes, dans les chambres,
réfugiés dans leurs domaines, en train de lire, d'écrire,
de mettre la dernière main à leur coiffure, ou d'agra-
fer leur robe, devaient laisser tout cela, les petites
babioles sur les tables de toilette et les coiffeuses, les
romans sur les tables de chevet, et les journaux intimes qui étaient si secrets, et se rassembler dans la
salle à manger pour le dîner.

17

Mais qu'ai-je fait de ma vie ? pensa Mrs Ramsay,
prenant place au haut bout de la table et regardant
toutes les assiettes qui y dessinaient des cercles blancs.
« William, mettez-vous près de moi », dit-elle.
« Lily », dit-elle avec lassitude, « là-bas. » Ils avaient
cela — Paul Rayley et Minta Doyle — elle n'avait que
ceci — une table infiniment longue, des assiettes et
des couteaux. À l'autre extrémité, son mari s'affalait
sur sa chaise, la mine renfrognée. Pourquoi donc ?
Elle n'en savait rien. Ça lui était égal. Elle ne comprenait pas comment elle avait jamais pu ressentir la
moindre émotion ou la moindre affection à son égard.
Elle avait le sentiment, tandis qu'elle servait le potage,
d'être au-delà de tout, dégagée de tout, en dehors de
tout, comme s'il y avait un tourbillon — là — et on
pouvait être dedans, ou on pouvait être en dehors, et
elle était en dehors. C'est fini, tout ça, pensa-t-elle,
cependant que l'un après l'autre faisait son entrée,

Charles Tansley — « Asseyez-vous là, je vous prie »,
dit-elle — Augustus Carmichael — et prenait place à
table. Et pendant ce temps elle attendait, passive-
ment, que quelqu'un lui réponde, que quelque chose
se passe. Mais, pensa-t-elle, versant le potage dans les
assiettes, cela ne se dit pas.

Levant les sourcils à l'idée de ce contraste — d'un
côté ce qu'elle pensait, de l'autre ce qu'elle était en
train de faire — verser du potage — elle avait, de plus
en plus nettement, l'impression d'être en dehors de
ce tourbillon ; ou qu'un voile noir était descendu, et,
privées de leur couleur, les choses lui apparaissaient
sous leur vrai jour. Tout dans cette pièce (elle promena son regard autour d'elle) se délabrait. Aucune
beauté nulle part. Elle s'abstint de regarder
Mr Tansley. Apparemment aucune unité. Chacun restait sur son quant-à-soi. Et tout l'effort d'unifier, de
fondre, de créer reposait sur elle. Une fois de plus
elle ressentait, comme un fait, sans hostilité, l'aridité
des hommes, car si elle ne le faisait pas personne ne
le ferait, et donc, se donnant à elle-même cette petite
secousse que l'on donne à une montre qui s'est arrê-
tée, elle relança la pulsation familière, comme on
relance le tic-tac de la montre — un, deux, trois, un,
deux, trois. Et ainsi de suite, répéta-t-elle, prêtant
l'oreille, protégeant et encourageant cette pulsation
encore faible, un peu comme on abriterait une
flamme vacillante avec un journal. Et donc, conclut-
elle, s'adressant à William Bankes en se penchant
silencieusement vers lui — pauvre homme ! qui
n'avait ni femme ni enfants, et dînait seul dans un
garni à part ce soir ; et par pitié pour lui, la vie étant
maintenant assez forte pour l'entraîner de nouveau,

elle se mit à l'ouvrage, comme un marin, non sans lassitude, voit le vent gonfler sa voile et n'a guère envie pourtant de repartir et songe que si le navire avait sombré, lui-même aurait tournoyé longuement jusqu'à trouver le repos sur le fond de la mer.

« Avez-vous trouvé vos lettres ? J'ai demandé qu'on vous les dépose dans le vestibule », dit-elle à William Bankes.

Lily Briscoe la regarda dériver dans cet étrange no man's land où il est impossible de suivre les gens, et pourtant leur départ plonge ceux qui les regardent dans une désolation telle qu'ils essayent toujours au moins de les suivre des yeux comme on suit un navire qui s'éloigne jusqu'à ce que les voiles aient sombré sous l'horizon.

Elle paraît si vieille, elle paraît si lasse, se dit Lily, et si lointaine. Puis quand elle se tourna, souriante, vers William Bankes, ce fut comme si le navire avait viré de bord, offrant de nouveau ses voiles aux rayons du soleil, et Lily songea avec un brin d'amusement parce qu'elle se sentait soulagée : Pourquoi a-t-elle pitié de lui ? Car c'était bien l'impression qu'elle donnait, en lui annonçant que ses lettres étaient dans le vestibule. Pauvre William Bankes, semblait-elle dire, comme si une part de sa lassitude venait de sa pitié pour autrui, et que la vie en elle, sa décision de recommencer à vivre, avait été stimulée par la pitié. Et ce n'était pas vrai, songea Lily ; c'était là une de ces méprises qui paraissaient instinctives chez elle et répondaient à un besoin personnel plutôt qu'à celui d'autrui. Il n'a absolument rien de pitoyable. Il a son travail, se dit Lily. Elle se rappela, tout à coup comme si elle avait découvert un trésor, qu'elle aussi avait son travail. L'éclair d'un instant elle vit son tableau, et pensa : Oui, je mettrai l'arbre plus au milieu ; j'éviterai ainsi ce vide malencontreux. Voilà ce que je vais faire. Voilà ce que je cherchais. Elle attrapa la salière et la reposa sur une fleur brodée sur la nappe, afin de ne pas oublier de déplacer l'arbre.

« C'est curieux comme on a toujours hâte de trouver son courrier, alors qu'on ne reçoit pratiquement jamais rien d'intéressant », dit Mr Bankes.

« Bon dieu, qu'est-ce qu'ils peuvent raconter comme niaiseries, pensa Charles Tansley en reposant sa cuiller juste au milieu de son assiette, qu'il avait nettoyée à fond, comme si, pensa Lily (il était assis en face d'elle, juste devant la fenêtre, masquant la vue), il était bien décidé à profiter pleinement de ses repas. Tout en lui avait cette raideur étriquée, ce côté aride et disgracieux. Reste, néanmoins, qu'il était à peu près impossible d'éprouver de l'antipathie pour qui que ce soit dès lors qu'on le regardait. Elle aimait ses yeux ; ils étaient bleus, très enfoncés, effrayants.

« Vous écrivez beaucoup de lettres, Mr Tansley ? » demanda Mrs Ramsay, le prenant lui aussi en pitié, supposa Lily ; car Mrs Ramsay était ainsi — elle avait toujours pitié des hommes, comme s'il leur manquait quelque chose — jamais des femmes, comme si elles possédaient quelque chose. Il écrivait à sa mère ; à part ça il n'écrivait sans doute même pas une lettre par mois, dit Mr Tansley, sèchement.

Car il n'allait pas raconter le genre de niaiseries que ces gens attendaient de lui. Il n'allait pas s'exposer à la condescendance de ces bonnes femmes stupides. Il descendait ici après avoir lu dans sa chambre, et tout lui paraissait stupide, superficiel, futile. Pourquoi s'habillaient-ils pour dîner ? Il était descendu dans sa tenue habituelle. Il n'avait pas de tenue de soirée. « On ne reçoit jamais rien d'intéressant au courrier » — voilà le genre de choses qu'ils n'arrêtaient pas de dire. Elles obligeaient les hommes à dire ce genre de choses. Oui, il y avait du vrai là-dedans, songea-t-il. Ils ne recevaient jamais rien d'intéressant d'un bout de l'année à l'autre. Ils ne faisaient que parler, parler, parler, manger, manger, manger. C'était la faute des femmes. Les femmes rendaient la civilisation impossible, avec tout leur « charme », toute leur bêtise.

« Pas question d'aller au Phare demain, Mrs Ramsay », dit-il pour s'affirmer. Il l'aimait bien ; il l'admirait ; il n'avait pas oublié l'homme dans la tranchée levant les yeux pour la regarder ; mais il jugeait nécessaire de s'affirmer.

C'était vraiment, songea Lily Briscoe, malgré ses yeux, mais regardez un peu son nez, regardez ses mains, l'être le plus dénué de charme qu'elle ait jamais rencontré. Alors pourquoi était-elle blessée par ce qu'il disait ? Les femmes sont incapables d'écrire, incapables de peindre — Quelle importance venant de lui, puisque à l'évidence ce n'était pas ce qu'il pensait mais ce qu'il avait, Dieu sait pourquoi, besoin de croire et que c'est pour cela qu'il le disait ? Pourquoi tout son être pliait-il comme les blés sous le vent, et ne se relevait de cette humiliation qu'au prix d'un effort terrible et passablement douloureux ? Il fallait le faire une fois de plus. Il y a la brindille sur la nappe ; il y a ma peinture ; il faut que je déplace l'arbre vers le centre ; c'est cela qui compte — rien d'autre. Ne pouvait-elle se cramponner à cela, se demanda-t-elle, et ne pas se mettre en colère, ne pas discuter ; et si elle avait envie de se venger un peu, le faire en se moquant de lui ?

« Oh ! Mr Tansley », dit-elle, « je vous en prie, emmenez-moi au Phare avec vous. Cela me ferait tellement plaisir. »

Elle racontait des histoires, il le voyait bien. Elle disait des choses qu'elle ne pensait pas pour l'ennuyer, Dieu sait pourquoi. Elle se moquait de lui. Il portait son vieux pantalon de flanelle. Il n'en avait pas d'autre. Il se sentait très fruste, très isolé et très seul. Il savait qu'elle essayait de le tourmenter, Dieu sait pourquoi ; elle n'avait pas envie d'aller au Phare avec lui ; elle le méprisait : comme Prue Ramsay ; comme tous les autres. Mais il n'allait pas se laisser ridiculiser par des femmes, aussi se tourna-t-il posément sur sa chaise, regarda par la fenêtre et dit, tout à trac, très grossièrement, que la mer serait trop mauvaise pour elle demain. Elle serait malade.

Ça l'ennuyait qu'elle l'ait forcé à parler de cette manière, alors que Mrs Ramsay écoutait. Si seulement il pouvait être seul dans sa chambre à travailler, songea-t-il, parmi ses livres. C'est là qu'il se sentait à son aise. Et il n'avait jamais fait un sou de dette ; il n'avait jamais coûté un sou à son père depuis l'âge de quinze ans ; il les aidait à la maison sur ses économies ; il avait pris en charge l'instruction de sa sœur. Malgré tout, si seulement il avait su répondre correctement à Miss Briscoe ; si seulement ce n'était pas sorti tout à trac comme ça. « Vous seriez malade. » Si seulement il pouvait trouver quelque chose à dire à Mrs Ramsay, quelque chose qui lui montrerait qu'il n'était pas qu'un sale petit cuistre. C'est comme ça

qu'ils le voyaient tous. Il se tourna vers elle. Mais
Mrs Ramsay parlait à William Bankes de gens qui lui
étaient totalement inconnus.

« Oui, vous pouvez remporter », dit-elle très vite,
interrompant ce qu'elle était en train de dire à
Mr Bankes pour s'adresser à la bonne. « Ça doit faire
quinze — non, vingt ans — que je ne l'ai pas revue »,
disait-elle, se retournant vers lui comme si elle ne
pouvait perdre une seconde de leur conversation, cap-
tivée qu'elle était par ce qu'ils disaient. Il avait donc
reçu de ses nouvelles ce soir même ! Et est-ce que
Carrie vivait toujours à Marlow[1], et est-ce que rien
n'avait changé là-bas ? Oh ! elle s'en souvenait comme
si c'était hier — la promenade sur la Tamise, où elle
avait eu si froid. Mais quand les Manning avaient
décidé de faire quelque chose, pas question d'y renoncer. Jamais elle n'oublierait le spectacle d'Herbert
tuant une guêpe sur la berge avec une cuiller à thé !
Et tout cela continuait, songea rêveusement
Mrs Ramsay, glissant tel un fantôme entre les chaises
et les tables de ce salon des bords de la Tamise où
elle avait eu tellement, tellement froid vingt ans plus
tôt ; mais à présent elle errait là tel un fantôme ; et
cela la fascinait, comme si, alors qu'elle-même avait
changé, cette journée particulière, devenue parfaitement immobile et belle, était restée telle quelle,
toutes ces années. Carrie lui avait-elle écrit elle-
même ? demanda-t-elle.

« Oui. Elle dit qu'ils sont en train d'aménager une
nouvelle salle de billard », dit-il. Non ! Non ! C'était
hors de question ! Aménager une salle de billard !
Cela lui paraissait impossible.

Mr Bankes ne voyait pas ce que cela pouvait avoir

de si curieux. Ils étaient très aisés à présent. Voulait-
elle qu'il transmette ses amitiés à Carrie ?

« Oh », fit Mrs Ramsay avec un petit sursaut.
« Non », ajouta-t-elle à la réflexion, songeant qu'elle
ne connaissait pas cette Carrie qui aménageait une
nouvelle salle de billard. Mais qu'il était donc étrange,
répéta-t-elle, au grand amusement de Mr Bankes, de
penser que tout continuait ainsi pour eux. Car il était
extraordinaire de penser qu'ils avaient été capables de
continuer à vivre pendant toutes ces années alors
qu'elle n'avait pas pensé à eux plus d'une fois au cours
de toute cette période. Il s'était passé tant de choses
dans sa vie durant ces années. Cependant, peut-être
que Carrie Manning non plus n'avait pas pensé à elle.
Cette pensée la troublait désagréablement.

« Peu à peu les gens se détachent », dit Mr Bankes,
éprouvant toutefois une certaine satisfaction à la pensée qu'après tout il connaissait à la fois les Manning
et les Ramsay. Il ne s'était détaché de personne, songea-t-il, reposant sa cuiller et tapotant scrupuleusement de sa serviette une lèvre supérieure rasée de
près. Mais peut-être était-il un peu exceptionnel à cet
égard, songea-t-il ; il refusait toujours de suivre
l'ornière. Il avait des amis dans tous les milieux....
Mrs Ramsay dut se détourner un instant pour dire un
mot à la bonne, une histoire de plat à tenir au chaud.
Voilà pourquoi il préférait dîner seul. Toutes ces
interruptions l'agaçaient. Ma foi, songea William Bankes, conservant une attitude d'une exquise courtoisie
et se bornant à écarter les doigts de sa main gauche
sur la nappe comme un mécanicien pendant une
pause examine un outil parfaitement bien astiqué et
prêt à l'emploi, tels sont les sacrifices qu'exigent les

amis. Cela l'aurait blessée qu'il refuse de venir. Mais pour lui cela n'en valait pas la peine. Regardant sa main, il songea que s'il avait été seul il aurait déjà presque fini de dîner ; il aurait été libre de se mettre au travail. Oui, songea-t-il, c'est une perte de temps épouvantable. Les enfants continuaient d'arriver les uns après les autres. « J'aimerais que l'un d'entre vous fasse un saut jusqu'à la chambre de Roger », disait Mrs Ramsay. Que tout cela est donc dérisoire, que tout cela est fastidieux, pensa-t-il, à côté du reste — le travail. Il était assis là à pianoter sur la nappe alors qu'il aurait pu — lui apparut aussitôt une vue d'ensemble de son travail. Vrai, quelle perte de temps que tout ça ! Pourtant, se dit-il, c'est une de mes plus vieilles amies. Je suis censé être à sa dévotion. Pourtant là, en ce moment, sa présence ne signifiait absolument rien pour lui : sa beauté ne signifiait rien ; de l'avoir vue assise devant la fenêtre avec son petit garçon — rien, vraiment rien. Il avait seulement envie d'être seul et de continuer à lire cet excellent livre. Il se sentait mal à l'aise ; il se sentait déloyal, à l'idée de pouvoir être assis près d'elle sans rien éprouver à son égard. La vérité c'est qu'il n'appréciait pas la vie de famille. C'est dans ce genre de situation que l'on se demandait : Pour quoi vit-on ? À quoi bon, demandait-on, se donner tant de mal pour perpétuer la race humaine ? Est-ce tellement souhaitable ? Sommes-nous si séduisants en tant qu'espèce ? Pas tant que cela, se dit-il en regardant ces garçons plutôt négligés. Sa préférée, Cam, était sans doute couchée. Questions stupides, vaines questions, questions que l'on ne se posait jamais si l'on était occupé. La vie humaine est-elle ceci ? La vie humaine est-elle cela ? On n'avait jamais le temps d'y penser. Mais voilà qu'il se posait ce genre de questions parce que Mrs Ramsay donnait des ordres aux domestiques, et aussi parce que, devant la surprise de Mrs Ramsay à l'idée que Carrie Manning existait toujours, il avait été frappé de constater que les amitiés, même les plus belles, sont choses fragiles. On se détache peu à peu. Il recommença à s'en vouloir. Il était assis à côté de Mrs Ramsay et il n'avait strictement rien à lui dire.

« Je suis vraiment désolée », dit Mrs Ramsay, se tournant enfin vers lui. Il se sentait rigide, racorni, comme une paire de chaussures qui ont séché après avoir pris l'eau, si bien qu'ensuite on a toutes les peines du monde à les enfiler. Il fallait pourtant qu'il les enfile. Il fallait qu'il se force à parler. S'il ne faisait pas très attention elle découvrirait sa déloyauté ; s'apercevrait qu'il se souciait d'elle comme d'une guigne, et ce ne serait pas du tout agréable, pensa-t-il. Aussi inclina-t-il courtoisement la tête dans sa direction.

« Cela doit vous paraître insupportable de dîner dans une telle pétaudière », dit-elle, recourant, comme toujours quand elle avait la tête ailleurs, à ses façons mondaines. Ainsi, quand dans une réunion quelconque se pose un problème de langues, le président de séance, pour assurer la cohésion, propose que chacun s'exprime en français. Ce peut être en mauvais français ; il se peut que le français ne possède pas les mots qui exprimeraient la pensée de l'orateur ; néanmoins le fait de parler français impose un certain ordre, une certaine uniformité. Lui répondant dans la même langue, Mr Bankes dit : « Non, pas du tout », et Mr Tansley, qui n'avait aucune connaissance de cette

langue, même parlée de cette manière en mots d'une
seule syllabe, soupçonna immédiatement son manque
de sincérité. Franchement, ils en débitaient des absurdités les Ramsay, pensa-t-il ; et il bondit allègrement
sur ce nouvel exemple, composant une petite note
dont il donnerait lecture un de ces jours à un ou deux
amis. Là, dans un milieu où l'on pouvait dire ce qu'on
voulait il raconterait de manière sarcastique « un
séjour chez les Ramsay » et toutes les absurdités qu'ils
débitaient. Cela valait la peine de le faire une fois,
dirait-il, mais pas deux. Les femmes étaient si
ennuyeuses, dirait-il. Évidemment, Ramsay s'était
sabordé en épousant une beauté et en ayant huit
enfants. Cela prendrait à peu près cette forme, mais
pour l'heure, en cet instant précis, coincé là avec une
chaise vide à côté de lui, rien n'avait encore pris
forme. Tout n'était que bribes et fragments. Il se sentait, déjà physiquement, horriblement mal à l'aise. Il
voulait que quelqu'un lui donne l'occasion de s'affirmer. Ce désir était si pressant qu'il se mit à s'agiter
sur sa chaise, à regarder tantôt l'un, tantôt l'autre,
tenta de se mêler à leur conversation, ouvrit la bouche
et aussitôt la referma. Ils en étaient à parler de
l'industrie de la pêche. Pourquoi personne ne lui
demandait-il son avis ? Que savaient-ils de l'industrie
de la pêche ?

Lily Briscoe savait tout cela. Assise en face de lui,
ne voyait-elle pas, comme sur une radiographie, le
désir qu'avait ce jeune homme de faire impression se
dessiner en noir sur le flou de sa chair — ce léger flou
dont les conventions avaient enveloppé son brûlant
désir de se mêler à la conversation ? Mais, se dit-elle,
plissant ses yeux de Chinoise et se rappelant ses raille-

ries à l'égard des femmes, « incapables de peindre, incapables d'écrire », pourquoi l'aiderais-je ?

Il existe, elle ne l'ignorait pas, un code de bonne conduite[1] dont l'article sept (ou un autre) précise que dans ce genre de situation il incombe à la femme, quelle que puisse être son occupation du moment, d'aller au secours du jeune homme en face d'elle afin qu'il puisse exposer l'ossature de sa vanité, de son pressant désir de s'affirmer ; comme d'ailleurs il est de leur devoir, pensa-t-elle avec son objectivité de vieille fille, de nous secourir, à supposer que le métro soit la proie des flammes. Dans ce cas, se dit-elle, je compterais sûrement sur Mr Tansley pour me sortir de là. Mais qu'adviendrait-il, se dit-elle, si nous n'en faisions rien ni l'un ni l'autre ? Aussi demeura-t-elle immobile et souriante.

« Vous n'avez tout de même pas l'intention d'aller au Phare, Lily ? dit Mrs Ramsay. Rappelez-vous le pauvre Mr Langley : il avait fait le tour du monde des douzaines de fois, mais il m'a raconté qu'il n'avait jamais autant souffert que le jour où mon mari l'a amené là-bas. Vous avez le pied marin, Mr Tansley ? » demanda-t-elle.

Mr Tansley brandit un marteau, le balança bien haut au-dessus de sa tête ; mais comprenant, au moment où il le laissait retomber, qu'il ne pouvait frapper ce papillon avec un tel instrument, il se borna à dire qu'il n'avait jamais été malade de sa vie. Mais cette seule phrase contenait, compact comme de la poudre à canon, le fait que son grand-père était pêcheur ; son père pharmacien ; qu'il avait fait son chemin tout seul sans rien devoir à personne ; qu'il en était fier ; qu'il était Charles Tansley — ce dont

personne ici ne semblait se rendre compte ; mais un
de ces jours tout un chacun le saurait. Il regardait loin
devant lui d'un œil féroce. Il éprouvait presque de la
pitié pour ces doux lettrés qui un de ces jours seraient
projetés dans l'espace, comme des balles de laine et
des tombereaux de pommes, sous l'effet de la poudre
qui était en lui.

« Voudrez-vous bien m'emmener, Mr Tansley ? »
se hâta de demander gentiment Lily, car, évidemment,
si Mrs Ramsay lui disait, et c'était bien le cas : « Je
me noie, ma chère, dans une mer de feu. Si vous ne
versez pas un baume sur l'angoisse du moment en
disant quelque chose d'aimable à ce jeune homme
assis là, la vie s'échouera sur les rochers — à vrai dire
je l'entends déjà qui racle et qui grince. Mes nerfs
sont tendus comme les cordes d'un violon. Prêts à craquer au moindre frôlement » — quand Mrs Ramsay
disait tout cela, comme le disait l'expression de son
regard, évidemment il fallait bien que, pour la cent
cinquantième fois, Lily Briscoe renonce à l'expérience — que se passe-t-il si l'on n'est pas aimable
envers ce jeune homme assis là — et soit aimable.

Prompt à saisir son changement d'humeur — elle
se montrait amicale à présent — il fut soulagé de son
égotisme et lui raconta comment on le jetait à l'eau
depuis une barque quand il était tout petit ; comment
son père le repêchait avec une gaffe : c'est comme
cela qu'il avait appris à nager. Un de ses oncles était
gardien de phare sur quelque îlot rocheux au large de
la côte écossaise, dit-il. Il s'y était trouvé avec lui pendant une tempête. Cela fut dit d'une voix forte pendant un silence. Ils furent obligés de l'écouter quand
il raconta qu'il s'était trouvé dans un phare avec son

oncle pendant une tempête. Ah, pensa Lily Briscoe, alors que la conversation prenait ce tour favorable et qu'elle sentait la gratitude de Mrs Ramsay (car Mrs Ramsay était libre à présent de parler un peu de son côté), ah, pensa-t-elle, mais que ne m'en a-t-il pas coûté pour vous donner cela ? Elle n'avait pas été sincère.

Elle avait recouru à l'artifice habituel — s'était montrée aimable. Elle ne le connaîtrait jamais. Il ne la connaîtrait jamais. Les relations humaines étaient toutes comme cela, se dit-elle, et les pires (n'eût été Mr Bankes) étaient les relations entre les hommes et les femmes. Celles-là, fatalement, étaient dépourvues de toute sincérité. Puis son œil tomba sur la salière, qu'elle avait placée là comme pense-bête, et elle se rappela que le lendemain matin elle déplacerait l'arbre un peu vers le centre, et elle éprouva un tel sentiment de réconfort à l'idée de peindre demain qu'elle rit tout haut en entendant ce que Mr Tansley était en train de dire. Qu'il parle toute la nuit si cela lui faisait plaisir.

« Mais combien de temps laisse-t-on les gardiens dans un Phare ? » demanda-t-elle. Il le lui dit. Il était étonnamment bien informé. Et comme il se sentait reconnaissant, et qu'il la trouvait sympathique, et qu'il commençait à se sentir bien, alors, se dit Mrs Ramsay, elle pouvait maintenant s'en retourner dans ce pays des rêves, ce lieu irréel mais fascinant, le salon des Manning à Marlow il y a vingt ans ; où l'on évoluait sans hâte ni anxiété, car il n'y avait pas d'inquiétude à avoir pour l'avenir. Elle savait ce qui leur était arrivé, le savait aussi pour elle. C'était comme de relire un bon livre, car elle connaissait la fin de cette histoire, puisque cela s'était passé il y a vingt ans, et la vie, qui s'enfuyait en cascade de cette table même, Dieu sait où, était contenue là-bas en amont, et s'étalait, tel un lac, paisiblement entre ses berges. Il disait qu'ils avaient aménagé une salle de billard — était-ce possible ? William accepterait-il de continuer à parler des Manning ? Elle le souhaitait. Mais non — allez savoir pourquoi, il n'était plus d'humeur à cela. Elle fit une tentative. Il ne réagit pas. Elle ne pouvait pas le forcer. Elle se sentit déçue.

« Ces enfants sont une honte », dit-elle en soupirant. Il répondit en substance que la ponctualité fait partie de ces vertus mineures qui ne s'acquièrent qu'avec l'âge.

« Si tant est qu'on l'acquière jamais », dit Mrs Ramsay, histoire de meubler, pensant à part elle que William tournait au vieux garçon maniaque. Conscient de sa traîtrise, conscient du désir qu'elle avait d'aborder un sujet plus intime, mais ne se sentant pas d'humeur à cela pour le moment, il fut saisi, assis là à attendre, par le côté désagréable de l'existence. Peut-être les autres disaient-ils quelque chose d'intéressant ? Que disaient-ils ?

Que la saison de pêche était mauvaise ; que les hommes quittaient le pays. Ils parlaient salaires et chômage. Le jeune homme vilipendait le gouvernement. William Bankes, songeant que c'était un beau soulagement de saisir quelque chose de ce genre quand la vie privée était désagréable, l'entendit parler de « l'un des actes les plus scandaleux du gouvernement actuel ». Lily écoutait ; Mrs Ramsay écoutait ; tout le monde écoutait. Mais se lassant déjà, Lily sentit qu'il manquait quelque chose ; Mr Bankes sentit qu'il manquait quelque chose. S'enveloppant dans son châle, Mrs Ramsay sentit qu'il manquait quelque chose. Penchés pour écouter, tous pensaient : « Fasse le ciel que l'intérieur de mon esprit ne soit point dévoilé », car chacun pensait : « Les autres ressentent tout cela. Ils sont outrés et révoltés contre le gouvernement à propos des pêcheurs. Alors que moi, je ne ressens rien du tout. » Mais, se dit Mr Bankes en regardant Mr Tansley, voici peut-être l'homme qu'il nous faut. On attendait toujours l'homme providentiel. Et qui sait ? À tout moment le rassembleur pouvait surgir : l'homme de génie, en politique comme ailleurs. Sans doute se montrera-t-il extrêmement désagréable envers de vieilles badernes telles que nous, se dit Mr Bankes, s'efforçant à la tolérance, car il devinait à une étrange sensation physique, comme un hérissement de ses nerfs au long de son épine dorsale, qu'il était jaloux, en son nom personnel d'une part, et d'autre part, plus vraisemblablement, au nom de son travail, de son point de vue, de sa science ; et par conséquent il n'était pas entièrement exempt de préjugés ni parfaitement équitable, car Mr Tansley avait l'air de dire : Vous avez gâché votre vie. Vous vous trompez tous autant que vous êtes. Pauvres vieilles badernes, vous êtes complètement dépassés. Il paraissait bien présomptueux, ce jeune homme ; et il manquait de savoir-vivre. Mais Mr Bankes s'obligea à le constater, il avait du courage ; il avait des capacités ; il était remarquablement documenté. Sans doute, se dit Mr Bankes, pendant que Tansley vilipendait le gouvernement, y a-t-il beaucoup de vrai dans ce qu'il dit.

« Mais dites-moi... », commença-t-il. Et donc ils dis-

cutèrent politique, et Lily regarda la feuille sur la
nappe ; et Mrs Ramsay, abandonnant la discussion
aux deux hommes, se demanda pourquoi cette conversation l'ennuyait tant, et souhaita, regardant son mari
à l'autre extrémité de la table, qu'il dise quelque
chose. Un mot, se dit-elle. Car s'il disait une chose,
cela changerait tout. Il allait au fond des choses. Il se
souciait des pêcheurs et de leurs salaires[1]. Au point
d'en perdre le sommeil. Cela faisait une grande différence quand c'était lui qui parlait ; on ne se disait pas
alors : fasse le ciel que vous ne deviniez pas à quel
point tout cela m'est égal, parce qu'on se sentait vraiment touché. Alors, comprenant que c'est parce
qu'elle l'admirait tant qu'elle attendait qu'il parle, elle
eut l'impression que quelqu'un venait de lui faire
l'éloge de son mari et de leur mariage, et elle sentit
une douce chaleur l'envahir sans s'apercevoir que
c'est elle qui avait fait son éloge. Elle le regarda,
croyant que cela se refléterait sur son visage : il devait
briller de tous ses feux... Mais pas du tout ! Il avait
l'air tout renfrogné, le sourcil froncé, l'œil furibond,
et le visage rouge de colère. Et pourquoi, mon Dieu ?
se demanda-t-elle. Que pouvait-il bien y avoir ? Simplement que le pauvre vieil Augustus avait réclamé
une seconde assiettée de potage — c'était tout. Il était
inconcevable, il était insupportable (lui fit-il comprendre par signes à travers la table) qu'Augustus remette
ça avec le potage. Il avait horreur qu'on continue à
manger quand lui-même avait fini. Elle vit la colère
lui monter aux yeux, au front, telle une meute déchaî-
née, et sut que dans un instant se produirait une
explosion de violence, et alors — mais Dieu soit loué !
elle le vit se cramponner et freiner des quatre fers, et

on eût dit que tout son corps lançait des étincelles, mais de paroles point. Il restait là, l'œil furibond. Il n'avait rien dit, la priait-il de remarquer. Qu'elle lui reconnaisse ce mérite ! Mais après tout pourquoi ce pauvre Augustus ne demanderait-il pas une autre assiettée de potage ? Il s'était contenté de toucher le bras d'Ellen en disant :

« S'il vous plaît, Ellen, une autre assiettée de potage », et là-dessus Mr Ramsay se mettait à lancer des regards furibonds.

Et pourquoi pas, je te prie ? demanda Mrs Ramsay. Tout de même, ils pouvaient bien laisser Augustus reprendre du potage si cela lui faisait plaisir. Il ne supportait pas qu'on se vautre dans la nourriture, lui signifia Mr Ramsay d'un froncement de sourcil. Il ne supportait pas que les choses traînent ainsi en longueur. Mais il s'était dominé, Mr Ramsay la priait de le remarquer, malgré la répugnance que lui inspirait ce spectacle. Mais pourquoi le manifester aussi clairement, rétorqua Mrs Ramsay (ils se regardaient d'un bout à l'autre de la longue table, échangeant questions et réponses, chacun sachant exactement ce que l'autre ressentait). Tout le monde s'en rendait compte, se dit Mrs Ramsay. Voici que Rose avait les yeux rivés sur son père, même chose pour Roger ; d'ici une seconde tous deux attraperaient le fou rire, elle le savait, aussi s'empressa-t-elle de dire (c'était d'ailleurs le moment) :

« Allumez les bougies », et ils bondirent aussitôt de leur chaise et allèrent s'affairer autour du buffet.

Pourquoi ne pouvait-il jamais dissimuler ses sentiments ? songea Mrs Ramsay, et elle se demanda si Augustus s'était aperçu de quelque chose. Peut-être

que oui ; peut-être que non. Elle ne pouvait s'empêcher d'éprouver du respect devant le calme de cet
homme, assis là à savourer son potage. S'il avait envie
de potage, il demandait du potage. Apparemment
indifférent, tant aux moqueries qu'à l'irritation qu'il
pouvait susciter. Il ne l'aimait pas, elle le savait ; mais
en partie pour cela elle éprouvait du respect pour lui,
et le regardant savourer son potage, calme et imposant à la tombée du jour, monumental, méditatif, elle
se demanda ce qu'il éprouvait en réalité, et d'où lui
venaient ce contentement, cette dignité sans faille ; et
elle songea à quel point il était attaché à Andrew,
qu'il faisait venir dans sa chambre pour, disait
Andrew, « lui montrer des choses ». Et il passait ses
journées sur la pelouse, probablement à ruminer ses
poèmes, au point d'évoquer un chat à l'affût des
oiseaux, et puis il frottait ses pattes l'une contre
l'autre quand il avait trouvé son mot, et son mari
disait : « Pauvre vieil Augustus — c'est un vrai
poète », ce qui, venant de son mari, était un bel éloge.
À présent huit bougies étaient disposées en ligne
d'un bout à l'autre de la table, et après un petit vacil-
lement initial les flammes s'élevèrent bien droit
entraînant dans leur lumière toute la longue table, et
au centre une coupe de fruits jaune et violet.
Comment s'y était-elle prise, se demanda Mrs Ramsay, car la manière dont Rose avait arrangé les raisins
et les poires, le coquillage hérissé d'épines et doublé
de rose, les bananes, lui faisait penser à un trophée
rapporté du fond de la mer, au banquet de Neptune,
aux grappes entremêlées de feuilles de vigne qui pen-
dent à l'épaule de Bacchus (sur un tableau quelconque[1]), parmi les peaux de léopards, le rouge et l'or

des torches vacillantes... Soudain projetée en pleine
lumière, cette coupe semblait avoir des dimensions et
une profondeur considérables ; était comme un
monde où l'on pouvait prendre son bâton et gravir
des collines, songea-t-elle, et descendre dans des vallées, et à son grand plaisir (car cela les rapprochait
momentanément) elle vit qu'Augustus aussi se repais-
sait les yeux de ce plateau de fruits, plongeait à l'intérieur, détachait çà et là une fleur, un gland, et s'en
retournait repu vers sa ruche. C'était sa manière à
lui de regarder, différente de la sienne. Mais regarder
ensemble les unissait.

À présent toutes les bougies étaient allumées, et
les visages des deux côtés de la table se trouvaient
rapprochés par cette lumière, et regroupés, ce qui
n'était pas le cas dans la pénombre, en une même
tablée, car la nuit était maintenant rejetée derrière
des vitres qui, loin d'offrir une vue exacte du monde
extérieur, le faisaient ondoyer si étrangement qu'ici, à
l'intérieur de la pièce, semblait être l'ordre et la terre
ferme, et là, au-dehors, un reflet où les choses frémissaient et s'évanouissaient, fluides.

Un changement s'opéra aussitôt en eux tous,
comme si le phénomène s'était réellement produit et
que tous avaient conscience de former un groupe,
blotti dans un creux, sur une île ; faisaient cause
commune contre cette fluidité du dehors. Mrs Ramsay, mal à l'aise jusqu'alors, guettant l'arrivée de Paul
et Minta, et incapable, semblait-il, de fixer son attention, sentit son malaise laisser place à la confiance.
Car le moment était venu pour eux de faire leur
entrée, et Lily Briscoe, cherchant à analyser la cause
de leur soudaine allégresse, la compara à cet instant

sur le terrain de tennis où la matière avait soudain perdu sa solidité, où d'immenses espaces les séparaient les uns des autres ; à présent le même effet était obtenu grâce aux multiples bougies allumées dans cette pièce sommairement meublée, aux fenêtres sans rideaux, et à l'aspect brillant et un peu figé que la lumière des bougies conférait à leurs visages. Un poids leur était ôté ; tout pouvait arriver, lui semblait-il. C'est le moment, pensa Mrs Ramsay en regardant vers la porte, et au même instant, Minta Doyle, Paul Rayley, et une bonne qui portait un grand plat devant elle firent ensemble leur entrée. Ils étaient terriblement en retard ; ils étaient affreusement en retard, dit Minta, tandis qu'ils prenaient place aux deux extrémités de la table.

« J'ai perdu ma broche — la broche de ma grand-mère », dit Minta d'un ton éploré, le regard noyé, baissant et levant ses grands yeux marron en s'asseyant à côté de Mr Ramsay, ce qui éveilla sa galanterie et le poussa à la taquiner :

Comment pouvait-elle être assez nigaude, demanda-t-il, pour aller courir dans les rochers avec des bijoux ?

Elle était censée être terrorisée par lui — il était tellement intelligent, et le premier soir quand elle s'était trouvée assise à côté de lui, et qu'il avait parlé de George Eliot, elle avait vraiment eu peur, parce qu'elle avait oublié le troisième tome de *Middlemarch* dans le train et n'avait jamais su comment cela se terminait[1] ; mais par la suite elle s'en était fort bien tirée, et s'était fait passer pour encore plus ignorante qu'elle ne l'était, parce qu'il avait plaisir à lui dire qu'elle n'était qu'une sotte. Et donc ce soir, dès qu'il commença à se moquer d'elle, elle se sentit rassurée. En outre, elle avait su, dès son entrée dans la pièce, que le miracle s'était produit : elle était nimbée de son halo doré. Parfois il était là ; parfois non. Elle ne savait jamais pourquoi il apparaissait ni pourquoi il disparaissait, ni même s'il était là, avant d'entrer dans une pièce, mais alors elle le savait tout de suite à la façon dont un homme ou un autre la regardait. Oui, ce soir il était là, comme jamais ; elle le sut à la façon dont Mr Ramsay lui dit de ne pas faire la sotte. Elle s'assit à côté de lui, toute souriante.

C'était donc chose faite, se dit Mrs Ramsay ; ils sont fiancés. Et l'espace d'un instant elle éprouva ce qu'elle n'aurait jamais cru pouvoir éprouver à nouveau — de la jalousie. Car lui, son mari, le ressentait aussi — le rayonnement de Minta ; il aimait ces jeunes filles, ces jeunes filles flamboyantes, qui avaient quelque chose d'impétueux, quelque chose d'un peu sauvage et risque-tout, qui ne se faisaient pas des « chignons de gouvernante », n'étaient pas, comme il le disait de la pauvre Lily Briscoe, « tout étriquées ». Il était une qualité qu'elle-même ne possédait pas, un certain éclat, une certaine vitalité, qui l'attirait, l'amusait, faisait qu'il avait un faible pour des jeunes filles comme Minta. Elles avaient le droit de lui couper les cheveux, de lui tresser des chaînes de montre, ou de l'interrompre dans son travail, en l'appelant (elle les entendait) : « Allez, venez Mr Ramsay ; c'est notre tour de les battre cette fois », et il sortait de sa tanière pour jouer au tennis.

Mais en vérité elle n'était pas jalouse, seulement, parfois, quand elle s'obligeait à regarder dans la glace, un peu amère de constater qu'elle avait vieilli, peut-être, par sa propre faute. (La facture de la serre et tout le reste.) Elle leur savait gré de le plaisanter un peu. (« Combien de pipes avez-vous fumées aujourd'hui, Mr Ramsay ? » et ainsi de suite), jusqu'à lui donner l'air d'un jeune homme ; d'un homme très attirant aux yeux des femmes, non pas accablé, non pas écrasé par l'importance de ses travaux, les misères du monde, sa réputation ou son échec, mais de nouveau tel qu'il était lorsqu'elle l'avait rencontré, tout décharné mais séducteur ; l'aidant à descendre d'une barque, se souvint-elle ; avec des façons exquises, comme en ce moment (elle le regarda, et il avait l'air étonnamment jeune, en train de taquiner Minta). Quant à elle — « Mettez-le là », dit-elle, aidant la petite Suissesse à poser doucement devant elle l'énorme marmite de couleur brune qui contenait le Bœuf en Daube — pour sa part elle aimait bien ses nigauds. Paul devait s'asseoir à côté d'elle. Elle lui avait gardé une place. Mais oui, elle se disait parfois qu'elle préférait les nigauds. Ils ne vous ennuyaient pas avec leurs thèses. Ils passaient à côté de tant de choses, après tout, ces hommes si intelligents ! Et, vrai, comme ils avaient tôt fait de se dessécher. Il y avait chez Paul, se dit-elle pendant qu'il prenait place, quelque chose de très charmant. Ses manières lui paraissaient exquises, tout comme son nez bien dessiné et ses yeux bleus brillants. Il était si prévenant. Lui raconterait-il — maintenant qu'ils s'étaient tous remis à parler — ce qui s'était passé ?

« Nous sommes repartis chercher la broche de Minta », dit-il en s'asseyant à côté d'elle. « Nous » — cela suffisait. Elle comprit à l'effort qu'il faisait, à sa façon de hausser le ton pour surmonter un mot diffi-

cile que c'était la première fois qu'il disait « nous ».
« Nous » avons fait ci, « nous » avons fait ça. Ils diront
cela toute leur vie, songea-t-elle, et une délicieuse
odeur d'olives, d'huile et de jus de viande s'éleva du
grand plat brun à l'instant où Marthe[1], d'un geste un
peu théâtral, ôta le couvercle. La cuisinière avait
passé trois jours à préparer ce plat. Et elle devait veiller, se dit Mrs Ramsay en plongeant un couvert dans
cette masse moelleuse, à choisir un morceau particulièrement tendre pour William Bankes. Elle regarda à
l'intérieur du plat, ses parois luisantes et son mélange
appétissant de viandes brunes et jaunes, ses feuilles
de laurier et son vin, et se dit : Voici qui célébrera
cet événement — éprouvant subitement la sensation
curieuse, à la fois tendre et fantasque, de célébrer une
fête, comme si elle était la proie de deux émotions,
l'une profonde — quoi de plus sérieux en effet que
l'amour d'un homme pour une femme, quoi de plus
imposant, de plus impressionnant, porteur en son sein
des semences de la mort ; mais en même temps ces
amoureux, ces gens qui entraient dans l'illusion des
étoiles plein les yeux, il fallait danser moqueurs
autour d'eux, les orner de guirlandes.

« C'est un triomphe », dit Mr Bankes, reposant un
instant son couteau. Il avait mangé avec attention.
C'était succulent ; c'était tendre. C'était cuit à la perfection. Comment trouvait-elle le moyen de faire des
choses pareilles dans ce bout du monde ? lui
demanda-t-il. C'était une femme merveilleuse. Tout
son amour, toute sa révérence lui étaient revenus ; et
elle le savait.

« C'est une recette française de ma grand-mère »,
dit Mrs Ramsay, d'une voix qui trahissait un vif plaisir.

Naturellement c'était français. Ce qui passe pour de la cuisine en Angleterre est une abomination (ils étaient bien d'accord). Cela consiste à plonger les choux dans l'eau. À rôtir la viande jusqu'à ce qu'elle soit dure comme de la semelle. À ôter la délicieuse peau des légumes verts. « Qui contient, dit Mr Bankes, toutes les vertus du légume. » Et quel gaspillage, dit Mrs Ramsay. En France on nourrirait toute une famille avec ce que jette une cuisinière anglaise. Encouragée par le sentiment que William lui avait rendu son affection, que tout allait bien de nouveau, que son incertitude avait pris fin, et que maintenant elle était libre à la fois de triompher et de se moquer, elle se mit à rire, à gesticuler, tant et si bien que Lily se dit : Mais quelle enfant ! Comme elle avait l'air absurde, assise au haut bout de la table, dans tout l'épanouissement de sa beauté retrouvée, à parler de la peau des légumes. Elle avait quelque chose d'effrayant. Elle était irrésistible. Elle finissait toujours par obtenir ce qu'elle voulait, se dit Lily. À présent elle était parvenue à ce résultat — Paul et Minta, on pouvait le supposer, étaient fiancés. Mr Bankes dînait avec eux. Elle les tenait tous sous le charme de ses désirs, si simples, si directs ; et à cette opulence Lily opposa sa propre indigence d'esprit, et supposa que c'était en partie la croyance (car son visage était lumineux — sans paraître jeune, elle paraissait radieuse) en cette chose étrange, terrifiante, qui faisait que Paul Rayley, le personnage central, était tout frémissant et néanmoins préoccupé, absorbé, silencieux. Tout en parlant de la peau des légumes, songea Lily, Mrs Ramsay exaltait cette chose, la portait aux nues ; étendait les mains au-dessus d'elle pour les réchauffer, pour la protéger, et en même temps, maintenant qu'elle était arrivée à ses fins, elle semblait se moquer et conduire ses victimes, songeait Lily, à l'autel du sacrifice. Voici que cela la gagnait à son tour — l'émotion, la vibration de l'amour. Elle se sentait bien peu de chose auprès de Paul ! Lui, rayonnant, brûlant d'ardeur ; elle, distante, narquoise ; lui, en partance pour l'aventure ; elle, amarrée au rivage ; lui, lancé à corps perdu, sans prudence ; elle, solitaire, à l'écart — et, prête à implorer, le cas échéant, sa part du désastre, elle demanda timidement :

« Quand Minta a-t-elle perdu sa broche ? »

Il lui adressa le plus exquis des sourires, voilé par le souvenir, teinté par les rêves. Il hocha la tête. « Sur la plage », dit-il.

« Je vais la retrouver, dit-il. Je me lèverai de bonne heure. » Minta n'étant pas dans le secret, il baissa la voix et tourna les yeux vers elle, qui riait à côté de Mr Ramsay.

Lily eut envie de protester véhémentement, outrageusement de son désir de l'aider, imaginant déjà qu'à l'aube sur la plage c'est elle qui se précipiterait sur la broche à moitié dissimulée sous une pierre, et serait ainsi admise au nombre des marins et des aventuriers. Mais que répondait-il à son offre ? Elle dit en fait, avec une émotion qu'elle laissait rarement paraître : « Laissez-moi vous accompagner » ; et il rit. Il voulait dire oui ou il voulait dire non — ce pouvait être l'un ou l'autre. Mais ce n'était pas tant ce qu'il voulait dire — c'était ce drôle de ricanement qu'il avait eu, l'air de dire : Jetez-vous du haut de la falaise si ça vous chante, moi je m'en moque. Il dirigea vers elle la chaleur de l'amour, son horreur, sa cruauté, son manque de scrupules. Elle sentit la brûlure sur sa joue, et, regardant Minta faire des grâces à Mr Ramsay à l'autre bout de la table, Lily frémit de la savoir exposée à ces crocs acérés, et s'estima heureuse. Car de toute façon, se dit-elle, apercevant la salière sur le motif brodé, elle-même n'était pas obligée de se marier, Dieu merci : elle n'était pas obligée de subir cet avilissement. Elle était préservée de cette dilution. Elle déplacerait l'arbre un peu vers le centre.

Telle était la complexité des choses. Car ce qui lui arrivait, surtout quand elle séjournait chez les Ramsay, c'est qu'elle était amenée à ressentir violemment et simultanément deux choses opposées ; d'un côté, voilà ce que vous ressentez ; de l'autre, voici ce que moi je ressens, et il s'ensuivait un affrontement dans son esprit, comme en ce moment. C'est tellement beau, tellement excitant, cet amour, que je tremble au bord du gouffre, et m'offre, ce qui ne me ressemble en rien, à chercher une broche sur une plage ; mais c'est aussi la plus stupide, la plus barbare de toutes les passions humaines, qui transforme un gentil jeune homme au profil de médaille (celui de Paul était exquis) en voyou armé d'une barre de fer (il faisait le fanfaron, il était insolent) dans Mile End Road[1]. Pourtant, se dit-elle, depuis l'aube des temps on chante des odes à l'amour ; on lui tresse des couronnes et le fleurit de roses ; et si on leur posait la question, neuf personnes sur dix affirmeraient ne rien désirer d'autre ; alors que les femmes, à en juger par sa propre expérience, n'arrêtaient pas de se dire : Ce n'est pas cela que nous désirons ; il n'est rien de plus fastidieux, de plus puéril et inhumain que l'amour ; pourtant il est aussi beau et nécessaire. Alors, alors ?

demanda-t-elle, s'attendant un peu à ce que les autres prennent le relais, comme si dans un débat de ce genre on décochait sa petite flèche personnelle, qui bien évidemment n'atteignait pas la cible, et laissait aux autres le soin de poursuivre. Aussi se remit-elle à écouter ce qu'ils disaient pour le cas où ils jetteraient quelque lumière sur la question de l'amour.

« Et puis, dit Mr Bankes, il y a ce liquide que les Anglais appellent café. »

« Ah, le café ! » dit Mrs Ramsay. Mais c'était surtout un problème (elle était tout excitée, Lily le voyait bien, et s'exprimait avec une grande conviction) de vrai beurre et de lait pur. Véhémente, éloquente, elle exposa l'ignominie du système de production laitière en Angleterre, décrivit l'état dans lequel le lait arrivait devant votre porte, et s'apprêtait à justifier ses accusations, car elle avait examiné la question de près, lorsque tout autour de la table, à commencer par Andrew assis au centre, tel un feu se propageant de touffe en touffe parmi les ajoncs, ses enfants se mirent à rire ; puis son mari ; cible de tous ces rires, cernée par le feu, elle dut baisser pavillon, démonter ses batteries, et se contenter en guise de représailles de prendre Mr Bankes à témoin des railleries et de la dérision de la tablée, belle illustration de ce qu'il fallait endurer dès qu'on attaquait les préjugés du Public Britannique.

Elle prit soin, toutefois, car elle s'inquiétait de ce que Lily, qui lui était venue en aide pour Mr Tansley, demeurait à l'écart, de faire une exception pour elle : « Lily au moins est d'accord avec moi », l'attirant ainsi dans leur cercle, un peu émue, un peu déconcertée. (Car elle réfléchissait sur l'amour.) Ils étaient tous

deux à l'écart, s'était dit Mrs Ramsay, aussi bien Lily
que Charles Tansley. Ils souffraient également du
rayonnement des deux autres. Lui, à l'évidence, se
sentait complètement exclu ; Paul Rayley présent,
aucune femme ne lui accorderait un regard. Pauvre
garçon ! Malgré tout, il avait sa thèse, l'influence de
quelqu'un sur quelque chose : il pouvait se débrouiller
tout seul. Pour Lily, c'était différent. Le rayonnement
de Minta l'éteignait ; elle paraissait plus effacée que
jamais, avec sa petite robe grise, son petit visage chiffonné et ses petits yeux de Chinoise. Tout en elle semblait rétréci. Pourtant, songea Mrs Ramsay, la comparant à Minta tout en sollicitant son aide (car Lily était
témoin qu'elle ne parlait pas plus de ses laiteries que
son mari de ses bottines — il pouvait en parler pendant des heures), des deux c'est Lily qui aura l'avan-
tage à quarante ans. Il y avait chez Lily une certaine
ténacité ; une certaine ardeur ; quelque chose qui
n'appartenait qu'à elle et que Mrs Ramsay aimait
vraiment beaucoup, mais à quoi, elle en avait peur,
aucun homme ne serait sensible. Évidemment pas,
sauf s'il s'agissait d'un homme beaucoup plus âgé,
comme William Bankes. Seulement voilà, il avait un
penchant, enfin, Mrs Ramsay songeait parfois qu'il
avait peut-être, depuis la mort de sa femme, un penchant pour elle. Il n'était pas « amoureux » naturellement ; c'était un de ces attachements qui n'entrent
dans aucune catégorie, comme il en existe tant. Oh !
mais quelle absurdité, songea-t-elle ; William doit
absolument épouser Lily. Ils ont tant de choses en
commun. Lily aime tant les fleurs. Ils sont l'un et
l'autre réservés, distants et plutôt jaloux de leur indé-

pendance. Il faudrait les envoyer faire une longue promenade tous les deux.

Bêtement, elle les avait placés en vis-à-vis. On pourrait y remédier demain. S'il faisait beau, on irait pique-niquer. Tout semblait possible. Tout semblait pour le mieux. En cet instant (mais cela ne peut pas durer, songea-t-elle, profitant de ce qu'ils s'étaient tous mis à parler bottines pour prendre quelque distance) en cet instant elle était en sûreté ; elle planait tel un épervier dans les airs ; tel un drapeau déployé dans un élément de joie qui saturait délicieusement chaque fibre de son corps, sans bruit, solennellement plutôt, car il émanait, songea-t-elle, les regardant tous assis là à manger, de mari, enfants et amis ; et le tout, s'élevant dans cette quiétude extrême (elle servait à William Bankes encore un tout petit morceau et scrutait les profondeurs du récipient en terre cuite) semblait en cet instant, sans raison particulière, s'attarder comme une fumée, s'élever comme une vapeur d'encens, et les tenir rassemblés en sûreté. Inutile de rien dire. Impossible de rien dire. C'était là, tout autour d'eux. Cela participait, sentait-elle, servant délicatement à Mr Bankes un morceau particulièrement tendre, de l'éternité ; comme elle l'avait déjà ressenti une fois à propos d'autre chose dans l'aprèsmidi ; il est une cohésion au cœur des choses, une forme de stabilité ; quelque chose, voulait-elle dire, est à l'abri du changement, et resplendit (elle jeta un coup d'œil à la fenêtre, au jeu des lumières sur les vitres) face à l'insaisissable, à l'éphémère, au spectral, comme un rubis ; si bien que ce soir elle retrouvait ce sentiment déjà éprouvé une fois aujourd'hui, de paix, de repos. De pareils instants, songea-t-elle, est fait ce qui demeure à tout jamais. Ceci demeurerait.

« Oui », affirma-t-elle à William Bankes, « il y en a largement pour tout le monde. »

« Andrew, dit-elle, baisse un peu ton assiette, sinon je vais en mettre sur la nappe. » (Le Bœuf en Daube était un vrai triomphe.) Ici, pensa-t-elle, reposant la cuiller, se trouvait l'espace immobile blotti au cœur des choses, où on avait le loisir de se mouvoir ou de se reposer ; le loisir d'attendre à présent (tout le monde était servi) et d'écouter ; puis, tel un épervier qui décroche soudain dans les airs, celui de tournoyer et venir se percher en douceur sur les rires, s'appuyant de tout son poids sur ce que racontait son mari, à l'autre bout de la table, sur la racine carrée de mille deux cent cinquante-trois, qui se trouvait être le numéro de son billet de chemin de fer.

Que signifiait tout cela ? Encore aujourd'hui elle n'en avait pas la moindre idée. Une racine carrée ? Qu'est-ce que c'était donc ? Ses fils le savaient. Elle se reposait sur eux ; sur les cubes et les racines carrées ; voilà de quoi ils parlaient à présent ; sur Voltaire[1] et Madame de Staël ; sur le caractère de Napoléon ; sur le système de propriété foncière en France ; sur Lord Rosebery[2] ; sur les Mémoires de Creevey[3] : elle se laissait porter, soutenir, par cette admirable charpente de l'intelligence masculine, qui montait, descendait, partait à droite et à gauche, tel un réseau de poutres métalliques étayant de part en part la structure chancelante, soutenant le monde, de sorte qu'elle pouvait s'y abandonner en toute confiance, fermer les yeux même, ou cligner un instant des paupières, comme un enfant, la tête sur l'oreiller, regarde en cillant la superposition innombrable des feuilles d'un arbre. Puis elle se réveilla. Cela continuait à s'échafauder. William Bankes faisait l'éloge de la série de *Waverley*[1].

Il en lisait un volume tous les six mois, dit-il. Et pourquoi cela mettait-il Charles Tansley en colère ? Il fonça dans la brèche (tout ça, pensa Mrs Ramsay, parce que Prue refuse d'être gentille avec lui) et dénigra la série de *Waverley* alors qu'il n'y connaissait rien, mais alors rien du tout, pensa Mrs Ramsay, l'observant plus qu'elle ne l'écoutait. Elle voyait bien ce qu'il en était rien qu'à son attitude — il cherchait à s'affirmer, et il en serait toujours ainsi avec lui jusqu'à ce qu'il obtienne sa chaire de Professeur ou qu'il épouse sa femme et ne soit plus alors obligé de répéter constamment : « Moi — Moi — Moi[2]. » Car c'est à cela que revenait sa critique de ce pauvre Sir Walter, à moins qu'il ne s'agisse de Jane Austen[3]. « Moi — Moi — Moi. » C'est à lui qu'il pensait et à l'impression qu'il produisait, elle le comprenait à son ton, à sa façon d'appuyer sur les mots et à son manque de naturel. La réussite lui ferait du bien. En tout cas les voilà repartis. Elle n'avait plus besoin d'écouter. Cela ne pouvait pas durer, elle le savait, mais pour le moment son regard était si pénétrant qu'il lui semblait dévoiler l'un après l'autre chacun des membres de cette tablée, leurs pensées et leurs sentiments, sans effort telle une lumière qui glisse sous l'eau de sorte que ses ondulations, et les roseaux rencontrés, et le fretin en suspension, et la truite soudaine et silencieuse sont capturés tout frémissants dans son faisceau. Ainsi les voyait-elle ; elle les entendait ; mais tout ce qu'ils disaient possédait également cette qua-

lité, comme si ce qu'ils disaient était semblable au
mouvement d'une truite lorsqu'on aperçoit, en même
temps, l'ondulation et le limon, un coup à droite, un
coup à gauche ; et que cela forme un tout ; alors, en
effet, que dans sa vie active elle jetterait son filet et
s'occuperait ensuite à en trier le contenu ; dirait
qu'elle aimait bien la série de *Waverley* ou qu'elle ne
les avait pas lus ; se forcerait à aller de l'avant ; à présent elle ne disait rien. Pour l'heure elle demeurait
en suspens.

  « Ah, mais combien de temps croyez-vous que cela
durera ? » dit quelqu'un. On eût dit qu'elle était pour-
vue d'antennes frémissantes qui, interceptant certaines phrases, les imposaient à son attention. Celle-ci
en était une. Elle pressentit un danger pour son mari.
Pareille question entraînerait, c'était preque sûr, une
réflexion qui lui rappellerait son propre échec.
Combien de temps le lirait-on — songerait-il aussitôt.
William Bankes (qui était exempt de toute vanité de
ce genre) répondit en riant qu'il n'attachait aucune
importance aux variations de la mode. Qui pouvait
dire ce qui allait durer — en littérature, comme en
tout autre domaine ?

  « Prenons notre plaisir là où nous le trouvons », dit-
il. Son intégrité parut à Mrs Ramsay tout à fait admirable. Il ne donnait pas une seconde l'impression de
penser : Mais quelle conséquence cela peut-il avoir
pour moi ? Seulement voilà, si on était d'un tempéra-
ment opposé, celui qui a besoin d'éloges, qui a besoin
d'encouragement, on commençait naturellement
(comme Mr Ramsay, elle le savait) à être mal à l'aise ;
à avoir envie que quelqu'un dise : Oh, mais votre
œuvre durera, Mr Ramsay, ou quelque chose dans

ce goût-là. Voici qu'il manifestait très clairement son
malaise en disant, non sans irritation, que de toute
façon, Scott (ou était-ce Shakespeare ?) lui durerait
jusqu'à la fin de ses jours. Il dit cela d'un ton irrité.
Tout le monde, pensa-t-elle, se sentit un peu gêné,
sans savoir pourquoi. Puis Minta Doyle, qui ne manquait pas de finesse, déclara carrément, absurdement,
qu'elle ne croyait pas que quiconque prenne vraiment
plaisir à lire Shakespeare[1]. Mr Ramsay dit, la mine
sombre (mais cela avait modifié le cours de ses
réflexions) que très peu de gens l'appréciaient autant
qu'ils le prétendaient. Mais, ajouta-t-il, certaines de
ses pièces ont néanmoins une valeur considérable, et
Mrs Ramsay vit que tout irait bien, du moins dans
l'immédiat ; il allait se moquer de Minta, et celle-ci,
Mrs Ramsay le voyait, comprenant à quel point il
s'inquiétait pour lui-même, veillerait à sa façon à ce
qu'on s'occupe de lui, et s'arrangerait pour vanter ses
mérites. Mais elle aurait préféré que ce ne fût pas
nécessaire : peut-être était-ce sa faute à elle si c'était
nécessaire. En tout cas elle était libre à présent
d'écouter ce que Paul Rayley essayait de dire à propos
des livres qu'on avait lus dans son adolescence. Ils
avaient un effet durable, disait-il. Il avait lu des
romans de Tolstoï en classe. Il y en avait un qu'il
n'avait jamais oublié, mais il ne retrouvait pas le nom.
Les noms russes étaient impossibles, dit Mrs Ramsay.
« Vronsky », dit Paul. Il s'en souvenait parce que ça
lui avait toujours paru un si bon nom pour un
méchant. « Vronsky », dit Mrs Ramsay ; « Oh ! *Anna
Karénine* », mais cela ne les mena pas bien loin ; la
littérature n'était pas leur fort. Non, Charles Tansley
aurait tôt fait d'éclairer leur lanterne en la matière,

mais il s'inquiétait tant de savoir s'il disait ce qu'il fallait, s'il faisait bonne impression, qu'en fin de compte on en savait plus sur lui que sur Tolstoï, alors que ce que Paul disait se rapportait simplement au sujet, pas à lui-même. Comme tous les sots, il avait en outre une forme de modestie, une manière d'être attentif aux autres qui, du moins de temps à autre, lui paraissait séduisante. Il ne se préoccupait en cet instant ni de lui-même ni de Tolstoï, mais de savoir si elle n'avait pas froid, si elle ne sentait pas un courant d'air, si elle ne voulait pas une poire.

Non, dit-elle, elle ne voulait pas de poire. À dire vrai cela faisait un moment qu'elle surveillait jalousement la coupe de fruits du coin de l'œil (sans s'en rendre compte), espérant que personne n'y touche-rait. Elle n'avait cessé de promener son regard parmi les courbes et les ombres des fruits, les violets chauds des raisins de la plaine, puis sur l'arête épineuse du coquillage, rapprochant un jaune d'un violet, une forme courbe d'une forme ronde, sans savoir pour-quoi elle le faisait, ni pourquoi elle éprouvait à le faire toujours plus de sérénité ; jusqu'au moment où, oh ! quel dommage de faire cela — une main se tendit, prit une poire, et détruisit l'harmonie de l'ensemble. Par sympathie elle regarda Rose. Elle regarda Rose assise entre Jasper et Prue. Étrange, vraiment, qu'un de ses enfants ait pu faire cela !

Étrange de les voir assis là, tous alignés, ses enfants, Jasper, Rose, Prue, Andrew, presque silencieux, mais partageant quelque plaisanterie de leur cru, elle le devinait au frémissement de leurs lèvres. C'était quel-que chose qui n'avait rien à voir avec le reste, quelque

chose qu'ils mettaient en réserve pour en rire plus
tard dans leurs chambres. Cela n'avait pas trait à leur
père, espérait-elle. Non, elle ne le croyait pas. De quoi
s'agissait-il, se demanda-t-elle, un peu tristement, car
il lui semblait qu'ils riraient quand elle ne serait pas
là. Tant de secrets accumulés derrière les masques de
ces visages impassibles, plutôt fermés, car ils ne participaient pas facilement ; ils ressemblaient à des guet-
teurs, des observateurs, un peu au-dessus ou à l'écart
des grandes personnes. Mais quand elle regardait
Prue ce soir, elle voyait que ce n'était plus tout à fait
vrai dans son cas. On percevait un premier signe, un
frémissement, l'amorce d'un rapprochement. Son
visage avait cet éclat imperceptible, comme si le
rayonnement de Minta en face d'elle, fait d'émotion,
de bonheur anticipé, se reflétait sur elle, comme si le
soleil de l'amour entre les hommes et les femmes
pointait à l'horizon de la nappe, et que sans savoir ce
que c'était elle se penchait vers lui pour l'accueillir.
Elle ne cessait de regarder Minta, timide, et pourtant
curieuse, si bien que Mrs Ramsay regarda de l'une à
l'autre et dit, s'adressant à Prue en esprit : Tu seras
aussi heureuse qu'elle un de ces jours. Tu seras beaucoup plus heureuse, ajouta-t-elle, parce que tu es ma
fille, voulait-elle dire ; sa propre fille ne pouvait
qu'être plus heureuse que les filles des autres. Mais le
dîner avait pris fin. Il était temps de quitter les lieux.
Ils en étaient à jouer avec ce qui restait dans les assiettes. Elle attendrait qu'ils aient fini de rire d'une histoire que racontait son mari. Il plaisantait avec Minta
à propos d'un pari. Puis elle se lèverait.

Elle aimait bien Charles Tansley, se dit-elle, soudain ; elle aimait son rire. Elle l'aimait d'être aussi en colère contre Paul et Minta. Elle aimait sa gaucherie. Ce jeune homme ne manquait pas de qualités finalement. Et Lily, se dit-elle, posant sa serviette à côté de son assiette, elle trouve toujours matière à se divertir en silence. On n'avait jamais de souci à se faire pour Lily. Elle attendit. Elle poussa sa serviette sous le bord de son assiette. Eh bien, en avaient-ils terminé à présent ? Non. Cette histoire en avait entraîné une autre. Son mari était en verve ce soir et, souhaitant sans doute se réconcilier avec le vieil Augustus, l'avait entraîné dans la conversation — ils en étaient à raconter des histoires sur quelqu'un qu'ils avaient tous deux connu quand ils étaient étudiants. Elle regarda la fenêtre sur laquelle les reflets des bougies brillaient d'une lumière plus vive maintenant que les vitres étaient noires, et comme elle regardait cette nuit au-dehors les voix lui parvenaient étranges, comme si elles récitaient un office dans une cathédrale, car elle n'écoutait pas les paroles. Les brusques éclats de rire, puis une voix (celle de Minta) s'élevant seule, lui faisaient penser à des hommes et des enfants déclamant les paroles d'un office en latin dans une cathédrale catholique. Elle attendit. Son mari prit la parole. Il récitait quelque chose, et au rythme, aux accents exaltés et mélancoliques de sa voix, elle sut que c'était un poème :

> *Sors de chez toi et monte l'allée du jardin,*
> *Luriana Lurilee.*
> *La rose de Chine tout épanouie bruit de la jaune*
> *abeille*[1]*.*

Les mots (elle regardait par la fenêtre) semblaient flotter comme des fleurs sur l'eau du dehors, parfaitement détachés, comme si personne ne les avait dits et qu'ils avaient surgi d'eux-mêmes.

Et toutes les vies que nous avons vécues
Et toutes les vies à venir
Sont pleines d'arbres et de feuilles changeantes.

Elle ne savait pas ce qu'ils signifiaient, mais, comme la musique, ces mots semblaient prononcés par sa propre voix, à l'extérieur d'elle-même, exprimant aisément et tout naturellement ce qu'elle avait eu à l'esprit au long de la soirée tout en parlant de choses et d'autres. Elle savait, sans avoir besoin de se retourner, que chacun à table écoutait la voix qui disait :

Je me demande s'il te semble
Luriana, Lurilee

avec un soulagement et un plaisir pareils aux siens, comme si c'était là, enfin, la chose à dire, et leur propre voix qui parlait.

Mais la voix se tut. Elle se retourna. Se força à se lever. Augustus Carmichael s'était dressé et, tenant sa serviette de telle manière qu'on eût dit une longue robe blanche, il psalmodiait :

Voir chevaucher les rois
Sur la pelouse et dans le pré piqué de pâquerettes
Avec leurs palmes et leurs faisceaux de cèdre
Luriana, Lurilee,

et comme elle passait près de lui il se tourna légèrement vers elle en répétant les derniers mots :

Luriana, Lurilee,

et s'inclina devant elle comme pour lui rendre hommage. Sans savoir pourquoi, elle sentit qu'il éprouvait
à son égard plus de sympathie qu'il n'en avait jamais
éprouvé ; et, soulagée et reconnaissante, elle inclina
la tête à son tour et passa la porte qu'il lui tenait
ouverte.

Il convenait maintenant de franchir un dernier pas.
Le pied sur le seuil elle demeura encore un instant
dans une scène qui s'évanouissait alors même qu'elle
la contemplait, puis, comme elle se remettait en marche, prenait le bras de Minta et quittait la pièce, tout
changea, se transforma ; déjà, elle le savait, jetant un
dernier regard par-dessus son épaule, c'était devenu
le passé.

18

Comme d'habitude, pensa Lily. Il y avait toujours
quelque chose à faire à cet instant précis, quelque
chose que Mrs Ramsay avait décidé, pour une raison
qui n'appartenait qu'à elle, de faire sur-le-champ,
aussi bien quand ils restaient tous à traînasser en
échangeant des plaisanteries, comme maintenant,
hésitant encore à se rendre dans le fumoir, dans le
salon, dans les mansardes. On voyait alors Mrs Ram-

say, au milieu du brouhaha, accrochée au bras de Minta, se dire : « Oui, c'est le moment », et s'éclipser aussitôt l'air mystérieux pour faire quelque chose seule. Une sorte de désagrégation suivit immédiatement son départ ; un petit moment de flottement, puis ils se dispersèrent ; Mr Bankes prit Charles Tansley par le bras et l'emmena terminer sur la terrasse la discussion qu'ils avaient entamée au dîner sur la politique, faisant ainsi basculer la soirée, en infléchissant le cours, comme si, pensa Lily, les voyant s'éloigner et attrapant au vol deux ou trois mots sur la politique du Parti Travailliste[1], ils étaient montés sur la passerelle du navire pour faire le point ; le passage de la poésie à la politique lui faisait cet effet ; et donc Mr Bankes et Charles Tansley s'en allèrent de leur côté, pendant que les autres restaient plantés à regarder Mrs Ramsay monter l'escalier à la lumière de la lampe, seule. Où allait-elle si vite ? se demanda Lily.

Non d'ailleurs qu'elle courût ou se pressât vraiment ; elle allait même assez doucement. Elle avait plutôt envie de rester un peu tranquille après tout ce bavardage, et de choisir une chose en particulier ; la chose qui importait ; de la détacher ; de la mettre à part ; de la nettoyer de toutes les émotions et de tous les éléments étrangers, pour la tenir devant elle et la présenter au tribunal où, réunis à huis clos, siégeaient les juges qu'elle avait désignés pour décider de ces choses. Est-ce bien, est-ce mal, est-ce juste ou non ? Où allons-nous ? et ainsi de suite. Ainsi recouvrait-elle son équilibre après le choc causé par l'événement et, de manière purement inconsciente et tout à fait saugrenue, elle eut recours aux branches des ormes au-dehors pour consolider sa position. Son monde était en train de changer : elles étaient immobiles. Cet événement lui avait donné une sensation de mouvement. Il fallait que tout soit en ordre. Il fallait remettre ceci et cela en place, se dit-elle, approuvant insensiblement la dignité des arbres immobiles, et puis encore la superbe élévation (comme l'étrave d'un navire à l'assaut d'une vague) des branches d'ormes soulevées par le vent. Car il y avait du vent (elle s'arrêta un instant pour regarder par la fenêtre). Il y avait du vent, si bien que de temps à autre les feuilles agitées découvraient une étoile, et les étoiles elles-mêmes paraissaient remuer et lancer des éclairs et chercher à luire entre les feuilles. Oui, la chose était faite, accomplie ; et comme tout ce qui était accompli, s'était empreinte de solennité. Maintenant qu'on pensait à elle, purifiée du bavardage et de l'émotion, elle semblait avoir toujours été, ne faisait à présent que se manifester, et par cette manifestation donnait de la stabilité à toutes choses. Aussi longtemps qu'ils vivraient, songea-t-elle en se détournant, ils reviendraient à cette nuit ; cette lune ; ce vent ; cette maison ; et à elle aussi. Cela la flattait, en ce qu'elle avait de plus sensible à la flatterie, de songer que, entremêlée aux fibres de leurs cœurs, aussi longtemps qu'ils vivraient, elle ferait intimement partie de leurs êtres ; et cela aussi, et cela, et cela, pensa-t-elle en montant l'escalier, riant, non sans affection, du canapé sur le palier (celui de sa mère) du rocking-chair (celui de son père) ; de la carte des Hébrides. Tout cela revivrait dans la vie de Paul et Minta ; « les Rayley » — elle s'essaya à prononcer ce nouveau nom ; et ressentit, la main sur la porte de la chambre d'enfants, cette communauté de sentiments avec autrui que suscite l'émotion, comme si les cloisons[1] étaient devenues si minces que pour ainsi dire (c'était un sentiment de soulagement et de bonheur) un même courant les portait, et que chaises, tables, cartes, étaient à elle, étaient à eux, peu importait à qui, et que cela continuerait avec Paul et Minta quand elle serait morte.

Elle tourna la poignée, d'une main ferme, pour lui éviter de grincer, et entra, pinçant légèrement les lèvres comme pour se rappeler qu'elle ne devait pas parler tout fort. Mais dès son entrée elle fut contrariée de constater que cette précaution était superflue. Les enfants ne dormaient pas. C'était très contrariant. Mildred devrait faire plus attention. Voilà James bien réveillé et Cam assise toute droite dans son lit, et Mildred debout, nu-pieds, et il était près de onze heures et ils étaient en grande discussion. Que se passait-il ? C'était encore cet horrible crâne. Elle avait dit à Mildred de l'enlever, mais, naturellement, Mildred avait oublié, et maintenant voilà Cam bien réveillée et James bien réveillé en train de se chamailler alors qu'ils auraient dû dormir depuis des heures. Quelle idée avait eue Edward de leur envoyer cet horrible crâne ? Elle avait été assez bête pour les laisser l'accrocher là sur le mur. Il était solidement accroché, dit Mildred, et Cam n'arrivait pas à s'endormir avec ça dans la chambre, et James hurlait dès qu'elle y touchait.

Alors maintenant Cam devait dormir (il avait de grandes cornes, dit Cam —) devait dormir et rêver à de jolis palais, dit Mrs Ramsay en s'asseyant à côté d'elle sur le lit. Elle voyait les cornes, dit Cam, partout dans la chambre. C'était vrai. Où qu'on pose la lampe (et James ne pouvait pas dormir dans le noir) il y avait toujours une ombre quelque part.

« Mais pense, Cam, que c'est seulement un vieux cochon », dit Mrs Ramsay, « un gentil cochon noir comme les cochons à la ferme. » Mais Cam pensait que c'était une chose horrible, qui la menaçait de ses cornes partout dans la chambre.

« Eh bien alors », dit Mrs Ramsay, « nous allons le couvrir[1]. » Et tous de la regarder aller à la commode et ouvrir les petits tiroirs prestement l'un après l'autre ; ne trouvant rien qui puisse faire l'affaire, elle ôta prestement son châle et l'enroula autour du crâne, un tour, deux tours, trois tours, puis elle revint auprès de Cam et posa sa tête presque à plat sur l'oreiller contre celle de Cam et dit que cela faisait bien joli maintenant ; que les fées aimeraient beaucoup ça ; on dirait un nid d'oiseau ; on dirait une belle montagne comme elle en avait vu dans un autre pays, avec des vallées et des fleurs et des cloches qui tintent et des oiseaux qui chantent et des petites chèvres et des antilopes... Elle percevait l'écho de ses paroles lancinantes dans l'esprit de Cam, et Cam répétait après elle qu'on dirait une montagne, un nid d'oiseau, un jardin, et qu'il y avait de petites antilopes, et ses yeux s'ouvraient et se refermaient, et Mrs Ramsay continua à dire d'une façon toujours plus monotone, plus lancinante et plus extravagante qu'il fallait qu'elle ferme les yeux, qu'elle dorme et rêve de montagnes et de vallées et d'étoiles filantes et de perroquets et d'antilopes et de jardins, et de tout ce qui était joli[2], dit-elle, soulevant la tête très lentement et parlant de plus en plus machinalement, jusqu'au moment où elle se retrouva assise toute droite et vit que Cam s'était endormie.

Maintenant, chuchota-t-elle en allant jusqu'à son lit, il fallait que James dorme lui aussi, car regarde, dit-elle, le crâne de sanglier était toujours là ; on n'y avait pas touché ; on avait fait exactement ce qu'il voulait ; il était là et on ne lui avait fait aucun mal. Il vérifia que le crâne était toujours là sous le châle. Mais il avait encore quelque chose à lui demander. Est-ce qu'on irait au Phare demain ?

Non, pas demain, dit-elle, mais bientôt, c'était promis ; dès qu'il ferait beau. Il fut très sage. Il se rallongea. Elle le couvrit[1]. Mais il n'oublierait jamais, elle le savait, et elle se sentit furieuse contre Charles Tansley, contre son mari, et contre elle-même aussi, qui lui avait donné un faux espoir. Puis, cherchant son châle sur ses épaules et se souvenant qu'elle en avait enveloppé le crâne de sanglier, elle se leva, baissa le carreau de la fenêtre de quelques centimètres, entendit le vent, reçut une bouffée d'air nocturne, frais et parfaitement indifférent, chuchota bonne nuit à Mildred, quitta la chambre, laissa le pêne s'allonger lentement dans la gâche et se retrouva sur le palier.

Elle espérait qu'il ne flanquerait pas ses livres par terre au-dessus de leurs têtes, se dit-elle, encore tout agacée à la pensée de Charles Tansley. Car ni l'un ni l'autre n'avait un bon sommeil ; c'étaient des enfants nerveux, et puisqu'il faisait des réflexions pareilles à propos du Phare, il était bien du genre à renverser une pile de livres juste au moment où ils seraient sur le point de s'endormir, en les balayant d'un coup de coude malencontreux. Car elle supposait qu'il était monté travailler. Mais il avait l'air si esseulé ; mais elle

serait soulagée de le voir partir ; mais elle veillerait à
ce qu'il soit mieux traité demain ; mais il était admirable avec son mari ; mais ses manières laissaient assurément à désirer ; mais elle aimait bien son rire —
remuant ces pensées en descendant l'escalier, elle
constata qu'elle pouvait maintenant voir la lune elle-
même par la fenêtre — la lune jaune des moissons —
et elle se tourna, et ils la virent, debout au-dessus
d'eux sur les marches.

« C'est ma mère », se dit Prue. Oui ; il fallait que
Minta la regarde ; il fallait que Paul Rayley la regarde.
C'est cela même, songea-t-elle, comme si elle n'avait
pas son pareil au monde ; sa mère. Et d'adulte qu'elle
était l'instant d'avant, quand elle parlait avec les
autres, elle redevint enfant, et ce qu'ils venaient de
faire n'était qu'un jeu, et sa mère allait-elle approuver
leur jeu, ou le condamner ? se demanda-t-elle. Et
pensant à la chance que c'était pour Minta, pour Paul,
pour Lily, de pouvoir la contempler, et songeant au
bonheur incroyable que c'était pour elle de l'avoir, et
qu'elle ne deviendrait jamais une grande personne et
ne quitterait jamais la maison, elle dit, comme une
enfant : « On pensait descendre à la plage pour regarder les vagues. »

Aussitôt, sans raison aucune, Mrs Ramsay eut l'air
d'une jeune fille de vingt ans, pleine de gaieté. Elle se
sentit soudain d'humeur folâtre. Bien sûr qu'il fallait
y aller ; bien sûr que oui, s'écria-t-elle en riant ; et
dévalant d'un pas léger les trois ou quatre dernières
marches, elle se mit à virevolter de l'un à l'autre, à
rire, à ramener les pans du châle de Minta sur sa poitrine, à dire qu'elle voudrait tant pouvoir les accompa-

gner, et rentreraient-ils très tard, et l'un d'eux avait-il une montre ?

« Oui, Paul en a une », dit Minta. Paul fit glisser une belle montre en or d'un petit étui en peau de chamois pour la lui montrer. Et tandis qu'il la lui présentait dans le creux de sa main, il songeait : « Elle sait tout. Je n'ai pas besoin de dire quoi que ce soit. » Il lui disait en lui faisant voir la montre : « Je l'ai fait, Mrs Ramsay. C'est à vous que je dois tout cela. » Et voyant la montre en or posée à plat dans sa main, Mrs Ramsay songea : Minta a vraiment une chance incroyable ! Elle épouse un homme qui a une montre en or dans un étui en peau de chamois !

« Comme j'aimerais pouvoir vous accompagner ! » s'écria-t-elle. Mais elle était retenue par quelque chose de si fort qu'elle ne songea même pas une seconde à se demander ce que c'était. Bien sûr qu'il lui était impossible d'aller avec eux. Mais elle aurait aimé le faire, s'il n'y avait pas eu cette autre chose, et amusée par l'absurdité de l'idée qui lui était venue (quelle chance d'épouser un homme qui possède un étui à montre en peau de chamois) elle passa, le sourire aux lèvres, dans l'autre pièce, où son mari était installé à lire.

19

Bien sûr, se dit-elle en entrant dans la pièce, il fallait qu'elle vienne ici parce qu'elle voulait quelque chose. D'abord, elle voulait s'asseoir dans un certain

fauteuil sous une certaine lampe. Mais elle voulait
encore autre chose, tout en ne sachant pas, en n'ayant
pas la moindre idée de ce que cela pouvait être. Elle
regarda son mari (prenant le bas de laine et se mettant à tricoter) et vit qu'il ne voulait pas être interrompu — c'était clair. Il était en train de lire quelque
chose qui l'émouvait profondément. Il souriait vaguement et elle sut alors qu'il maîtrisait son émotion. Il
tournait les pages à la volée. Il se jouait la comédie —
peut-être s'identifiait-il au personnage. Elle se
demanda de quel livre il s'agissait. Ah ! c'était un
roman de ce bon vieux Sir Walter, vit-elle, ajustant
l'abat-jour de sa lampe pour diriger la lumière sur son
tricot. Parce que Charles Tansley avait dit (elle leva
les yeux comme si elle s'attendait à entendre le fracas
des livres à l'étage au-dessus) il avait dit que personne
ne lit plus Scott. Là-dessus son mari avait pensé :
« Voilà ce qu'on dira de moi » ; c'est pourquoi il était
allé prendre un de ces livres. Et s'il en arrivait à la
conclusion que ce que disait Charles Tansley était
vrai, il l'accepterait pour Scott. (Elle voyait que, tout
en lisant, il était en train de peser, jauger, mettre telle
et telle chose en balance.) Mais pas pour lui. Il était
toujours à s'inquiéter pour lui-même. Cela la contrariait. Il n'arrêtait pas de se tracasser au sujet de ses
livres — seront-ils lus, sont-ils bons, pourquoi ne sont-
ils pas meilleurs, que pense-t-on de moi ? N'aimant
pas penser à lui de cette manière, et se demandant si
les autres au dîner avaient deviné pourquoi il était
brusquement devenu maussade quand ils s'étaient mis
à parler de célébrité et de livres qui durent, se demandant si c'était cela qui faisait rire les enfants, elle
dégagea son tricot d'un coup sec, et toutes les fines

ciselures autour de ses lèvres et sur son front s'étirè-
rent comme gravées par des instruments d'acier, et
elle s'immobilisa peu à peu tel un arbre balancé à la
volée, tout frémissant, qui une fois la brise tombée
recouvre la paix, feuille par feuille.

Tout cela n'avait aucune importance, pensa-t-elle.
Un grand homme, un grand livre, la célébrité —
qui pouvait le dire ? Elle ne connaissait rien à ces
choses. Mais c'était sa façon d'être à lui, sa véra-
cité — par exemple au dîner elle s'était dit de
manière purement instinctive : Si seulement il voulait bien parler ! Elle avait en lui une confiance
absolue. Puis, écartant tout cela, comme on croise
en plongeant, ici une algue, là un fétu de paille, là
encore une bulle, elle sentit à nouveau, descendant
en elle-même, ce qu'elle avait senti dans le vestibule
pendant que les autres parlaient : Il y a quelque
chose que je veux — quelque chose que je suis
venue chercher, et de s'enfoncer toujours plus profondément, sans savoir au juste ce que c'était, les
yeux clos. Elle attendit un peu, continuant à tricoter,
songeuse, et lentement ces mots qu'ils avaient dits
au dîner, « la rose de Chine tout épanouie bruit de
l'abeille à miel[1] », commencèrent à se balancer en
cadence d'un bord à l'autre de son esprit, et comme
ils se balançaient, des mots, telles de petites lumières tamisées, une rouge, une bleue, une jaune, s'allu-
mèrent dans l'obscurité de son esprit, et semblèrent
quitter leurs perchoirs tout là-haut pour voleter en
tous sens, ou pour lancer des cris renvoyés en écho ;
aussi se tourna-t-elle et, posant la main sur la table
à côté d'elle, y chercha un livre.

Et toutes les vies que nous avons vécues
Et toutes les vies à venir,
Sont pleines d'arbres et de feuilles changeantes,

murmura-t-elle, plantant ses aiguilles dans le bas de laine. Et elle ouvrit le livre[1] et commença à lire çà et là au hasard, et ce faisant elle avait l'impression de s'élever, de grimper à reculons, de se frayer un chemin sous des pétales qui se recourbaient au-dessus d'elle, de sorte qu'elle savait seulement que ceci était blanc, ceci était rouge. Au début elle ne sut pas du tout ce que les mots voulaient dire.

Venez, venez à nous, Marins harassés,
Sur vos navires ailés [2]

lut-elle, et tourna la page, se balançant, zigzaguant de-ci, de-là, d'un vers à l'autre comme d'une branche à l'autre, d'une fleur rouge et blanche à une autre[3], jusqu'au moment où un léger bruit l'arracha à sa rêverie — son mari qui se tapait sur les cuisses. Leurs yeux se croisèrent un instant ; mais ils n'avaient pas envie de se parler. Ils n'avaient rien à se dire, et néanmoins quelque chose sembla passer de lui à elle. C'étaient cette vitalité, cette énergie, cet humour fantastique, elle le savait, qui le poussaient à se taper sur les cuisses. Ne m'interromps pas, semblait-il dire, ne dis rien ; reste simplement assise là. Et il reprit sa lecture. Ses lèvres frémissaient. Il se sentait comblé, revigoré. Il avait complètement oublié les petites frictions, les petites contrariétés de cette soirée, et l'ennui incommensurable qu'il éprouvait à rester assis sans rien faire pendant que les autres n'en finissaient pas

de manger et de boire, et le fait de s'être montré si
maussade envers sa femme et si ombrageux et susceptible quand ils avaient passé ses livres sous silence
comme s'ils n'existaient même pas. Mais à présent,
songeait-il, que diable, peu importait qui atteignait Z
(à supposer que la pensée se déploie comme un
alphabet de A à Z). Quelqu'un l'atteindrait — sinon
lui, eh bien un autre. La force et la santé morale de
cet homme, son sens des choses simples et claires, ces
pêcheurs, la pauvre vieille folle dans la chaumière de
Mucklebackit[1] lui donnaient une telle sensation de
vigueur et de soulagement que, tout excité et triom-
phant, il ne put refouler ses larmes. Levant un peu le
livre pour cacher son visage il les laissa couler, secoua
la tête à droite et à gauche et fut totalement distrait
de lui-même (mais non d'une ou deux réflexions sur
la moralité, les romans français et les romans anglais,
et le fait que Scott avait les mains liées mais que son
point de vue était peut-être aussi valable que celui des
autres) totalement distrait de ses petits tracas et
échecs personnels par la noyade de ce pauvre Steenie
et le chagrin de Mucklebackit (c'était là du meilleur
Scott) et le prodigieux sentiment d'euphorie et de
vigueur que cela lui procurait.

Eh bien, qu'ils essayent donc de faire mieux, se dit-
il en terminant le chapitre. Il avait l'impression de sortir d'une discussion avec quelqu'un et d'avoir pris le
dessus. Ils avaient beau dire, ils ne pouvaient pas faire
mieux que ça ; et sa position à lui s'en trouvait renfor-
cée. Les deux amoureux étaient de la rigolade[2], songea-t-il, rassemblant mentalement tous les éléments.
Ça c'est de la rigolade, ça c'est du grand art, songea-
t-il, mettant tel et tel aspect en balance. Mais il fallait

qu'il le relise. Il avait perdu de vue la structure de
l'ensemble. Force lui était de suspendre son jugement.
Aussi en revint-il à l'autre considération — si les jeunes gens ne s'intéressaient pas à ça, alors naturellement ils ne s'intéressaient pas non plus à lui. On ne
devrait pas se plaindre, songea Mr Ramsay, essayant
de réprimer son désir de se plaindre à sa femme que
les jeunes ne l'admiraient pas. Mais il était résolu ; il
n'allait pas encore l'ennuyer. Il la regarda lire. Elle
avait l'air très paisible, en train de lire. Il aimait se
dire que tout le monde avait filé et qu'ils se retrou-
vaient seuls, elle et lui. Coucher avec une femme
n'était pas tout dans la vie, songea-t-il, revenant à
Scott et Balzac, au roman anglais et au roman français.

Mrs Ramsay leva la tête, l'air de dire, comme une
personne assoupie, que s'il voulait qu'elle se réveille
elle le ferait, c'est sûr, mais sinon, pouvait-elle continuer à dormir, encore un peu, rien qu'un peu ? Elle
grimpait à ces branches, de-ci de-là, posant la main
sur une fleur, puis sur une autre.

Ni ne louai la rose à l'incarnat profond[1],

lut-elle, et tout en lisant de la sorte elle s'élevait, lui
semblait-il, jusqu'au sommet, jusqu'à la cime. C'était
tellement satisfaisant ! Tellement reposant ! Tous les
petits riens de la journée venaient adhérer à cet
aimant ; elle se sentait l'esprit propre et net. Et voici
qu'il était là, soudain tout entier entre ses mains, raisonnable et beau, clair et accompli, le suc de la vie
harmonieusement distillé — le sonnet.

Mais elle commençait à prendre conscience du

regard de son mari. Il lui souriait, l'air interrogateur, comme s'il la raillait gentiment de s'être endormie en plein jour, mais en même temps il pensait : Continue à lire. Tu n'as pas l'air triste à présent, pensait-il. Et il se demandait ce qu'elle lisait, et s'exagérait son ignorance, sa simplicité, car il lui plaisait de penser qu'elle n'était pas très intelligente, pas cultivée pour un sou. Il se demandait si elle comprenait ce qu'elle était en train de lire. Sans doute que non, pensait-il. Elle était prodigieusement belle. On eût dit, si la chose était possible, que sa beauté ne cessait de croître.

Pour moi c'était l'hiver toujours : en ton absence,
Avec eux j'ai joué comme avec ta semblance,

finit-elle.

« Eh bien ? » dit-elle, lui retournant rêveusement son sourire, levant les yeux de son livre.

Avec eux j'ai joué comme avec ta semblance,

murmura-t-elle en posant le livre sur la table.

Que s'était-il passé, se demanda-t-elle en reprenant son tricot, depuis la dernière fois qu'elle l'avait vu seul ? Elle avait souvenir de s'être habillée, et d'avoir vu la lune ; d'Andrew tenant trop haut son assiette au dîner ; d'avoir été déprimée par quelque chose que William avait dit ; des oiseaux dans les arbres ; du canapé sur le palier ; des enfants qui ne dormaient pas ; de Charles Tansley qui les avait réveillés en faisant tomber ses livres — ah non, ça elle l'avait inventé ; et de Paul qui possédait un étui à montre en peau de chamois. Que lui raconter de tout cela ?

« Ils sont fiancés », dit-elle en se mettant à tricoter, « Paul et Minta. »

« C'est ce que j'avais cru comprendre », dit-il. Il n'y avait pas grand-chose à en dire. Son esprit à elle continuait d'osciller en cadence, au rythme des poèmes ; lui se sentait toujours très vigoureux, très direct, après avoir lu la scène de l'enterrement de Steenie. Et donc ils demeurèrent en silence. Puis elle se rendit compte qu'elle voulait l'entendre dire quelque chose.

N'importe quoi, n'importe quoi, songea-t-elle en continuant à tricoter. N'importe quoi fera l'affaire.

« Comme ce serait agréable d'épouser un homme qui a un étui à montre en peau de chamois », dit-elle, car c'était le genre de plaisanterie qu'ils partageaient tous les deux.

Il eut un petit grognement. Son sentiment sur ces fiançailles ne différait pas de ce qu'il ressentait toujours en pareil cas : la jeune fille est beaucoup trop bien pour ce jeune homme. Lentement une question se forma dans son esprit : pourquoi alors veut-on que les gens se marient ? Quelle était la valeur, la signification des choses ? (Chacune des paroles qu'ils prononceraient maintenant serait vraie.) Je t'en prie, dis quelque chose, pensa-t-elle, seulement désireuse d'entendre sa voix. Car l'ombre, cette chose qui les enveloppait, recommençait, elle le sentait, à se refermer sur elle. Dis n'importe quoi, supplia-t-elle, le regardant comme pour implorer son aide.

Il se taisait, balançant la petite boussole accrochée à sa chaîne de montre, et réfléchissant aux romans de Scott et à ceux de Balzac. Mais à travers les murs

crépusculaires de leur intimité, car ils se rappro-
chaient, involontairement, se mettaient bord à bord,
l'un contre l'autre, elle sentait l'esprit de son mari
telle une main levée couvrir le sien de son ombre ; et
lui, maintenant que les pensées de sa femme prenaient un tour qui lui déplaisait — un tour « pessimiste » comme il disait — commençait à montrer des
signes d'impatience, sans mot dire toutefois, portant
la main à son front, tortillant une mèche de cheveux,
la laissant retomber.

« Tu ne finiras pas ce bas ce soir », dit-il en désignant son bas. Voilà ce qu'elle voulait — l'aspérité de
sa voix qui la réprimandait. S'il dit que c'est mal d'être
pessimiste, il est probable que c'est mal, songea-
t-elle ; ce mariage sera une réussite.

« Non », dit-elle en lissant le bas sur ses genoux,
« je ne le finirai pas. »

Et quoi d'autre ? Car elle sentait qu'il continuait à
la regarder, mais que son regard avait changé. Il voulait quelque chose — voulait cette chose qu'elle avait
toujours tant de mal à lui donner ; voulait qu'elle lui
dise qu'elle l'aimait. Et cela, non, elle ne pouvait pas.
Parler lui était tellement plus facile qu'à elle. Il était
capable de dire les choses — elle, jamais. Et donc,
naturellement, c'était toujours lui qui disait les choses,
et après, curieusement, voilà qu'il en prenait soudain
ombrage et qu'il lui faisait des reproches. Il la traitait
de sans-cœur ; elle ne lui disait jamais qu'elle l'aimait.
Mais ce n'était pas ça — ce n'était pas ça. Simplement
elle ne pouvait jamais dire ce qu'elle ressentait.
N'avait-il pas une miette sur son veston ? Ne pouvait-
elle rien faire pour lui ? Se levant, elle se posta devant
la fenêtre, le bas brun-rouge dans les mains, en partie

pour se détourner de lui, en partie parce que cela ne
la gênait plus à présent, de regarder le Phare sous ses
yeux attentifs. Car elle savait qu'il avait tourné la tête
à l'instant où elle s'était détournée ; il l'observait. Elle
savait qu'il se disait : Tu es plus belle que jamais. Et
elle se sentit très belle. Ne veux-tu pas, rien qu'une
fois, me dire que tu m'aimes ? Voilà ce qu'il se disait,
car il était ému, à cause de Minta, de son livre, et
parce que c'était la fin de la journée et qu'ils s'étaient
disputés à propos de l'expédition au Phare. Mais elle
ne pouvait pas ; elle ne pouvait pas le dire. Alors,
sachant qu'il l'observait, plutôt que de dire quoi que
ce soit, elle se retourna, le bas à la main, et le regarda.
Et tout en le regardant elle se mit à sourire, car bien
qu'elle n'ait pas dit un mot, il savait, naturellement il
savait, qu'elle l'aimait. Il ne pouvait le nier. Et, souriante, elle regarda par la fenêtre et dit (songeant
à part elle : Rien au monde ne saurait égaler ce
bonheur) —

« Oui, tu avais raison. Il va pleuvoir demain. » Elle
ne l'avait pas dit, mais il le savait. Et elle le regarda
en souriant. Car elle avait de nouveau triomphé.

II

LE TEMPS PASSE

1

« Ma foi, l'avenir nous le dira », dit Mr Bankes, rentrant de la terrasse.

« Il fait si noir qu'on n'y voit presque pas », dit Andrew, remontant de la plage.

« On a du mal à distinguer la mer de la terre », dit Prue.

« Faut-il laisser brûler cette lumière ? » dit Lily, tandis qu'ils ôtaient leurs manteaux à l'intérieur.

« Non », dit Prue, « pas si tout le monde est rentré. »

« Andrew », lança-t-elle derrière elle, « éteins dans le vestibule, veux-tu ? »

L'une après l'autre toutes les lampes s'éteignirent, à ceci près que Mr Carmichael, qui aimait lire un peu de Virgile avant de s'endormir, laissa brûler sa bougie nettement plus longtemps que les autres.

2

Ainsi, toutes les lampes éteintes, la lune disparue, et une fine pluie tambourinant sur le toit, commencèrent à déferler d'immenses ténèbres. Rien, semblait-il, ne pouvait résister à ce déluge, à cette profusion de ténèbres qui, s'insinuant par les fissures et trous de serrure, se faufilant autour des stores, pénétraient dans les chambres, engloutissaient, ici un broc et une cuvette, là un vase de dahlias jaunes et rouges, là encore les arêtes vives et la lourde masse d'une commode. Non seulement les meubles se confondaient, mais il ne restait presque plus rien du corps ou de l'esprit qui permette de dire : « C'est lui » ou « C'est elle. » Une main parfois se levait comme pour saisir ou repousser quelque chose ; quelqu'un gémissait, ou bien riait tout fort comme s'il échangeait une plaisanterie avec le néant.

Rien ne bougeait dans le salon, la salle à manger ou l'escalier. Seulement, par les gonds rouillés et les boiseries dilatées, imprégnées d'embruns, certains petits airs, détachés de la masse du vent (après tout la maison était délabrée) se faufilèrent dans les coins et se risquèrent à l'intérieur. On pouvait presque les imaginer, pénétrant dans le salon, curieux et surpris, jouant avec le pan de tapisserie décollé, demandant : tiendrait-il encore bien longtemps, quand allait-il tomber ? Puis, frôlant les murs, ils poursuivaient rêveurs, comme s'ils demandaient aux roses jaunes et rouges de la tapisserie si elles allaient se faner, et questionnaient (doucement, car ils avaient du temps devant eux) les lettres déchirées dans la corbeille à papier, les fleurs, les livres, qui leur étaient tous ouverts à présent, et demandaient : Étaient-ce des alliés ? Étaient-ce des ennemis ? Combien de temps résisteraient-ils ?

Ainsi, guidés par quelque lumière de hasard venant d'une étoile à découvert, d'un navire errant, ou bien encore du Phare, suivant sa trace pâle sur marches et tapis, les petits airs montèrent l'escalier et furetèrent derrière les portes des chambres. Mais ici, tout de même, force leur était de renoncer. Quoi qui puisse périr et disparaître ailleurs, ce qui repose ici est immuable. Ici, pourrait-on dire à ces lumières fugaces, à ces airs tâtonnants, qui s'exhalent et se penchent jusque sur le lit, ici vous ne pouvez ni toucher ni détruire. Sur quoi, fantomatiques et las, comme s'ils avaient des doigts légers comme des plumes et de la plume l'obstination légère, ils jetteraient un seul regard sur les yeux clos et les doigts mollement repliés, s'envelopperaient d'un geste las dans leur manteau et disparaîtraient. Ainsi donc, fureteurs et frôleurs, ils allèrent à la fenêtre de l'escalier, aux chambres des domestiques, et jusqu'aux malles sous les combles ; redescendant, ils blanchirent les pommes sur la table de la salle à manger, tripotèrent les pétales des roses, tâtèrent du tableau sur le chevalet, se frottèrent au paillasson et soufflèrent un peu de sable sur le plancher. Enfin, renonçant, ils s'arrêtèrent tous ensemble, se rassemblèrent, soupirèrent tous ensemble ; tous ensemble ils exhalèrent un vain souffle de lamentation à quoi répondit une porte dans la cuisine, qui s'ouvrit toute grande, ne laissa rien entrer, et se referma en claquant.

[Ici Mr Carmichael, qui lisait du Virgile, souffla sa bougie. Il était minuit passé[1].]

3

Mais après tout qu'est-ce qu'une nuit ? Un court espace, surtout quand les ténèbres s'estompent si vite, et que si vite un oiseau siffle, un coq chante, un vert tendre s'avive, comme une feuille naissante, au creux de la vague. La nuit, pourtant, succède à la nuit. L'hiver en tient tout un jeu en réserve qu'il distribue également, régulièrement, de ses doigts infatigables. Elles allongent ; se font plus sombres. Il en est qui portent en leur ciel des planètes brillantes, des disques de clarté. Les arbres d'automne, tout ravagés qu'ils sont, ont l'éclat de drapeaux en lambeaux rougeoyant dans l'ombre fraîche des caveaux des cathédrales où des lettres d'or sur des pages de marbre racontent la mort au combat et les ossements blanchis, calcinés, tout là-bas dans les sables des Indes. Les arbres d'automne luisent à la clarté jaune de la lune, à la clarté des lunes de moissons[2], celle qui mûrit le fruit du travail, lisse les chaumes et bleuit la vague qui doucement se brise sur la grève.

On eût dit à présent que, touchée par le repentir des hommes et tout leur labeur, la bonté divine avait entrouvert le rideau et révélé à notre vue, seul et distinct, le lièvre dressé ; la vague qui retombe ; la barque qui tangue ; toutes choses qui, si nous les méritions, seraient nôtres toujours. Mais hélas, la bonté divine tire le rideau, d'un coup sec ; tel n'est pas son bon plaisir ; elle cache ses trésors sous un déluge de grêle et tant les brise, et tant les mêle qu'il paraît impossible que leur calme nous soit jamais rendu ou que nous puissions jamais composer à partir de leurs fragments un ensemble parfait ou lire dans les débris épars les mots clairs de la vérité. Car notre repentir mérite tout juste un aperçu ; notre labeur, tout juste un répit.

Les nuits à présent sont pleines de vent et de saccage ; les arbres plongent et se courbent et leurs feuilles tourbillonnent pêle-mêle avant de tapisser la pelouse, de s'entasser dans les chéneaux, d'engorger les conduits et de joncher les sentiers détrempés. La mer aussi se soulève et se brise, et si quelque dormeur, imaginant trouver sur la plage, qui sait, une réponse à ses doutes, un compagnon de solitude, rejette ses draps et descend marcher seul sur le sable, aucune image d'apparence secourable et divinement empressée ne se présente aussitôt à lui pour restaurer l'ordre dans la nuit et amener le monde à refléter le champ de l'âme. La main s'amenuise dans sa main ; la voix mugit à son oreille. Pour un peu il semblerait inutile au milieu d'une telle confusion de poser à la nuit ces questions sur le quoi, le pourquoi et pour quelle raison, qui incitent le dormeur à déserter son lit pour chercher une réponse.

[Mr Ramsay, titubant le long d'un couloir, tendit les bras un matin sombre, mais, Mrs Ramsay étant morte assez soudainement la nuit précédente, il tendit les bras. Ils restèrent vides[1].]

4

Ainsi, dans la maison vide aux portes fermées à clef, aux matelas roulés, ces petits airs vagabonds, avant-garde d'armées immenses, s'engouffrèrent tout farauds, balayant le plancher nu, grignotant, effleurant, sans rien rencontrer dans chambre ni salon qui leur résiste vraiment, juste des tentures qui battaient, du bois qui grinçait, les pieds nus des tables, des casseroles et de la porcelaine déjà entartrées, ternies, fêlées. Les choses qu'on avait ôtées et laissées sur place — une paire de chaussures, une casquette de chasse, quelques jupes et manteaux défraîchis dans les penderies — conservaient seules forme humaine et au milieu de ce vide témoignaient que jadis elles avaient été habitées, animées ; que jadis des mains s'étaient affairées sur des crochets et des boutons ; que jadis le miroir avait contenu un visage, contenu un monde en creux où tournait une silhouette, jaillissait une main, où la porte s'ouvrait, des enfants se précipitaient en se bousculant ; puis ressortaient. Maintenant, jour après jour, telle une fleur se reflétant dans l'eau, la lumière déplaçait son image claire sur le mur d'en face. Seules les ombres des arbres, gesticulant dans le vent, se prosternaient sur le mur, assombrissant un instant la flaque où se reflétait la lumière ; parfois encore une tache floue d'oiseaux en vol glissait en palpitant lentement sur le plancher de la chambre.

Ainsi la beauté régnait, et le silence, et tous deux s'unissaient pour créer la forme de la beauté elle-même, une forme dont la vie s'était retirée ; solitaire comme un étang au crépuscule aperçu dans le lointain par la fenêtre d'un train, s'évanouissant si vite que l'étang, pâle dans le crépuscule, ne perd rien ou presque de sa solitude, bien qu'aperçu une fois. La beauté et le silence se donnaient la main dans la chambre, et parmi les brocs enveloppés de linges et les chaises recouvertes de draps, même le vent fureteur et les petits airs marins qui allaient posant partout leur museau humide et froid, reniflant, répétant encore et encore leurs questions — « Allez-vous faner ? Allez-vous périr ? » — troublaient à peine cette paix, cette indifférence, cette atmosphère de pure intégrité, comme si la question qu'ils posaient rendait à peine nécessaire qu'on y réponde : nous demeurons.

Rien semblait-il ne pouvait briser cette image, corrompre cette innocence ou troubler l'ample manteau de silence qui, flottant semaine après semaine dans la pièce vide, tissait dans sa trame les cris d'oiseaux tombés du ciel, les sirènes des bateaux, le bourdonnement et la rumeur des champs, l'aboiement d'un chien, l'appel d'un homme, pour en draper la maison en silence. Une fois seulement une planche craqua sur le palier ; une fois, au milieu de la nuit, dans un grondement, un fracas, comme après des siècles de quiétude, un rocher se détache de la montagne et roule lourdement jusqu'au fond de la vallée, un pli du châle se défit et se mit à osciller. Puis de nouveau la paix descendit ; et l'ombre hésita ; la lumière s'inclina en adoration devant sa propre image sur le mur de la chambre ; c'est alors que Mrs McNab, déchirant le voile de silence de ses mains qui avaient trempé dans le baquet à lessive, l'écrasant de ses chaussures qui avaient fait rouler les galets, vint, suivant les instructions reçues, ouvrir toutes les fenêtres et nettoyer les chambres.

5

La démarche titubante (car elle roulait comme un
bateau en pleine mer), l'œil torve (car il ne se posait
jamais directement sur rien mais lançait des regards
en coin qui flétrissaient le mépris et la colère du
monde — elle était un peu simple d'esprit, et le
savait), la main agrippée à la rampe pour se hisser
tout en haut de l'escalier et s'en aller rouler de chambre en chambre, elle chantait. Tandis qu'elle frottait
la glace du grand miroir et suivait du coin de l'œil les
balancements de son image, un son s'échappait de ses
lèvres — quelque chose qui avait été joyeux vingt ans
plus tôt sur la scène d'un music-hall, qu'on avait fre-
donné, qui avait fait danser, mais qui maintenant,
venant de cette femme de ménage édentée et coiffée
d'un bonnet, était privé de sens, semblait la voix de
la naïveté, de l'humour brut, de l'opiniâtreté même,
opprimée mais toujours prompte à resurgir, si bien
que tout en titubant, chiffons et torchons à la main,
elle semblait dire que la vie n'était qu'un long chagrin,
une longue peine : on se levait et puis on se recou-
chait, on sortait les choses et on les remettait en place.
Il n'était ni facile ni bien douillet ce monde qu'elle
connaissait depuis près de soixante-dix années. Elle
en avait le dos brisé, tant elle était lasse. Combien de
temps, demandait-elle, s'agenouillant en craquant et
gémissant pour épousseter sous le lit, combien de
temps cela va-t-il durer ? mais elle se remettait péniblement debout, se redressait et, le regard torve et
fuyant, qui se détournait même de son propre visage,
et de ses propres peines, elle restait bouche bée

devant la glace, souriant dans le vague, puis repartait péniblement, clopin-clopant, suivant le circuit habituel, soulevant les nattes, reposant la porcelaine, jetant des coups d'œil en coin dans la glace, comme si, après tout, elle avait ses consolations, comme si en effet s'entremêlait à sa complainte un incorrigible espoir. Des visions de joie, il avait dû y en avoir devant le baquet à lessive, avec ses enfants par exemple (pourtant deux d'entre eux étaient des bâtards et un troisième l'avait abandonnée), au pub, devant un verre ; à remuer des vieilleries dans ses tiroirs. Il avait dû y avoir comme une fissure dans le noir, comme une tranchée au cœur des ténèbres qui laissait passer assez de lumière pour lui arracher un large sourire dans la glace et la pousser à marmonner en se remettant au travail cette vieille rengaine de music-hall. Pendant ce temps les mystiques, les visionnaires, arpentaient la plage, remuaient une flaque, regardaient une pierre, et se demandaient : « Que suis-je ? » « Qu'est cela ? » et soudain une réponse leur était accordée (laquelle, ils ne pouvaient le dire) : si bien qu'ils avaient chaud dans l'air glacé, se trouvaient bien dans le désert. Mais Mrs McNab continuait à boire et à cancaner comme avant.

6

Le printemps, sans une feuille au vent, net et clair comme une vierge à la chasteté farouche, à la pureté hautaine, s'étendit sur les champs l'œil grand ouvert, attentif, et parfaitement indifférent à ce que pouvait faire ou penser qui le regardait.

[Prue Ramsay, au bras de son père, se maria en ce mois de mai. Quoi de plus naturel ? dirent les gens. Et, ajoutèrent-ils, mon Dieu qu'elle était belle !]

Comme l'été approchait, que les jours allongeaient, il vint aux veilleurs, à ceux qui sans perdre espoir continuaient à arpenter la plage, à remuer la flaque, des imaginations de la plus étrange espèce — de chair transmuée en atomes chassés par le vent, d'étoiles scintillant dans leur cœur, de falaise, mer et nuage réunis tout exprès pour assembler au-dehors les fragments épars de leur vision intérieure. En ces miroirs, les esprits des hommes, en ces flaques d'eau troublée, où tournent sans fin les nuages et se forment les ombres, les rêves persistaient, et comment résister à l'étrange nouvelle que chaque mouette, fleur ou arbre, chaque homme ou chaque femme, et la terre elle-même en sa blancheur semblaient proclamer (mais retirer à l'expression du moindre doute) à savoir que le bien triomphe, que le bonheur prévaut, que l'ordre règne ; comment résister à cette prodigieuse incitation à partir à l'aventure en quête d'un bien absolu, d'un cristal d'intensité, éloigné des plaisirs ordinaires et des vertus familières, étranger au cours de la vie domestique, quelque chose d'unique, de dur, de brillant, comme un diamant dans le sable, qui libérerait de tout doute qui le posséderait. Au reste le printemps, adouci et consentant, environné d'abeilles bourdonnantes et de moucherons virevoltants, s'enveloppa dans son manteau, se voila la face, détourna la tête et, parmi les ombres fugaces et les ondées subites, sembla tout pénétré de la douleur des hommes.

[Prue Ramsay mourut cet été-là, des suites d'un enfantement, une vraie tragédie, dirent les gens. Personne, dirent-ils, ne méritait davantage d'être heureuse[1].]

Et voici qu'au plus chaud de l'été le vent dépêcha de nouveau ses espions dans la maison. Les mouches tissaient une toile dans les pièces ensoleillées ; les mauvaises herbes qui avaient poussé contre la fenêtre pendant la nuit frappaient doucement, méthodiquement au carreau. À la tombée du jour, le rayon du Phare, qui dans le noir s'était posé avec tant d'autorité sur le tapis, rehaussant son motif, glissait maintenant délicatement dans cette plus douce lumière de printemps mêlée de clair de lune, comme s'il déposait sa caresse, s'attardait furtivement, regardait puis revenait tendrement. Mais dans la quiétude même de cette tendre caresse, comme le long rayon se penchait sur le lit, le rocher se fendit ; un autre pli du châle se défit, et resta là à pendre, à osciller. Durant les courtes nuits et les longs jours d'été, quand les pièces vides semblaient bruire de la rumeur des champs et du bourdonnement des mouches, le long pan d'étoffe ne cessa de flotter doucement, d'osciller au hasard ; cependant, le soleil dessinait tant de stries et de rayures dans les pièces, les baignait d'une si douce lumière dorée que Mrs McNab, lorsqu'elle faisait irruption et s'affairait en titubant avec balai et chiffon, avait l'air d'un poisson tropical battant des nageoires dans des eaux trouées de soleil.

Mais au mépris de cet assoupissement, de ce sommeil, des bruits inquiétants se firent entendre plus tard au cours de l'été, comme des coups de marteau mesurés, amortis par du feutre, qui, par leurs chocs répétés défirent encore un peu plus le châle et fêlèrent les tasses à thé. De temps à autre un verre tintait dans le buffet comme si une voix gigantesque avait hurlé si fort dans sa douleur que même des gobelets enfermés à l'intérieur d'un buffet en vibraient. Puis le silence retombait ; et puis, nuit après nuit, parfois même au beau milieu de la journée quand les roses étaient épanouies et que la lumière déplaçait sur le mur sa forme claire, ce silence, cette indifférence, cette intégrité étaient comme troublés par le bruit mat de quelque chose qui tombe.

[Un obus explosa. Vingt ou trente jeunes gens furent déchiquetés en France, parmi eux Andrew Ramsay, dont la mort, Dieu merci, fut instantanée[1].]

À cette saison, ceux qui étaient descendus marcher sur la plage et demander à la mer et au ciel quel message ils avaient à transmettre, quelle vision à cautionner, durent prendre en considération, parmi les gages habituels de la munificence divine — le coucher de soleil sur la mer, la pâleur de l'aube, la lune qui se lève, des bateaux de pêche sur fond de lune, et des enfants qui se bombardent de poignées d'herbe, — quelque chose qui n'était pas en harmonie avec cette gaieté, cette sérénité. Il y eut, par exemple, l'apparition silencieuse d'un navire couleur de cendre, sitôt venu, sitôt disparu ; il y eut une tache violacée sur la surface lisse de la mer, comme si quelque chose avait bouillonné et saigné dans d'invisibles profondeurs. Cette intrusion dans une scène conçue pour éveiller les réflexions les plus sublimes et amener aux conclusions les plus rassurantes interrompit leurs déambulations. Il était difficile d'ignorer tout tranquillement ces choses, d'en gommer la signification dans le paysage ;

de continuer, en marchant le long de la mer, à s'émerveiller de ce que la beauté du dehors reflétait la beauté du dedans.

La Nature complétait-elle ce que l'homme avançait ? Achevait-elle ce qu'il commençait ? Avec une égale complaisance elle voyait sa détresse, fermait les yeux sur son indignité et acquiesçait à son supplice. Ce rêve de partage, de complétude, d'une réponse trouvée dans la solitude de la plage n'était donc qu'un reflet dans un miroir, et ce miroir lui-même n'était que la pellicule vitreuse qui se forme dans la quiétude lorsque les facultés plus nobles sommeillent en profondeur ? En proie à l'impatience, au désespoir et répugnant pourtant à s'en aller (car la beauté a ses appas, offre ses consolations), il était impossible d'arpenter la plage ; insupportable de s'adonner à la contemplation ; le miroir s'était brisé.

[Mr Carmichael publia ce printemps-là un recueil de poèmes qui eut un succès inattendu. La guerre, disaient les gens, leur avait redonné le goût de la poésie.]

7

Nuit après nuit, été comme hiver, le tourment des tempêtes, le calme fulgurant du beau temps, tinrent leur cour en toute liberté. Prêtant l'oreille (s'il s'était trouvé quelqu'un pour le faire) depuis les chambres du haut dans la maison vide, on n'aurait entendu que la turbulence et l'effervescence d'un gigantesque chaos zébré d'éclairs, tandis que vents et vagues s'ébattaient comme les masses informes de léviathans dont le front est impénétrable aux lumières de la raison, se chevauchaient mutuellement, plongeaient et se ruaient dans l'obscurité ou la lumière (car nuit et jour, mois et année se succédaient pêle-mêle) dans des jeux imbéciles, au point que l'univers semblait lutter et se démener tout seul sans rime ni raison, dans une confusion insensée et l'ivresse d'une passion bestiale.

Au printemps les urnes du jardin, garnies de plantes semées au gré du vent, étaient aussi gaies que d'habitude. Des violettes fleurissaient, et des jonquilles. Mais le calme et l'éclat du jour n'étaient pas moins étranges que le chaos et le tumulte de la nuit, avec tous ces arbres et ces fleurs dressés, qui regardaient devant eux, qui regardaient en l'air, et qui pourtant ne voyaient rien, aveugles et, de ce fait, terribles.

8

Sans penser à mal, puisque la famille ne viendrait pas, ne viendrait plus jamais, disaient certains, et que la maison serait vendue à la Saint-Michel peut-être, Mrs McNab se baissa pour cueillir un bouquet de fleurs à rapporter chez elle. Elle les posa sur la table pendant qu'elle époussetait. Elle aimait bien les fleurs. C'était dommage de les laisser perdre. Si la maison se vendait (elle se planta devant le miroir, les poings sur les hanches) il y en aurait des choses à faire dedans — ah ! ça oui. Elle était restée là toutes ces années sans personne pour l'habiter. Les livres et toutes les affaires étaient moisis, parce que, avec la guerre et le mal qu'on avait à trouver de l'aide, la maison n'avait pas été nettoyée comme elle l'aurait voulu. Et maintenant pour la remettre en état une seule personne n'y suffirait pas. Elle était trop vieille. Ses jambes la faisaient souffrir. Tous ces livres avaient besoin d'être étalés au soleil sur la pelouse ; il y avait des morceaux de plâtre dans le vestibule ; le tuyau de descente s'était bouché juste au-dessus de la fenêtre du bureau et l'eau rentrait à l'intérieur ; le tapis était complètement fichu. Mais les gens n'avaient qu'à venir eux-mêmes ; ils auraient dû envoyer quelqu'un de Londres pour voir. Parce qu'il y avait des vêtements dans les placards ; ils avaient laissé des vêtements dans toutes les chambres. Qu'est-ce qu'elle devait en faire ? C'était tout mangé aux mites — les affaires de Mrs Ramsay. Pauvre dame ! Tout ça, elle n'en aurait plus jamais besoin. Elle était morte, à ce qu'on disait ; il y avait des années, à Londres. Voilà la vieille cape grise qu'elle mettait pour jardiner (Mrs McNab palpa l'étoffe). Elle la revoyait encore, quand elle montait vers la maison pour rapporter le linge, et qu'elle était là penchée sur ses fleurs (le jardin faisait peine à voir maintenant, ça poussait dans tous les sens, et les lapins surgissaient des plates-bandes pour vous détaler sous le nez) — elle la revoyait dans cette cape grise avec un des enfants à côté d'elle. Là c'étaient des bottines et des souliers ; un peigne et une brosse laissés sur la coiffeuse tout à fait comme si elle comptait revenir le lendemain. (Tout était allé très vite à la fin, à ce qu'on disait.) Et une fois ils avaient failli venir, mais finalement ça ne s'était pas fait, avec la guerre, et les voyages qui étaient devenus si difficiles ; ils n'étaient jamais venus toutes ces années ; lui envoyaient juste de l'argent ; mais ils n'écrivaient jamais, ils ne venaient jamais, et ils comptaient retrouver les choses comme ils les avaient laissées, ah ! là là ! Tiens, il y avait tout un fourbi dans les tiroirs de la coiffeuse (elle les tira à elle), mouchoirs, bouts de ruban. Oui, elle revoyait encore Mrs Ramsay quand elle montait vers la maison pour rapporter le linge.

« Bonsoir, Mrs McNab », qu'elle disait.

Elle avait des façons aimables. Toutes les petites l'aimaient bien. Mais mon Dieu, beaucoup de choses avaient changé depuis ce temps-là (elle referma le tiroir) ; beaucoup de familles avaient perdu des êtres chers. Alors, comme ça, elle était morte ; et Mr Andrew avait été tué ; et Miss Prue morte aussi, à ce qu'on disait, à son premier bébé ; mais tout le monde avait perdu quelqu'un ces dernières années. Tout avait augmenté que c'en était une honte, et on attendait toujours que ça rebaisse. Elle se rappelait bien d'elle dans sa cape grise.

« Bonsoir, Mrs McNab », qu'elle disait, et elle demandait à la cuisinière de lui garder une assiettée de soupe au lait — était bien sûre qu'elle en avait besoin après s'être appuyée toute la montée depuis la ville en portant ce lourd panier. Elle la revoyait maintenant, penchée sur ses fleurs ; (et tremblante et floue, tel un rayon jaune ou le cercle au bout d'un télescope, une dame en cape grise, penchée sur ses fleurs, se promena sur le mur de la chambre, la coiffeuse, la table de toilette, tandis que Mrs McNab, sans se presser, clopin-clopant, essuyait la poussière et mettait un peu d'ordre).

Et comment s'appelait la cuisinière déjà ? Mildred ? Marian ? — un nom comme ça. Ah, elle avait oublié — c'est sûr qu'elle oubliait beaucoup de choses. Le sang chaud, comme toutes les rouquines. Elles s'étaient payé quelques pintes de bon sang toutes les deux. Elle était toujours la bienvenue à la cuisine. Elle les faisait rire, c'est sûr. À cette époque-là les choses allaient mieux qu'aujourd'hui.

Elle soupira ; il y avait trop à faire pour une seule femme. Elle hocha la tête de droite et de gauche. Là, c'était la chambre d'enfants autrefois. Vrai, c'était tout humide là-dedans ; le plâtre tombait. Qu'est-ce qui leur avait pris d'accrocher là un crâne d'animal ? tout moisi lui aussi. Et des rats dans toutes les mansardes. La pluie rentrait à l'intérieur. Mais ils n'envoyaient jamais personne ; ne venaient jamais. Certaines serrures avaient lâché, alors les portes battaient. Elle n'aimait pas non plus se trouver là toute seule à la nuit tombée. C'était trop pour une seule femme, trop, beaucoup trop. Elle craquait, elle gémissait. Elle claqua la porte. Elle tourna la clef dans la serrure, et laissa la maison fermée, verrouillée, seule.

9

La maison était abandonnée ; la maison était désertée. Abandonnée comme un coquillage sur une dune, à se remplir de grains secs et salés à présent que la vie s'en était retirée. La longue nuit semblait s'être installée ; les tout petits airs grignoteurs, les souffles humides et fouineurs, semblaient avoir triomphé. La casserole avait rouillé et la natte pourri. Des crapauds s'étaient frayé un passage. Nonchalamment, futilement, le châle oscillant se balançait d'un côté à l'autre. Un chardon surgit entre les carreaux du cellier. Les hirondelles nichaient dans le salon ; le plancher était jonché de paille ; le plâtre tombait par pelletées entières ; des chevrons étaient à découvert ; des rats s'en allaient ronger ceci ou cela derrière les lambris. Des vanesses jaillissaient de leur chrysalide et se consumaient à battre contre la vitre. Des coquelicots poussaient tout seuls au milieu des dahlias ; les hautes herbes ondulaient sur la pelouse ; des artichauts géants se dressaient au milieu des roses ; un œillet de poète fleurissait au milieu des choux ; tandis qu'à la fenêtre, par les nuits d'hiver, ne tapait plus légèrement une herbe folle mais tambourinaient des arbres robustes et des ronces épineuses qui verdissaient toute la pièce en été.

Quelle force pouvait à présent faire obstacle à la fertilité, l'insensibilité de la nature ? Le rêve de Mrs McNab, d'une dame, d'un enfant, d'une assiette de soupe au lait ? Il avait vacillé sur les murs comme une tache de soleil puis s'était évanoui. Elle avait fermé la porte à clef ; elle était partie. Une seule femme n'y suffisait pas, disait-elle. Ils n'envoyaient jamais personne. Ils n'écrivaient jamais. Il y avait des choses là-haut qui pourrissaient dans les tiroirs — c'était une honte de les laisser comme ça, disait-elle. Tout se délabrait. Seul le rayon du Phare pénétrait un instant dans les pièces, dardait son regard sur murs et lits dans les ténèbres de l'hiver, observait sereinement le chardon et l'hirondelle, le rat et la paille. Rien à présent ne leur résistait ; rien ne leur disait non. Que souffle le vent ; que le coquelicot se sème au hasard et l'œillet fraye avec le chou. Que l'hirondelle bâtisse dans le salon, le chardon disloque les carreaux, et le papillon prenne le soleil sur le chintz fané des fauteuils. Que le verre brisé et la porcelaine jonchent la pelouse dans un enchevêtrement d'herbe et de baies sauvages.

Car maintenant l'instant était arrivé, cette hésitation, quand frémit l'aube et s'interrompt la nuit, quand la chute d'une plume suffirait à faire pencher le plateau de la balance. Une seule plume et la maison, s'affaissant, s'écroulant, aurait basculé dans les profondeurs des ténèbres. Dans la pièce en ruine des pique-niqueurs auraient mis leur bouilloire à chauffer ; des amoureux y auraient cherché refuge, couchés sur le plancher nu ; le berger aurait mis son repas de côté sur les briques, et le vagabond y aurait dormi enveloppé dans son manteau pour se protéger du froid. Puis le toit se serait écroulé ; ronces et ciguës auraient effacé sentier, seuil et fenêtre ; auraient poussé sur le tertre, anarchiques mais robustes, jusqu'au jour où seul un tritoma au milieu des orties, ou un éclat de porcelaine dans la ciguë aurait appris au promeneur égaré en ces lieux que jadis quelqu'un y avait vécu ; que là s'élevait une maison.

Si la plume était tombée, si elle avait fait pencher le plateau de la balance, la maison tout entière se serait engloutie dans les profondeurs pour reposer sur les sables de l'oubli. Mais une force était à l'œuvre ; quelque chose qui n'était pas fortement conscient ; quel-

que chose qui louchait, qui titubait ; qui ne se sentait
pas appelé à vaquer à sa tâche selon un majestueux
rituel ni à l'accompagner de chants solennels.
Mrs McNab gémissait ; Mrs Bast craquait. Elles
étaient vieilles ; elles étaient percluses ; leurs jambes
étaient douloureuses. Elles arrivèrent enfin avec leurs
balais et leurs seaux ; elles se mirent à l'ouvrage.
Comme ça, tout d'un coup : Mrs McNab pouvait-elle
veiller à ce que la maison soit prête pour les recevoir,
avait écrit une des jeunes demoiselles ; pouvait-elle
s'occuper de ceci ; pouvait-elle s'occuper de cela ; le
tout très pressé. Ils viendraient peut-être passer l'été ;
avaient attendu la dernière minute ; comptaient
retrouver les choses comme ils les avaient laissées.
Lentement, péniblement, armées de balais et de
seaux, lavant, récurant, Mrs McNab, Mrs Bast enrayè-
rent la dégradation et la pourriture ; arrachèrent aux
eaux mortes du Temps qui se refermaient inexorable-
ment sur eux, ici une cuvette, là un placard ; tirèrent
un matin de l'oubli toute la série de *Waverley* et un
service à thé ; l'après-midi rendirent à l'air et au soleil
un garde-feu en cuivre et une garniture de foyer en
acier. George, le fils de Mrs Bast, attrapa les rats et
coupa l'herbe. On fit venir les ouvriers. Le grincement
des gonds et le raclement strident des verrous, les
chocs et les heurts des boiseries gonflées par l'humidité semblaient accompagner un enfantement des plus
laborieux, tandis que les femmes, se courbant ou se
redressant, gémissant ou chantant, secouaient et battaient de la cave au grenier. Oh ! disaient-elles, quel
travail !
    Elles buvaient parfois leur thé dans la chambre, ou
bien dans le bureau ; faisant une pause à l'heure de

midi, le visage tout barbouillé, leurs vieilles mains encore crispées, toutes contractées à force de serrer le manche du balai. Affalées dans des fauteuils elles contemplaient tantôt leur superbe reconquête des robinets et de la baignoire ; tantôt leur victoire plus ardue, plus relative, sur de longues rangées de livres, jadis noirs comme l'ébène, à présent piquetés de blanc, où croissaient de pâles champignons et pullulaient des araignées furtives. Une fois de plus, tandis que se répandait en elle la douce chaleur du thé, le télescope s'ajusta à l'œil de Mrs McNab, et dans un anneau de lumière elle vit le vieux monsieur, maigre comme un coup de trique, hochant la tête, quand elle venait rapporter le linge, en train de se parler à lui-même, sans doute, sur la pelouse. Il ne faisait jamais attention à elle. Certains disaient qu'il était mort ; d'autres disaient que c'était elle. Qui avait raison ? Mrs Bast non plus ne savait pas trop. Le jeune monsieur était mort. Ça elle en était sûre. Elle avait lu son nom dans les journaux.

Il y avait la cuisinière aussi, Mildred, Marian, un nom comme ça — une rouquine, coléreuse comme elles le sont toutes, mais gentille aussi, quand on savait la prendre. Elles s'étaient payé quelques pintes de bon sang toutes les deux. Elle mettait de côté une assiettée de soupe pour Maggie ; un bout de jambon, quelquefois ; selon ce qui restait. On vivait bien à cette époque. On avait tout ce qu'il fallait (volubile, joviale, réconfortée par le thé bien chaud, elle dévidait l'écheveau de ses souvenirs, assise dans le fauteuil en osier près du garde-feu de la chambre d'enfants). Il y avait toujours du remue-ménage, des gens qui venaient à la maison, parfois ça faisait bien vingt personnes en même temps, et on était encore à faire la vaisselle largement passé minuit.

Mrs Bast (elle ne les avait jamais connus ; elle habitait Glasgow à l'époque) s'étonna, reposant sa tasse : quelle idée ils avaient eue d'accrocher là ce crâne d'animal ? Il venait sûrement d'un pays lointain.

Ça se pouvait bien, dit Mrs McNab, continuant à folâtrer parmi ses souvenirs ; ils avaient des amis dans les pays d'Orient ; des messieurs qu'on invitait, des dames en robe du soir ; elle les avait vus une fois par la porte de la salle à manger tous attablés pour le dîner. Ils étaient bien vingt, tout couverts de bijoux, et elle à qui on avait demandé de rester aider à la vaisselle, peut-être bien jusqu'à minuit passé.

Ah, dit Mrs Bast, ils allaient trouver du changement. Elle se pencha à la fenêtre. Elle regarda son fils George faucher l'herbe. Ils pourraient bien se demander ce qu'on avait fabriqué, vu que le vieux Kennedy devait soi-disant s'en occuper, et puis il avait eu tant de misères avec sa jambe après qu'il était tombé de la charrette ; et ensuite peut-être bien personne pendant une année, ou quasiment ; et ensuite Davie Macdonald, et on pouvait envoyer des graines, mais comment savoir si elles avaient jamais été plantées ? Ils allaient trouver du changement.

Elle regarda son fils faucher. C'était le genre de garçon qui n'a pas peur du travail — le genre qui ne fait pas de bruit. Bon, il fallait peut-être qu'on se remette à ces placards. Elles s'extirpèrent de leurs fauteuils.

Enfin, après des jours passés à œuvrer au-dedans, à couper et bêcher au-dehors, on secoua les chiffons par les fenêtres, on referma les fenêtres, on tourna des clefs du haut en bas de la maison ; on claqua la porte d'entrée ; c'était fini.

Alors, comme si le nettoyage et le récurage, le fauchage et le jardinage l'avaient étouffée, s'éleva cette mélodie à peine audible, cette musique intermittente que l'oreille saisit partiellement mais laisse échapper ; un aboiement, un bêlement ; irréguliers, intermittents, mais en quelque sorte liés ; le bourdonnement d'un insecte, le frémissement de l'herbe coupée, dissociés mais en quelque sorte accordés ; le crissement d'un scarabée, le grincement d'une roue, sonore, léger, mais mystérieusement liés ; que l'oreille s'efforce de réunir et qu'elle est toujours sur le point d'harmoniser, mais qui ne sont jamais parfaitement entendus, jamais pleinement harmonisés, et finalement, le soir, l'un après l'autre les sons meurent, l'harmonie se perd, le silence descend. Au coucher du soleil l'intensité disparaissait, et telle une brume, le calme se levait, le calme s'étendait, le vent s'apaisait ; le monde prenait ses aises, s'installait pour dormir, dans l'obscurité de ces lieux que rien n'éclairait, hormis une douce clarté verdie par le feuillage, pâlie par les fleurs blanches près de la fenêtre.

[Lily Briscoe fit porter son sac jusqu'à la maison un soir de septembre à la nuit tombée. Mr Carmichael arriva par le même train.]

10

Ainsi la paix était revenue pour de bon. Des promesses de paix s'exhalaient de la mer vers le rivage. Ne plus jamais troubler son sommeil, mais au contraire bercer plus profondément son repos et l'amener à confirmer tous les rêves saints, les rêves sages que pouvaient faire les rêveurs — quoi d'autre murmurait-elle ? — alors que Lily Briscoe posait sa tête sur l'oreiller dans la chambre propre et tranquille et entendait la mer. Par la fenêtre ouverte la voix de la beauté du monde venait murmurer, trop doucement pour qu'on puisse entendre exactement ce qu'elle disait — mais quelle importance si le sens était clair ? — implorer les dormeurs (la maison était de nouveau pleine ; Mrs Beckwith y séjournait, ainsi que Mr Carmichael), s'ils ne voulaient pas vraiment descendre sur la plage au moins de soulever le store et de regarder au-dehors. Ils verraient alors la nuit drapée de violet ; la tête couronnée ; le sceptre orné de pierreries ; et dans ses yeux le regard candide d'un enfant. Et s'ils hésitaient encore (Lily était épuisée par le voyage et s'endormit presque immédiatement ; mais Mr Carmichael lut un livre à la lueur d'une bougie), s'ils s'obstinaient à dire non, que sa splendeur n'était qu'une chimère, que même la rosée avait plus de pouvoir et qu'ils préféraient dormir, alors, doucement, sans se plaindre ni protester, la voix chantait sa chanson. Doucement les vagues se brisaient (Lily les entendait dans son sommeil) ; tendrement la lumière se posait (elle semblait filtrer à travers ses paupières). Et les choses, songea Mr Carmichael, fermant son

livre, s'assoupissant, ne paraissaient pas avoir beaucoup changé depuis tout ce temps.

De fait, pourrait reprendre la voix, tandis que les
rideaux de ténèbres enveloppaient la maison,
Mrs Beckwith, Mr Carmichael, et Lily Briscoe, de
sorte qu'ils reposaient les yeux clos sous plusieurs
épaisseurs de noir, pourquoi ne pas accepter ceci,
vous en contenter, acquiescer et vous résigner ? Le
soupir de toutes les mers se brisant en cadence autour
des îles les apaisait ; la nuit les enveloppait ; rien ne
vint troubler leur sommeil jusqu'au moment où, les
oiseaux commençant à chanter et l'aube tissant leurs
voix ténues dans la trame de sa blancheur, une charrette grinçant, un chien, quelque part, aboyant, le
soleil souleva les rideaux, déchira le voile qui couvrait
leurs yeux, et Lily Briscoe, remuant dans son sommeil,
agrippa ses couvertures comme on s'agrippe au gazon
en tombant du bord d'une falaise. Ses yeux s'ouvrirent
tout grands. Elle y était revenue, songea-t-elle,
s'asseyant dans son lit, droite comme un i. Réveillée.

III

LE PHARE

1

Qu'est-ce que cela veut dire au fond, qu'est-ce que tout cela peut bien vouloir dire ? se répéta Lily Briscoe, tout en se demandant, puisqu'on l'avait laissée seule, s'il convenait qu'elle aille se chercher une autre tasse de café à la cuisine ou qu'elle attende ici. Qu'est-ce que cela veut dire ? — simple formule, rencontrée dans une de ses lectures, et qui correspondait plus ou moins à ce qu'elle pensait, car elle était incapable, ce premier matin chez les Ramsay, de rassembler tout ce qu'elle éprouvait, pouvait tout au plus dissimuler le vide de son esprit en y faisant résonner une expression toute faite jusqu'à ce que ce brouillard se soit dissipé. Car en fait, qu'éprouvait-elle, de retour ici après toutes ces années, maintenant que Mrs Ramsay était morte ? Rien, rien — absolument rien qu'elle puisse exprimer.

Elle était arrivée tard hier soir quand tout était sombre et mystérieux. À présent elle était réveillée, attablée pour le petit déjeuner à sa place d'autrefois, mais seule. Il était très tôt d'ailleurs, pas encore huit heures. Il y avait cette expédition — ils allaient au Phare, Mr Ramsay, Cam, et James. Ils devraient déjà être partis — une histoire de marée qu'il ne fallait pas rater. Et Cam n'était pas prête, et James n'était pas prêt, et Nancy avait oublié de faire préparer les sandwiches, et Mr Ramsay s'était mis en colère et était parti en claquant la porte.

« À quoi bon y aller maintenant ? » avait-il tempêté.

Nancy avait disparu. Il était là à faire rageusement les cent pas sur la terrasse. On avait l'impression d'entendre des portes claquer et des gens crier du haut en bas de la maison. Voilà Nancy qui faisait irruption et demandait, promenant autour de la pièce un regard bizarre, mi-hébété, mi-désespéré : « Que faut-il apporter au Phare ? » comme si elle se forçait à faire ce dont elle désespérait d'être jamais capable.

Eh oui ! Que faut-il apporter au Phare ? À tout autre moment Lily aurait pu raisonnablement suggérer du thé, du tabac, des journaux. Mais ce matin tout paraissait tellement bizarre qu'une question comme celle de Nancy — Que faut-il apporter au Phare ? — ouvrait dans votre esprit des portes qui se mettaient à battre et à claquer et vous amenait à ressasser, ébahie et bouche bée : Que faut-il apporter ? Que faut-il faire ? Pourquoi être assise là au fond ?

Assise seule à la longue table (car Nancy repartit aussitôt) devant les tasses propres elle se sentait coupée d'autrui, et tout juste capable de continuer à observer, à s'interroger, à s'étonner. La maison, le lieu, la matinée lui paraissaient tous étrangers. Elle n'avait aucune attache ici, lui semblait-il, aucun rapport avec tout ça, n'importe quoi pouvait arriver, et ce qui arrivait réellement, un pas au-dehors, le cri d'une voix (« Ce n'est pas dans le placard ; c'est sur le palier », lança quelqu'un), était une question, comme si le lien qui unissait habituellement les choses avait été coupé, et qu'elles flottaient de-ci, de-là, en haut, en bas, ailleurs, en vrac. Tout était si décousu, si chaotique, si irréel, pensa-t-elle en regardant sa tasse à café vide. Mrs Ramsay morte ; Andrew tué ; Prue morte aussi — elle avait beau le répéter, cela n'éveillait en elle aucun sentiment. Et nous nous retrouvons tous dans une maison comme celle-ci, un matin comme celui-ci, dit-elle en regardant par la fenêtre — c'était une belle journée paisible.

Soudain Mr Ramsay leva la tête en passant et la regarda droit dans les yeux, fixa sur elle son regard éperdu, égaré et néanmoins si pénétrant, comme s'il vous voyait, l'espace d'une seconde, pour la première fois, pour toujours ; et elle fit semblant de boire dans sa tasse à café vide afin de lui échapper — de se soustraire à ce qu'il exigeait d'elle, d'ignorer un instant encore cette demande pressante. Et il secoua la tête à son intention, et repartit à grandes enjambées (« Seuls » entendit-elle, « Pérîmes[1] » entendit-elle) et comme tout le reste en ce curieux matin les mots devinrent des symboles, s'inscrivirent partout sur les murs gris-vert. Si seulement elle pouvait les assembler, songea-t-elle, composer avec eux une phrase ou une autre, alors elle atteindrait la vérité des choses. Le vieux Mr Carmichael entra à pas feutrés, se servit du café, prit sa tasse et partit s'asseoir au soleil. Ce côté extraordinairement irréel était effrayant ; mais c'était aussi excitant. Aller au Phare. Mais que faut-il apporter au Phare ? Pérîmes. Seuls. La lumière gris-vert sur le mur d'en face. Les places vides. C'étaient là quelques-uns des éléments, mais comment les

relier ? se demanda-t-elle. Comme si la moindre inter-
ruption risquait de détruire la forme fragile qu'elle
était en train d'élaborer sur la table, elle tourna le dos
à la fenêtre de peur que Mr Ramsay ne la voie. Il lui
fallait trouver un moyen de s'échapper, d'être seule
quelque part. Tout à coup cela lui revint. La dernière
fois qu'elle s'était trouvée assise à cette place, dix ans
plus tôt, il y avait une petite brindille ou une feuille
brodée sur la nappe, qu'elle avait regardée dans un
instant de révélation. Elle avait un problème de premier plan dans un tableau. Mets l'arbre au milieu,
s'était-elle dit. Elle n'avait jamais terminé ce tableau.
Il lui avait trotté par la tête toutes ces années. Elle
allait peindre ce tableau sans plus attendre. Où pouvaient bien être ses couleurs ? Ses couleurs, oui. Elle
les avait laissées dans le vestibule hier soir. Elle allait
s'y mettre tout de suite. Elle se leva promptement,
avant que Mr Ramsay ne fasse demi-tour.

Elle se transporta une chaise. Elle installa son chevalet avec ses gestes méticuleux de vieille fille au bord
de la pelouse, pas trop près de Mr Carmichael, assez
près tout de même pour bénéficier de sa protection.
Oui, elle avait dû se tenir exactement ici dix ans plus
tôt. Là, le mur ; la haie ; l'arbre. Le problème, c'était
de mettre ces masses en rapport. Ça n'avait pas cessé
de la tracasser pendant toutes ces années. Elle semblait tenir la solution : elle savait à présent ce qu'elle
voulait faire.

Mais avec Mr Ramsay qui lui fonçait dessus, elle ne
pouvait rien faire. Dès qu'il approchait — il arpentait
la terrasse — la désolation et le chaos approchaient
avec lui. Elle était incapable de peindre. Elle se pencha, elle se tourna ; elle attrapa un chiffon ; elle pressa

un tube. Mais cela ne servait qu'à l'écarter provisoirement. À cause de lui elle ne pouvait rien faire. Car si elle lui donnait la moindre occasion, s'il la voyait inoccupée un instant, regarder un instant de son côté, il fondrait sur elle en disant, comme il l'avait fait hier soir : « Vous nous trouvez bien changés. » Hier soir il s'était levé, s'était planté devant elle, et avait dit cela. Et bien qu'ils n'aient pas bronché, qu'ils soient restés là à regarder droit devant eux, les six enfants auxquels on donnait autrefois des surnoms de Rois et Reines d'Angleterre — le Rouge, la Belle, la Mauvaise, l'Implacable, — elle avait senti leur rage à ces mots. La bonne vieille Mrs Beckwith avait fait une réflexion pleine de bon sens. Mais c'était une maison pleine de passions désaccordées — elle l'avait ressenti tout au long de la soirée. Et au milieu de ce chaos il avait encore fallu que Mr Ramsay se lève, lui presse la main et dise : « Vous devez nous trouver bien changés » et aucun d'eux n'avait fait un geste ni prononcé une parole ; mais ils étaient restés assis là, comme obligés de le laisser dire. Seul James (sûrement le Maussade) avait froncé le sourcil en regardant la lampe ; et Cam avait tortillé son mouchoir autour de son doigt. Puis il leur avait rappelé qu'ils allaient au Phare le lendemain. Il fallait qu'ils soient prêts, dans le vestibule, à sept heures et demie tapantes. Puis, la main sur la poignée de la porte, il s'était arrêté ; avait fait volteface. Ils ne voulaient pas y aller ? avait-il demandé sèchement. S'ils avaient osé dire Non (lui-même avait ses raisons de vouloir y aller) il se serait tragiquement jeté à la renverse dans les eaux amères du désespoir. Il avait un tel don du geste théâtral. Il faisait penser à un roi en exil. À contrecœur, James avait dit que si.

Cam avait bafouillé plus lamentablement. Si, oh si, ils
seraient prêts tous les deux, avaient-ils dit. Et l'idée
l'avait frappée soudain : le tragique c'était ça — pas
les draps mortuaires, les cendres, et le linceul ; mais
des enfants contraints, abattus[1]. James avait seize ans,
Cam peut-être dix-sept. Elle avait cherché des yeux
quelqu'un qui n'était pas là, Mrs Ramsay sans doute.
Mais il n'y avait que la bonne Mrs Beckwith qui feuil-
letait son carnet à croquis sous la lampe. Alors, fati-
guée, l'esprit encore porté par le rythme de la mer,
envahie par ce goût et cette odeur qu'ont les choses
après une longue absence, les bougies vacillant sous
ses yeux, elle avait perdu pied et s'était laissée couler.
C'était une nuit magnifique, tout étoilée ; en montant
se coucher ils avaient entendu le bruit des vagues ; la
lune les avait surpris, énorme, pâle, quand ils étaient
passés devant la fenêtre de l'escalier. Elle s'était
endormie tout de suite.

Elle posa fermement sa toile blanche sur le chevalet, en guise de barrière, fragile, mais, espérait-elle,
assez consistante pour écarter Mr Ramsay et son exigence. Elle s'efforça de son mieux, quand il avait le
dos tourné, de regarder son tableau ; là, cette ligne,
là, cette masse. Mais il ne fallait pas y songer. Il pouvait bien être à vingt mètres, et ne pas même vous
parler, et ne pas même vous regarder, il saturait
l'atmosphère de sa présence, il dominait, il s'imposait.
Il changeait tout. Elle ne voyait plus la couleur ; elle
ne voyait plus les lignes ; même quand il lui tournait
le dos, elle ne pouvait que penser : Mais dans un instant il va fondre sur moi et réclamer — quelque chose
qu'elle se sentait incapable de lui donner. Elle rejeta
un pinceau ; en choisit un autre. Quand ces enfants

allaient-ils arriver ? Quand allaient-ils enfin partir ? s'impatienta-t-elle. Cet homme, se dit-elle, la colère montant en elle, ne donnait jamais rien ; il prenait. Elle, en revanche, allait être obligée de donner. Mrs Ramsay avait donné. Et à force de donner, donner, donner, elle était morte — et avait laissé tout cela. Vraiment, elle en voulait à Mrs Ramsay. Le pinceau tremblant légèrement entre ses doigts, elle regarda la haie, le seuil, le mur. Tout ça, c'était de la faute de Mrs Ramsay. Elle était morte. Et Lily se retrouvait, à quarante-quatre ans[1], en train de perdre son temps, incapable de faire quoi que ce soit, plantée là, jouant à peindre, jouant avec la seule chose qu'on n'avait pas le droit de considérer comme un jeu, et tout ça à cause de Mrs Ramsay. Elle était morte. Le seuil sur lequel elle s'asseyait autrefois était vide. Elle était morte.

Mais à quoi bon le répéter sans fin ? À quoi bon essayer perpétuellement de provoquer une émotion qu'elle ne ressentait pas ? Cela tenait un peu du blasphème. De ce côté-là tout était sec ; fané ; tari. Ils n'auraient pas dû l'inviter ; elle n'aurait pas dû accepter. On ne peut pas se permettre de perdre son temps à quarante-quatre ans, songea-t-elle. Elle détestait jouer à peindre. Un pinceau, la seule chose sur quoi on puisse compter dans un monde de luttes, de désolation, de chaos — on n'avait pas le droit de jouer avec ça, même sciemment : elle avait horreur de cela. Mais c'est lui qui l'y obligeait. Vous ne toucherez pas à votre toile, semblait-il dire, fondant sur elle, tant que vous ne m'aurez pas donné ce que j'attends de vous. Le revoilà, de nouveau tout près d'elle, avide, éperdu. Eh bien, pensa Lily au désespoir, laissant retomber sa main droite le long de son corps, dans ce cas autant en finir tout de suite. Elle arriverait bien à contrefaire de mémoire cette ardeur, cette exaltation, cet abandon qu'elle avait observés sur le visage de tant de femmes (celui de Mrs Ramsay, par exemple) lorsque dans une occasion de ce genre elles devenaient toute ferveur — elle revoyait cette expression sur le visage de Mrs Ramsay — transportées de compassion, enivrées de ce qu'elles recevaient en retour et qui, même si la raison lui en échappait, leur conférait à l'évidence la plus exquise félicité dont la nature humaine soit capable. Voici qu'il s'arrêtait à côté d'elle. Elle lui donnerait ce qu'elle pourrait.

2

Elle semblait s'être légèrement ratatinée, pensa-t-il. Elle avait l'air un peu étriqué, un peu frêle ; mais elle ne manquait pas de charme. Il l'aimait bien. Il avait été question qu'elle épouse William Bankes autrefois, mais les choses en étaient restées là. Sa femme avait eu de l'affection pour elle. C'est vrai aussi qu'il n'avait pas été de très bonne humeur au petit déjeuner. Et puis, et puis — c'était un de ces moments où un besoin immense, dont il ignorait la nature, le poussait à s'approcher d'une femme, quelle qu'elle soit, pour la forcer, peu lui importait comment, tant son besoin était grand, à lui donner ce qu'il voulait : de la sympathie.

Est-ce qu'on s'occupait d'elle ? demanda-t-il. Avait-elle tout ce qu'il lui fallait ?

« Oh, oui, oui, merci », répondit nerveusement Lily Briscoe. Non ; elle ne pouvait pas. Elle aurait dû se laisser aussitôt porter par une douce vague de sympathie : la pression qui s'exerçait sur elle était énorme. Mais elle restait paralysée. Il y eut un affreux silence. Tous deux regardèrent la mer. Pourquoi faut-il, se dit Mr Ramsay, qu'elle regarde la mer quand je suis là ? Elle espérait que la mer serait assez calme pour leur permettre de débarquer au Phare, dit-elle. Le Phare ! Le Phare ! Qu'est-ce que ça vient faire ici ? songea-t-il impatiemment. Aussitôt jaillit de lui, avec la force d'une impulsion primitive (car vraiment il ne pouvait pas se contenir plus longtemps), un gémissement tel que toute autre femme au monde aurait fait quelque chose, dit quelque chose — toutes sauf moi, songea Lily, ironisant amèrement sur elle-même, qui ne suis pas une femme, mais une vieille fille acariâtre, grincheuse et toute desséchée à ce qu'il semble.

Mr Ramsay poussa un énorme soupir. Il attendit. N'allait-elle rien dire ? Ne voyait-elle pas ce qu'il attendait d'elle ? Puis il dit qu'il avait une raison particulière de vouloir aller au Phare. Sa femme avait l'habitude d'y faire parvenir des choses. Il y avait un pauvre garçon atteint de tuberculose de la hanche, le fils du gardien. Il poussa un profond soupir ; un soupir éloquent. Tout ce que souhaitait Lily c'est que cet énorme flot de chagrin, cette insatiable faim de sympathie, cette exigence d'une soumission absolue à sa personne, et encore, son affliction était telle qu'il ne risquait pas de la laisser jamais en repos, s'éloignent d'elle, s'en détournent (elle ne cessait de lorgner du

côté de la maison dans l'espoir qu'on vienne les interrompre) avant qu'elle ne soit balayée comme un fétu.

« Ce genre d'expédition », dit Mr Ramsay, raclant
le sol du bout de sa chaussure, « est très pénible. »
Lily ne disait toujours rien. (C'est une vraie souche,
c'est une pierre, se dit-il.) « C'est très éprouvant », dit-
il, regardant ses belles mains d'un air lamentable qui
lui souleva le cœur (il jouait la comédie, songeait-elle,
ce grand homme se donnait en spectacle). C'était horrible, c'était indécent. N'allaient-ils donc jamais arriver, se demanda-t-elle, car elle ne pouvait soutenir cet
énorme poids de chagrin, supporter ces lourdes tentures d'affliction (il affectait une décrépitude extrême ;
il vacillait même un peu sur ses jambes) une seconde
de plus.

Mais elle ne trouvait toujours rien à dire ; l'horizon
entier était nu, comme nettoyé de tout prétexte à
conversation ; face à Mr Ramsay, elle éprouvait seulement l'impression ahurissante que son regard éploré
décolorait l'herbe ensoleillée sur laquelle il se posait,
et jetait sur la forme rubiconde, somnolente et pleinement satisfaite de Mr Carmichael, occupé à lire un
roman français sur une chaise longue, un voile de
crêpe, comme si pareille existence, étalant sa prospé-
rité dans un monde d'affliction, suffisait à susciter ses
réflexions les plus sombres. Regardez-le, semblait-il
dire, regardez-moi ; et en vérité il ne cessait de songer : Pensez à moi, pensez à moi. Ah, si seulement
cette lourde masse pouvait, d'un coup de vent, être
transportée jusqu'à eux, se dit Lily ; si seulement elle
avait planté son chevalet un peu plus près de lui ; un
homme, n'importe quel homme, étancherait cette
effusion, couperait court à ces lamentations. Femme,

elle avait provoqué cette horreur ; femme, elle aurait dû savoir y faire face. Elle se discréditait tout à fait, sexuellement parlant, en restant muette et figée. On disait — mais que disait-on ? — Oh, Mr Ramsay ! Cher Mr Ramsay ! Voilà ce que cette gentille vieille dame qui dessinait, Mrs Beckwith, aurait dit aussitôt, et comme il fallait. Mais non. Ils restaient plantés là, isolés du reste du monde. Son immense apitoiement sur lui-même, son exigence de sympathie se déversaient, se répandaient en flaques à ses pieds, et tout ce qu'elle trouvait à faire, misérable pécheresse qu'elle était, c'était de serrer un peu ses jupes autour de ses chevilles, de crainte de se faire mouiller. Elle restait là, parfaitement silencieuse, les doigts crispés sur son pinceau.

Dieu soit loué au plus haut des cieux ! Elle entendit des bruits dans la maison. James et Cam n'allaient sûrement plus tarder. Mais Mr Ramsay, comme s'il savait que le temps lui était compté, exerça sur sa personne solitaire l'énorme pression de son affliction accumulée : son âge ; sa fragilité ; sa désolation ; quand soudain, secouant la tête, impatient, irrité — car, après tout, quelle femme pouvait lui résister ? — il remarqua que ses lacets de bottines étaient défaits. Des bottines remarquables, d'ailleurs, songea Lily, baissant les yeux pour les regarder : sculptées, colossales, et qui, comme tout ce que portait Mr Ramsay, depuis sa cravate effrangée jusqu'à son gilet à moitié boutonné, ne pouvaient appartenir qu'à lui. Elle les imaginait marchant d'elles-mêmes jusqu'à sa chambre, exprimant en son absence son côté pathétique, sa maussaderie, sa mauvaise humeur, son charme.

« Quelles belles bottines ! » s'exclama-t-elle. Elle

eut honte d'elle-même. Faire l'éloge de ses bottines quand il lui demandait de consoler son âme ; alors qu'il lui avait montré ses mains sanglantes, son cœur lacéré, en lui demandant de les prendre en pitié, dire gaiement : « Oh, mais quelles belles bottines vous avez là ! » méritait, elle le savait, et leva les yeux dans cette attente, que dans une de ces explosions de rage dont il était coutumier, il l'anéantisse complètement.

Au lieu de quoi, Mr Ramsay sourit. Drap mortuaire, tentures et infirmités se volatilisèrent. Ah oui, dit-il, levant un peu son pied pour qu'elle le regarde, c'étaient des bottines de première qualité. Un seul homme en Angleterre était capable de faire des bottines pareilles. Les bottines font partie des grands fléaux de l'humanité, dit-il. « Les bottiers, s'exclamat-il, s'emploient à estropier et torturer le pied de l'homme. » Ce sont aussi les êtres les plus obstinés et les plus contrariants qui soient. Il avait passé le plus clair de sa jeunesse à essayer de trouver des bottines faites dans les règles de l'art. Il lui ferait remarquer (il souleva le pied droit, puis le gauche) qu'elle n'avait encore jamais vu de bottines exactement de cette forme-là. En outre, elles étaient du plus beau cuir qui soit au monde. La plupart des cuirs n'étaient que papier d'emballage et carton-pâte. Il contempla avec satisfaction le pied qu'il tenait toujours en l'air. Ils avaient atteint, elle le sentait, une île ensoleillée, un havre de paix et d'équilibre, où le soleil brillait toujours, l'île bénie des belles bottines[1]. Elle eut un élan d'affection à son égard. « Voyons un peu si vous savez faire un nœud », dit-il. Il jugea sa méthode bien simpliste. Il lui montra son invention personnelle. Une fois fait, le nœud ne se défaisait jamais. Par trois fois il lui noua ses lacets. Par trois fois il les dénoua.

Pourquoi, à ce moment qui s'y prêtait si mal, alors qu'il se tenait penché sur son soulier, ressentit-elle à son égard une sympathie si déchirante que lorsqu'elle se pencha à son tour le sang afflua à son visage et que, repensant à sa dureté (elle l'avait accusé de jouer la comédie) elle sentit des larmes brûlantes lui monter aux yeux ? Ainsi occupé, il lui apparaissait comme une figure infiniment pathétique. Il faisait des nœuds. Il achetait des bottines. Impossible d'aider Mr Ramsay dans le voyage qu'il entreprenait. Mais juste au moment où elle avait envie de dire quelque chose, en aurait été capable, peut-être, les voilà qui arrivaient — Cam et James. Ils faisaient leur apparition sur la terrasse. Ils arrivaient en traînassant, côte à côte, petit couple mélancolique et sérieux.

Mais pourquoi arriver comme ça, justement ? Elle ne put s'empêcher de leur en vouloir ; ils auraient pu arriver plus joyeusement ; ils auraient pu lui donner ce que, maintenant qu'ils allaient partir, elle-même n'aurait pas l'occasion de lui donner. Car elle éprouvait soudain un sentiment de vide ; de frustration. Son émotion était arrivée trop tard ; elle était là, toute prête ; mais il n'en avait plus besoin. C'était maintenant un vieil homme très distingué, qui n'avait absolument aucun besoin d'elle. Elle le ressentait comme une rebuffade personnelle. Il enfila un sac à dos. Il distribua les paquets — il y en avait un certain nombre, mal ficelés, enveloppés dans du papier brun. Il envoya Cam chercher une cape. Il avait tout l'air d'un chef dirigeant les préparatifs d'une expédition. Puis, faisant demi-tour, il partit devant de son pas ferme et cadencé, ses merveilleuses bottines aux pieds, des paquets dans les bras, suivi de ses enfants. À les voir, songea-t-elle, on eût dit que le destin les avait voués à quelque entreprise austère, et qu'ils y allaient, assez jeunes encore pour se laisser docilement entraîner dans le sillage de leur père, mais le regard si pâle qu'elle pressentait en eux une souffrance muette au-dessus de leur âge. Ils tournèrent le coin de la pelouse, et Lily avait l'impression de regarder s'éloigner une procession, avançant sous la contrainte de quelque émotion partagée qui faisait d'elle, tout hésitante et languissante qu'elle était, une petite troupe bien soudée et, à ses yeux, singulièrement impressionnante. Poli, mais très distant, Mr Ramsay leva la main et la salua au passage.

Mais quel visage, songea-t-elle, s'apercevant aussitôt que cette sympathie qu'on ne lui avait pas demandée cherchait instamment à s'exprimer. Qu'est-ce qui l'avait façonné de la sorte ? Le fait de penser nuit après nuit, sans doute — à la réalité de tables de cuisine, ajouta-t-elle, se rappelant le symbole qu'Andrew lui avait fourni devant sa difficulté à concevoir sur quoi Mr Ramsay exerçait au juste sa pensée. (Il avait été tué sur le coup par un éclat d'obus, songea-t-elle.) La table de cuisine était quelque chose qui relevait de la vision ; quelque chose d'austère, de nu, de dur, sans caractère ornemental. Aucune couleur ne s'y associait ; elle était tout en angles et en arêtes ; d'une simplicité sans concession. Mais Mr Ramsay gardait en permanence les yeux fixés sur elle, ne se laissait jamais distraire ni abuser, au point que son visage lui-même avait pris un côté usé, ascétique, et participait de cette beauté dépouillée qui l'impressionnait si profondément. Et puis, se souvint-elle (toujours plantée à l'endroit même où il l'avait laissée, son pinceau à la main), les soucis l'avaient creusé — avec moins de noblesse. Il avait dû avoir des doutes sur cette table, supposait-elle ; se demander si elle était réelle ; si elle valait le temps qu'il y consacrait ; s'il était capable en fin de compte de la découvrir. Il avait eu des doutes, songea-t-elle, sinon il n'aurait pas tant exigé d'autrui. C'est de cela qu'ils discutaient parfois tard dans la nuit, vraisemblablement ; et le lendemain Mrs Ramsay avait l'air fatigué, et Lily entrait dans une rage folle contre lui pour une simple bêtise. Mais maintenant il n'avait plus personne à qui parler de cette table, ou de ses bottines, ou de ses nœuds ; et il était comme un lion cherchant qui dévorer[1], et son visage avait cette expression de désespoir, d'outrance, qui l'effarouchait, et l'amenait à serrer ses jupes autour de ses jambes. Et puis, se souvint-elle, il y avait eu cette reviviscence soudaine, ce flamboiement soudain (quand elle avait fait l'éloge de ses bottines), ce regain de vitalité et d'intérêt pour les choses de la vie ordinaire, qui eux-mêmes avaient passé et changé (car il changeait sans cesse, et ne dissimulait rien) pour en arriver finalement à cette autre phase, nouvelle pour elle, qui, c'est vrai, l'avait rendue honteuse de sa mauvaise humeur, quand on eût dit qu'il s'était dépouillé de ses soucis et ambitions, de tout espoir de sympathie et désir de louange, qu'il avait pénétré dans une région nouvelle, entraîné, comme par curiosité, dans un silencieux dialogue avec lui-même ou un autre, à la tête de cette petite procession, hors de portée. Un visage extraordinaire ! La barrière claqua.

3

Les voici donc partis, se dit-elle avec un soupir de
soulagement et de déception. Sa sympathie sembla lui
revenir en plein visage, telle une ronce soudain libérée. Elle se sentait curieusement partagée, comme si
une part d'elle-même était attirée là-bas — c'était un
jour calme, un peu brumeux ; le Phare, ce matin,
paraissait immensément loin ; et que l'autre s'était
fixée obstinément, solidement, ici même sur la
pelouse. Sa toile lui apparut, comme si elle s'était éle-
vée dans les airs pour se placer d'elle-même, blanche
et intransigeante, juste sous ses yeux. Elle semblait lui
reprocher de son regard froid toute cette hâte et cette
agitation ; cette folie et ce gaspillage d'émotion ; elle
la rappelait sévèrement à l'ordre, lui procurant
d'abord un certain apaisement, à mesure que ses sensations en déroute (il était parti et elle avait eu tant
de peine pour lui et elle n'avait rien dit) quittaient la
place ; et ensuite, une impression de vide. Elle posa
un œil vague sur la toile blanche qui la fixait avec
intransigeance ; et de là sur le jardin. Il y avait quelque chose (elle plissait ses petits yeux de Chinoise
dans son visage mince et fripé) quelque chose qui lui
revenait dans les relations entre ces lignes transversa-
les et verticales, dans la masse de la haie avec sa grotte
verte de bleus et de bruns, quelque chose qui lui était
resté ; qui avait fait un nœud dans son esprit si bien
que, à ses moments perdus, machinalement, quand
elle marchait dans Brompton Road, quand elle se
brossait les cheveux, elle se retrouvait en train de
peindre ce tableau, de le parcourir du regard, et de

défaire ce nœud en imagination. Mais il n'y avait pas de comparaison possible entre cette élaboration insouciante loin de la toile, et le fait de prendre réellement un pinceau et de poser la première touche.

Elle n'avait pas pris le bon pinceau, troublée qu'elle était par la présence de Mr Ramsay, et son chevalet, fiché dans la terre avec tant de nervosité, n'avait pas la bonne inclinaison. Maintenant qu'elle y avait remédié, et avait ainsi refréné les digressions et divagations qui monopolisaient son attention et lui rappelaient qu'elle était telle et telle personne, entretenait telles et telles relations avec autrui, elle leva son pinceau, soutenant son poignet de l'autre main. Il resta un instant en suspens, tremblant d'une extase douloureuse et cependant enivrante. Où commencer ? — voilà la question ; à quel endroit poser la première touche ? Une seule ligne sur la toile la vouait à prendre des risques innombrables, une suite de décisions irrévocables. Tout ce qui en théorie semblait simple devenait immédiatement complexe en pratique ; tout comme les vagues observées du haut de la falaise se disposent symétriquement, mais apparaissent au nageur séparées par des abîmes à pic et des crêtes écumantes. Malgré tout il fallait courir le risque ; poser la première touche.

Éprouvant la sensation curieuse d'être poussée en avant et en même temps contrainte de se retenir, elle donna son premier coup de pinceau, rapide et décidé. Le pinceau descendit ; il frissonna, brun sur la toile blanche ; y laissa une traînée de couleur. Elle répéta son geste, une fois, deux fois. Et de courtes pauses en touches frémissantes, elle attrapa un rythme dansant, comme si les pauses correspondaient à un temps, les

coups de pinceau à un autre, et que tous participaient
d'un même mouvement ; et ainsi, légère et vive en ses
pauses, en ses gestes, elle parsema sa toile de gros
traits bruns et nerveux qui, sitôt posés (elle eut le sentiment d'une masse surgissant du néant), enfermèrent
un espace. Au creux d'une vague elle voyait la suivante se dresser monumentale au-dessus d'elle. Quoi
de plus redoutable, en effet, que cet espace ? Une fois
de plus, songea-t-elle, reculant d'un pas pour le
contempler, la voici arrachée aux bavardages, à la vie
ordinaire, à la communauté humaine, et mise en présence de sa vieille et redoutable ennemie — cette
autre chose, cette vérité, cette réalité, qui l'agrippait
soudain, émergeant dans sa nudité de derrière les
apparences et commandant son attention. Et elle de
rechigner, de renâcler un peu. Pourquoi toujours être
arrachée, emportée ? Pourquoi ne pas être laissée en
paix, à causer avec Mr Carmichael sur la pelouse ?
C'était en tout cas un mode de relations exigeant.
D'autres objets de vénération se satisfaisaient d'être
vénérés : les hommes, les femmes, Dieu, tous vous
laissaient vous prosterner à genoux ; mais cette forme,
ne serait-ce qu'un abat-jour blanc se détachant sur
une table en osier, incitait à un combat perpétuel, pro-
voquait à un affrontement où l'on était sûr d'avoir le
dessous. Et toujours (cela tenait-il à sa nature ou à
son sexe, elle l'ignorait) avant d'échanger la fluidité
de la vie contre la concentration de la peinture elle
connaissait quelques instants de nudité où il lui semblait être une âme encore à naître, une âme privée
de corps, hésitant sur quelque cime battue des vents,
exposée sans protection aux bourrasques du doute.
Alors pourquoi le faisait-elle ? Elle regarda la toile,

parsemée de traînées légères. On l'accrocherait dans une chambre de bonne. On la roulerait pour la fourrer sous un canapé. À quoi bon le faire alors, et elle entendit une voix dire qu'elle était incapable de peindre, dire qu'elle était incapable de créer, comme si elle était entraînée dans un de ces courants habituels qui au bout d'un certain temps forment l'expérience dans l'esprit, si bien qu'on répète des mots sans plus savoir qui les a prononcés à l'origine.

Incapables de peindre, incapables d'écrire, murmura-t-elle d'une voix monocorde, tout en s'efforçant fébrilement d'arrêter un plan d'attaque. Car cette masse encore indistincte se dressait devant elle ; prenait du relief ; exerçait sur ses prunelles une pression sensible. Puis, comme si jaillissait spontanément quelque sève nécessaire à l'épanouissement de ses facultés, elle se mit sans grande assurance à tremper le bout de son pinceau dans les bleus, les terre de Sienne, à le poser çà et là, mais il s'était alourdi et évoluait plus lentement, comme soumis au rythme imposé par ce qu'elle voyait (son regard se posait alternativement sur la haie et sur la toile), si bien que ce rythme était assez puissant pour l'entraîner à sa suite, la main toute frémissante de vie. Assurément elle perdait peu à peu conscience du monde extérieur. Et comme elle perdait conscience du monde extérieur, de son propre nom, de sa personnalité, de son apparence, de la présence ou de l'absence de Mr Carmichael, jaillissaient continuellement des profondeurs de son esprit, des scènes, des noms, des paroles, des souvenirs et des idées, telle une fontaine éclaboussant cet espace d'un blanc éclatant, atrocement difficile, qu'elle s'appliquait à travailler avec des verts et des bleus.

Charles Tansley disait cela, se souvint-elle, les femmes sont incapables de peindre, incapables d'écrire. Surgissant dans son dos, il s'était planté à côté d'elle, tout près, chose qu'elle détestait, pendant qu'elle peignait, ici même. « Du tabac gris », disait-il, « cinq pence l'once », faisant étalage de sa pauvreté, de ses principes. (Mais la guerre avait émoussé le dard de sa féminité. Pauvres diables, se disait-on, pauvres diables des deux sexes, dont la vie était un tel gâchis.) Il avait toujours un livre sous le bras — un livre violet. Il « travaillait ». Il s'installait pour travailler, elle s'en souvenait, en plein soleil. Au dîner il s'installait toujours de façon à masquer la vue. Et puis, songea-t-elle, il y avait eu cette scène sur la plage. Il fallait s'en souvenir. Il y avait du vent ce matin-là. Ils étaient tous descendus sur la plage. Mrs Ramsay s'était assise contre un rocher pour écrire des lettres. Elle écrivait, page après page. « Oh », avait-elle dit, levant enfin les yeux et les posant sur quelque chose qui flottait sur la mer, « est-ce un casier à homards ? Est-ce une embarcation retournée ? » Elle était tellement myope qu'elle ne distinguait pas ce que c'était, et là Charles Tansley était devenu gentil au possible. Il s'était mis à faire des ricochets. Ils choisissaient des petits galets noirs bien plats et les envoyaient rebondir à la crête des vagues. De temps à autre Mrs Ramsay les regardait en riant par-dessus ses lunettes. Impossible de se rappeler ce qu'ils disaient, mais elle se revoyait lançant des galets avec Charles, se souvenait de leur entente soudaine et de Mrs Ramsay qui les observait. Elle en avait parfaitement conscience. Mrs Ramsay, se dit-

elle, reculant d'un pas et plissant les yeux. (La composition devait être bien différente quand elle était
assise sur le seuil avec James. Il devait y avoir une
ombre.) Mrs Ramsay. Quand elle repensait à Charles
et elle en train de faire des ricochets et à cette scène
sur la plage, tout semblait en quelque sorte dépendre
de la présence de Mrs Ramsay, assise à l'abri d'un
rocher, un bloc de papier sur les genoux, occupée à
écrire des lettres. (Elle écrivait d'innombrables lettres,
et parfois le vent les emportait et Charles et elle rat-
trapaient une feuille de justesse avant qu'elle ne
tombe dans la mer.) Mais quel pouvoir détenait l'âme
humaine ! songea-t-elle. Cette femme assise là, écrivant à l'abri d'un rocher faisait que tout devenait simple ; colères, irritations tombaient comme de vieilles
hardes ; elle rassemblait ceci, cela et encore cela et
composait à partir de ce pitoyable mélange de bêtise
et de méchanceté (avec leurs chamailleries, leurs prises de bec, Charles et elle s'étaient montrés bêtes et
méchants) quelque chose — cette scène sur la plage
par exemple, ce moment d'entente et d'affection —
qui survivait, après tant d'années, intégralement, si
bien qu'elle y empruntait de quoi remodeler le souvenir qu'elle avait de lui, et que cela restait dans l'esprit,
presque comme une œuvre d'art.

« Comme une œuvre d'art », répéta-t-elle, promenant son regard entre sa toile et le seuil du salon. Il
lui fallait se reposer un instant. Et, tandis qu'elle se
reposait, promenait vaguement son regard de l'une à
l'autre, la vieille question qui balayait en permanence
le ciel de l'âme, cette vaste question très générale qui
tendait à se particulariser en de tels moments, quand
se relâchaient des facultés soumises à un long effort,

se présenta, s'immobilisa et s'assombrit au-dessus d'elle. Quel est le sens de la vie ? Rien d'autre — question simple, qui semblait se faire plus pressante au fil des années. La grande révélation n'était jamais arrivée. En fait, la grande révélation n'arrivait peut-être jamais. C'étaient plutôt de petits miracles quotidiens, des illuminations, allumettes craquées à l'improviste dans le noir ; en voici une. Tout cet ensemble ; elle-même, Charles Tansley et la vague déferlante ; Mrs Ramsay les rassemblant ; Mrs Ramsay disant : « Qu'ici la vie s'arrête » ; Mrs Ramsay faisant de cet instant quelque chose de permanent (tout comme Lily s'efforçait de le faire, dans un autre domaine) — cela tenait de la révélation. Une forme existait au milieu du chaos[1] ; cette fuite incessante, cet écoulement perpétuel (elle regarda passer les nuages et s'agiter les feuilles) se stabilisait soudain. Qu'ici la vie s'arrête, disait Mrs Ramsay. « Mrs Ramsay ! Mrs Ramsay ! » répéta-t-elle. Elle lui devait cette révélation.

Tout était silence. Personne encore ne semblait bouger dans la maison. Elle la regarda, assoupie dans le soleil du matin, les fenêtres teintées de vert et de bleu par le reflet des feuilles. La pensée un peu floue qu'elle avait de Mrs Ramsay semblait en harmonie avec cette maison silencieuse ; cette fumée ; cet air léger des premières heures de la matinée. Irréel et flou, c'était prodigieusement pur et enivrant. Elle espérait que personne n'ouvrirait la fenêtre ni ne sortirait de la maison, qu'elle pourrait tranquillement continuer à penser, continuer à peindre. Elle se tourna vers sa toile. Mais, vaguement curieuse, gênée aussi par cette sympathie qui n'avait pu s'épancher,

elle ne put s'empêcher de faire un pas ou deux jusqu'au bord de la pelouse pour voir si elle n'apercevait
pas, là-bas sur la plage, la petite troupe en train de
prendre la mer. Là-bas, parmi les petits bateaux à flot,
voiles encore ferlées, ou s'éloignant lentement par ce
calme plat, s'en trouvait un nettement à l'écart des
autres. On était justement en train de hisser la voile.
Elle décida que là, dans ce petit bateau très lointain
et parfaitement silencieux, Mr Ramsay était assis avec
Cam et James. Maintenant ils avaient fini de hisser la
voile ; le temps de faseyer, d'hésiter un peu, les voiles
se gonflèrent et elle regarda le bateau, enseveli dans
un profond silence, remonter lentement et sûrement
tous les autres, et cingler vers le large.

4

Les voiles claquaient au-dessus de leurs têtes. L'eau
clapotait et giflait les flancs du bateau, qui somnolait
immobile au soleil. De temps à autre une petite brise
faisait onduler les voiles, mais l'ondulation cessait
après s'être propagée d'un bord à l'autre. Le bateau
ne progressait absolument pas. Mr Ramsay était assis
au milieu du bateau. Il n'allait pas tarder à s'impatien-
ter, pensa James, pensa Cam, regardant leur père,
assis entre eux deux au milieu du bateau (James tenait
la barre ; Cam était seule à l'avant) les jambes toutes
repliées. Il avait horreur que les choses traînent. De
fait, après avoir donné quelques signes d'agacement,
il s'adressa sèchement au fils Macalister, qui sortit ses

avirons et se mit à ramer. Mais leur père, ils le savaient, ne serait pas satisfait tant qu'ils ne fileraient pas comme le vent. Il continuerait à guetter une brise, à s'agiter, à grommeler entre ses dents des choses qui parviendraient aux oreilles de Macalister père et fils, et cela les mettrait tous deux horriblement mal à l'aise. Il les avait fait venir. Il les avait forcés à venir. Dans leur colère ils espéraient que la brise ne se lèverait jamais, pour qu'il soit frustré de toutes les manières possibles, puisqu'il les avait forcés à venir contre leur gré.

Le long du chemin qui descendait à la plage tous deux étaient restés à la traîne, en dépit de ses injonctions, « Allez, dépêchez-vous », sans dire un mot. Ils avançaient tête baissée, tête courbée sous les assauts d'une impitoyable tempête. Lui parler, ils n'en étaient pas capables. Il fallait y aller ; il fallait suivre. Il fallait marcher derrière lui en portant des paquets enveloppés dans du papier brun. Mais tout en marchant ils s'étaient juré, en silence, soutien mutuel et fidélité au grand pacte — résister à la tyrannie jusqu'à la mort[1]. Et donc, assis chacun à une extrémité du bateau, ils se cantonnaient dans le silence. Bien décidés à ne rien dire, ils se contentaient de poser de temps en temps les yeux sur lui, assis là tout recroquevillé, renfrogné et fébrile, à rager et pester et marmonner dans sa barbe en attendant impatiemment une brise. Et ils espéraient un calme plat. Ils espéraient qu'il serait frustré. Ils espéraient que toute cette expédition serait un échec, et qu'ils seraient obligés de rentrer à la plage avec leurs paquets.

Mais soudain, quand le fils Macalister les eut un peu éloignés de la côte, les voiles tournèrent lentement, le bateau s'anima, s'inclina, et s'élança comme une flèche. Aussitôt, comme soulagé d'un grand poids, Mr Ramsay déplia ses jambes, sortit sa blague à tabac, la tendit à Macalister avec un petit grognement, et se sentit, ils le savaient, malgré tout ce qu'ils enduraient, pleinement satisfait. Ils allaient maintenant naviguer ainsi pendant des heures, et Mr Ramsay poserait une question au vieux Macalister — sans doute au sujet de la grande tempête de l'hiver dernier — et le vieux Macalister y répondrait, et ils tireraient ensemble des bouffées de leurs pipes, et Macalister saisirait un bout de cordage noir, pour faire ou défaire un nœud quelconque, et le fils pêcherait sans jamais dire un mot à personne. James serait forcé de garder l'œil fixé en permanence sur la voile. Car s'il oubliait, alors la voile se détendait, commençait à faseyer, et le bateau perdait de la vitesse, et Mr Ramsay lançait sèchement : « Attention ! Attention ! » et le vieux Macalister se tournait lentement sur son banc. Et donc ils entendirent Mr Ramsay poser une question quelconque au sujet de la grande tempête de Noël. « Drossé à la côte il double la pointe », dit le vieux Macalister, décrivant la grande tempête de Noël dernier, où dix navires avaient été contraints de chercher un abri dans la baie, et il en avait vu « un là, un là, un là » (le doigt pointé fit lentement le tour de la baie. Mr Ramsay suivait du regard, tournant la tête à mesure). Il avait vu trois hommes se cramponner au mât. Puis le navire avait disparu. « Et on a enfin réussi à prendre la mer », poursuivit-il (mais murés dans leur colère et leur silence ils ne saisissaient qu'un mot par-ci, par-là, assis aux deux extrémités du bateau, unis par leur pacte : lutter

contre la tyrannie jusqu'à la mort). Ils avaient enfin
réussi à prendre la mer, dans le canot de sauvetage,
et ils étaient allés au-delà de la pointe — Macalister
raconta l'histoire ; et s'ils ne saisissaient qu'un mot
par-ci, par-là, leur père était constamment présent à
leur conscience — sa façon de se pencher en avant,
de mettre sa voix au diapason de celle de Macalister ;
de se complaire, tirant sur sa pipe et regardant là, et
là, dans la direction indiquée par Macalister, à la pensée de la tempête et des pêcheurs qui s'évertuaient
dans la nuit noire. Il aimait l'idée d'hommes suant
sang et eau la nuit sur la plage battue des vents, oppo-
sant la seule force de leurs bras et de leur intelligence
à celle des vagues et du vent ; il aimait que les hommes travaillent ainsi, et que les femmes tiennent la
maison et veillent au chevet d'enfants endormis, pendant que des hommes se noyaient au large, dans la
tempête. C'est ce que James devinait, ce que Cam
devinait (ils le regardaient, ils se regardaient), à ses
hochements de tête, à son attention extrême, aux
inflexions particulières de sa voix et à la pointe
d'accent écossais qui s'y glissait, lui donnant un petit
côté paysan, tandis qu'il questionnait Macalister au
sujet des onze navires drossés dans la baie au cours
d'une tempête. Trois d'entre eux avaient sombré.

Il regardait avec fierté dans la direction indiquée
par Macalister ; et Cam songea, se sentant fière de lui
sans trop savoir pourquoi, s'il avait été là il aurait pris
la mer dans le canot de sauvetage, il serait arrivé jusqu'au navire naufragé, se dit Cam. Il était si courageux, si aventureux, se dit Cam. Mais elle se souvint.
Il y avait le pacte : résister à la tyrannie jusqu'à la
mort. L'injustice dont ils étaient victimes les accablait.

On les avait forcés ; on les avait commandés. Il les avait vaincus une fois de plus avec sa mélancolie et son autorité, les obligeant à faire ce qu'il disait, par cette belle matinée, à aller au Phare, parce qu'il le souhaitait, en portant tous ces paquets ; à prendre part à ces rites qu'il observait pour son plaisir personnel en mémoire de gens qui étaient morts, et ils avaient horreur de cela, si bien qu'ils restaient à la traîne et que tout le plaisir de cette journée était gâché.

Oui, la brise fraîchissait. Le bateau donnait de la gîte, fendait les flots qui retombaient en cascades vertes, en bulles, en cataractes. Cam plongea son regard dans l'écume, dans la mer aux multiples trésors, et sa vitesse l'hypnotisa, et le lien qui l'unissait à James se détendit un peu. Il se relâcha un peu. Elle se prit à penser : Comme cela va vite. Où allons-nous ? et le mouvement l'hypnotisa, tandis que James tenait la barre, l'œil fixé sur la voile et sur l'horizon, le visage fermé. Mais tout en barrant il se prit à penser qu'il avait peut-être une chance de s'en tirer ; d'échapper à tout ça. Ils aborderaient peut-être quelque part ; et ils seraient libres alors. Tous deux, échangeant un regard, éprouvèrent un sentiment de liberté et d'exaltation, lié à la vitesse et au changement qui s'était opéré. Mais la brise suscitait en Mr Ramsay la même excitation, et, comme le vieux Macalister se tournait pour lancer sa ligne par-dessus bord, il s'écria : « Nous pérîmes », et puis encore : « chacun seul ». Puis, saisi comme à chaque fois d'un accès de repentir ou de timidité, il se reprit, et tendit la main vers le rivage.

« Tu vois la petite maison », dit-il, pointant son

index dans l'espoir d'attirer le regard de Cam. Elle se
souleva de mauvaise grâce et regarda. Mais laquelle
était-ce ? Elle ne parvenait plus à distinguer leur maison, là-bas sur le flanc de la colline. Tout paraissait
distant, paisible et étrange. Le rivage semblait épuré,
lointain, irréel. La petite distance qu'ils avaient par-
courue les en avait déjà bien écartés, lui conférant
cet aspect changé, cet aspect tranquille des choses qui
s'éloignent et auxquelles on n'a plus part. Laquelle
était leur maison ? Elle ne la voyait pas.

« Mais plus forte la mer qui m'a enseveli[1] », murmura Mr Ramsay. Il avait trouvé la maison et, la
voyant, s'y était vu lui-même ; il s'était vu marchant
sur la terrasse, seul. Il marchait de long en large entre
les urnes ; et il se trouva très vieux, tout courbé. Assis
dans le bateau il courba le dos, il se tassa, entrant
aussitôt dans la peau de son personnage — celui d'un
homme désolé, d'un veuf affligé ; et il fit surgir devant
lui une foule de gens compatissant à sa douleur ; orga-
nisa, assis dans le bateau, toute une petite mise en
scène ; qui exigeait de sa part décrépitude, épuisement et chagrin (il souleva ses mains et contempla
leur maigreur, pour confirmer son rêve) ; alors lui
était donnée en abondance la sympathie des femmes,
et il les imagina en train de le réconforter, de compa-
tir à sa douleur, et ainsi, retrouvant dans son rêve un
reflet du plaisir exquis que lui procurait la sympathie
des femmes, il soupira et dit d'une voix douce et
mélancolique :

> *Mais plus forte la mer qui m'a enseveli*
> *Et plus profond l'abîme où je fus englouti[2],*

si bien que ces paroles mélancoliques leur parvinrent à tous bien distinctement. Cam tressaillit sur son banc. Choquée — outrée. Son mouvement tira son père de sa rêverie ; il frissonna et s'interrompit pour s'exclamer : « Regarde ! Regarde ! » de façon si pressante que James lui-même tourna la tête pour regarder l'île par-dessus son épaule. Ils regardèrent tous. Ils regardèrent l'île.

Mais Cam ne voyait rien. Elle songeait que tous ces sentiers et la pelouse, inextricablement mêlés aux vies qu'ils y avaient vécues, avaient disparu : étaient effacés ; passés ; irréels, et que maintenant le réel c'était ça : le bateau et sa voile rapiécée ; Macalister et ses anneaux aux oreilles ; le bruit des vagues — tout cela était réel. Perdue dans ses pensées, elle murmurait tout bas : « Nous pérîmes, chacun seul », car les paroles de son père venaient régulièrement se briser dans son esprit, quand son père, voyant le flou de son regard, se mit à la taquiner. Elle ne connaissait donc pas les points cardinaux ? demanda-t-il. Elle ne savait donc pas distinguer le nord du sud ? Croyait-elle vraiment qu'ils habitaient là-bas de l'autre côté ? Et il pointa de nouveau son index, et lui montra où se trouvait leur maison, là, à côté de ces arbres. Il aimerait, dit-il, qu'elle essaye d'être un peu plus précise. « Dis-moi — où est l'est, où est l'ouest ? » demanda-t-il, mi-moqueur, mi-grondeur, car il ne comprenait pas comment quelqu'un, qui n'était pas totalement imbécile, pouvait ne pas connaître les points cardinaux. C'était pourtant son cas. Et de la voir absorbée dans sa contemplation, fixant son regard vague, et à présent un peu apeuré, là où ne se trouvait aucune maison, Mr Ramsay oublia son rêve ; ses allées et venues entre les urnes sur la terrasse ; les bras qui se tendaient vers lui. Il pensa : les femmes sont toutes pareilles ; le vague de leur esprit est incorrigible ; c'était une chose qu'il n'avait jamais pu comprendre ; mais c'était comme ça. C'était pareil avec elle — sa femme. Elles étaient incapables de fixer clairement quoi que ce soit dans leur esprit. Mais il avait eu tort de s'emporter contre elle ; et puis, au fond, il aimait bien ce côté vague chez les femmes. Cela faisait partie de leur charme extraordinaire. Je vais l'obliger à me sourire, se dit-il. Elle a l'air apeuré. Elle était tellement silencieuse. Il croisa fortement les doigts, et résolut de contrôler sa voix, son visage et tous les petits gestes expressifs dont il usait à sa guise depuis tant d'années pour forcer les gens à le plaindre et à chanter ses louanges. Il l'obligerait à lui sourire. Il trouverait une petite chose toute simple et naturelle à lui dire. Mais quoi ? Absorbé qu'il était par son travail, il avait oublié ce qu'on disait. Il y avait ce petit chiot. Ils avaient un chiot. Qui s'occupait du chiot aujourd'hui ? demanda-t-il. Oui, pensa James, impitoyable, voyant la tête de sa sœur contre la voile, ça y est, elle va céder. Je me retrouverai seul pour lutter contre le tyran. Il n'y aurait plus que lui pour respecter le pacte. Cam ne résisterait jamais à la tyrannie jusqu'à la mort, songea-t-il sévèrement, observant sur son visage triste et boudeur les premiers signes de capitulation. Et comme il arrive parfois, quand tombe l'ombre d'un nuage sur une colline verdoyante, que tout s'empreint de gravité et que chagrin et mélancolie s'installent parmi les collines environnantes, comme si ces collines elles-mêmes ne pouvaient éviter de méditer sur le sort de leur compagne ennuagée, obscurcie, soit pour la plaindre, soit pour se réjouir méchamment de son désarroi, Cam se sentit tout assombrie, assise là, au milieu d'êtres calmes et résolus, à se demander comment répondre à son père au sujet du chiot ; comment résister à sa prière — pardonne-moi, aime-moi ; alors que James, le gardien de la loi, les tablettes de la sagesse éternelle étalées sur ses genoux (sa main sur le gouvernail était devenue symbolique à ses yeux), disait : Résiste-lui. Lutte contre lui. Il parlait vrai ; il parlait juste. Car ils devaient lutter contre la tyrannie jusqu'à la mort, songea-t-elle. De toutes les qualités humaines c'est la justice qu'elle révérait le plus. Son frère était le plus vénérable, son père le plus suppliant. Et lequel parvenait à la fléchir, pensa-t-elle, assise entre les deux, les yeux sur le rivage dont les points de repère lui étaient tous inconnus, et songeant qu'à présent la pelouse, la terrasse et la maison se fondaient dans le paysage et que là régnait la paix.

« Jasper », dit-elle d'un ton maussade. C'est lui qui s'occuperait du chiot.

Et comment allait-elle l'appeler ? insista son père. Il avait eu un chien, quand il était petit, qui s'appelait Frisk. Elle va céder, pensa James, observant une certaine expression se peindre sur son visage, une expression dont il avait le souvenir. Elles baissent les yeux, se dit-il, sur leur tricot ou Dieu sait quoi. Puis soudain elles les relèvent. Il y avait eu un éclair bleu, se souvint-il, et quelqu'un assis près de lui avait ri, avait cédé, et il avait été très en colère. Ce devait être sa mère, pensa-t-il, assise dans un fauteuil bas, et son père qui se tenait debout au-dessus d'elle. Il se mit à rechercher parmi les innombrables impressions que le temps avait déposées, feuille à feuille, pli à pli, douce-

ment, continuellement, sur son cerveau ; parmi les
parfums, les sons ; les voix, âpres, caverneuses, mélo-
dieuses ; le va-et-vient des lampes, et les chocs des
balais ; le clapotis et le chuchotis de la mer, l'image
d'un homme qui avait fait les cent pas et s'était soudain arrêté, bien droit, au-dessus d'eux. Pendant ce
temps, remarqua-t-il, Cam laissait traîner ses doigts
dans l'eau, l'œil fixé sur le rivage, sans dire un mot.
Non, elle ne cédera pas, songea-t-il ; elle est différente, songea-t-il. Ma foi, si Cam ne voulait pas lui
répondre, il n'allait pas la tracasser, décida Mr Ramsay, cherchant un livre dans sa poche. Mais elle allait
lui répondre ; elle désirait passionnément se débarras-
ser de ce poids sur sa langue et dire : Oh oui, Frisk.
Je vais l'appeler Frisk. Elle avait même envie de dire :
C'était le chien qui avait retrouvé son chemin tout
seul à travers la lande ? Mais elle avait beau essayer,
elle ne trouvait rien à dire dans ce genre, farouche et
fidèle au pacte, et donnant toutefois à son père, à
l'insu de James, un gage discret de l'amour qu'elle
ressentait pour lui. Car elle pensait, laissant traîner sa
main dans l'eau (et le fils Macalister venait d'attraper
un maquereau, qui se débattait maintenant au fond
du bateau, les ouïes ensanglantées) car elle pensait,
regardant James qui fixait la voile d'un air impassible,
ou jetait de temps à autre un bref coup d'œil sur
l'horizon, tu n'y es pas exposé, toi, à cette pression de
sentiments divisés, cette extraordinaire tentation. Son
père fouillait dans ses poches ; d'ici une seconde il
aurait trouvé son livre. Car personne ne l'attirait
davantage ; ses mains lui semblaient belles, et ses
pieds, et sa voix, et ses paroles, et son impatience, et
son mauvais caractère, et son excentricité, et sa pas-

sion, et sa façon de s'exclamer comme ça, devant tout le monde : Nous périssons, chacun seul, et son côté inaccessible. (Il avait ouvert son livre.) Mais ce qui demeurait intolérable, songea-t-elle, se redressant sur son banc et regardant le fils Macalister tirer sur l'hameçon pris dans les ouïes d'un autre poisson, c'était ce mélange d'aveuglement absolu et de tyrannie qui avait empoisonné son enfance et déchaîné d'amères tempêtes, au point qu'aujourd'hui encore elle se réveillait la nuit tremblante de rage en se rappelant telle injonction de sa part ; telle insolence : « Fais ci », « Fais ça » ; sa domination, son exigence : « Soumets-toi à moi. »

Aussi ne dit-elle rien, mais regarda obstinément et tristement le rivage, enveloppé dans son voile de paix ; on eût dit, songea-t-elle, que les gens là-bas s'étaient endormis ; libres comme la fumée, libres d'aller et venir comme des fantômes. Là-bas ils n'ont point de souffrance, songea-t-elle.

5

Oui, c'est bien leur bateau, décida Lily Briscoe, plantée au bord de la pelouse. C'était le bateau aux voiles d'un brun grisâtre qui à l'instant même se couchait sur l'eau et s'élançait comme une flèche à travers la baie. Il est assis là-bas, songea-t-elle, et les enfants continuent de garder le silence. Elle non plus ne pouvait pas l'atteindre. La sympathie qu'elle ne lui avait

pas donnée pesait sur elle ; faisait qu'il lui était difficile de peindre.

Elle l'avait toujours trouvé difficile. Elle n'avait
jamais été capable de le complimenter en face, se souvint-elle. Du coup leur relation se réduisait à quelque
chose de neutre, sans cet élément sexuel qui le rendait
si galant avec Minta, et presque gai. Il cueillait une
fleur pour la lui offrir, lui prêtait ses livres. Mais
croyait-il vraiment que Minta les lisait ? Elle les traînait partout dans le jardin, y glissant des feuilles pour
marquer la page.

« Vous vous rappelez, Mr Carmichael ? » fut-elle
tentée de demander en regardant le vieil homme.
Mais il avait à moitié rabattu son chapeau sur son
front ; il dormait, ou rêvait, ou guettait des mots sur
sa chaise longue, supposa-t-elle.

« Vous vous rappelez ? » fut-elle tentée de lui
demander quand elle passa devant lui, repensant à
Mrs Ramsay sur la plage ; au tonneau qui dansait sur
l'eau ; aux pages qui s'envolaient. Pourquoi, après tant
d'années, cette scène avait-elle survécu, comme
entourée d'un cercle, lumineuse, visible dans ses
moindres détails, quand tout ce qui avait précédé et
tout ce qui avait suivi n'était qu'un immense espace
vide ?

« Est-ce un bateau ? Est-ce un bouchon ? » disait-
elle, répéta Lily, en revenant, une fois de plus sans
enthousiasme, à sa toile. Le ciel soit loué, il restait
ce problème d'espace, pensa-t-elle en reprenant son
pinceau. Il était là qui la défiait. Tout l'équilibre du
tableau reposait sur lui. Il fallait que ce soit beau et
lumineux en surface, évanescent et léger comme une
plume, que les couleurs se fondent les unes dans les

autres comme sur l'aile d'un papillon[1] ; mais au-dessous il fallait une armature tenue par des boulons en fer. Une chose susceptible de se troubler au moindre souffle ; mais capable de résister à un attelage de chevaux. Et elle commença à étaler un rouge, un gris, à se frayer un chemin de couleurs jusqu'à ce creux, là. En même temps, il lui semblait être assise auprès de Mrs Ramsay sur la plage.

« Est-ce un bateau ? Est-ce un tonneau ? » dit Mrs Ramsay. Et elle se mit à chercher partout ses lunettes. Puis, les ayant trouvées, elle demeura silencieuse à contempler la mer. Et Lily, qui continuait à peindre, eut l'impression qu'une porte venait de s'ouvrir : on entrait et on promenait silencieusement son regard autour de soi dans un lieu tout en hauteur qui ressemblait à une cathédrale, très sombre, très solennel. Des cris parvenaient d'un monde lointain. Des steamers s'évanouissaient en volutes de fumée à l'horizon. Charles lançait des galets et les faisait rebondir au ras de l'eau.

Mrs Ramsay demeurait silencieuse. Elle était heureuse, songea Lily, de se reposer dans le silence et le secret de ses pensées ; de se reposer dans l'obscurité extrême des relations humaines. Qui sait ce que nous sommes, ce que nous ressentons ? Qui sait même au moment de plus grande intimité que c'est cela, connaître ? Ne gâche-t-on pas les choses alors, avait peut-être demandé Mrs Ramsay (ils semblaient s'être reproduits si souvent, ces moments de silence à son côté), en les disant ? N'exprimons-nous pas davantage ainsi ? L'instant, du moins, semblait extraordinairement fécond. Elle creusa un petit trou dans le sable et le recouvrit, comme pour y enterrer la perfection

de cet instant. C'était comme une goutte d'argent
dans laquelle on trempait son pinceau pour illuminer
les ténèbres du passé.

Lily recula d'un pas pour avoir — là, comme ça —
une vue d'ensemble de sa toile. Elle était bien singulière cette voie de la peinture. On allait de l'avant,
encore et encore, toujours plus loin, jusqu'à avoir
l'impression enfin de cheminer sur une planche
étroite, parfaitement seul, au-dessus de la mer. Et
tout en plongeant son pinceau dans la peinture bleue,
elle plongeait aussi là-bas dans le passé. Ensuite
Mrs Ramsay s'était levée, se souvint-elle. C'était
l'heure de rentrer à la maison — l'heure d'aller déjeuner. Et ils étaient remontés de la plage tous ensemble,
elle fermant la marche avec William Bankes, juste
derrière Minta, qui avait un trou à son bas. Comme il
semblait les narguer ce petit bout de talon rose !
Comme il choquait William Bankes, qui toutefois,
autant qu'elle s'en souvienne, n'avait pas fait le moindre commentaire ! Cela représentait à ses yeux la
négation de la féminité, la malpropreté et le désordre,
les domestiques qui ne veulent pas rester et les lits
qui ne sont pas faits à midi — tout ce qui lui faisait
particulièrement horreur. Il avait une façon à lui de
frémir et d'écarter les doigts comme pour masquer un
objet déplaisant, ce qu'il faisait en cet instant — en
tendant sa main devant lui. Et Minta était partie en
tête, et Paul était vraisemblablement venu à sa rencontre et elle s'était éloignée avec Paul dans le jardin.

Les Rayley, pensa Lily Briscoe, pressant son tube
de peinture verte. Elle rassembla ses impressions sur
les Rayley. Leur vie lui apparut en une suite de petites
scènes ; l'une d'elles, dans l'escalier, à l'aube. Paul

était rentré et s'était couché de bonne heure ; Minta n'était toujours pas de retour. Et voilà Minta, très fardée, coiffée et vêtue de façon voyante, montant l'escalier vers trois heures du matin. Paul avait fait irruption en pyjama, armé d'un tisonnier pour chasser d'éventuels cambrioleurs. Minta mangeait un sandwich près d'une fenêtre au milieu de l'escalier, dans la lumière blafarde du petit matin, et le tapis avait un trou. Mais que disaient-ils ? se demanda Lily, comme si rien qu'à regarder elle pouvait les entendre. Quelque chose de violent. Minta continuait à manger son sandwich, de façon exaspérante, pendant qu'il parlait. Il prononçait des paroles pleines d'indignation, de jalousie, l'insultait tout bas pour ne pas réveiller les enfants, les deux petits garçons. Il avait le teint gris, les traits tirés ; elle était resplendissante, insouciante. Car les choses s'étaient gâtées au bout d'un ou deux ans ; le mariage avait plutôt mal tourné.

Et c'est cela, songea Lily, imprégnant son pinceau de peinture verte, cette façon de composer des petites scènes à leur sujet, que nous appelons « connaître » les gens, « penser » à eux, « avoir de l'affection » pour eux ! Il n'y avait pas un mot de vrai là-dedans ; elle avait tout inventé ; et néanmoins elle n'avait d'autre moyen de les connaître. Elle continua à creuser son tunnel, au cœur de son tableau, au cœur du passé.

Une autre fois, Paul avait dit qu'il « jouait aux échecs dans les cafés ». Elle avait aussi échafaudé toute une construction imaginaire à partir de cette réflexion. Elle se rappela qu'en l'entendant dire cela elle se l'était figuré sonnant la bonne, laquelle avait répondu : « Madame est sortie, Monsieur », et il avait décidé de passer la soirée dehors lui aussi. Elle le

voyait assis dans un coin de quelque établissement
sinistre où la fumée s'accrochait à la peluche rouge
des sièges, où les serveuses finissaient par vous
connaître, en train de jouer aux échecs avec un petit
homme qui était négociant en thé et habitait Surbiton[1], mais Paul n'en savait pas plus sur lui. Et puis
Minta n'était pas à la maison quand il était rentré, et
puis il y avait eu cette scène dans l'escalier, quand
il avait attrapé le tisonnier pour chasser d'éventuels
cambrioleurs (sans doute aussi pour lui faire peur) et
avait eu des mots si amers, disant qu'elle lui avait
gâché sa vie. En tout cas, quand elle était allée les
voir dans leur petite maison près de Rickmansworth[2],
l'atmosphère était affreusement tendue. Paul l'avait
emmenée au fond du jardin pour lui montrer son éle-
vage de lièvres de Belgique, et Minta les avait suivis
en chantonnant, et posé son bras nu sur son épaule
pour l'empêcher de raconter quoi que ce soit.

Minta se moquait éperdument des lièvres, songea
Lily. Mais Minta ne se trahissait jamais. Ce n'est pas
elle qui aurait parlé de parties d'échecs dans les cafés.
Elle était bien trop vigilante, bien trop prudente. Mais
pour en revenir à leur histoire — ils avaient passé le
cap dangereux à présent. Elle avait fait un petit séjour
chez eux l'été dernier et la voiture était tombée en
panne et Minta avait dû lui passer ses outils. Assis sur
la route, il réparait la voiture, et c'était la manière
dont elle lui tendait les outils — efficace, directe, amicale — qui prouvait que tout allait bien maintenant.
Ils n'étaient plus « amoureux » ; non, il s'était lié avec
une autre femme, une femme sérieuse, cheveux nattés
et mallette à la main (Minta l'avait décrite avec
reconnaissance, et presque de l'admiration), qui allait

à des réunions et partageait les vues de Paul (lesquelles étaient de plus en plus arrêtées) sur la taxation des valeurs foncières et l'idée d'un impôt sur le capital[1]. Loin de briser leur mariage, cette alliance l'avait sauvé. C'étaient à l'évidence d'excellents amis, lui, assis sur la route et elle, lui passant ses outils.

Telle était donc l'histoire des Rayley, conclut Lily en souriant. Elle s'imaginait la racontant à Mrs Ramsay, qui serait impatiente de savoir ce qu'étaient devenus les Rayley. Elle éprouverait un petit sentiment de triomphe en racontant à Mrs Ramsay que ce mariage n'avait pas été une réussite.

Mais les morts, songea Lily, rencontrant dans la composition de son tableau une difficulté qui l'obligea à marquer un temps de réflexion en prenant un peu de recul, Ah, les morts ! murmura-t-elle, on les plaignait, on les écartait négligemment, on éprouvait même un peu de mépris à leur égard. Ils sont à notre merci. Mrs Ramsay a fini par s'effacer, songea-t-elle. Libre à nous de passer outre à ses désirs, de réviser à notre guise ses conceptions limitées et périmées. Elle s'éloigne de plus en plus de nous. Il lui semblait l'apercevoir, un peu ridicule, tout au bout de ce couloir des ans, l'entendre répéter, comble de l'absurdité : « Mariez-vous, mariez-vous ! » (assise très droite au petit jour quand les oiseaux commençaient à piailler dehors dans le jardin). Et on serait bien forcé de lui dire : Rien ne s'est passé selon vos désirs. Ils sont heureux comme ça ; je suis heureuse ainsi. La vie a complètement changé. Sur ce, l'espace d'un instant, toute sa personne, y compris sa beauté, lui apparut vieillotte et désuète. L'espace d'un instant, Lily, debout dans le soleil qui lui chauffait le dos, récapitulant l'histoire des Rayley, savoura son triomphe sur Mrs Ramsay, qui ne saurait jamais que Paul allait dans les cafés et avait une maîtresse ; qu'il s'asseyait par terre et que Minta lui passait ses outils ; qu'elle-même se tenait ici à peindre, et ne s'était jamais mariée, pas même avec William Bankes.

Mrs Ramsay avait projeté ce mariage. Peut-être, si elle avait vécu, l'aurait-elle imposé. Déjà, cet été-là, c'était « le meilleur des hommes ». C'était « le plus grand savant de son temps, d'après mon mari ». C'était aussi « pauvre William — cela me fait tellement de peine, quand je vais chez lui, de ne rien voir de joli dans sa maison — personne pour arranger les fleurs ». Aussi les envoyait-on faire des promenades ensemble, et elle s'entendait dire, avec cette pointe d'ironie légère qui faisait que Mrs Ramsay vous glissait entre les doigts, qu'elle avait l'esprit scientifique ; elle aimait les fleurs ; elle était si rigoureuse. D'où lui venait cette rage du mariage ? se demanda Lily, se rapprochant et s'écartant tour à tour de son chevalet.

(Subitement, aussi subitement qu'une étoile se glisse dans le ciel, une lumière rougeâtre sembla brûler dans son esprit, inondant Paul Rayley, émanant de lui. Elle s'éleva tel un feu allumé par des sauvages sur une plage lointaine pour célébrer un jour faste. Elle entendit le ronflement, le crépitement. La mer entière sur des milles à la ronde se teinta de rouge et d'or. Une odeur de vin s'y mêla, qui lui monta à la tête, car elle ressentit à nouveau ce désir fou de se jeter du haut de la falaise et de se noyer en cherchant une broche en perles sur une plage. Et le ronflement, le crépitement de ce feu lui inspiraient peur et répugnance, comme si, tout en percevant sa force et sa magnificence, elle voyait aussi qu'il se nourrissait du trésor de la maison, avec une avidité répugnante, et il lui faisait horreur. Mais comme spectacle, comme splendeur, il surpassait tout ce qu'elle avait pu connaître, brûlant année après année comme un signal allumé au bord de l'eau sur une île déserte, et il suffisait de dire « amoureux » pour qu'aussitôt, comme en cet instant, rejaillisse le feu de Paul. Puis il déclinait et elle se disait en riant : « Les Rayley », et que Paul allait dans les cafés pour jouer aux échecs.)

Elle l'avait toutefois échappé belle, songea-t-elle. Elle était restée là à contempler la nappe, et tout d'un coup l'idée lui était venue qu'elle déplacerait l'arbre vers le centre, et ne serait jamais obligée d'épouser personne, et elle avait connu un instant de jubilation intense. Elle s'était sentie capable, désormais, de tenir tête à Mrs Ramsay — ce qui montrait bien le pouvoir ahurissant que Mrs Ramsay avait sur les gens. Faites ceci, disait-elle, et on le faisait. Même son ombre à la fenêtre en compagnie de James était pleine d'autorité. Elle se rappela comme William Bankes avait été choqué de lui voir attacher si peu d'importance à la signification du couple mère et fils. Elle n'admirait donc pas leur beauté ? avait-il dit. Mais William, elle s'en souvenait, l'avait écoutée attentivement, avec son air d'enfant raisonnable, quand elle lui avait expliqué que ce n'était pas de l'irrévérence : qu'une lumière ici réclamait une ombre là et ainsi de suite. Elle n'avait pas l'intention de déprécier un sujet que Raphaël[1], ils en étaient bien d'accord, avait traité divinement. Elle n'était pas cynique. Tout au contraire. Grâce à son esprit scientifique il avait compris — preuve d'intelligence désintéressée qui lui avait fait plaisir et l'avait grandement réconfortée. On pouvait donc parler peinture sérieusement avec un homme. De fait, cette amitié avait été un des grands plaisirs de sa vie. Elle aimait beaucoup William Bankes.

Ils allaient à Hampton Court[1] et il lui laissait toujours, en parfait gentleman qu'il était, amplement le temps de se laver les mains, pendant qu'il flânait au bord de la Tamise. C'était caractéristique de leurs relations. Il y avait beaucoup de choses qu'ils ne disaient pas. Puis ils flânaient d'une cour à l'autre, admirant, été après été, les proportions et les fleurs, et pendant qu'ils se promenaient il lui expliquait des choses, sur la perspective, sur l'architecture, et il s'arrêtait pour regarder un arbre, ou la vue sur le lac, pour admirer un enfant (c'était son grand chagrin — ne pas avoir de fille) de la manière vague et distante naturelle à un homme qui passait tellement de temps dans les laboratoires que le monde, quand il sortait, paraissait l'éblouir, si bien qu'il marchait lentement, levait la main pour se protéger les yeux et faisait de petites haltes, la tête rejetée en arrière, rien que pour humer l'air. Puis il lui racontait que sa gouvernante avait pris ses vacances ; il fallait qu'il achète un nouveau tapis pour l'escalier. Peut-être accepterait-elle d'aller avec lui acheter un nouveau tapis pour l'escalier. Et une fois quelque chose l'avait amené à parler des Ramsay et il avait dit que la première fois qu'il l'avait vue elle portait un chapeau gris ; elle n'avait pas plus de dix-neuf ou vingt ans. Elle était prodigieusement belle. Il restait là à contempler la grande allée de Hampton Court, comme s'il l'apercevait tout au fond parmi les fontaines.

À l'instant son regard se posa sur le seuil du salon.

Elle vit, par les yeux de William, la silhouette d'une femme assise, paisible et silencieuse, la tête inclinée. Perdue dans ses rêves, ses réflexions (elle était vêtue de gris ce jour-là, songea Lily). Ses yeux étaient baissés. Elle ne les lèverait jamais. Oui, pensa Lily, regardant attentivement, j'ai dû la voir ainsi, mais pas en gris ; ni si immobile, ni si jeune, ni si paisible. La silhouette s'évoquait assez facilement. Elle était prodigieusement belle, avait dit William. Mais la beauté n'était pas tout. La beauté avait son inconvénient — on l'évoquait trop facilement, trop complètement. Elle figeait la vie — la glaçait. On oubliait les petits frémissements ; un rosissement, une pâleur, telle étrange altération des traits, telle ombre ou telle lumière, qui rendaient le visage un instant méconnaissable tout en y ajoutant une qualité que dès lors on revoyait toujours. Il était plus simple d'estomper tout cela sous le voile de la beauté. Mais quelle expression avait-elle, se demanda Lily, quand elle enfonçait son feutre de chasse sur sa tête, ou se précipitait sur la pelouse, ou réprimandait Kennedy, le jardinier ? Qui pouvait le lui dire ? Qui pouvait l'aider ?

Elle était, bien malgré elle, remontée à la surface, à moitié sortie de son tableau, et se retrouvait un peu ahurie, comme devant un spectacle irréel, à regarder Mr Carmichael. Étendu sur sa chaise longue, les mains croisées au-dessus de son ventre, il ne lisait ni ne dormait, mais se prélassait telle une créature gorgée d'existence. Son livre était tombé dans l'herbe.

Elle eut envie d'aller droit à lui et de dire : « Mr Carmichael ! » Alors il lèverait ses yeux verts un peu vitreux et la regarderait avec sa bienveillance coutumière. Mais on ne réveillait pas les gens à moins de savoir ce qu'on voulait leur dire. Et ce qu'elle voulait dire, ce n'était pas simplement une chose, mais tout. Les petits mots qui morcelaient et disloquaient la pensée ne disaient rien. « Sur la vie, sur la mort ; sur Mrs Ramsay » — non, songea-t-elle, on ne pouvait rien dire à personne. L'urgence du moment n'atteignait jamais son objectif. Les mots papillonnaient tout de travers et touchaient la cible beaucoup trop bas. Alors on renonçait ; et l'idée retombait dans les profondeurs ; et on devenait semblable à la plupart des gens d'un certain âge, circonspect, furtif, avec deux plis verticaux entre les sourcils et une expression de perpétuelle appréhension. Comment, en effet, traduire en mots ces émotions du corps ? traduire ce vide, là ? (Elle regardait les marches du salon ; elles paraissaient extraordinairement vides.) C'était le corps, et non l'esprit, qui le ressentait. Les sensations physiques qui accompagnaient l'aspect nu des marches étaient soudain devenues extrêmement désagréables. Vouloir et ne pas avoir répandait dans tout son corps un sentiment de dureté, de vacuité, de tension. Et puis vouloir et ne pas avoir — vouloir et vouloir encore — comme cela serrait le cœur, le serrait tant et plus ! Oh, Mrs Ramsay ! cria-t-elle silencieusement, à cette essence assise près du bateau, cette idée abstraite que l'on se faisait d'elle, cette femme en gris, comme pour lui reprocher violemment d'être partie, et puis, étant partie, d'être revenue. Elle n'avait pas cru courir le moindre risque en pensant à elle. Fantôme, vapeur, néant, quelque chose dont on pouvait s'amuser à son aise et sans risque à toute heure du jour ou de la nuit, voilà ce qu'elle était, et puis soudain elle tendait la main ainsi et vous serrait le cœur.

Soudain, les marches vides du salon, le volant du fauteuil à l'intérieur, le chiot qui folâtrait sur la terrasse, tous les remous et la rumeur du jardin faisaient l'effet de fioritures, d'arabesques s'enroulant autour d'un vide absolu.

« Qu'est-ce que cela veut dire ? Comment expliquez-vous tout cela ? » avait-elle envie de demander, se tournant de nouveau vers Mr Carmichael. Car le monde entier semblait s'être dissous à cette heure matinale dans un lac de pensée, un bassin profond de réalité, et l'on pouvait presque imaginer que si Mr Carmichael avait parlé, une petite larme aurait déchiré la surface du lac. Et ensuite ? Quelque chose allait émerger. Une main se tendrait, une épée jaillirait[1]. Bien sûr, c'était absurde.

Il lui vint curieusement à l'esprit qu'après tout il entendait ces choses qu'elle ne savait dire. C'était un vieil homme impénétrable, avec sa barbe tachée de jaune, sa poésie, ses jeux d'esprit, voguant sereinement dans un monde qui satisfaisait tous ses désirs, si bien qu'il semblait n'avoir qu'à laisser pendre sa main dans l'herbe où il était installé pour y pêcher tout ce qu'il pouvait désirer. Elle regarda son tableau. Voilà ce qu'il aurait répondu, probablement — « vous », « moi », « elle », passons et disparaissons ; rien ne demeure ; tout change ; mais pas les mots, pas la peinture. Pourtant, songea-t-elle, on l'accrocherait dans une mansarde ; on le roulerait pour le glisser sous un canapé ; mais c'était vrai pourtant, même d'un tableau comme celui-ci. On pouvait dire, même de ce barbouillage, peut-être pas de ce tableau en lui-même, mais de ce qu'il ébauchait, que cela « demeurait à jamais », était-elle sur le point de dire, ou du moins, car ainsi formulés ces mots lui paraissaient à elle-même trop prétentieux, de suggérer, sans un mot ; quand soudain, regardant son tableau, elle eut la surprise de constater qu'elle ne le voyait pas. Ses yeux étaient remplis d'un liquide brûlant (elle ne pensa pas immédiatement à des larmes) qui, sans troubler la fermeté de ses lèvres, brouillait l'atmosphère et roulait sur ses joues. Elle était parfaitement maîtresse d'elle-même — Oh oui ! — à ce détail près. Pleurait-elle donc à cause de Mrs Ramsay, sans avoir conscience d'éprouver le moindre chagrin ? Elle s'adressa une fois de plus au vieux Mr Carmichael. Qu'était-ce donc ? Qu'est-ce que cela voulait dire ? Se pouvait-il que les mains surgissent pour vous agripper ; que l'épée tranche ; que le poing serre ? N'y avait-il de sécurité nulle part ? Aucun moyen d'apprendre par cœur les usages de ce monde ? Aucun guide, aucun abri, rien qu'un miracle permanent pour qui, à chaque instant, se jette dans les airs du sommet d'une tour ? Se pouvait-il que, même pour les gens d'âge mûr, la vie soit ainsi ? — déconcertante, inattendue, inconnue ? Elle eut un instant l'impression que s'ils se levaient tous deux, ici et maintenant sur cette pelouse, pour exiger une explication, pourquoi était-elle si courte, pourquoi était-elle si incompréhensible, s'ils se montraient véhéments, comme étaient en droit de l'être deux êtres humains en pleine possession de leurs moyens à qui on ne saurait rien cacher, alors, la beauté s'enroulerait sur elle-même ; l'espace serait comblé ; ces vaines fioritures prendraient forme ; s'ils criaient assez fort Mrs Ramsay reviendrait. « Mrs Ramsay ! » dit-elle tout haut, « Mrs Ramsay ! » Les larmes ruisselèrent sur son visage.

6

[Le fils Macalister prit un des poissons et préleva un carré de chair sur son flanc pour appâter son hameçon. Le corps mutilé (il vivait encore) fut rejeté à la mer.]

7

« Mrs Ramsay ! » cria Lily, « Mrs Ramsay ! » Mais rien ne se produisit. La douleur s'accrut. Que l'angoisse puisse vous réduire à un tel degré d'imbécillité ! songea-t-elle. Enfin, le vieil homme ne l'avait pas entendue. Il restait débonnaire, calme — sublime, si on voulait. Le ciel soit loué, personne ne l'avait entendue pousser ce cri ignominieux : assez de souffrance, assez ! Elle n'avait pas publiquement perdu la tête. Personne ne l'avait vue quitter son bout de planche et s'anéantir dans les flots. Elle restait une vieille fille étriquée, qui tenait un pinceau sur la pelouse.

Tout lentement la souffrance du manque, et la violente rancœur (retomber sous cette emprise, juste au moment où elle pensait qu'elle n'éprouverait plus jamais de chagrin à cause de Mrs Ramsay. Lui avait-elle manqué devant les tasses à café du petit déjeuner ? pas le moins du monde) s'atténuèrent ; laissant, comme remède à leur tourment, un soulagement qui en soi faisait l'effet d'un baume, mais aussi, plus mystérieusement, le sentiment d'une présence, celle de

Mrs Ramsay, un instant soulagée du poids dont le
monde l'avait lestée, qui se tenait légère à son côté,
puis (car c'était là Mrs Ramsay dans toute sa beauté)
qui portait à son front une couronne de fleurs blanches avant de s'en aller. Lily pressa de nouveau ses
tubes. Elle s'attaqua au problème de la haie. Curieux
comme elle la voyait clairement, marchant avec sa
vivacité habituelle à travers champs, disparaissant
parmi les ondulations douces et violacées, parmi les
fleurs, jacinthes ou lys. Son œil de peintre lui jouait
des tours. Pendant des jours, après avoir reçu la nouvelle de sa mort, elle l'avait vue ainsi, portant la couronne à son front et s'en allant sans murmurer,
accompagnée d'une ombre, à travers champs[1]. Cette
scène, ces mots, avaient un pouvoir de consolation.
Partout où elle se trouvait, en train de peindre, ici, à
la campagne ou à Londres, cette vision lui revenait,
et ses yeux se fermaient à demi, cherchant de quoi
étayer sa vision. Son regard parcourait la voiture du
train, l'omnibus ; attrapait la ligne d'une épaule ou
d'une joue ; se posait sur les fenêtres d'en face ; sur
Piccadilly, et sa guirlande de lampes à la tombée du
jour. Tout avait fait partie des champs de la mort.
Mais chaque fois quelque chose — ce pouvait être un
visage, une voix, un petit vendeur de journaux criant
Standard, News[2] — se mettait en travers, l'arrêtait
net, la réveillait, exigeait et finissait par obtenir un
effort d'attention, de sorte que la vision était perpétuellement à reconstruire. À présent encore, poussée
qu'elle était par un besoin instinctif de distance et de
bleu, elle regarda la baie au-dessous d'elle, métamor-
phosant les barres bleues des vagues en petites collines, et les zones plus violacées en champs pierreux.

Et comme toujours un élément incongru la tira de sa rêverie. Il y avait un point brun au milieu de la baie. C'était un bateau. Oui, elle s'en rendit compte au bout d'une seconde. Mais quel bateau ? Le bateau de Mr Ramsay, répondit-elle. Mr Ramsay ; l'homme qui était passé devant elle, le pas ferme, la main levée, l'air distant, à la tête d'une petite procession, ses belles bottines aux pieds, réclamant sa sympathie, qu'elle lui avait refusée. À présent le bateau avait traversé la moitié de la baie.

La matinée était si belle, à part un petit coup de brise çà et là, que la mer et le ciel paraissaient une seule et même texture, comme si des voiles étaient suspendues tout là-haut dans le ciel, ou que les nuages étaient tombés dans la mer. Un steamer au large avait dessiné dans l'air une immense volute de fumée qui restait là à s'enrouler et sinuer gracieusement, comme si l'air était une gaze légère qui tenait les choses mollement emprisonnées dans ses mailles, les faisant tout au plus osciller doucement de côté et d'autre. Et comme il arrive parfois quand le temps est très beau, les falaises paraissaient sentir la présence des navires, et les navires, celle des falaises, comme s'ils échangeaient à leur manière quelque message secret. Car le Phare, si proche du rivage parfois, en paraissait ce matin, dans cette brume légère, considérablement éloigné.

« Où sont-ils à présent ? » songea Lily, regardant vers le large. Où était-il, ce très vieil homme qui était passé en silence devant elle, un paquet enveloppé de papier brun sous le bras ? Le bateau était au milieu de la baie.

8

Là-bas, ils ne ressentent rien, songea Cam, regardant le rivage qui, montant et descendant sans cesse, devenait toujours plus lointain, toujours plus paisible. Sa main traçait un sillage dans la mer, tandis que son esprit dessinait des motifs avec les stries et les tourbillons verts et, tout engourdi et enveloppé de brume, errait en imagination dans ce séjour sous-marin où des grappes de perles s'accrochaient à des rameaux blancs, où, dans la lumière verte, l'esprit se transformait tout entier et le corps translucide rayonnait dans un manteau vert[1].

Puis les remous se calmèrent autour de sa main. La gerbe d'eau se tarit ; le monde s'emplit de petits craquements, de petits grincements. On entendait les vagues se briser et clapoter contre le flanc du bateau comme s'il était à l'ancre dans le port. Tout sembla se rapprocher. Car la voile, que James avait fixée du regard au point qu'elle était devenue pour lui comme une vieille connaissance, se détendit complètement ; voici qu'ils s'immobilisaient, la voile faseyant mollement dans l'attente d'une brise, sous un soleil brûlant, à des milles du rivage, à des milles du Phare. Le monde entier semblait s'être arrêté. Le Phare devint fixe, et la ligne lointaine du rivage, immobile. Le soleil se fit plus brûlant, les distances entre eux parurent s'amenuiser, chacun devenant conscient de la présence des autres, qu'il avait presque oubliée. La ligne de Macalister tomba à plomb dans la mer. Mais Mr Ramsay continua à lire, les jambes repliées sous lui.

Il lisait un petit livre lustré à la couverture marbrée comme un œuf de pluvier. De temps à autre, alors qu'ils s'éternisaient dans ce calme épouvantable, il tournait une page. Et James avait l'impression que chaque page était tournée avec un geste particulier qui lui était destiné : de manière tantôt péremptoire, tantôt impérieuse ; tantôt encore, de manière à forcer la pitié ; et tandis que son père lisait et tournait l'une après l'autre ces petites pages, James ne cessait d'appréhender l'instant où il lèverait les yeux et lui ferait sèchement une remarque. Pourquoi restait-on à traînasser ici ? demanderait-il d'un ton brusque, ou quelque chose de parfaitement déraisonnable dans ce goût-là. Et s'il fait ça, se dit James, alors je prendrai un couteau et le frapperai au cœur.

Il avait toujours gardé ce vieux symbole : prendre un couteau et frapper son père au cœur. Seulement maintenant, avec quelques années de plus, assis là à regarder fixement son père, en proie à une rage impuissante, ce n'était plus lui, ce vieil homme en train de lire, qu'il avait envie de tuer, mais ce qui fondait sur lui — à son insu peut-être ; cette harpie aux ailes noires, féroce et prompte, avec des serres et un bec si froids, si durs, qui s'acharnait sur vous (il sentait encore ce bec sur ses jambes nues, là où il avait frappé quand il était enfant) et puis se sauvait, et on n'avait plus devant soi qu'un vieil homme très triste, occupé à lire son livre. C'est cela qu'il voulait tuer, qu'il voulait frapper au cœur. Quoi qu'il fasse plus tard — (et tout était possible, songeait-il, regardant le Phare et le rivage lointain) qu'il se retrouve dans le commerce ou dans une banque, avocat, ou à la tête d'une entreprise quelconque, c'est cela qu'il combattrait, qu'il traquerait et écraserait sans pitié — ce qu'il appelait la tyrannie, le despotisme — cette façon de forcer les gens à faire ce qu'ils n'avaient pas envie de faire, de les amputer de leur droit à la parole. Comment l'un d'entre eux pourrait-il dire : Mais je ne veux pas, quand il disait : Viens au Phare. Fais ci. Va me chercher ça. Les ailes noires se déployaient, et le bec dur déchiquetait. Et puis l'instant d'après, le voilà assis à lire son livre ; et il était capable de lever la tête — allez savoir avec lui — l'air parfaitement raisonnable. Capable de parler aux Macalister. De glisser une pièce d'or dans la main d'une vieille femme transie de froid sur le trottoir, se dit James ; d'encourager bruyamment les exploits d'un pêcheur ; de gesticuler tout excité. Ou il était capable, assis au haut bout de la table, de rester parfaitement silencieux du début à la fin du dîner. Oui, se dit James, tandis que le bateau, giflé de vaguelettes, musardait sous le soleil brûlant ; il y avait une étendue de neige et de rocs parfaitement austère et désolée ; et depuis quelque temps il avait souvent l'impression, quand son père disait quelque chose qui surprenait les autres, que là se trouvaient seulement deux paires d'empreintes : les siennes et celles de son père. Eux seuls se comprenaient. Quelle était donc, alors, cette terreur, cette haine ? Revenant errer parmi les multiples feuilles que le passé avait pliées en lui, scrutant les profondeurs de cette forêt où tout apparaît déformé dans le damier de l'ombre et de la lumière, où l'on avance à l'aveuglette, tour à tour ébloui par le soleil et plongé dans le noir, il chercha une image, de quoi donner à son sentiment une forme concrète et lui permettre d'en juger avec plus de calme et de détachement. Et donc à supposer qu'enfant, assis impuissant dans un landau, ou sur les genoux de quelqu'un, il ait vu un chariot écraser, en toute ignorance et innocence, le pied de quelqu'un ? À supposer qu'il ait d'abord vu le pied, dans l'herbe, lisse et intact ; puis la roue ; et ce même pied, violacé, écrasé. Mais la roue était innocente. Ainsi, à présent, quand son père arrivait à grands pas dans le couloir et les réveillait aux aurores pour aller au Phare, la voilà qui passait sur son pied, sur le pied de Cam, sur le pied de n'importe qui. On restait assis à regarder.

Mais à qui appartenait ce pied, et dans quel jardin[1] tout cela se passait-il ? Car ces scènes avaient leurs décors ; des arbres qui poussaient là ; des fleurs ; une certaine lumière ; quelques silhouettes. Les choses semblaient se situer dans un jardin dont étaient exclues toute cette mélancolie, toutes ces gesticulations ; les gens parlaient d'une voix ordinaire. Ils allaient et venaient tout le long du jour. Il y avait une vieille femme qui papotait dans la cuisine ; et les stores étaient tour à tour aspirés et gonflés par la brise ; tout palpitait et regorgeait de sève ; et tous ces bols, ces assiettes, ce déploiement de grandes fleurs rouges et jaunes se recouvraient d'un voile jaune très fin, comme une feuille de vigne[2], la nuit venue. Les choses devenaient plus silencieuses et sombres, la nuit venue. Mais ce voile semblable à une feuille était si léger que les lumières le soulevaient, les voix le froissaient ; il voyait au travers une silhouette se pencher, entendait, se rapprochant, s'éloignant, le bruissement d'une robe, le cliquetis d'une chaîne.

C'est dans ce monde que la roue était passée sur le pied de la personne. Quelque chose, il s'en souvenait, s'était immobilisé et assombri au-dessus de lui ; ne

voulait plus s'en aller ; quelque chose s'était dressé
dans l'air, quelque chose d'aride et d'acéré s'était
abattu même en ce lieu, telle une lame, un cimeterre,
même en ce monde heureux, parmi les feuilles et les
fleurs qui se flétrissaient et tombaient sous ses coups.

« Il va pleuvoir », avait dit son père. « Tu ne pour-
ras pas aller au Phare. »

Le Phare était alors une tour argentée, d'aspect
brumeux, avec un œil jaune plein de douceur qui
s'ouvrait soudain le soir. À présent — James regarda
le Phare. Il voyait les rochers blanchâtres ; la tour,
austère et droite ; voyait qu'elle était rayée de blanc
et de noir ; y voyait des fenêtres ; voyait même du
linge étendu à sécher sur les rochers. C'était donc ça
le Phare ?

Non, l'autre aussi était le Phare. Car rien n'était
simplement une chose. L'autre était le Phare également. Parfois on l'apercevait à peine du fond de la
baie. Le soir on levait la tête et on voyait l'œil s'ouvrir
et se fermer et c'était comme si la lumière leur parvenait dans ce jardin plein d'air et de soleil où ils
étaient assis.

Mais il se ressaisit. Chaque fois qu'il disait « ils »
ou « une personne », et commençait alors à entendre
le bruissement de quelqu'un s'approchant, le cliquetis
de quelqu'un s'éloignant, il devenait extraordinairement sensible à la présence de quiconque se trouvait
dans la pièce. En ce moment c'était son père. La tension devint extrême. Car d'ici un instant, si la brise ne
se levait pas, son père allait refermer son livre d'un
geste sec, et dire : « Alors, qu'est-ce qui se passe ?
Pourquoi restons-nous ici à musarder, hein ? » tout
comme une fois, jadis, il avait laissé retomber sa lame

au milieu d'eux sur la terrasse, et elle s'était complètement raidie, et s'il avait eu une hache à sa portée,
un couteau ou n'importe quoi de pointu, il s'en serait
emparé et aurait frappé son père en plein cœur. Sa
mère s'était complètement raidie, puis son bras s'était
relâché, si bien qu'il avait senti qu'elle ne l'écoutait
plus, et elle avait réussi à se lever, et elle était partie
en le laissant là, impuissant, ridicule, assis par terre,
la main crispée sur une paire de ciseaux.

Il n'y avait pas un souffle de vent. L'eau remuait et
clapotait dans le fond du bateau où trois ou quatre
maquereaux battaient de la queue dans une flaque qui
n'était pas assez profonde pour les recouvrir. À tout
moment Mr Ramsay (James osait à peine le regarder)
pouvait se secouer, fermer son livre, et dire quelque
chose de désagréable ; mais pour le moment il lisait,
si bien que James, tout furtivement, comme s'il descendait un escalier sur la pointe de ses pieds nus, de
peur de réveiller un chien de garde en faisant craquer
une marche, continua à chercher : comment était-elle,
où était-elle allée ce jour-là ? Il se mit à la suivre dans
la maison et ils arrivèrent enfin dans une pièce où,
dans une lumière bleue, comme reflétée par de nombreux plats en porcelaine, elle parla à quelqu'un ; il
l'écouta parler. Elle parlait à une domestique, disant
simplement tout ce qui lui passait par la tête. « Nous
aurons besoin d'un grand plat ce soir. Où est-il — le
plat bleu ? » Elle seule disait la vérité ; c'est à elle
seule que lui-même pouvait la dire. Peut-être était-ce
là l'origine de la perpétuelle attraction qu'elle exerçait
sur lui ; c'était une personne à qui on pouvait dire
tout ce qui passait par la tête. Mais tout en pensant à

elle, il sentait son père accompagner sa pensée, l'obscurcir de son ombre, la faire trembler et vaciller.

À la fin il cessa de penser ; il resta là, assis au soleil, la main sur la barre, l'œil fixé sur le Phare, incapable de faire le moindre mouvement, incapable de chasser les petits grains de tristesse qui l'un après l'autre se posaient sur son esprit. Il avait l'impression d'être ligoté, que son père avait noué la corde et que le seul moyen de s'échapper serait de prendre un couteau et de le plonger... Mais à cet instant la voile tourna lentement, se gonfla lentement, le bateau parut s'ébrouer, se mettre en mouvement encore à moitié assoupi, puis il s'éveilla et s'élança à l'assaut des vagues. Le sentiment de soulagement fut extraordinaire. Chacun parut reprendre ses distances et ses aises et les lignes de pêche se tendirent à l'oblique contre le flanc du bateau. Mais son père restait plongé dans sa méditation. Il se contenta de lever mystérieusement sa main droite, bien haut, puis de la laisser retomber sur son genou comme s'il dirigeait quelque symphonie secrète.

9

[La mer sans une tache, pensa Lily Briscoe, toujours immobile à contempler la baie. La mer est tendue comme de la soie en travers de la baie. La distance avait un pouvoir extraordinaire ; ils s'y étaient engloutis, lui semblait-il, ils avaient disparu à jamais, participaient désormais de la nature des choses. Tout était si calme ; si tranquille. Le steamer lui-même s'était évanoui, mais l'immense volute de fumée demeurait en suspension dans l'air et retombait tristement comme un drapeau en signe d'adieu.]

10

Elle était donc ainsi, cette île, songea Cam, laissant de nouveau traîner ses doigts dans les vagues. Elle ne l'avait encore jamais vue du large. Elle reposait donc ainsi sur la mer, avec une échancrure au milieu et deux grands rochers à pic, et la mer s'y engouffrait, et s'étendait sur des milles et des milles de chaque côté de l'île. Elle était toute petite ; avait un peu la forme d'une feuille dressée. Alors nous prîmes un petit bateau, songea-t-elle, commençant à se raconter une histoire d'aventures où l'on fuyait un navire sur le point de sombrer. Mais avec la mer qui ruisselait entre ses doigts, entraînant un lambeau d'algue à sa suite, elle n'avait pas envie de se raconter sérieusement une histoire ; ce qu'elle voulait, c'était la sensation de l'aventure et de l'évasion, car elle pensait, tandis que le bateau poursuivait sa course, que la colère de son père à propos des points cardinaux, l'obstination de James à propos du pacte, et son propre tourment, s'étaient tous évanouis, tous effacés, emportés par les flots. Et donc qu'arrivait-il ensuite ? Où allaient-ils ? De sa main glacée, profondément enfoncée dans la mer, jaillissait une fontaine de joie qui saluait le changement, l'évasion, l'aventure (qu'elle puisse être en

vie, qu'elle puisse être là). Et les gouttelettes issues
de cette fontaine de joie soudaine et impulsive retombaient çà et là sur les formes obscures qui sommeil-
laient dans son esprit ; formes d'un monde irréalisé[1],
qui se mouvait pourtant dans leur obscurité, captant
çà et là une étincelle de lumière ; la Grèce, Rome,
Constantinople. Si petite soit-elle, avec sa forme de
feuille dressée et les eaux pailletées d'or qui la baignaient de toute part, il fallait croire qu'elle avait sa
place dans l'univers... même cette petite île ? Les
vieux messieurs dans le cabinet de travail auraient pu
le lui dire, songea-t-elle. Il lui arrivait d'y passer tout
exprès en rentrant du jardin pour les surprendre. Ils
étaient là (ce pouvait être Mr Carmichael ou Mr Bankes, très vieux, très raides) assis l'un en face de l'autre
dans leurs fauteuils bas. Ils froissaient les pages du
Times devant eux, quand elle arrivait du jardin, dans
un beau désordre : quelque chose que quelqu'un avait
dit sur le Christ ; un mammouth venait d'être exhumé
dans une rue de Londres ; quel genre d'homme était
le grand Napoléon ? Ensuite ils ramassaient le tout
dans leurs mains bien nettes (ils étaient vêtus de gris ;
ils sentaient la bruyère) sans laisser perdre une miette,
tournant le journal, croisant les jambes, et lançaient
une petite remarque çà et là. Tel un somnambule elle
prenait un livre sur un rayon et restait là à regarder
son père écrire, si proprement, si régulièrement, d'un
côté à l'autre de la page, toussotant çà et là, ou adressant une petite remarque à l'autre vieux monsieur
assis en face. Et elle se disait, debout devant son livre
ouvert, qu'ici on pouvait laisser n'importe quelle pensée se déployer comme une feuille dans l'eau ; et si
elle s'épanouissait ici, au milieu de ces vieux messieurs

qui fumaient et froissaient les pages du *Times*, alors c'est qu'elle était juste. Et regardant son père écrire dans son cabinet de travail, elle songeait (assise en cet instant dans le bateau) qu'il était parfaitement charmant, parfaitement sage[1] ; qu'il n'était pas vaniteux, ni tyrannique. D'ailleurs, s'il s'apercevait qu'elle était là en train de lire un livre, il lui demandait, le plus doucement du monde : N'y avait-il rien qu'il puisse lui donner ?

De crainte de faire erreur, elle le regarda lire le petit livre à la couverture lustrée, marbrée comme un œuf de pluvier. Non ; c'était vrai. Regarde-le à présent, avait-elle envie de dire tout haut à James. (Mais James avait l'œil sur la voile.) C'est une sale bête toujours prête à se moquer, dirait James. Il ramène toujours tout à lui et à ses livres, dirait James. Il est insupportable d'égotisme. Et pis que cela, c'est un tyran. Mais regarde ! dit-elle en le regardant. Regarde-le à présent. Elle le regarda lire le petit livre, les jambes repliées ; le petit livre dont elle connaissait les pages jaunies, sans savoir ce qui était écrit dessus. Il était petit ; imprimé serré ; sur la page de garde, elle le savait, il avait marqué qu'il avait dépensé quinze francs pour le dîner ; tant pour le vin ; tant comme pourboire au garçon ; le tout soigneusement additionné au bas de la page. Mais ce qui pouvait bien être écrit à l'intérieur du livre dont les coins s'étaient arrondis à force de rester dans sa poche, elle ne le savait pas. Ce qu'il pensait, aucun d'eux ne le savait. Mais il était absorbé, au point que lorsqu'il relevait les yeux, comme en cet instant, l'espace de quelques secondes, ce n'était pas pour voir quoi que ce soit ; c'était pour fixer plus sûrement quelque pensée. Cela fait, son esprit reprenait son envol et il se replongeait dans sa lecture. Il lisait, songea-t-elle, comme s'il dirigeait une opération, ou exhortait un grand troupeau de moutons, ou gravissait un étroit sentier à moitié envahi par la végétation ; parfois il allait vite et droit, et se frayait aisément un passage à travers le fourré, parfois il donnait l'impression de se heurter de plein fouet à une branche, ou d'être aveuglé par un roncier, mais il n'allait pas s'avouer battu pour autant ; il continuait à avancer, tournant à la volée page après page. Et elle continua à se raconter une histoire de naufragés fuyant un navire sur le point de sombrer, car elle était en sécurité, tant qu'il était assis là ; tout comme elle se sentait en sécurité quand elle se glissait dans le cabinet de travail en rentrant du jardin, qu'elle prenait un livre, et que le vieux monsieur, abaissant brusquement son journal, lançait une petite remarque sur le caractère de Napoléon.

Elle reporta son regard sur la mer, sur l'île, tout là-bas. Mais la feuille commençait à perdre de sa netteté. Elle était toute petite ; très lointaine. La mer à présent était plus importante que le rivage. Les vagues les environnaient de toutes parts, se creusaient et disparaissaient ; l'une roulait un bout de bois ; une autre portait une mouette. Par ici, songea-t-elle, remuant les doigts dans l'eau, un navire avait sombré, et elle murmura, rêveusement, à moitié assoupie, que nous pérîmes, chacun seul.

11

Cela joue donc tellement, songea Lily Briscoe, le regard sur la mer qui était presque sans tache, et si moelleuse que voiles et nuages paraissaient piqués dans son bleu, cela joue donc tellement, songea-t-elle, la distance : le fait que les gens sont près ou loin de nous ; car son sentiment à l'égard de Mr Ramsay évoluait à mesure qu'il s'éloignait dans la baie ; il semblait s'allonger, s'étirer ; et lui-même devenir de plus en plus lointain. Ses enfants et lui semblaient engloutis dans tout ce bleu, cette distance ; mais ici, sur la pelouse, à portée de la main, Mr Carmichael poussa soudain un petit grognement. Elle rit. D'un coup de patte il ramassa son livre sur la pelouse. Il se réinstalla confortablement sur sa chaise longue, haletant et soufflant comme une espèce de monstre marin. C'était complètement différent, parce qu'il était si proche. Et voici que tout redevenait tranquille. Ils devaient être levés à cette heure, pensa-t-elle en regardant la maison, mais rien ne se manifestait. Il est vrai, se rappela-t-elle, que chacun était toujours parti de son côté, sitôt la dernière bouchée avalée, vaquer à ses petites affaires. C'était bien en harmonie avec ce silence, ce vide, et l'irréalité de l'heure matinale. C'était dans la nature des choses, songea-t-elle, s'attardant un instant à regarder les longues fenêtres miroitantes et le panache de fumée bleue : elles devenaient parfois irréelles. Ainsi, au retour d'un voyage, ou après une maladie, avant que les habitudes aient eu le temps de tisser leur toile en surface, on éprouvait cette même impression d'irréalité, qui était si

déconcertante ; l'impression de quelque chose en
train d'émerger. La vie possédait alors une intensité
particulière. On pouvait être à son aise. Par bonheur,
on n'avait pas besoin de s'exclamer avec entrain, en
traversant la pelouse pour saluer la vieille
Mrs Beckwith, sans doute à la recherche d'un coin où
s'asseoir : « Ah, bonjour Mrs Beckwith ! Quelle belle
journée ! Allez-vous vous risquer à vous installer au
soleil ? Jasper a caché tous les fauteuils. Mais laissez-
moi essayer de vous en trouver un ! » et autres banali-
tés d'usage. On n'avait pas besoin de dire un mot. On
glissait, on déployait ses voiles (il y avait beaucoup de
mouvement dans la baie, les bateaux commençaient à
sortir) entre les choses, au-delà des choses. Ce n'était
pas vide, oh non, mais plein à ras bord. Elle avait
l'impression de baigner jusqu'aux lèvres dans une substance indéfinissable, de s'y mouvoir, portée par elle,
et de s'y enfoncer, oui, car ces eaux-là étaient d'une
insondable profondeur. Tant de vies s'y étaient répan-
dues. Celles des Ramsay ; de leurs enfants ; à quoi
venaient s'ajouter toutes sortes d'épaves. Une blan-
chisseuse avec son panier ; un freux ; un tritoma ; les
violets et vert-gris des fleurs : une impression
commune assurant la cohésion de l'ensemble.

C'était peut-être une impression de plénitude analogue qui, voici dix ans, et presque au même endroit,
l'avait amenée à dire qu'elle devait être amoureuse
de ce lieu. L'amour revêtait mille formes. À certains
amoureux pouvait échoir le don de sélectionner les
éléments des choses, de les agencer et par là même,
en leur donnant une intégrité qu'ils ne possédaient
pas dans la vie, de faire de telle scène ou réunion de
gens (à présent tous partis et séparés) une de ces peti-

tes sphères de réalité compacte sur quoi s'attarde la pensée et joue l'amour.

Ses yeux se posèrent sur le minuscule point brun du voilier de Mr Ramsay. Ils atteindraient vraisemblablement le Phare vers l'heure du déjeuner. Mais le vent avait fraîchi et, comme l'aspect du ciel, et l'aspect de la mer, changeaient un peu, que la position des bateaux se modifiait, la vue, qui l'instant d'avant paraissait miraculeusement immuable, laissait maintenant à désirer. Le vent avait dispersé la traînée de fumée ; il y avait quelque chose de déplaisant dans l'agencement des navires.

Ce défaut de proportion sembla détruire quelque harmonie intérieure. Elle éprouva une obscure détresse. Qui se trouva confirmée quand elle se tourna vers son tableau. Elle avait perdu sa matinée. Pour une raison ou une autre elle ne parvenait pas à réaliser cet équilibre subtil, cet équilibre nécessaire entre deux forces opposées : Mr Ramsay et le tableau. Quelque chose peut-être n'allait pas dans la composition ? Etait-ce, s'interrogea-t-elle, que la ligne du mur demandait à être interrompue, était-ce que la masse des arbres était trop lourde ? Elle eut un petit sourire ironique ; ne pensait-elle pas, en effet, quand elle s'y était mise, avoir résolu son problème ?

Où était le problème alors ? Il lui fallait tenter de capturer quelque chose qui lui échappait. Cela lui échappait quand elle pensait à Mrs Ramsay ; cela lui échappait à présent quand elle pensait à son tableau. Des formules lui venaient. Des visions. De beaux tableaux. De belles formules. Mais ce qu'elle souhaitait capturer c'était ce tout premier ébranlement des nerfs, la chose elle-même avant qu'on n'en ait fait

quoi que ce soit[1]. Trouve ça et recommence ; trouve
ça et recommence ; se dit-elle désespérément en
reprenant fermement position devant son chevalet.
C'était une bien piètre machine, une machine bien
inefficace, songea-t-elle, que l'appareil qui nous servait à peindre ou à sentir ; il tombait toujours en
panne au moment critique ; il fallait s'évertuer, héroï-
quement, à le remettre en marche. Elle regarda fixement devant elle, le sourcil froncé. Là, pas de doute
possible, il y avait la haie. Mais on ne gagnait rien à
se montrer trop pressant. On se retrouvait seulement
tout ébloui à force d'observer la ligne du mur, ou de
penser — elle portait un chapeau gris. Elle était prodigieusement belle. Cela viendra tout seul, songea-
t-elle, ou pas du tout. Car il est des moments où on
ne peut ni penser ni sentir. Et si on ne peut ni penser
ni sentir, se dit-elle, où est-on ?

Ici sur l'herbe, sur le sol, se dit-elle, en s'asseyant
et en inspectant du bout de son pinceau une petite
touffe de plantains. Car la pelouse était en piteux état.
Ici, assis sur le monde, se dit-elle, car elle ne parvenait
pas à se dégager de l'impression que tout, ce matin,
se produisait pour la première fois, et peut-être la dernière, tout comme un voyageur, même à moitié
endormi, sait, en regardant par la fenêtre du train,
qu'il lui faut regarder maintenant, car il ne reverra
jamais cette ville, ou cette charrette à mules, ou cette
femme au travail dans les champs. La pelouse était le
monde ; ils se trouvaient ensemble sur cette hauteur,
dans cette position dominante, songea-t-elle en regardant le vieux Mr Carmichael, qui paraissait (bien
qu'ils n'aient pas échangé une parole pendant tout ce
temps) partager ses pensées. Et peut-être ne le rever-

rait-elle jamais. Il se faisait vieux. Par ailleurs, se rappela-t-elle, souriant à la vue de la pantoufle suspen-
due au bout de son pied, il devenait célèbre. On disait
que sa poésie était « si belle ». On se mettait à publier
des choses qu'il avait écrites il y a quarante ans. Il y
avait maintenant un homme célèbre du nom de Carmichael, se dit-elle en souriant, pensant qu'une même
personne pouvait revêtir tant de formes différentes,
qu'il était cela dans les journaux, mais ici, tel qu'il
avait toujours été. Il paraissait toujours le même — en
nettement plus gris. Oui, il paraissait le même, mais
quelqu'un avait dit, elle s'en souvenait, que lorsqu'il
avait appris la mort d'Andrew Ramsay (tué en
l'espace d'une seconde par un obus ; il avait tout pour
devenir un grand mathématicien) Mr Carmichael
avait « perdu tout goût à la vie ». Qu'est-ce que cela
voulait dire — au juste ? se demanda-t-elle. Avait-il
défilé à Trafalgar Square une pancarte à la main ?
Avait-il tourné des pages et des pages, sans les lire,
assis seul dans sa chambre à St John's Wood ? Elle
ignorait ce qu'il avait fait, quand il avait appris
qu'Andrew avait été tué, mais elle le sentait en lui
malgré tout. Ils se contentaient de marmonner deux,
trois mots en se croisant dans l'escalier ; ils levaient
les yeux vers le ciel et disaient : il va faire beau, ou, il
ne va pas faire beau. Mais c'était là une façon de
connaître les gens, se dit-elle : connaître les grandes
lignes, pas les détails, s'asseoir dans son jardin et
regarder les pentes violettes d'une colline se perdre
au loin dans la bruyère. Elle le connaissait de cette
façon. Elle savait qu'il avait changé en un sens. Elle
n'avait jamais lu un vers de lui. Néanmoins elle croyait
savoir ce que donnait sa poésie. Elle était lente et

sonore, lisse et patinée. Elle parlait du désert et du
chameau. Elle parlait du palmier et du soleil cou-
chant. Elle était extrêmement impersonnelle ; elle
disait quelque chose de la mort ; elle ne disait presque
rien de l'amour. On sentait chez lui une certaine distance. Il n'attendait presque rien des autres. N'avait-
il pas toujours pressé brusquement le pas devant la
fenêtre du salon, l'air plutôt gêné, un journal sous le
bras, essayant d'éviter Mrs Ramsay que, pour une raison ou une autre, il n'aimait pas beaucoup ? À cause
de cela, naturellement, elle essayait toujours de l'arrêter. Il s'inclinait devant elle. Il faisait halte de mauvaise grâce et s'inclinait très bas. Contrariée qu'il
n'attende rien d'elle, Mrs Ramsay lui demandait (Lily
l'entendait encore) s'il ne voulait pas un manteau, une
couverture, un journal ? Non, il n'avait besoin de rien.
(Là, il s'inclinait.) Il y avait quelque chose en elle qu'il
n'aimait pas beaucoup. C'était peut-être son autorité,
son assurance, un côté un peu terre à terre. Elle était
si directe.

(Un bruit attira son attention sur la fenêtre du
salon — le grincement d'un gond. La brise légère
jouait avec la fenêtre.)

Il devait y avoir des gens qui ne l'aimaient pas du
tout, songea Lily (Oui ; elle se rendait compte que
le seuil du salon était vide, mais cela ne lui faisait
strictement aucun effet. Elle n'avait pas besoin de
Mrs Ramsay à présent). — Des gens qui la trouvaient
trop sûre d'elle, trop intransigeante. Par ailleurs sa
beauté en indisposait sans doute plus d'un. Quelle
monotonie, disaient-ils, c'était toujours pareil ! Ils
préféraient un autre genre — les brunes pleines de
vivacité. Et puis elle était faible avec son mari. Elle le

laissait faire toutes ces scènes. Et puis elle était réservée. Personne ne savait au juste ce qu'avait été sa vie. Et (pour en revenir à Mr Carmichael et à son antipathie) on ne pouvait pas imaginer Mrs Ramsay passant toute une matinée sur la pelouse, debout devant un chevalet ou étendue avec un livre. C'était impensable. Sans dire un mot, et un panier au bras pour tout témoignage de sa mission, elle partait à la ville, visiter les pauvres, s'asseoir dans une petite chambre qui sentait le renfermé. Maintes et maintes fois Lily l'avait vue partir silencieusement au beau milieu d'un jeu, d'une discussion, son panier au bras, le dos bien droit. Elle avait constaté son retour. Elle avait pensé, mi-amusée (elle avait des gestes si méthodiques pour servir le thé) mi-émue (sa beauté vous coupait le souffle), des yeux qui se ferment dans la douleur vous ont contemplée. Vous avez été là près d'eux.

Et puis Mrs Ramsay était contrariée parce que quelqu'un était en retard, ou que le beurre n'était pas frais, ou que la théière était ébréchée. Et tout en l'entendant dire que le beurre n'était pas frais on songeait à des temples grecs[1], au fait que la beauté avait été là près d'eux. Elle n'en parlait jamais — elle y allait, ponctuellement, simplement. Elle le faisait d'instinct, un instinct qui la poussait, comme les hirondelles vers le sud, les artichauts vers le soleil, à se tourner infailliblement vers la race humaine, à faire son nid en son cœur. Et, comme tous les instincts, il navrait un peu ceux qui ne le partageaient pas ; Mr Carmichael peut-être, elle-même assurément. Ils étaient tous deux vaguement persuadés de la vanité de l'action, de la suprématie de la pensée. Son attitude leur était un reproche[2], le monde se présentait

sous un jour nouveau, de sorte qu'ils étaient amenés
à protester en voyant s'écrouler leurs préjugés, et à
s'y raccrocher désespérément. Charles Tansley faisait
de même : c'est en partie pour cela qu'on ne l'aimait
pas. Il bouleversait complètement votre vision du
monde. Et qu'était-il devenu, se demanda-t-elle,
remuant distraitement les plantains du bout de son
pinceau. Il avait décroché son poste d'assistant. Il
s'était marié ; il habitait Golder's Green[1].

Elle était entrée un jour dans une salle pendant la
guerre et l'avait entendu parler. Il dénonçait quelque
chose : il condamnait quelqu'un. Il prêchait la frater-
nité. Et sa seule réaction avait été : comment pouvait-
il aimer le genre humain, lui qui ne savait pas distinguer un tableau d'un autre, qui était resté derrière
elle à fumer du tabac gris (« cinq pence l'once,
Miss Briscoe ») et s'était fait un devoir de lui dire que
les femmes sont incapables d'écrire, incapables de
peindre, moins d'ailleurs parce qu'il le croyait que
parce qu'il souhaitait curieusement qu'il en soit ainsi ?
Il était là, maigre, rouge et rauque, à prêcher l'amour
sur une estrade (des fourmis couraient au milieu des
plantains qu'elle taquinait de son pinceau — des fourmis rouges, pleines d'énergie, un peu comme Charles
Tansley). De sa place dans la salle à moitié vide elle
avait observé ironiquement ses efforts pour insuffler
de l'amour dans cet espace glacial, et tout à coup,
revoilà ce vieux tonneau ou Dieu sait quoi dansant
parmi les vagues et Mrs Ramsay cherchant son étui à
lunettes parmi les galets. « Ah, mon Dieu ! Quel
ennui ! Je l'ai encore perdu. Non, ne vous dérangez
pas, Mr Tansley. J'en perds des milliers chaque été »,
sur quoi il avait rentré le menton dans son col, comme

s'il ne voulait pas avoir l'air de cautionner pareille exagération, mais la supportait venant d'elle qu'il aimait bien, et avait souri de façon très charmante. Il avait dû se confier à elle à l'occasion d'une de ces longues excursions où les gens s'éparpillaient sur le chemin du retour. Il avait pris en charge l'instruction de sa petite sœur, lui avait raconté Mrs Ramsay. C'était tout à son honneur. L'image qu'elle-même avait de lui était grotesque, Lily s'en rendait bien compte tout en remuant les plantains du bout de son pinceau. La moitié des idées qu'on se faisait d'autrui, après tout, étaient grotesques. Elles servaient nos intérêts personnels. Il lui tenait lieu de bouc émissaire. Elle se surprenait à flageller ses flancs maigres quand elle était en colère. Si elle voulait être sérieuse à son égard il lui fallait puiser dans les réflexions de Mrs Ramsay, le regarder par ses yeux à elle.

Elle éleva une petite montagne pour y faire grimper les fourmis. Elle les rendit folles d'indécision en touchant ainsi à leur cosmogonie. Elles se mirent à courir en tous sens.

On aurait besoin de cinquante paires d'yeux pour bien voir, se dit-elle. Cinquante paires d'yeux ne suffiraient pas à faire le tour de cette seule femme, songea-t-elle. Et parmi elles, il en faudrait une qui soit totalement aveugle à sa beauté. On aurait surtout besoin d'un sens secret, fin comme l'air, qui permette de s'insinuer par les trous de serrure et d'investir l'espace où elle était assise à tricoter, à parler, ou seule en silence dans l'embrasure de la fenêtre ; qui recueille et conserve précieusement, comme l'air qui retenait la fumée du steamer, ses pensées, ses imaginations, ses désirs. Pour elle, que signifiait la haie, que

signifiait le jardin, et lorsqu'une vague se brisait quel
sens cela avait-il pour elle ? (Lily leva les yeux, comme
elle avait vu Mrs Ramsay le faire ; elle aussi entendit
une vague retomber sur la grève.) Et puis encore,
quelle vibration, quel frémissement provoquaient
dans son esprit les cris des enfants, « Et celle-là ? Et
celle-là ? » au cricket ? Elle s'arrêtait une seconde de
tricoter. L'air concentré. Puis son attention se relâ-
chait, et tout à coup Mr Ramsay interrompait ses
allées et venues pour s'immobiliser devant elle, et tout
son être était parcouru d'une espèce d'onde de choc
qui semblait l'ébranler jusqu'au tréfonds lorsqu'il
s'immobilisait juste au-dessus d'elle, et la regardait.
Lily le revoyait.

Il avait tendu la main pour l'aider à se lever de son
fauteuil. On avait un peu l'impression que ce geste, il
l'avait déjà fait ; qu'il s'était jadis incliné de la même
manière pour l'aider à descendre d'une barque immo-
bilisée à quelques pouces d'une île, ce qui exigeait des
messieurs qu'ils aident ainsi les dames à prendre pied
sur le rivage. Petite scène désuète, qui exigeait, ou peu
s'en fallait, crinolines et pantalons à sous-pied[1]. Tout
en acceptant son assistance, Mrs Ramsay s'était dit
(Lily le supposait) : le moment est venu ; Oui, elle le
dirait maintenant. Oui, elle l'épouserait. Et lentement, tranquillement, elle avait posé le pied sur le
rivage. Vraisemblablement elle avait prononcé une
seule parole, lui abandonnant sa main encore un instant. Je veux bien vous épouser, avait-elle dit peut-
être en lui abandonnant sa main, mais rien de plus.
Maintes et maintes fois, ce même frisson était passé
de l'un à l'autre — à l'évidence oui, songea Lily, apla-
nissant un petit passage pour ses fourmis. Elle

n'inventait rien ; elle essayait seulement de défroisser quelque chose qu'elle avait reçu tout plié des années auparavant ; quelque chose qu'elle avait vu. Car dans le tohu-bohu de la vie quotidienne, avec tous ces enfants autour, tous ces visiteurs, on éprouvait constamment un sentiment de répétition — l'impression de choses retombant au même endroit et déclenchant à chaque fois un écho qui résonnait dans l'air et l'emplissait de vibrations.

Mais, songea-t-elle, les revoyant s'éloigner bras dessus, bras dessous et passer devant la serre, elle, dans son châle vert, lui, la cravate au vent, on aurait tort de simplifier leurs relations. Ils ne baignaient pas en permanence dans la félicité — elle, avec ses élans, ses impulsions subites, lui, avec ses frémissements d'horreur, ses accès de mélancolie. Oh, non. La porte de leur chambre claquait violemment, tôt le matin. Il se levait brusquement de table, hors de lui. Il lançait son assiette à toute volée par la fenêtre. Alors on avait l'impression que ¿ɔ portes se mettaient à claquer et les stores à ˈɔ.ɛɪ du haut en bas de la maison, comme si le venɪ soufflait en rafales et que chacun se précipitaiˈ à droite et à gauche pour essayer tant bien que mal de bloquer les écoutilles et tout bien arrimer. C'est ainsi qu'un jour elle avait croisé Paul Rayley dans l'escalier. Ils avaient ri à n'en plus finir, comme deux enfants, tout ça parce que Mr Ramsay, trouvant un perce-oreille dans son lait au petit déjeuner, avait envoyé valser le tout sur la terrasse. « Un perce-oreille », murmurait Prue, horrifiée, « dans son lait. » D'autres pouvaient bien y trouver des mille-pattes. Mais il avait édifié un tel sanctuaire autour de sa per-

sonne, et l'occupait avec tant de majesté qu'un perce-
oreille dans son lait devenait une monstruosité.

Mais cela fatiguait Mrs Ramsay, cela l'effarouchait
un peu — ces assiettes qui volaient, ces portes qui
claquaient. Et entre elle et lui se dressait parfois un
grand mur de silence, lorsque, dans cette humeur que
Lily trouvait agaçante chez elle, mi-plaintive, mi-ran-
cunière, elle paraissait incapable de surmonter calme-
ment l'orage, ou de rire avec les autres, mais dans
sa lassitude dissimulait peut-être quelque chose. Elle
restait là sans rien dire à ressasser de sombres pensées. Au bout d'un moment il revenait furtivement
traîner dans les parages — rôder sous la fenêtre de la
pièce où elle était en train d'écrire ou de bavarder,
car elle prenait soin d'être occupée quand il passait,
de l'éviter, et de faire semblant de ne pas le voir. Alors
il devenait d'une douceur angélique, délicieusement
affable et courtois, et tentait ainsi de l'amadouer.
Mais elle gardait ses distances, et se permettait même
quelques instants de sacrifier à sa beauté en prenant
ces poses et attitudes altières qu'on ne lui voyait
jamais d'ordinaire ; elle tournait la tête ; regardait
comme ça, par-dessus son épaule, toujours en compagnie de quelque Minta, Paul, ou William Bankes.
Enfin, debout à l'écart du groupe, l'air d'un chien-
loup affamé (Lily se releva et resta debout dans
l'herbe à contempler les marches, la fenêtre où elle
l'avait vu), il prononçait son nom, une seule fois, exactement comme un loup hurlant dans la neige, mais
elle résistait toujours ; et il le répétait, et cette fois
quelque chose dans sa voix la touchait, et elle allait à
lui, les abandonnant tout à coup, et ils s'éloignaient
ensemble au milieu des poiriers, des choux, et des

framboisiers. Ils s'expliquaient tous les deux. Mais avec quelles attitudes, et quels mots ? Leurs relations étaient empreintes d'une telle dignité que, se détournant, Paul, Minta et elle dissimulaient leur curiosité et leur gêne et se mettaient à cueillir des fleurs, à jouer à la balle, à bavarder jusqu'à l'heure du dîner, et ils étaient là, lui à une extrémité de la table, elle à l'autre, comme d'habitude.

« Pourquoi ne pas faire de la botanique les uns ou les autres ?... Quand on voit toutes ces paires de bras et de jambes on comprend mal que pas un seul parmi vous... » Ainsi parlaient-ils, comme d'habitude, en riant au milieu des enfants. Tout était comme d'habitude, à ceci près qu'un frémissement dans l'air, comme le reflet d'une lame, passait et repassait de l'un à l'autre comme si le spectacle habituel des enfants assis devant leurs assiettes à soupe avait pris à leurs yeux une fraîcheur nouvelle après cette heure au milieu des poiriers et des choux. En particulier, songea Lily, Mrs Ramsay jetait des petits regards à Prue. Elle était assise au milieu, entourée de frères et sœurs, toujours si occupée, semblait-il, veillant à ce que tout se passe bien, qu'elle-même ne parlait guère. Comme Prue avait dû s'en vouloir de ce perce-oreille dans le lait ! Comme elle était devenue blanche quand Mr Ramsay avait lancé son assiette par la fenêtre ! Comme ils l'accablaient, ces longs silences entre eux deux ! En tout cas, sa mère semblait essayer à présent de se faire pardonner ; lui assurer que tout allait bien ; lui promettre qu'un jour ou l'autre elle connaîtrait un même bonheur. Elle en avait toutefois profité moins d'une année.

Elle avait laissé tomber les fleurs de son panier,

songea Lily, plissant les yeux et prenant un peu de recul comme pour regarder son tableau, que pourtant elle ne touchait pas, toutes ses facultés en transe, pétrifiées en surface mais se mouvant en profondeur avec une extrême rapidité.

Elle laissa tomber ses fleurs de son panier, les répandit pêle-mêle dans l'herbe et, réticente et hésitante, mais sans murmurer ni poser de questions — ne possédait-elle pas au plus haut point la faculté d'obéir ? — partit elle aussi. À travers champs et vallées, blanche, couverte de fleurs — c'est ainsi qu'elle aurait peint la scène. Les collines étaient austères. C'était rocailleux ; escarpé. Le bruit des vagues était rauque sur les galets en contrebas. Ils allaient, tous trois, Mrs Ramsay marchant devant d'un pas plutôt rapide, comme si elle s'attendait à rencontrer quelqu'un au détour du chemin[1].

Soudain, la fenêtre qu'elle regardait fut blanchie par la présence d'un tissu léger derrière la vitre. Quelqu'un avait donc fini par entrer dans le salon ; quelqu'un s'était assis dans le fauteuil. Pour l'amour du ciel, supplia-t-elle, n'en bougez plus, n'allez pas tout gâcher en sortant pour me parler. Par bonheur, la personne en question demeura tranquillement à l'intérieur ; installée, par un heureux hasard, de manière à projeter une curieuse ombre triangulaire sur le seuil. Cela modifiait un peu la composition du tableau. C'était intéressant. Cela pouvait s'avérer utile. Elle retrouvait peu à peu ses sensations de peintre. Il fallait continuer à regarder sans relâcher une seule seconde l'émotion, la volonté de ne pas se laisser décourager, de ne pas se laisser dérouter. Il fallait fixer cette scène — comme ça — dans un étau et empêcher que quoi que ce soit vienne la gâter. On avait besoin, songea-t-elle en trempant posément son pinceau, de rester sur le plan de l'expérience ordinaire, de sentir simplement : ça c'est un fauteuil, ça c'est une table, mais en même temps : C'est un miracle, un ravissement. Le problème serait peut-être résolu après tout. Oh, mais que s'était-il passé ? Une vague de blancheur déferla sur la vitre. L'air avait dû soulever quelque volant à l'intérieur. L'émotion fondit sur elle, lui étreignit le cœur, la mit au supplice.

« Mrs Ramsay ! Mrs Ramsay ! » s'écria-t-elle, sentant revenir le tourment familier — vouloir, vouloir tant et plus, et ne pas avoir. Pouvait-elle encore infliger cela ? Et puis, doucement, comme si elle se retenait, cela aussi participa de l'expérience ordinaire, sur le même plan que le fauteuil, la table. Mrs Ramsay — cela faisait partie de sa bonté sans faille envers Lily — était assise là en toute simplicité, dans le fauteuil, faisait aller ses aiguilles, tricotait son bas de laine brun-rouge, projetait son ombre sur le seuil. Elle était assise là.

Et comme si elle avait quelque chose à partager d'urgence, mais ne pouvait guère abandonner son chevalet, tant son esprit était plein de ce qu'elle pensait, de ce qu'elle voyait, Lily passa devant Mr Carmichael le pinceau à la main et alla se poster au bord de la pelouse. Où était le bateau à présent ? Mr Ramsay ? Elle avait besoin de lui.

12

Mr Ramsay avait presque achevé sa lecture. Une main restait en suspens au-dessus de la page comme prête à la tourner dès qu'il l'aurait terminée. Il était assis là, nu-tête, les cheveux au vent, extraordinairement exposé. Il avait l'air très vieux. Il avait l'air, se dit James, voyant sa tête se détacher tantôt sur le Phare, tantôt sur la haute mer qui s'étendait à perte de vue, d'une vieille pierre sur le sable ; il avait l'air d'être physiquement devenu ce que tous deux avaient en permanence confusément à l'esprit — cette solitude qui pour tous deux constituait la vérité des choses.

Il lisait très vite, comme impatient d'arriver à la fin. De fait ils étaient maintenant tout près du Phare. Il se dressait devant eux, austère et droit, éblouissant de blanc et de noir, et l'on voyait les vagues exploser sur les rochers en mille éclats blancs semblables à du verre brisé. On voyait les rides et les plis des rochers. On voyait distinctement les fenêtres ; une touche de blanc sur l'une d'elles, une petite touffe de vert sur le rocher. Un homme était sorti, les avait regardés à la longue-vue puis était rentré. Il était donc ainsi, pensa James, ce Phare qu'on voyait depuis tant d'années du fond de la baie ; c'était une tour austère sur un rocher dénudé. Cela le satisfaisait. Cela confirmait l'obscur sentiment qu'il avait de sa propre nature. Les vieilles dames, se dit-il, pensant au jardin à la maison, traî-naient leurs fauteuils un peu partout sur la pelouse. La vieille Mrs Beckwith, par exemple, n'arrêtait pas de dire que c'était si agréable, si charmant, qu'ils devraient être si fiers, qu'ils devraient être si heureux, mais en fait, se dit James, regardant le Phare planté sur son rocher, les choses sont ainsi. Il regarda son père qui lisait avec acharnement, les jambes toutes repliées. Ils partageaient cette vérité. « Nous dérivons dans la tempête — sûrs et certains de sombrer », commença-t-il à se dire, à mi-voix, exactement comme son père.

Cela faisait une éternité, semblait-il, que personne n'avait parlé. Cam était lasse de regarder la mer. De petits morceaux de liège noir avaient croisé leur route ; les poissons étaient morts au fond du bateau. Son père lisait toujours, et James le regardait, et elle le regardait, et ils se juraient de lutter contre la tyrannie jusqu'à la mort, et il continuait à lire, sans avoir du tout conscience de ce qu'ils pensaient. C'est ainsi qu'il s'échappait, songea-t-elle. Oui, avec son grand front, son grand nez, tenant fermement devant lui son petit livre marbré, il s'échappait. On pouvait toujours essayer de mettre la main sur lui, comme un oiseau il déployait ses ailes, s'éloignait en planant pour aller se poser hors de votre atteinte quelque part au loin sur un pieu solitaire. Elle contempla l'immensité de la mer. L'île était devenue si petite qu'elle ne ressemblait plus guère à une feuille. Elle ressemblait à la pointe d'un rocher qu'une grosse vague suffirait à recouvrir. Sa fragilité recelait pourtant tous ces sentiers, ces terrasses, ces chambres — toutes ces choses innombrables. Mais de même que, juste avant le sommeil, les choses se simplifient au point que parmi une infinité de détails un seul a le pouvoir de s'imposer, de même, regardant l'île d'un œil assoupi, il lui semblait que tous ces sentiers, ces terrasses et ces chambres s'estompaient, disparaissaient, et qu'il ne restait plus qu'un encensoir bleu pâle se balançant en cadence d'un bord à l'autre de son esprit. C'était un jardin suspendu ; c'était une vallée, pleine d'oiseaux, de fleurs, et d'antilopes... Elle s'endormait.

« Bon, allons-y », dit Mr Ramsay, refermant brusquement son livre.

Aller où ? Pour y vivre quelle extraordinaire aventure ? Elle se réveilla en sursaut. Aborder quelque part, grimper quelque part ? Où les conduisait-il ? Car après son immense silence ces paroles étaient un choc pour eux. Mais c'était absurde. Il avait faim, dit-il. C'était l'heure du déjeuner. D'ailleurs, regardez, dit-il. Voilà le Phare. « Nous y sommes presque. »

« Il se débrouille pas mal du tout », dit Macalister, complimentant James. « Il tient bien le cap. »

Mais son père ne lui faisait jamais de compliments, pensa James sévèrement.

Mr Ramsay ouvrit le paquet et distribua les sandwiches. Maintenant il était heureux, à manger du pain et du fromage avec ces pêcheurs. Il aurait aimé vivre dans une petite maison et flâner sur le port en crachant avec les autres vieux, se dit James en le regardant découper son fromage en fines tranches jaunes avec son canif.

C'est bien, c'est tout à fait ça, se répétait Cam en écalant son œuf dur. Elle éprouvait maintenant la même sensation que dans le cabinet de travail quand les vieux messieurs lisaient le *Times*. Maintenant je peux continuer à penser tout ce que je veux, sans risquer de tomber dans un précipice ou de me noyer, car il est là qui me surveille, songea-t-elle.

En même temps on filait si vite près des rochers

que c'était très excitant — on avait l'impression de faire deux choses à la fois : déjeuner ici au soleil mais aussi chercher un port au milieu d'une grande tempête après un naufrage. Et si l'eau venait à manquer ? Ou les vivres ? se demanda-t-elle, se racontant une histoire sans pour autant perdre la réalité de vue.

Eux n'en avaient plus pour bien longtemps, disait Mr Ramsay au vieux Macalister ; mais leurs enfants verraient d'étranges choses. Macalister dit qu'il avait eu soixante-quinze ans en mars dernier ; Mr Ramsay en avait soixante et onze[1]. Macalister dit qu'il n'avait jamais vu un docteur ; il n'avait jamais perdu une dent. Et voilà la vie que je souhaiterais pour mes enfants — Cam était sûre que son père pensait cela, car il la retint de jeter un sandwich dans la mer et lui dit, comme s'il pensait aux pêcheurs et à la vie qu'ils avaient, que si elle n'en voulait pas il fallait le remettre dans le paquet. Il ne fallait pas le gaspiller. Il y avait tant de sagesse dans sa voix, comme s'il savait bien tout ce qui se passait dans le monde, qu'elle le remit aussitôt ; alors il lui donna, de son propre paquet, un biscuit au gingembre, tel un hidalgo, pensa-t-elle, offrant une fleur à une dame à sa fenêtre (tant son geste était courtois). Mais il était négligé dans sa mise, et très simple, en train de manger du pain et du fromage ; et cependant il les entraînait dans une grande expédition où, qui sait, ils périraient peut-être noyés.

« C'est là qu'il a coulé », dit tout à coup le fils Macalister.

« Trois hommes se sont noyés à l'endroit où nous sommes maintenant », dit le vieil homme. Il les avait vus de ses yeux se cramponner au mât. Et Mr Ramsay, jetant un regard sur la mer, était sur le point, James et Cam en avaient peur, de s'écrier :

Mais plus forte la mer qui m'a enseveli,

et s'il le faisait, ils ne pourraient pas le supporter ; ils se mettraient à hurler ; ils ne résisteraient pas à une nouvelle explosion de cette passion qui bouillonnait en lui ; mais à leur grande surprise il se contenta de dire « Ah », comme s'il songeait à part lui : Mais pourquoi en faire toute une histoire ? Naturellement, des hommes se noient au cours d'une tempête, mais cela n'a rien de mystérieux, et les profondeurs de la mer (il secoua au-dessus d'elles les miettes du papier qui enveloppait son sandwich) ne sont jamais que de l'eau. Puis, ayant allumé sa pipe, il sortit sa montre. Il la regarda avec attention ; peut-être se livrait-il à un petit calcul. Enfin il lança, triomphalement :

« Bravo ! » James avait barré comme un vrai marin.

Ça y est ! pensa Cam, s'adressant silencieusement à James. Tu as fini par l'avoir. Car elle savait que c'était ce que James désirait, et elle savait que maintenant qu'il l'avait eu il était si content qu'il ne voudrait pas la regarder, ni son père, ni personne. Il était assis là, droit comme un i, la main sur la barre, l'air un peu maussade et le sourcil légèrement froncé. Il était si content qu'il ne laisserait personne lui voler une miette de son plaisir. Son père lui avait fait un compliment. Il fallait qu'on le croie parfaitement indifférent. Mais ça y est, tu l'as eu, pensa Cam.

Ils avaient viré de bord, et filaient maintenant, tout légèrement, balancés par la houle qui les portait de vague en vague, tanguant merveilleusement, délicieusement de l'une à l'autre le long du récif. Sur la gauche un alignement de rochers bruns transparaissait dans l'eau qui devenait moins profonde et plus verte, et sur l'un d'eux, plus haut que les autres, une vague venait continuellement se briser, faisant jaillir une colonne de gouttelettes qui retombaient en pluie. On entendait le claquement de l'eau, le crépitement des gouttelettes et l'espèce de chuintement des vagues qui roulaient, s'ébattaient et claquaient les rochers telles des créatures sauvages, libres à jamais de se démener, gambader et folâtrer à leur aise.

On voyait à présent deux hommes sur le Phare, qui les observaient et s'apprêtaient à les accueillir.

Mr Ramsay boutonna sa veste et retroussa le bas de son pantalon. Il prit le gros paquet mal emballé dans du papier brun que Nancy avait préparé et le posa sur ses genoux. Ainsi parfaitement prêt à débarquer, il demeura immobile à regarder l'île qu'ils avaient laissée derrière eux. Sa vue portait si loin qu'il distinguait peut-être très clairement la forme amenuisée d'une feuille dressée sur une plaque d'or. Que voyait-il ? se demanda Cam. Pour elle tout était flou. Que pensait-il en cet instant ? se demanda-t-elle. Que cherchait-il, avec une telle fixité, une telle intensité, un tel silence ? Ils l'observaient tous deux, assis nu-tête, son paquet sur les genoux, les yeux rivés sur cette forme bleue si frêle, comme la vapeur d'une chose qui se serait consumée. Qu'est-ce que tu veux ? avaient-ils tous deux envie de demander. Tous deux avaient envie de dire : Demande-nous n'importe quoi et nous te le donnerons. Mais il ne leur demandait rien. Il restait là à regarder l'île et peut-être pensait-il : Nous pérîmes, chacun seul, ou peut-être pensait-il : J'y suis arrivé. Je l'ai trouvé, mais il ne dit rien.

Puis il mit son chapeau.

« Prenez ces paquets », dit-il, désignant d'un signe de tête ce que Nancy leur avait donné à apporter au Phare. « Les paquets pour les gardiens du Phare », dit-il. Il se leva et se tint debout à l'avant du bateau, très droit, très grand, absolument, pensa James, comme s'il disait : « Il n'y a pas de Dieu », et Cam pensa : comme s'il s'élançait dans l'espace, et tous deux se levèrent pour le suivre à l'instant où il bondissait, léger comme un jeune homme, son paquet à la main, sur le rocher.

13

« Il doit y être arrivé », dit tout haut Lily Briscoe, se sentant soudain complètement épuisée. Car le Phare était devenu presque invisible, s'était fondu dans une brume bleue, et l'effort de le regarder et l'effort de penser à lui là-bas en train de débarquer, deux efforts qui semblaient n'en faire qu'un, avaient soumis son esprit et son corps à une tension extrême. Ah, mais elle était soulagée. Quoi qu'elle ait voulu lui donner, quand il l'avait quittée ce matin, elle le lui avait donné enfin.

« Il a débarqué », dit-elle tout haut. « C'est fini[1]. » Surgit alors, soufflant un peu, le vieux Mr Carmichael qui vint se tenir à côté d'elle, l'air d'un vieux Dieu païen, hirsute, des algues dans les cheveux et le trident (ce n'était qu'un roman français) à la main. Il se tint près d'elle au bord de la pelouse, massif et vacillant un peu sur ses jambes, et dit, mettant sa main en visière : « Ils ont sûrement débarqué », et elle sentit qu'elle ne s'était pas trompée. Ils n'avaient pas eu besoin de parler. Ils avaient pensé les mêmes choses et il lui avait répondu sans qu'elle lui ait rien demandé. Debout sur cette pelouse, il étendait les mains sur toute la faiblesse et la souffrance du genre humain ; il semblait contempler, avec tolérance et compassion, le terme de leur destinée. Voici qui para-chève cet instant, se dit-elle, lorsque sa main retomba lentement, comme si elle l'avait vu laisser tomber de toute sa hauteur une couronne de violettes et d'aspho-dèles qui, voltigeant lentement, se posait enfin sur la terre.

Vite, comme rappelée par quelque chose là-bas, elle se tourna vers sa toile. Il était là — son tableau. Oui, avec tout son vert et ses bleus, ses lignes entre-croisées, son ébauche de quelque chose. On l'accro-cherait dans une mansarde, songea-t-elle ; il serait détruit. Mais quelle importance ? se demanda-t-elle en soulevant de nouveau son pinceau. Elle regarda les marches ; elles étaient vides ; elle regarda sa toile ; elle était floue. Avec une intensité soudaine, comme si elle la voyait clairement l'espace d'une seconde, elle traça une ligne, là, au centre. C'était fait ; c'était fini. Oui, se dit-elle, reposant son pinceau avec une lassi-tude extrême, j'ai eu ma vision.

Dossier

CHRONOLOGIE
(1882-1941)

1878. *26 mars :* Mariage de Leslie Stephen et de Julia Duckworth, née Jackson. Tous deux veufs, âgés respectivement de 46 et 32 ans, ils s'installent au 22 Hyde Park Gate dans le quartier de Kensington à Londres, avec les quatre enfants nés de leurs premiers mariages : Laura Stephen (1870-1945), débile mentale que son père se résoudra à faire interner au début des années 1890 ; George (1868-1934), Stella (1869-1897) et Gerald (1870-1937) Duckworth. Les quatre enfants de Leslie et Julia naîtront dans la maison de Hyde Park Gate.

1879. *30 mai :* Naissance de Vanessa Stephen.

1880. *8 septembre :* Naissance de Julian Thoby Stephen.

1881. *Septembre :* Leslie Stephen prend à bail Talland House, à St Ives en Cornouailles. La famille y séjournera chaque été jusqu'en 1894.

1882. *25 janvier :* Naissance d'Adeline Virginia Stephen.
Novembre : Leslie Stephen devient le maître d'œuvre du *Dictionary of National Biography*.

1883. *27 octobre :* Naissance d'Adrian Leslie Stephen.

1891. *Janvier :* Thoby entre comme pensionnaire dans une école de la banlieue ouest de Londres. Adrian l'y rejoindra un an plus tard. Aidé de Julia, puis de quelques tuteurs, Leslie continuera à s'occuper de l'instruction de ses filles. La ségrégation sexuelle en vigueur dans le système éducatif victorien suscitera en Virginia une amertume durable.

Février : Virginia lance le *Hyde Park Gate News*, chronique hebdomadaire de la vie familiale, qu'elle continuera à rédiger jusqu'en avril 1895.

Avril : Leslie Stephen abandonne à Sidney Lee la maîtrise d'œuvre du *DNB*. Il rédigera encore diverses notices biographiques jusqu'à l'achèvement du soixante-troisième et dernier volume en 1900.

1892. *2 avril :* Mort à Hyde Park Gate de Mrs Jackson, mère de Julia Stephen.

12 septembre : Le *Hyde Park Gate News* rapporte que Thoby et Virginia ont fait une promenade en mer jusqu'au phare de Godrevy, dans la baie de St Ives, et qu'Adrian fut très déçu de n'être pas autorisé à les accompagner...

1894. *Septembre :* Thoby entre à Clifton College, école privée de Bristol.

1895. *5 mai :* Mort de Julia Stephen à Hyde Park Gate.

Été : Première dépression nerveuse de Virginia.

Novembre : Leslie Stephen cède le bail de Talland House à St Ives.

1896. Vanessa commence à suivre des cours de dessin dans une école privée de South Kensington.

Août : Stella Duckworth se fiance à John Waller Hills.

Septembre : Adrian entre à Westminster School.

1897. *Janvier :* Virginia commence à tenir régulièrement un journal.

10 avril : Mariage de Stella Duckworth et John W. Hills.

Fin avril : Stella atteinte de péritonite.

Mai-Juin : Stella, enceinte, semble se remettre difficilement. Virginia, très nerveuse et fiévreuse, est suivie par le médecin de famille.

19 juillet : Mort de Stella.

Novembre : Virginia suit des cours de grec et d'histoire au King's College de Londres.

1898. *17 octobre :* Début du trimestre à King's College. Virginia continue à suivre les cours de grec du Dr Warre et commence à suivre les cours de latin de Miss Clara Pater (sœur de Walter Pater).

1899. *3 octobre :* Thoby entre à Trinity College, Cambridge.

Parmi ses condisciples : Lytton Strachey, Clive Bell et Leonard Woolf.

1900. *Octobre :* Virginia suit des cours à King's College.

1901. *Septembre :* Vanessa est acceptée à l'École de Peinture de l'Académie Royale.

Novembre : Leslie Stephen est nommé docteur *honoris causa* de l'université d'Oxford. Virginia et Vanessa assistent à la cérémonie.

1902. Miss Janet Case commence à donner des cours particuliers de grec à Virginia.

Juin : Le titre de chevalier est conféré à Leslie Stephen, désormais Sir Leslie Stephen.

Octobre : Adrian entre à son tour à Trinity College.

Décembre : Sir Leslie Stephen est opéré d'un cancer.

1903. Détérioration progressive de son état.

14 novembre : Il dicte à Virginia le dernier paragraphe de ses Mémoires (*The Mausoleum Book*).

1904. *22 février :* Mort de Sir Leslie Stephen à Hyde Park Gate.

27 février : Les quatre enfants Stephen partent avec George Duckworth à Manorbier dans le Pembroke shire. Ils y séjournent près d'un mois.

1er avril : Départ pour l'Italie avec Gerald Duckworth. Ils visiteront Venise et Florence avant de se séparer ; Virginia et Vanessa poursuivant leur périple avec Violet Dickinson : Prato, Sienne, Gênes, puis Paris. Retour à Londres le 9 mai.

10 mai : Début de la seconde dépression nerveuse de Virginia. Atteinte de graves troubles mentaux, elle est d'abord soignée par le docteur Savage assisté de trois infirmières, elle passe ensuite près de trois mois dans la maison de Violet Dickinson où elle tente de se suicider en se jetant par la fenêtre. Elle rentre chez elle au début de septembre.

Octobre : Les quatre Stephen quittent Hyde Park Gate pour s'installer dans le quartier de Bloomsbury, au 46 Gordon Square. Virginia part séjourner quelque temps chez une tante à Cambridge, où elle aide F. Maitland à préparer une biographie de Sir Leslie Stephen.

Novembre : Violet Dickinson met Virginia en contact avec la rédactrice du Supplément Féminin du *Guardian*. *14 décembre :* Parution dans le *Guardian* du premier compte rendu littéraire de Virginia (un roman de W. D. Howells). La semaine suivante paraît un essai rédigé antérieurement, « Haworth, November, 1904 », évocation de la maison des sœurs Brontë dans le Yorkshire.

1905. *Janvier :* Déclarée « guérie » par le Dr Savage, Virginia commence à enseigner l'histoire et la littérature à des adultes dans le cadre d'un cours hebdomadaire à Morley College. Elle y enseignera pendant trois ans.

Février : Thoby inaugure les « Soirées du Jeudi » au 46 Gordon Square, où se retrouvent régulièrement Lytton Strachey, Clive Bell, Saxon Sydney-Turner et Leonard Woolf.

Mars : Parution du premier compte rendu de Virginia dans le *Times Literary Supplement*. Elle collaborera régulièrement à ce périodique jusqu'en juillet 1913, et de nouveau à partir de janvier 1916.

Mars-Avril : Voyage avec Adrian au Portugal et en Andalousie.

Août : Les quatre Stephen séjournent à Carbis Bay, près de St Ives. Ils se promènent dans cette ville et revoient Talland House pour la première fois depuis 1894.

1906. *Septembre-Octobre :* Ils voyagent en Grèce avec Violet Dickinson.

20 novembre : Thoby meurt d'une fièvre typhoïde.

1907. *7 février :* Mariage de Vanessa Stephen et de Clive Bell.

10 avril : Virginia et Adrian quittent Gordon Square, devenu résidence des Bell, pour s'installer non loin au 29 Fitzroy Square. C'est là que se tiendront désormais les « Soirées du jeudi ».

Octobre : Virginia commence à écrire son premier roman, provisoirement intitulé *Melymbrosia*.

1908. *4 février :* Naissance de Julian Bell.

Septembre : Virginia accompagne les Bell en Italie (Sienne, Pérouse, Pavie, Assise) et passe avec eux une semaine à Paris avant de rentrer en Angleterre.

1909. *Février :* Virginia soumet les sept premiers chapitres de *Melymbrosia* à son beau-frère Clive Bell.
Avril : Séjour à Florence en compagnie des Bell.
Août : Virginia, Adrian et Saxon Sydney-Turner se rendent au festival de Bayreuth, puis visitent Dresde.
24-28 décembre : Séjour solitaire à Lelant, en Cornouailles.

1910. *Janvier :* Virginia rejoint les rangs des bénévoles du mouvement pour le vote des femmes, et accomplit essentiellement de menues tâches de secrétariat.
10 février : Elle participe au « Canular du *Dreadnought* » monté par Adrian et quatre de ses amis. Se faisant passer pour l'empereur d'Abyssinie et sa suite, ils parviennent à duper la Royal Navy et à se faire inviter à bord du navire de guerre le plus moderne et le plus secret du moment. La révélation de la supercherie provoque un petit scandale et des débats houleux aux Communes.
Mars : Virginia tombe malade au retour d'un bref séjour en Cornouailles et continue à souffrir de graves troubles nerveux jusqu'à l'été.
Juillet-Août : Cure de repos dans une clinique privée de Twickenham.
19 août : Naissance de Quentin Bell.
8 novembre : Ouverture de l'exposition « Manet et les postimpressionnistes », organisée par Roger Fry aux Grafton Galleries de Londres. Objet de violentes critiques, Fry est ardemment soutenu par Clive et Vanessa Bell.
Novembre : Virginia reprend ses activités de bénévole au sein du mouvement pour le vote des femmes.
Décembre : Elle loue une maison à Firle, près de Lewes dans le Sussex et la baptise Little Talland House, en souvenir de la maison de St Ives.

1911. *Janvier-Avril :* Virginia partage son temps entre Londres et le Sussex et continue de travailler à *Melymbrosia*.
Avril : Virginia part en Turquie pour être auprès de Vanessa, tombée malade au cours du voyage qu'elle effectuait en compagnie de Clive Bell, Roger Fry et

H.T. J. Norton. Le retour à Londres a lieu à la fin du mois.

Juin : Leonard Woolf, administrateur colonial à Ceylan, revient passer une année de congé en Angleterre et y retrouve ses amis de Cambridge, dont Lytton Strachey, Maynard Keynes, E. M. Forster et Clive Bell.

Juillet-Septembre : Nombreuses rencontres entre Leonard et Virginia.

20 novembre : Elle quitte Fitzroy Square pour s'installer au 38 Brunswick Square (Bloomsbury), maison qu'elle partage avec Adrian, Maynard Keynes, Duncan Grant et, à partir de décembre, Leonard Woolf.

1912   *Janvier :* Leonard demande Virginia en mariage. Plus qu'hésitante, elle sollicite un délai de réflexion. Le même mois, elle libère Little Talland House et, avec Vanessa, loue Asham House, non loin de Firle

Février : Nouvelle cure de repos à Twickenham.

7 mai : Leonard, dont le congé touche à sa fin, démissionne de l'Administration Coloniale. Quelques semaines plus tard Virginia accepte de l'épouser.

10 août · Mariage de Virginia Stephen et de Leonard Woolf

18 août-3 octobre : Voyage de noces en Provence, Espagne et Italie.

Fin octobre : Les Woolf louent un appartement à Londres, au 13 Clifford's Inn, et partagent désormais leur temps entre Londres et le Sussex.

1913.   *Mars :* Virginia termine le roman commencé en 1907 et finalement intitulé *The Voyage Out (La Traversée des apparences).* Son demi-frère, l'éditeur Gerald Duckworth accepte de le publier.

Juillet : Virginia accompagne Leonard à Keswick à un congrès de la Fabian Society (socialiste). À son retour elle doit consulter son spécialiste, Sir George Savage, qui prescrit trois semaines de repos à Twickenham

Août : Nouvelle consultation. Les symptômes de dépression s'intensifient.

9 septembre : Virginia voit les docteurs Head et Wright qui recommandent un nouveau séjour en clinique. Le soir même elle tente de se suicider en absorbant une dose mortelle de véronal. Sa vie est sauvée de justesse.

Septembre-Décembre · Convalescence dans le Sussex. Trois infirmières veillent sur elle.

1914. *16 février :* Départ de la dernière infirmière.

8-30 avril : Les Woolf séjournent en Cornouailles (Lelant, St Ives, Carbis Bay).

Été : À Asham.

Octobre : Emménagement à Richmond, au sud-ouest de Londres.

1915. *Janvier :* Virginia recommence à tenir un journal. Leonard et elle décident de louer Hogarth House, à Richmond, et projettent d'acquérir une presse à imprimer.

Février : Nouveaux troubles mentaux.

25 mars : Virginia entre en clinique. Leonard s'occupe seul de leur emménagement à Hogarth House.

26 mars : Publication de *The Voyage Out.*

Avril-Mai : Virginia à Hogarth House sous la surveillance de quatre infirmières.

Juin-Août : Son état commence à s'améliorer.

Septembre-Octobre : Les Woolf séjournent à Asham. Une seule infirmière est désormais nécessaire.

Novembre : Retour à Londres et, progressivement, à la vie normale.

1916. *Janvier :* Virginia recommence à écrire des comptes rendus pour le *T L S.* Sa collaboration à ce périodique se poursuivra jusqu'en 1937.

Septembre : Séjour en Cornouailles, à Carbis Bay.

Octobre : Virginia devient un membre actif de la Women's Cooperative Guild. Pendant quatre ans elle présidera à Hogarth House les réunions mensuelles de la section de Richmond, organisant à l'intention de femmes de la classe ouvrière des cycles de conférences sur l'histoire, la politique, l'économie, l'éducation sexuelle, etc.

1917. *Hiver :* Virginia commence à écrire son second roman *Night and Day (Nuit et Jour).*

Avril : Les Woolf installent à Hogarth House leur première presse à imprimer et s'initient à la composition manuelle.

Juillet : Première publication de la Hogarth Press : *Two Stories*, tiré à cent cinquante exemplaires, comprenant une nouvelle de Leonard, « Three Jews » (« Trois Juifs ») et une nouvelle de Virginia, « The Mark on the Wall » (« La Marque sur le mur »).

Novembre : Les Woolf achètent d'occasion une presse de plus grande taille et embauchent une assistante à temps partiel à la Hogarth Press.

1918. *14 avril :* Harriet Weaver apporte à Hogarth House le manuscrit de *Ulysse* de Joyce.

17 mai : Virginia retourne le manuscrit de *Ulysse*, invoquant sa longueur et l'équipement insuffisant de la Hogarth Press pour justifier leur refus de le publier. S'y ajoutaient la crainte d'un procès pour obscénité et les réticences personnelles de Virginia.

Juillet : La Hogarth Press publie *Prelude* de Katherine Mansfield.

15 novembre : T. S. Eliot vient pour la première fois dîner à Hogarth House. Début d'une longue amitié.

21 novembre : Virginia termine *Night and Day*.

25 décembre : Naissance d'Angelica Bell (fille de Vanessa et du peintre Duncan Grant).

1919. *7 mai :* Gerald Duckworth accepte *Night and Day*.

12 mai : La Hogarth Press publie *Kew Gardens*, nouvelle de Virginia Woolf, et *Poems* de T. S. Eliot.

1er juillet : Les Woolf achètent Monk's House à Rodmell, village du Sussex près de Lewes.

20 octobre : Publication de *Night and Day*.

1920. *16 avril :* Virginia commence à écrire *Jacob's Room (La Chambre de Jacob)*.

Mai : En prévision des élections législatives de 1922, Leonard est désigné comme candidat du parti travailliste pour la circonscription regroupant les universités anglaises.

Août : Dernières rencontres de Virginia avec Katherine Mansfield.

1921 *7 ou 8 avril :* La Hogarth Press publie *Monday or Tues day (Lundi ou Mardi)*, recueil de nouvelles de Virginia Woolf.

Juin-Septembre : Souffrant de troubles nerveux, elle doit interrompre toutes ses activités.

4 novembre : Virginia termine *Jacob's Room*.

1922 *Janvier-Octobre :* Elle souffre de troubles cardiaques et pulmonaires à la suite d'une mauvaise grippe.

Mi-octobre : Virginia commence à écrire *Mrs Dalloway*, provisoirement intitulé *The Hours (Les Heures)*.

27 octobre : Publication par la Hogarth Press de *Jacob's Room*.

17 novembre : Élections législatives. Leonard Woolf est battu dans sa circonscription.

14 décembre : Virginia rencontre Vita Sackville-West (Mrs Harold Nicolson) à l'occasion d'un dîner chez Clive Bell.

1923. *9 janvier :* Mort de Katherine Mansfield.

27 mars-27 avril : Les Woolf voyagent en Andalousie.

Été : À Monk's House, Virginia travaille activement à son nouveau roman.

1924. *Mars :* Les Woolf et la Hogarth Press quittent Richmond pour s'installer au 52 Tavistock Square à Bloomsbury.

Mai : Invitée par une société littéraire étudiante, Virginia donne à Cambridge une conférence sur le thème du personnage dans le roman contemporain, première mouture de l'essai intitulé « Mr Bennett and Mrs Brown ».

Juillet : Vita Sackville-West invite Virginia au château de Knole, résidence de son père Lord Sackville.

8 octobre : Virginia termine *Mrs Dalloway*.

1925. *26 mars-7 avril :* Séjour à Cassis.

23 avril : Publication de *The Common Reader (Le Lecteur Ordinaire)*, recueil d'essais littéraires.

14 mai : Publication de *Mrs Dalloway*.

6 août : Virginia commence à écrire *To the Lighthouse (Vers le Phare)*, mais doit rapidement y renoncer en raison de troubles nerveux dont elle continuera à souffrir jusqu'en novembre.

Décembre : Début d'une relation amoureuse entre Virginia et Vita Sackville-West.

1926. *Janvier :* Départ de Vita pour Téhéran où son mari est en poste. Virginia se remet à écrire *To the Lighthouse*.

Mai : Vita Sackville-West rentre en Angleterre.

23 juillet : Les Woolf rendent visite à Thomas Hardy à Dorchester. L'écrivain avait bien connu Leslie Stephen.

4 novembre : Dîner chez H. G. Wells en compagnie de G. B. Shaw et d'Arnold Bennett.

1927. *Janvier :* Virginia termine *To the Lighthouse*. Vita repart en Perse pour quatre mois.

30 mars-28 avril : Voyage en France (Cassis) puis en Italie (Sicile, Naples et Rome).

5 mai : Publication de *To the Lighthouse*.

18 mai : Invitée par des étudiants d'Oxford, Virginia donne une conférence sur « Poésie et Roman ».

Été : Nombreuses rencontres avec Vita.

5 octobre : Virginia commence à écrire *Orlando*, biographie fantaisiste inspirée par Vita.

1928. *17 mars :* Virginia termine *Orlando*.

22 mars : Le prix *Fémina-Vie heureuse* est décerné à Virginia Woolf pour *To the Lighthouse*.

26 mars-16 avril : Séjour à Cassis.

Août : Virginia commence à penser à son prochain roman, *The Waves (Les Vagues)*, provisoirement intitulé *The Moths (Les Éphémères)*.

24 septembre-1er octobre : Virginia et Vita font un voyage en Bourgogne (Saulieu, Vézelay, Auxerre).

11 octobre : Publication d'*Orlando*.

20 octobre : Conférence de Virginia Woolf à Newnham (collège de femmes de Cambridge).

26 octobre : Conférence à Girton (l'autre collège de femmes de Cambridge). Le texte de ces deux conférences constitue l'ébauche du pamphlet féministe *A Room of One's Own (Une chambre à soi)*.

1929. *Janvier :* Les Woolf passent une semaine à Berlin en compagnie de Vita et de son mari en poste à l'ambassade.

Mars : Virginia écrit *A Room of One's Own*.

4-14 juin : Séjour à Cassis.

2 juillet : Virginia commence à écrire *The Waves*

30 septembre : Les Woolf assistent au congrès du parti travailliste à Brighton.

24 octobre : Publication de *A Room of One's Own.*

Décembre : Le travail d'écriture de *The Waves* se fait de plus en plus douloureux. Virginia ne peut y consacrer qu'une heure par jour.

1930. *Février :* Rencontre avec le compositeur Ethel Smyth. Début d'une amitié un peu envahissante.

29 avril : Virginia termine la première version de *The Waves.*

Mai : Petit séjour en Cornouailles.

Juin : Virginia commence à récrire *The Waves.*

Été : À Rodmell. Nombreuses rencontres avec Vita et E. Smyth.

Automne-Hiver : À Londres, où Virginia mène de front vie mondaine et écriture.

1931. *7 février :* Virginia termine *The Waves.*

16-30 avril : Voyage en France (La Rochelle, Brantôme, Poitiers...).

Été : Virginia corrige les épreuves de *The Waves* et commence à écrire *Flush*, vie de la poétesse Elizabeth Barrett Browning, vue par les yeux de son chien.

8 octobre : Publication de *The Waves.*

1932. *21 janvier :* Mort de Lytton Strachey.

Février : Virginia travaille à un second recueil d'essais.

15 avril-12 mai : Voyage en Grèce en compagnie de Roger Fry et de sa sœur Margery.

1er juillet : Publication de *A Letter to a Young Poet (Lettre à un jeune poète).*

3-5 octobre : Les Woolf assistent au congrès du parti travailliste à Leicester.

11 octobre : Virginia commence à écrire *The Pargiters*, première mouture de *The Years (Les Années).*

13 octobre : Publication de *The Common Reader : Second Series*, recueil d'essais littéraires.

1933. *Mars :* Virginia décline l'offre d'un doctorat *honoris causa* de l'université de Manchester.

5-27 mai : Voyage en France et en Italie (Pise, Sienne, Lucques, Lerici).

3-4 octobre : Congrès du parti travailliste à Hastings. Virginia n'y assiste que le premier jour.

5 octobre : Publication de *Flush*.

1934. *Hiver :* Virginia souffre de migraines chroniques et travaille épisodiquement à son roman (*The Years*).

22 avril-9 mai : Les Woolf voyagent en Irlande : Kildor rery, où ils sont les hôtes d'Elizabeth Bowen, Glengariff, Galway, Dublin... Le 1er mai, Virginia apprend la mort de George Duckworth.

9 septembre : Mort de Roger Fry.

30 septembre : Virginia termine la première version de *The Years*.

20-21 octobre : Les Woolf assistent à Maidstone au congrès du New Fabian Research Bureau (issu de la Fabian Society).

25 octobre : Virginia rencontre W. B. Yeats chez Lady Ottoline Morrell.

Ce même jour, la Hogarth Press publie l'essai intitulé *Walter Sickert : A Conversation*.

Novembre : Virginia commence à récrire *The Years*.

1935. *18 janvier :* Représentation dans le studio de Vanessa Bell de *Freshwater*, comédie en 3 actes écrite par Virginia en 1923 et entièrement révisée pour la circonstance. Parmi les acteurs de cette pièce consacrée à Julia Cameron (grand-tante de Virginia) : Vanessa (Julia Cameron), Leonard (Charles Cameron, son mari), Duncan Grant (le peintre G. F. Watts), Angelica Bell (l'actrice Ellen Terry, épouse de Watts), Adrian Stephen (Alfred Tennyson)...

1er mai-2 juin : Voyage en Hollande, Allemagne, Italie, France.

30 septembre-2 octobre : Les Woolf assistent au congrès du parti travailliste à Brighton.

1936. *Janvier :* Virginia commence à réviser la seconde version de *The Years*.

9 février : Les Woolf participent à une réunion de Vigilance, organisation d'intellectuels antifascistes.

8 avril : Virginia termine *The Years* dans un état d'épuisement total.

Mai : Voyage dans le sud-ouest de l'Angleterre

Juin-Octobre : Virginia commence à corriger les epreuves de *The Years* mais doit s'interrompre. Son état de fatigue nerveuse lui impose un repos complet. Jusqu'au 30 octobre elle cesse de tenir son journal.

23 novembre : Virginia commence à écrire son second pamphlet féministe, *Three Guineas (Trois Guinées)*.

1937. *15 mars :* Publication de *The Years*.

7-25 mai : Voyage dans le sud-ouest de la France.

7 juin : Départ de Julian Bell pour l'Espagne. Il participera comme conducteur d'ambulance à la guerre civile, aux côtés des combattants républicains.

18 juillet : Mort de Julian Bell près de Brunete.

12 octobre : Virginia termine *Three Guineas*.

1938. *Mars-Avril :* Elle met en chantier une biographie de Roger Fry et commence à songer à son prochain roman, le futur *Between the Acts (Entre les Actes)*.

2 juin : Publication de *Three Guineas*.

16 juin-2 juillet : Voyage en Écosse.

1939. *28 janvier :* Visite à Sigmund Freud dans sa maison de Hampstead près de Londres. La Hogarth Press publiait ses œuvres en traduction depuis 1924.

3 mars : Virginia décline l'offre d'un doctorat *honoris causa* de l'université de Liverpool.

5-19 juin : Voyage en Bretagne et en Normandie.

Août : Les Woolf et la Hogarth Press quittent Tavistock Square et s'installent au 37 Mecklenburgh Square. À partir d'octobre les Woolf vivent à Rodmell, ne passant guère plus d'un ou deux jours par semaine à Londres.

Octobre-Décembre : Les travaillistes de Rodmell se réunissent régulièrement à Monk's House.

1940. *27 avril :* Virginia donne à l'Association Éducative des Travailleurs de Brighton sa dernière conférence littéraire : « The Leaning Tower » (« La tour penchée ») axée sur les effets pervers du système de classes.

25 juillet : Publication de *Roger Fry : A Biography*.

Août-Septembre : Débuts des raids intensifs de l'aviation

allemande sur Londres. Mecklenburgh Square est bombardé et la maison des Woolf gravement endommagée.
Octobre : La maison du 52 Tavistock Square est détruite.
Décembre : Les Woolf entreposent à Monk's House les meubles et livres sauvés des décombres de Mecklenburgh Square, ainsi que la presse à imprimer de la Hogarth.

1941.   *Janvier :* Fréquentes visites d'Octavia Wilberforce, une amie médecin installée à Brighton.
11-13 février : Les Woolf se rendent à Cambridge.
13-15 février : Visite d'Elizabeth Bowen à Monk's House.
17-18 février : Visite de Vita Sackville-West.
26 février : Virginia termine *Between the Acts* et sombre peu à peu dans la dépression.
27 mars : Les Woolf se rendent à Brighton pour consulter le docteur Wilberforce.
28 mars : Virginia Woolf se suicide en se noyant dans l'Ouse, la rivière qui coule près de Rodmell.

NOTICE SUR LA GENÈSE DE
TO THE LIGHTHOUSE

L'idée de *To the Lighthouse* a germé dans l'esprit de Virginia Woolf bien avant qu'elle ne cherche à lui donner forme, entre 1913 et 1916, dans la période la plus sombre de son existence, ponctuée de crises violentes et de séjours en maison de santé. C'est du moins ce qu'elle a confié à Ethel Smyth dans une lettre datée du 16 octobre 1930 : « Je passais mes journées dans mon lit à concevoir des poèmes, des histoires, inventer des formules profondes et à mon sens inspirées, et ai ainsi ébauché, je pense, tout ce que maintenant, à la lumière de la raison, j'essaye d'exprimer en prose (j'ai pensé au Phare à cette époque, à Kew [Gardens] et autres, non pas de façon substantielle mais idéalement) ». On comprend qu'en 1917, au sortir de ce long cauchemar, Virginia Woolf ait d'abord cherché à se rassurer en écrivant *Night and Day*, roman de facture très traditionnelle. Ont suivi deux textes nettement plus aventureux : *Jacob's Room*, puis *Mrs Dalloway*.

À peine a-t-elle achevé la première rédaction de *Mrs Dalloway* que Virginia Woolf note dans son *Journal* : « J'entrevois déjà Le Vieil Homme » (17 octobre 1924). Réflexion sibylline qui s'éclaire de cette autre, en date du 6 janvier 1925 : « Je n'arrête pas de concevoir des histoires à présent. Des histoires courtes — des scènes — par exemple Le Vieil Homme (un portrait de L. S.) », à savoir son père, Leslie Stephen. De fait, Virginia Woolf ne va pas tarder à écrire une suite de nouvelles, mais chacune d'elles étant consacrée à un personnage mineur présent à la réception des Dalloway, le « Vieil Homme » n'y

aura pas sa place. En mars 1925, elle précise son intention dans
un carnet de notes : « Ces esquisses seront un couloir menant
de Mrs Dalloway à un nouveau livre » (*To the Lighthouse. The
Original Holograph Draft*, éd. cit., Appendice A, p. 44-45). Ce
nouveau livre, Virginia Woolf l'aperçoit enfin, sans doute à mi-
couloir, entre mars et mai 1925. Elle le notera ultérieurement
dans son *Journal* : « J'ai conçu Le Phare un après-midi ici, dans
le Square » (14 mars 1927). Elle y reviendra plus en détail dans
un passage de ses Mémoires écrit en mai 1939 : « Un jour,
faisant le tour de Tavistock Square, je composai [*To the Lighthouse*], comme je compose parfois mes livres, dans une grande
bousculade apparemment impulsive. D'une chose en surgissait
une autre. L'envol des bulles de savon quand on souffle dans
un chalumeau évoque bien la foule d'idées et de scènes qui
se précipitaient hors de mon esprit, en sorte que mes lèvres
semblaient former spontanément des mots tandis que je
marchais. Qu'est-ce qui soufflait les bulles ? Pourquoi à ce
moment-là ? Je n'en ai pas la moindre idée » (*Instants de vie*,
trad. C.-M. Huet, Stock, 1977, p. 132). À la même époque, elle
se tourne volontiers vers le passé, encouragée en cela par sa
lecture de Proust. De retour d'une séance de pose chez le pho-
tographe Maurice Beck qui occupe l'ancien studio de Thomas
Woolner, elle évoque dans son *Journal* ce sculpteur préraphaé-
lite qui avait jadis demandé sa mère en mariage. Au début du
mois de mai elle se rend à Cambridge : « Lieu délicieux, où
déferle, comme partout en ce moment, la vague du passé. En
passant devant la maison des Darwin j'ai remarqué les saules ;
j'ai pensé, avec cette affection maternelle que je ressens de plus
en plus à présent, à moi-même ici » (4 mai 1925). Le jour même
de la publication de *Mrs Dalloway*, elle exprime son désir de
commencer à écrire ce qu'elle intitule déjà *To the Lighthouse* :
« Ce sera assez court : avec un portrait détaillé de père ; & de
maman ; et St Ives ; et l'enfance ; et tout ce que j'essaye toujours de mettre — la vie, la mort, etc. Mais le centre, c'est le
personnage de père, assis dans un bateau, récitant Nous pérîmes, chacun seul, tout en écrasant un maquereau agonisant »
(14 mai 1925). Pour autant, elle se retient de se lancer immédiatement dans l'aventure, préférant rédiger encore quelques
nouvelles et continuer à réfléchir à son roman « entre l'heure

du thé et celle du dîner ». Un mois plus tard, elle a écrit six nouvelles et craint d'avoir élaboré *To the Lighthouse* un peu trop en détail (14 juin 1925). On songe ici aux réflexions prêtées à Lily Briscoe sur le terrifiant passage de la conception à l'exécution. Le 26 juin, Virginia Woolf dîne en compagnie de Vanessa et de Jack Hills, que leur demi-sœur Stella Duckworth avait épousé en 1897, avant de mourir trois mois plus tard. Le lendemain, elle commence à évoquer dans son *Journal* ces retrouvailles familiales qui le temps d'une soirée l'ont transportée au temps de son adolescence, puis s'interrompt : « Mais tandis que j'essaye d'écrire je suis en train de concevoir "To the Lighthouse" — on y entendra la mer tout du long. Je crois bien que je vais inventer un nouveau nom pour mes livres, pour remplacer "roman". Un nouveau — de Virginia Woolf. Mais quoi ? Élégie ? » (27 juin 1925.) En juillet, avant le départ pour Rodmell, Virginia Woolf consacre tout son temps aux mondanités, recevant une foule de visiteurs, assistant à nombre de réceptions. Elle n'ignore pas les dangers de cette vie trépidante mais, écrit-elle, « je ne pense pas à l'avenir, ni au passé, je me repais de l'instant. C'est le secret du bonheur » (19 juillet 1925). Le lendemain elle se reconnaît un désir superstitieux d'attendre d'être dans sa maison du Sussex pour commencer à écrire son roman, et pense être en mesure de le terminer là-bas en deux mois. Déjà, elle prévoit de briser l'unité de son récit par une évocation impersonnelle de la fuite du temps : « Ce passage (je conçois ce livre en trois parties : 1. à la fenêtre du salon, 2. sept années passèrent ; 3. la traversée) m'intéresse beaucoup » (20 juillet 1925). Elle hésite encore, toutefois, entre un portrait concis de son père et un livre « beaucoup plus vaste et plus lent » (30 juillet 1925).

Le 6 août 1925, au lendemain de son arrivée à Rodmell, Virginia Woolf ouvre un cahier vert, inscrit *« To the Lighthouse »* en haut de la première page, et détaille, sur la suivante, un plan en trois parties qui reprend exactement celui qu'elle avait arrêté en juin, à ceci près qu'elle envisage désormais de suggérer le passage du temps sur dix années au lieu de sept. Ce plan fait cependant apparaître un changement radical par rapport au projet initial : au centre de l'œuvre ne figurera plus le personnage du père mais celui de la mère. Le livre sera-t-il long ou court, Virginia Woolf l'ignore toujours mais, précise-t-elle à la dernière ligne de son plan, l'impression dominante sera liée à la personnalité de Mrs Ramsay.

Virginia Woolf commence alors à écrire, avec une aisance et une rapidité qui la surprennent et la ravissent. Mais dès le 19 août elle est obligée de s'aliter, en proie aux symptômes habituels de l'épuisement nerveux, migraines, nausées, etc. Début septembre, elle reprend son manuscrit et l'abandonne presque aussitôt. À la fin du mois elle écrit deux pages d'une nouvelle « pour se tester » et pense être en voie de guérison, toutefois le 5 octobre, dès son retour à Londres, elle s'effondre à nouveau. Cette rechute lui interdira de mener une vie normale pendant deux mois. Tout au plus aura-t-elle la force, au cours de cette période, d'écrire « On Being Ill » (« De l'état de maladie ») pour le *New Criterion*, périodique littéraire fondé par T. S. Eliot.

En décembre Virginia Woolf va mieux mais reste fragile. Le peu d'enthousiasme manifesté par Eliot à la lecture de son essai l'amène à douter de son talent d'écrivain en général et de l'intérêt de son projet de roman en particulier. Vita Sackville-West, qu'elle rencontre de loin en loin depuis trois ans, vient de lui annoncer qu'à la mi-janvier elle rejoindrait son mari en poste à l'ambassade de Téhéran. Bouleversée à l'idée de son départ, Virginia Woolf prend conscience de l'affection qu'elle lui porte et souffre de l'apparente indifférence de Vita. Cette dernière, cependant, ne tarde pas à la rassurer en l'invitant à passer trois jours dans sa maison du Kent, peu avant Noël. Dès lors, Virginia Woolf se sent revivre : « [Vita] m'accorde à profusion cette protection maternelle qui est, pour une raison ou une autre, ce que j'ai toujours le plus souhaité recevoir de chacun » (21 décembre 1925). La perspective de leur séparation prochaine continue certes à l'affliger, mais elle ne l'inquiète plus.

Ainsi Virginia Woolf retrouve-t-elle au début de 1926 le désir et la force de reprendre le manuscrit abandonné depuis trois mois. Le 15 janvier elle note hâtivement quelques idées de scènes pour la première partie : grand dîner, fiançailles d'un jeune couple, enfants choisissant les bijoux que portera leur mère tandis que des oiseaux tournoient au-dehors, Mrs Ramsay descendant l'escalier et sentant une odeur de brûlé, Mr et Mrs Ramsay seuls à la fin. Elle indique aussi son intention d'utiliser des citations de poèmes comme éléments de caractérisation (*The Original Holograph Draft*, éd. cit., p. 3). Enfin, le 18 janvier, elle se remet à écrire, avec une facilité et une rapidité qu'elle n'avait encore jamais connues. Elle continue de suivre le plan élaboré l'année précédente, mais modifie de façon essentielle l'économie de son roman en dotant le personnage de Lily Briscoe d'une importance et d'une fonction nouvelles : de peintre paysagiste, Lily devient portraitiste, ce qui permet au texte d'acquérir une dimension réflexive.

Virginia Woolf travaille à son roman chaque jour, de dix heures à treize heures, et avoue qu'elle a bien du mal à s'en abstraire le reste du temps, que ce soit pour rencontrer des amis ou vaquer aux multiples tâches que lui imposent ses fonctions de codirectrice de la Hogarth Press : lecture de manuscrits, correspondance avec les auteurs, vérification des épreuves, etc. Le 16 mars, parvenue au milieu de la longue scène du dîner et à la fin de son cahier vert, Virginia Woolf s'émerveille d'avoir écrit près de quarante mille mots en deux mois, « mon record ». Passant du vert au bleu, elle entame alors le second volume de son manuscrit et poursuit allègrement. En avril son rythme se ralentit sensiblement. Dans son *Journal* et ses lettres à Vita ou à sa sœur Vanessa, elle ressasse son regret de n'avoir pas d'enfants, de mener une existence aride, coupée de ce qu'elle appelle « le bonheur naturel ». Eu égard à ce qu'elle est en train d'écrire chaque matin, on conçoit que quelques heures passées début avril en compagnie d'un couple ami et de leurs deux enfants aient exacerbé sa nostalgie latente des joies associées à la vie de famille. Cinq jours de vacances dans le Dorset à la mi-avril l'aident à surmonter cette crise, au moins superficiellement. De retour à Londres, elle se remet à son roman avec ardeur, termine la première partie le 29 avril et enchaîne directement sur la seconde. Les mots continuent de se bousculer sous sa plume, ce dont elle ne manque pas de s'étonner dans son *Journal* : « On ne saurait imaginer plus abstrait ni plus difficile à écrire. Il me faut évoquer une maison vide, sans personnages, rendre le passage du temps, le tout parfaitement aveugle et lisse, sans rien à quoi se raccrocher : eh bien, je me lance et écris aussitôt deux pages à la volée. Est-ce un tissu d'inepties ? Est-ce brillant ? Pourquoi suis-je ainsi poussée par les mots et apparemment libre de faire exactement ce que je veux ? De plus, quand je relis un passage, il me paraît plein de vigueur ; il faudra condenser un peu, mais à part cela, il n'y a pas grand-chose à changer » (30 avril 1926). Virgina Woolf achève « Le Temps passe » en moins d'un mois, le 25 mai. Deux jours plus tard, poursuivant sur sa lancée, elle commence la troisième partie mais la fatigue, qui se traduit par de la température et de nouvelles migraines, l'oblige à s'interrompre au bout d'une quinzaine de pages. À la mi-juin elle s'estime guérie mais consacre encore quelques jours à un essai sur Thomas De Quincey (« Impassioned Prose ») avant de se remettre à son manuscrit le 21 juin. Elle y travaille moins d'un mois, décidant courant juillet de le mettre de côté jusqu'à son départ pour Rodmell : « Là je m'attaquerai à la dernière partie de ce python, mon livre », écrit-elle dans son *Journal*, ajoutant : « C'est un douloureux combat, et je me demande de temps en temps pourquoi je me suis engagée là-dedans » (22 juillet 1926). En attendant, Virginia Woolf se contente de poursuivre son essai sur De Quincey et de rédiger l'introduction d'un recueil de photographies dues à sa grand-tante maternelle, Julia Margaret Cameron. À noter que ce recueil, publié par la Hogarth Press en octobre 1926, comprend trois photographies de la mère de Virginia Woolf, prises à l'époque où elle s'appelait encore Mrs Herbert Duckworth.

Le 27 juillet Virginia Woolf s'installe à Rodmell pour deux mois, bien décidée à se consacrer à son roman. Ce qu'elle définit elle-même dans son *Journal* comme « toute une dépression nerveuse en miniature » (31 juillet 1926) l'en empêche encore jusqu'au 4 août, date à laquelle elle se met à écrire la quatrième section de la troisième partie. Progressant au rythme de deux pages par jour, elle termine cette première mouture le 16 septembre, et sombre aussitôt dans la dépression, désemparée par son « oisiveté » soudaine, obsédée par le sentiment que sa vie est un échec. Ce qu'elle écrit alors dans son *Journal* témoigne de sa détresse. Ce qu'elle y écrit huit ans plus tard permet d'en mesurer toute la profondeur : « Après le Phare j'étais, je m'en souviens, plus près du suicide, sérieusement, qu'à aucun moment depuis 1913 » (17 octobre 1934).

Le 25 octobre, de retour à Londres, Virginia Woolf commence à taper son texte, le révisant au fur et à mesure Cette deuxième phase de la composition de *To the Lighthouse* durera jusqu'au 14 janvier 1927. Consciente que certains passages demandent encore à être remaniés, Virginia Woolf s'estime néanmoins assez satisfaite de l'ensemble, fière d'avoir écrit, « à [son] âge », un livre « dur et musclé » (14 janvier 1927). Bien que cette seconde version dactylographiée ait disparu et que Virginia Woolf ait continué à réviser son texte jusqu'à ce qu'il soit définitivement sous presse, il est possible de se faire une idée du travail accompli entre octobre 1926 et janvier 1927 en comparant le manuscrit transcrit par Susan Dick (voir la bibliographie) avec l'œuvre finalement publiée par la Hogarth Press. D'une manière générale, Virginia Woolf s'est employée à resserrer et structurer un texte écrit rapidement, souvent au fil de la plume, d'une part en retranchant quantité de mots et expressions superflus et en balançant plus précisément phrases, paragraphes et sections, d'autre part en scandant le rythme essentiellement binaire de son écriture au moyen de leitmotive et reprises en écho. Dans la première et la troisième parties elle a multiplié les glissements de point de vue à l'intérieur de chaque scène, ce qui souligne la dramatisation du récit et lui confère nettement plus de dynamisme et de rythme. Par ailleurs elle a stylisé le portrait de la famille Ramsay en gommant un certain nombre de détails biographiques. S'agissant de la seconde partie, nous disposons, à défaut du texte dactylographié par Virginia Woolf, de sa traduction en français. Avant même qu'elle n'ait achevé de réviser l'ensemble de son roman elle a en effet, contrairement à tous ses principes, autorisé Charles Mauron à en traduire ce long fragment. « Le Temps passe » a été publié dans le numéro daté « hiver 1926 » de *Commerce*, prestigieux cahiers trimestriels édités par Paul Valéry, Léon-Paul Fargue et Valery Larbaud. Il témoigne d'un travail de réécriture considérable par rapport à la première version manuscrite et, compte tenu des délais de traduction et de publication, on peut supposer que Virginia Woolf a commencé à l'automne 1926 par reprendre cette seconde partie. Par ailleurs, cette version intermédiaire diffère non moins sensiblement de la version définitive. Toujours attentive aux réactions de ses amis et premiers lecteurs, Virginia Woolf a perçu au début de 1927 que « Le Temps passe » ne soulevait pas leur enthousiasme. Profitant, selon son habitude, de la correction des épreuves pour apporter de nouvelles modifications à son texte, elle a d'évidence plus particulièrement retravaillé cette seconde partie à compter du 13 février 1927. C'est alors seulement que lui est venue l'idée de génie de ponctuer son texte descriptif de quelques notations événementielles entre crochets qui, tout en le brisant formellement — d'où leur impact dramatique — le prolongent thématiquement et, de ce fait, l'éclairent et l'enrichissent. Elle a également peaufiné les deux autres parties. En témoignent les divergences existant entre les premières éditions anglaise et américaine du roman, pourtant publiées le même jour. Une lettre du 18 février 1927 indique qu'elle travaillait alors en parallèle sur deux jeux d'épreuves respectivement destinés à la Hogarth Press et à Harcourt, Brace (New York). L'un et l'autre ont disparu, mais nombre d'indices textuels (fournis par la collation des deux éditions, du manuscrit holographe et de l'extrait traduit par Mauron) confirment ce que les dates d'expédition à Harcourt, Brace des épreuves (février 1927) et d'une liste de cinq corrections (1er mars 1927) permettaient déjà d'inférer : *le texte définitif voulu par l'auteur en 1927 est celui de l'édition anglaise.* C'est d'ailleurs lui que Virginia Woolf a relu et corrigé en novembre-décembre 1929 avant sa publication par la Hogarth dans l'édition « uniforme » de ses œuvres, le 19 février 1930.

Avant de se dessaisir de son deuxième jeu d'épreuves, Virginia Woolf y a donc noté d'ultimes repentirs. Cette tâche accomplie, elle a inscrit sur la première page de son manuscrit : « fini le 16 mars 1927 », puis a attendu que son livre paraisse, le 5 mai 1927, jour anniversaire de la mort de sa mère.

BIBLIOGRAPHIE SÉLECTIVE

La date indiquée est, dans chaque cas, celle de la première édition. À signaler que tous les romans de Virginia Woolf sont aujourd'hui disponibles dans plusieurs éditions de poche anglaises, dont les éditions Penguin, « Twentieth-Century Classics », et Oxford, « World's Classics ».

Le texte retenu pour la présente traduction est celui de l'édition Hogarth « uniforme » de 1930, revu par Virginia Woolf.

ŒUVRES DE FICTION
ET TRADUCTIONS EN FRANÇAIS

The Voyage Out, Duckworth, 1915.
   La Traversée des apparences, trad. Ludmila Savitsky, Le Cahier Gris, 1948, Flammarion, 1985.
   Croisière, trad. Armel Guerne, Robert Marin, 1952.
Night and Day, Duckworth, 1919.
   Nuit et Jour, trad. Maurice Bec, Éditions du Siècle, 1933.
   Nuit et Jour, trad. Catherine Naveau, Flammarion, 1985.
Jacob's Room, Hogarth Press, 1922.
   La Chambre de Jacob, trad. Jean Talva, Stock, 1942 et 1973.
   La Chambre de Jacob, trad. Magali Merle, « La Pochothèque », Le Livre de Poche, 1993.
Mrs Dalloway, Hogarth Press, 1925.
   Mrs Dalloway, trad. S. David, Stock, 1929.
   Mrs Dalloway, trad. Pascale Michon, « La Pochothèque », 1993.

Mrs Dalloway, Préface de Bernard Brugière, trad. Marie-Claire Pasquier, Gallimard « Folio classique », 1994.

To the Lighthouse, Hogarth Press, 1927.
   La Promenade au Phare, trad. M. Lanoire, Stock, 1929 Le Livre de Poche, série « biblio », 1992.
   Voyage au Phare, trad. Magali Merle, « La Pochothèque », 1993.

Orlando, Hogarth Press, 1928.
   Orlando, trad. Charles Mauron, Stock, 1931. Le Livre de Poche, série « Biblio », 1994.
   Orlando, trad. Catherine Pappo-Musard, « La Pochothèque », 1993.

The Waves, Hogarth Press, 1931.
   Les Vagues, trad. Marguerite Yourcenar, Stock, 1937 Le Livre de Poche, « Biblio », 1982.
   Les Vagues, trad. Cécile Wajsbrot, Calmann-Lévy, 1993.

The Years, Hogarth Press, 1937.
   Années, trad. Germaine Delamain, Stock, 1938. Le Livre de Poche, « Biblio », 1985.

Between the Acts, Hogarth Press, 1941.
   Entre les Actes, trad. Yvonne Genova, Charlot, 1945.
   Entre les Actes, trad. Charles Cestre, Stock, 1947. « La Pochothèque », 1993.

TRANSCRIPTION DU MANUSCRIT DE
TO THE LIGHTHOUSE

To the lighthouse : The Original Holograph Draft, ed. Susan Dick, Hogarth Press, 1983.

ESSAIS ET BIOGRAPHIE

Collected Essays, 4 volumes, Hogarth Press, 1966-1967.
Roger Fry. A Biography, Hogarth Press, 1940.

LECTURES COMPLÉMENTAIRES

1. *Biographie, mémoires, journaux et correspondance*

Bell, Quentin : *Virginia Woolf. A Biography* (2 vol.), Hogarth Press, 1972.
Virginia Woolf (2 vol.), trad. Francis Ledoux, Stock, 1973-1974.
Stephen, Leslie : *Some Early Impressions*, Hogarth Press, 1924 (1903).
Stephen, Leslie : *Mausoleum Book*, Clarendon Press, 1977. (L. Stephen a commencé ce récit de ses deux mariages une quinzaine de jours après la mort de Julia, en mai 1895, et l'a achevé en novembre 1903, trois mois avant sa propre mort. Il le destinait à ses seuls enfants et beaux-enfants Duckworth.)
Moments of Being. Unpublished Autobiographical Writings of Virginia Woolf, ed. Jeanne Schulkind, Sussex University Press, 1976.
Instants de vie, trad. Colette-Marie Huet, Stock, 1977. Le Livre de Poche, « Biblio », 1988.
The Letters of Virginia Woolf (6 vol.), ed. Nigel Nicolson & Joanne Trautmann, Hogarth Press, 1975-1980.
Lettres, choisies, présentées et traduites par Claude Demanuelli, Le Seuil, 1993.
The Diary of Virginia Woolf (5 vol.), ed. Anne Olivier Bell & Andrew McNeillie, Hogarth Press, 1977-1984.
Journal (8 vol.), trad. Colette-Marie Huet et Marie-Ange Dutartre, Stock, 1981-1990.
A Passionate Apprentice. The Early Journals 1897-1909, ed. Mitchell A. Leaska, Hogarth Press, 1990.
Journal d'adolescence 1897-1909, trad. M-A Dutartre, Stock, 1993.

2. *Études critiques*

Bowlby, Rachel : *Virginia Woolf. Feminist Destinations,* Blackwell, 1988.
Davies, Stevie : *Virginia Woolf. To the Lighthouse,* Penguin, 1989.

Leaska, Mitchell A. : *Virginia Woolf's Lighthouse. A Study in Critical Method*, Hogarth Press, 1970.

Lee, Hermione : *The Novels of Virginia Woolf*, Methuen, 1977.

Minow-Pinkney, Makiko : *Virginia Woolf and the Problem of the Subject*, The Harvester Press, 1987.

Pellan, Françoise : *Virginia Woolf. L'ancrage et le voyage*, Presses Universitaires de Lyon, 1994.

NOTES

Page 37.

1. *Army and Navy Stores* : grand magasin de Victoria Street, à Londres, dans le quartier de Westminster. À l'origine (1871), coopérative de vente réservée aux militaires et à leur famille. Dans les années vingt l'accès s'en était élargi mais restait réservé à une clientèle d'adhérents. Ce grand magasin existe toujours.

2. Dans l'essai sur Lewis Carroll qu'elle écrira en 1939, V. Woolf évoquera la sensibilité enfantine en des termes qui ne sont pas sans rappeler son portrait de James Ramsay. L'enfant, écrira-t-elle, est très littéral ; pour lui tout est si étrange que rien ne le surprend ; il est sans cœur, impitoyable, et en même temps si passionné qu'une rebuffade ou une ombre suffit à plonger le monde entier dans les ténèbres. (Voir *Collected Essays*, vol. 1, Hogarth Press, 1966, p. 255.)

Page 41.

1. Plusieurs références à l'Empire des Indes sont disséminées dans le roman. La famille maternelle de Julia Stephen était établie en Inde depuis 1788. Elle-même était née à Calcutta en 1846 et est arrivée en Angleterre avec sa mère à l'âge de deux ans. Son père, médecin à Calcutta, n'a rejoint sa famille qu'en 1855.

Page 42.

1. *Skye :* île du nord-ouest de l'Écosse appartenant à l'archi
pel des Hébrides.

Page 43.

1. *Balliol :* célèbre collège de l'université d'Oxford.

Page 44.

1. *Reform Bill :* trois lois de réforme électorale ont été adop-
tées par le parlement anglais au XIXe siècle. La première (1832)
élargissait la représentation à une partie de la classe moyenne.
La seconde (1867) étendait un peu plus le droit de vote. La
troisième (1884), qui accordait le droit de vote aux ouvriers
agricoles et aux mineurs, permettait à l'électorat de représenter
60 % de la population masculine dans les villes, et 70 % dans
les comtés. La première loi de réforme ayant suscité le plus
de remous dans l'opinion et les débats les plus houleux aux
Communes et à la Chambre des Lords, c'est vraisemblablement
à elle qu'il est fait allusion ici. À l'époque où se situe l'action
de la première partie du roman, aux alentours de 1908, les cam-
pagnes des suffragettes avaient provoqué un regain d'intérêt
pour les circonstances de l'adoption de ces différentes lois de
réforme.

Page 45.

1. Julia Stephen avait en réalité des arrière-grands-parents
français, le chevalier Antoine de l'Étang et son épouse Thérèse,
née Blin de Grincourt. V. Woolf prenait un certain plaisir
amusé à évoquer son aïeul maternel, attaché à la maison de la
reine Marie-Antoinette puis exilé à Pondicherry, et qui avait
fini par servir le nabab d'Oudh. À l'origine, V. Woolf faisait
descendre Mrs Ramsay de la maison des Clareville ou Clermont
(*Holograph Draft*, éd. cit., p. 15). On notera plus loin que son
ascendance italienne n'empêche pas Mrs Ramsay de remuer les
mains comme une Française, ni d'utiliser pour le dîner une
recette française de sa grand-mère.

Page 47.

1. Charles Tansley ambitionne « a fellowship », c'est-à-dire, précisément, un poste dans un collège d'Oxford ou Cambridge.

Page 49.

1. Les traductions de William Archer et le soutien actif de G. B. Shaw, Edmund Gosse et Thomas Hardy rendirent Henrik Ibsen (1828-1906) très populaire en Angleterre à partir des années 1890. La critique sociale véhiculée par ses œuvres pourrait sembler davantage susceptible d'intéresser Charles Tansley que sa dénonciation de l'égoïsme masculin et de l'oppression des femmes. L'association du nom d'Ibsen au personnage suggère cependant la superficialité de sa misogynie affichée.

Page 50.

1. *Mr Paunceforte :* personnage fictif. Virginia Woolf transpose dans l'île de Skye la petite colonie de peintres (essentiellement de marines et scènes de port) qui fréquentaient St Ives à la fin du XIXᵉ siècle. Parmi eux James Whistler, Walter Sickert Julius Olsson, Franck Bramley, Walter Langley, etc.

2. V. Woolf transpose cette fois dans le temps. Les artistes en question n'étaient pas les amis de la grand-mère de Julia Stephen mais ceux de sa mère, Maria Jackson, et de ses tantes, Julia Cameron et surtout Sara Prinsep. Cette dernière recevait à Little Holland, sa maison de Kensington, outre des écrivains, tels que Tennyson et Thackeray, et des hommes politiques, tels que Gladstone et Disraeli, des peintres, dont G. F. Watts et les préraphaélites Burne-Jones (à qui la jeune Julia servit de modèle), Holman Hunt et Woolner (qui la demandèrent tous deux en mariage).

Page 51.

1. Voir « Réminiscences » : « [Ma mère] visita les pauvres, assista les mourants » (*Instants de vie*, éd. cit., p 33). Dans ses Mémoires, L. Stephen avait lui-même évoqué ce rôle de « sœur de charité » : « En cas d'ennui, de mort, de maladie dans la

famille, on faisait aussitôt appel à Julia, soit pour réconforter les endeuillés, soit pour soigner les malades. Elle devint une infirmière tr^{ᵃᶜ} expérimentée, très tendre, experte et avisée (*Mausoleum Book*, éd. cit., p. 40).

2. *La Jarretière* : ordre le plus élevé de la chevalerie britannique, fondé vers 1344 par Edouard III. Le souverain est le Grand Maître de l'ordre.

Page 54.

1. *How's that ?* : cri lancé au cricket par les joueurs qui pensent avoir réussi à éliminer le « batteur » de l'équipe adverse. Les parties de cricket disputées dans le jardin étaient un des plaisirs des vacances à St Ives (voir *Mausoleum Book*, éd. cit., p. 68). Vanessa et Virginia ne se passionnaient pas moins que leurs frères pour ce sport. Une photo datée de 1894 en témoigne.

Page 55.

1. *« Stormed at with shot and shell »* : vers extrait des strophes 3 et 5 de « La Charge de la Brigade légère » (1854), du poète victorien Alfred Tennyson. Deux cent quarante-sept hommes sur les six cent trente-sept que comptait la brigade furent tués ou grièvement blessés à Balaklava, pendant la guerre de Crimée, dans cette charge ordonnée à la suite d'une tragique erreur d'appréciation. Sur la fonction de cette citation et des suivantes dans le texte, voir la préface de cette édition.

Page 56.

1. *« Boldly we rode and well »* . Mr Ramsay déforme un vers de la troisième strophe du poème de Tennyson : « Boldly they rode and well » (*Ils* chevauchèrent...). La substitution du pronom de la première personne souligne son identification aux héros superbes.

2. *Jackmanii* : aussi appelé jacmanna, variété de clématite à petites fleurs violet foncé.

Page 57.

1. « *Someone had blundered* » : extrait de la deuxième strophe du poème de Tennyson.

Page 58.

1. *Brompton Road* : grande artère du West End de Londres, au sud de Hyde Park. L'adresse de Lily Briscoe atteste son appartenance à la bourgeoisie.

Page 60.

1. *Westmorland* : ancien comté du nord-ouest de l'Angleterre, comprenant une partie du Lake District (lacs de Windermere, Grasmere, etc.). Depuis 1974 le Westmorland forme avec l'ancien Cumberland le nouveau comté de Cumbria.

Page 63.

1. Voir Leslie Stephen, *An Agnostic's Apology* (1893) : « "Ceci est une table" est un énoncé qui affirme d'emblée que je dispose d'un certain nombre d'impressions sensorielles organisées. » Voir aussi la discussion sur l'existence de la vache au tout début du roman d'E. M. Forster, *The Longest Journey* (1907) : « Ils discutaient de l'existence des objets. Existent-ils seulement quand il y a quelqu'un pour les regarder ? »

Page 66.

1. « *Someone had blundered* » : voir n. 1, p. 57

Page 68.

1. *George Croom Robinson* (1842-1892) était un ami de Leslie Stephen. Professeur de philosophie à University College, Londres, il était l'éditeur de la revue philosophique *Mind* (Esprit).

Page 71.

1. À l'âge de vingt et un ans, Julia avait épousé en premières

noces un jeune avocat, Herbert Duckworth. Mariage d'amour et mariage heureux qui devait durer à peine plus de trois ans. Veuve à vingt-quatre ans, mère de deux enfants et enceinte d'un troisième, Julia s'était un temps abandonnée au désespoir. Dans ses Mémoires, V. Woolf rapporte que, d'après sa demi-sœur Stella, leur mère avait coutume à l'époque d'aller s'étendre sur la tombe de son mari. Mais, précise-t-elle ailleurs : « [ma mère] ne parlait jamais de son premier amour » (*Instants de vie*, éd. cit., p. 35).

Page 72.

1. *Euston :* gare de Londres, terminus de la ligne du nord-ouest vers l'Écosse.

2. La suite prouve la naïveté de Mr Bankes (voir en particulier la section 8). Dans ses Mémoires, Leslie Stephen s'était exprimé en termes très voisins : « Inutile de vous dire que même à la fleur de sa jeunesse elle était aussi inconsciente de sa beauté qu'un petit enfant, ou plutôt aussi dépourvue de vanité » (*Mausoleum Book*, éd. cit., p. 33).

Page 73.

1. Cette phrase est une mosaïque de citations de « La Charge de la Brigade légère » : les deux premiers vers déjà cités dans le texte, « sabres au clair » (fragment de la strophe 4), « la vallée de la mort » (str. 1 et 2), enfin un vers commun aux str. 3 et 5, « volleyed and thundered », rendu ici par « le grondement de la canonnade ». (Voir aussi n. 1, p. 55.)

Page 76.

1. *« In June he gets out of tune »* : extrait d'une vieille comptine intitulée « To the Cuckoo » (« Au Coucou »).

Page 78.

1 L'image récurrente de l'alphabet, censé représenter pour Mr Ramsay les différentes étapes possibles de la pensée abstraite, connote le *Dictionary of National Biography*, l'œuvre maî-

tresse de Leslie Stephen, à laquelle il travailla sans relâche de 1882, année de la naissance de Virginia, à 1891, rédigeant 378 essais biographiques

Page 82.

1 Voir « Une esquisse du passé » : « [Mon père] avait tou-jours besoin d'une femme pour l'approuver, le flatter, le conso-ler. Pourquoi ? Parce qu'il était conscient de son échec en tant que philosophe et écrivain » (*Instants de vie*, éd. cit., p. 223).

2. Dans le chapitre 5 de *A Room of One's Own (Une Chambre à soi)*, V. Woolf évoquera en des termes identiques le rôle vital que jouent femme et enfants pour tout homme engagé dans un travail accaparant et solitaire.

Page 84.

1. Jacob *Grimm* (1785-1863) et son frère Wilhelm (1786-1859), philologues et écrivains allemands qui ont réuni et publié nombre de contes et légendes germaniques, dont « Le Pêcheur et sa Femme » que Mrs Ramsay lit à James. Sur la fonction de ce conte, voir la préface à cette édition.

Page 86.

1. *St John's Wood :* quartier calme et résidentiel du nord-ouest de Londres, proche de Regent's Park.

Page 92.

1. *Locke, Hume, Berkeley :* les trois grands noms de l'empi-risme anglais. John Locke (1632-1704), auteur entre autres de l'*Essai concernant l'entendement humain* (1690) qui lui valut d'être qualifié par J. S. Mill de « fondateur incontesté de la phi-losophie analytique de l'esprit ». George Berkeley (1685-1753), auteur du *Traité concernant les principes de la connaissance humaine* (1710, 1734). David Hume (1711-1776), auteur du *Traité de la nature humaine* (1739-1740) et des *Essais philosophi-ques concernant l'entendement humain* (1748). Mécanisme étendu à l'esprit, subjectivisme et nominalisme radical sont les

thèses essentielles auxquelles Locke, Berkeley et surtout Hume ont donné une forme systématique.

Page 93.

1. *Thomas Carlyle* (1795-1881) : écrivain britannique, auteur, entre autres, de *Histoire de la Révolution française* (1837) et du *Culte des Héros* (1841). À la fin de sa vie, Carlyle, surnommé « le sage de Chelsea » jouissait d'un énorme prestige, en dépit de l'ambiguïté croissante de son discours politique et social. Défenseur des victimes de la révolution industrielle, il en est venu à prendre de plus en plus clairement position contre la démocratie. Son aspiration à l'avènement d'un chef naturel, d'un chef héroïque, fondée sur la conviction qu'à chaque époque quelques rares hommes naissent pour commander et les autres pour être des disciples, le fait apparaître comme un théoricien du fascisme. D'où, au moins en partie, le déclin de sa réputation au xxe siècle. Leslie Stephen, qui avait connu Carlyle et devait écrire sa biographie pour le *D N B*, admirait en lui le styliste mais l'homme le mettait mal à l'aise. Vers l'âge de vingt ans, Virginia Stephen était elle-même très sensible à la richesse de la prose de Carlyle, mais Virginia Woolf, bien revenue de son enthousiasme, n'hésitait pas à le qualifier dans son *Journal* de « vieux fossoyeur édenté » (29 avril 1921).

Page 96.

1. Voir, dans le *Journal*, ce commentaire sur Proust, que V. Woolf lisait à l'époque : « Il est aussi solide qu'une corde à boyau et aussi évanescent que la poussière des ailes d'un papillon » (8 avril 1925).

Page 102.

1. Leslie Stephen a évoqué en ces termes sa toute première rencontre avec Julia : « Je la vis [...] comme j'aurais pu voir la Madone Sixtine ou toute autre représentation de la beauté suprême » (*Mausoleum Book*, éd. cit., p. 31). La *Madone Sixtine*, peinte par Raphaël, se trouve à la Gemäldegalerie à Dresde.

Page 103.

1. *La Kennet :* rivière du Berkshire (comté situé à l'ouest de Londres) qui rejoint la Tamise près de Reading.

Page 109.

1. Dans son livre de conseils aux infirmières, tirés de sa propre expérience de visiteuse des malades, Julia Stephen donne des instructions précises concernant le lait : « L'infirmière doit voir le laitier elle-même et lui faire valoir l'importance de ne livrer que du bon lait frais venant de la même vache » (*Notes from Sickrooms*, Smith Elder & Cᵒ, 1883, p. 39).

Page 110.

1. Voir L. Stephen : « [Julia] parle dans une lettre du bonheur enfantin de Thoby et ajoute qu'elle dirait bien, si elle ne savait que j'allais l'en blâmer, qu'il ne pourrait jamais plus être aussi heureux » (*Mausoleum Book*, éd. cit., p. 60).

Page 113.

1. Sur la tendance de Julia à jouer les marieuses, voir L. Stephen : « Rien ne lui plaisait autant que d'encourager l'union de deux amoureux qui lui paraissaient dignes l'un de l'autre et dignes du plus grand bonheur que la vie puisse offrir » (*Mausoleum Book*, éd. cit., p. 75).

Page 117.

1. *Cf.* Évangile selon saint Luc, XXIII, 46 : « Père, je remets mon esprit entre tes mains. »

Page 118.

1. L'anecdote du philosophe embourbé est racontée dans le *Dictionary of National Biography* (vol. 28, 1891).

Page 119.

1. *Sealed vessel :* V. Woolf joue sur deux sens possibles du mot « vessel » : vaisseau sanguin et petit vase.

Page 121.

1. *Tante Camilla :* la mère et les tantes de Julia Stephen étaient réputées pour leur beauté. La plus belle des sept sœurs Pattle, la comtesse Somers, se prénommait Virginia. On notera l'identité des prénoms de la tante de Mrs Ramsay et de sa plus jeune fille, la petite Cam. À signaler en outre que Camilla est le nom donné par Leonard Woolf au double fictif de Virginia dans son roman publié en 1914, *The Wise Virgins* (*Les Vierges sages*).

Page 122.

1. *Scholarship :* bourse d'études obtenue par concours. Le manuscrit holographe précisait « pour Balliol ou Trinity », deux collèges prestigieux, respectivement à Oxford et à Cambridge

Page 123.

1. Amateur de longues marches dans la campagne, L. Stephen était aussi, dans sa jeunesse, un alpiniste émérite.

Page 126.

1. *« Best and brightest, come away ! »* : premier vers d'un poème de Shelley (1792-1822), « To Jane : The Invitation », écrit quelques mois avant sa mort et dédié à la femme de son ami Edward Williams avec lequel il devait périr noyé dans le golfe de La Spezia près de Lerici.

Page 130.

1. *La Corne d'Or :* baie turque à l'extrémité sud du Bosphore.

Page 133.

1. La réaction de Nancy rappelle celle de Rachel Vinrace, l'héroïne du premier roman de V. Woolf, lorsqu'en compagnie de son ami Terence elle surprend les ébats (moins innocents) d'un jeune couple : « Hewet et Rachel battirent en retraite sans dire un mot. Hewet se sentait très mal à l'aise. "Je n'aime pas

cela", dit Rachel au bout d'un moment » (*The Voyage Out*, chap. 11).

Page 134.

1. Voir « Une esquisse du passé » : « Et le crieur public parcourait de temps à autre le front de mer en agitant sa clochette de vendeur ambulant et en criant : "Oyez ! Oyez ! Oyez !" Ce qu'il proclamait, je l'ignore ; sauf en une occasion, quand une de nos invitées perdit une broche et que le vieux Charlie Pierce le proclama » (*Instants de vie*, éd. cit., p. 200). À l'époque où elle écrivait son roman V. Woolf avait elle-même perdu une broche en nacre. (Voir *Journal*, 3 mars 1926.)

Page 136.

1. En août 1905 les quatre jeunes Stephen retournèrent à St Ives pour la première fois depuis la mort de leur mère dix ans plus tôt, et s'introduisirent clandestinement, de nuit, dans le jardin de Talland House. Le récit que Virginia a fait de cet épisode dans son *Journal*, le 11 août 1905, présente nombre de similitudes avec ce passage du roman. Voir, en particulier, son évocation des fenêtres éclairées (mais : « les lumières n'étaient pas les nôtres ; les voix étaient celles d'étrangers »).

Page 138.

1. Dans « Une esquisse du passé », V. Woolf a évoqué le plaisir qu'elle avait, enfant, à dévaler l'escalier au bras de sa mère pour aller dîner, ou à choisir les bijoux qu'elle allait porter. (Voir *Instants de vie*, éd. cit., p. 161.)

Page 148.

1. *Marlow* : petite ville du Buckinghamshire située au bord de la Tamise, au milieu d'une agréable campagne. C'est à Marlow, en 1817, que Shelley a composé son long poème « La Révolte de l'Islam », cependant que sa femme, Mary Wollstonecraft Shelley, écrivait *Frankenstein*.

Page 153.

1. Lily refuse de jouer un rôle contre lequel V. Woolf a souvent exercé sa verve, celui d'« Ange du Foyer » (*The Angel in the House* (1854-1863) est le titre d'un recueil du poète victorien Coventry Patmore). Voir en particulier l'essai « Professions for Women » (1931) : « Vous êtes une jeune femme. Vous rédigez un article sur un livre qui a été écrit par un homme. Soyez bienveillante ; soyez tendre ; flattez ; mentez ; usez de tous les artifices et de toutes les ruses de notre sexe » (*Collected Essays*, vol. 2, éd. cit. p. 285).

Page 158.

1. Voir « Une esquisse du passé » : « [Père] avait un grand respect pour les pêcheurs. Leur pauvreté l'affectait » (*Instants de vie*, éd. cit., p. 198). Dans ses souvenirs de jeunesse, Leslie Stephen exprime sa sympathie pour les positions du parti libéral, mais avoue n'avoir aucun sens de la politique : « Quand il s'agit d'interpréter [mes opinions] dans le jargon du jour, d'apprécier les mérites d'un programme particulier, ou de choisir le meilleur moyen de mettre en œuvre une politique, je suis aussi désarmé qu'un pasteur de campagne à la Bourse » (*Some Early Impressions*, éd. cit., p. 94).

Page 160.

1. *Un tableau quelconque :* V. Woolf pourrait amalgamer deux tableaux : *Bacchus adolescent*, du Caravage, qui intègre feuilles de vigne dans les cheveux, vin et coupe de fruits, et *Bacchus et Ariane*, du Titien, qui représente le jeune dieu bondissant de son char tiré par deux léopards (ou guépards) au milieu d'un cortège de nymphes et satyres. Le Caravage se trouve à Florence au musée des Offices, que Virginia avait visité avec Vanessa en 1904 et 1909. Le Titien est à la National Gallery de Londres.

Page 162.

1. *George Eliot :* pseudonyme de Mary Ann Evans (1819-

1880), auteur, entre autres, d'*Adam Bede, Le Moulin sur la Floss, Silas Marner*. La publication de *Middlemarch* (1871, 1872) ne fit qu'accroître sa célébrité et lui valut d'être considérée de son vivant comme la plus grande romancière de son temps. Après sa mort, sa réputation déclina quelque peu. Leslie Stephen reconnaissait du charme à ses œuvres de jeunesse mais jugeait passablement pesantes les ratiocinations intégrées aux grands romans de la maturité. L'épisode dont V. Woolf s'inspire ici traduit bien ses réticences. À son beau-fils George Duckworth, qui lui avait emprunté son édition de *Middlemarch* et avait oublié le second volume dans un train, L. Stephen déclara qu'à son avis « un volume de *Middlemarch* suffisait » (*Instants de vie*, éd. cit., p. 261). V. Woolf était loin de partager cet avis, comme en témoigne un essai écrit en 1919 : « Ce livre magnifique en dépit de toutes ses imperfections, est l'un des rares romans anglais écrits pour des adultes » (« George Eliot » in *Collected Essays*, vol. 1, éd. cit. p. 201).

Page 165.

1. *Marthe* : la jeune Suissesse se prénommait Marie dans la section 5. Il est vrai que là elle parlait avec Mrs Ramsay et qu'ici elle la sert...

Page 168.

1. *Mile End Road* : longue rue de l'East End de Londres qui relie les quartiers populaires de White Chapel et de Mile End, ce dernier ainsi nommé parce qu'il se situe à environ un mille des murs de l'ancienne Cité.

Page 172.

1. *Voltaire* : lui-même libre penseur, L. Stephen devait à Voltaire l'essentiel de ses arguments contre la religion.

2. *Lord Rosebery* : Archibald Primrose, comte de Rosebery (1847-1929). Homme politique appartenant au parti libéral. Ministre dans le gouvernement de Gladstone en 1886. Premier Ministre de 1894 à 1895. Auteur d'ouvrages sur Pitt, Chatham et Napoléon. Il salua le *Dictionary of National Biography* de

L. Stephen comme étant « le monument littéraire du règne de Sa Majesté [la reine Victoria] ».

3. *Thomas Creevey* (1768-1838) : député du parti whig (le futur parti libéral). *The Creevey Papers* (1903), extraits de son *Journal* et de sa *Correspondance*, sont une chronique très vivante et une mine d'informations sur la société georgienne. Non moins intéressant est le compte rendu qu'il a laissé de son séjour à Bruxelles à l'époque de la bataille de Waterloo.

Page 173.

1. *The Waverley novels :* cette appellation désigne communément l'ensemble des romans historiques écossais de Sir Walter Scott (1771-1832), dont le premier, *Waverley*, fut publié anonymement en 1814 et les suivants, jusqu'en 1827, comme étant de « l'auteur de *Waverley* ». Porté aux nues par ses contemporains et les générations suivantes, Scott avait vu son étoile pâlir au début du XXe siècle au point d'être relégué par une bonne partie de la critique au rang d'auteur pour enfants. Pour sa part, L. Stephen lui vouait une grande admiration. (Voir aussi ci-dessous n. 1, p. 191.)

2. Dans le dernier chapitre des *Années* (1937), Peggy Pargiter ironise de même, mais plus férocement, sur l'égotisme d'un jeune homme présent à la grande réception finale : « Elle connaissait tout cela par cœur. Moi, moi, moi [...] Moi, moi, moi [...] Mais qu'ai-je à faire de ses "Moi, moi, moi ?" Ou de sa poésie ? »

3. *Jane Austen* (1775-1817) : auteur, entre autres, d'*Orgueil et Préjugé, Mansfield Park, Emma*. Selon V. Woolf « la plus parfaite artiste parmi les écrivains femmes » (« Jane Austen » in *Collected Essays*, vol. 2, éd. cit., p. 153-154).

Page 175.

1. À l'âge de Minta, V. Woolf ne pensait pas autre chose : « Quand j'avais vingt ans [...] j'étais absolument incapable de lire Shakespeare pour le plaisir ; à présent cela m'est une joie de penser en me promenant que je lirai le soir deux actes du *Roi Jean* et passerai ensuite à *Richard II* » (*Journal*, 15 août 1924).

Page 178.

1. « *Come out and climb the garden path...* » : ces vers, et les suivants sont extraits d'un poème de Charles Elton (1839-1900). Cet avocat, député et poète à ses heures, n'a jamais publié un seul de ses poèmes. Ami de la famille Strachey, il avait confié « Luriana, Lurilee » à Lytton, alors condisciple de Leonard Woolf à Cambridge. Ce dernier l'avait appris par cœur et le récitait volontiers au cours de ses promenades. V. Woolf s'est fiée à la mémoire de son mari pour introduire ces quelques vers dans son texte. Bien des années plus tard Vita Sackville-West et Harold Nicolson ont intégré « Luriana, Lurilee » à leur anthologie poétique, *Another World Than This* (London : Michael Joseph, 1945).

Page 181.

1. *La politique du Parti Travailliste :* fondé en 1893, le parti travailliste indépendant ne comptait encore que deux représentants aux Communes à la fin du XIXe siècle, les libéraux restant de loin le parti dominant « à gauche ». En 1900 certains syndicats s'unirent avec le parti travailliste indépendant pour former le « Comité de représentation travailliste », rebaptisé « parti travailliste » en 1906. Son secrétaire, Ramsay MacDonald, négocia avec les libéraux un pacte électoral visant à éviter une division de l'électorat progressiste et a favoriser l'élection de quelques candidats travaillistes. Les élections générales de 1906 furent un triomphe pour les libéraux et marquent l'émergence du parti travailliste (29 députés élus). Minoritaires mais renforcés par l'expansion considérable du mouvement syndical à partir de 1908 (date à laquelle on peut approximativement situer la première partie du roman), les travaillistes soutinrent activement la politique sociale des gouvernements libéraux contre l'opposition conservatrice. Au centre des débats à l'époque, leur projet de surtaxe sur les très hauts revenus et l'institution d'une taxe efficace sur les biens fonciers. Journaliste politique, Leonard Woolf était un membre actif du parti travailliste : secrétaire puis président de la Commission des affaires internationales de 1918 à 1946, et de la Commission des affaires coloniales

de 1924 à 1946. (Voir Duncan Wilson, *Leonard Woolf. A Political Biography*, Hogarth Press, 1978.)

Page 183.

1. *The walls of partition* : emprunt à saint Paul, Épître aux Éphésiens, II, 14 : « For he is our peace, who hath made both one, and hath broken down the middle wall of partition between us. » (« Car c'est lui qui est notre paix, lui qui des deux n'a fait qu'un peuple, détruisant la barrière qui les séparait. »)

Page 184.

1. Voir « Une esquisse du passé ». V. Woolf évoque ses querelles avec son cadet Adrian dans la nursery de la maison de Londres : « Je tenais beaucoup à savoir le feu presque éteint, parce que j'avais peur s'il brûlait encore après notre coucher. Je craignais cette petite flamme vacillante sur les murs ; mais elle plaisait à Adrian, et pour faire un compromis, Nurse drapait une serviette sur le pare-feu » (*Instants de vie*, éd. cit., p. 127).

2. Voir « Une esquisse du passé » : « Comme tous les enfants, je restais parfois éveillée et aspirais à [la] venue [de ma mère]. Alors elle me disait de penser à toutes les jolies choses que je pouvais imaginer. Arcs-en-ciel et cloches... » (*Instants de vie*, éd. cit., p. 134).

Page 185.

1. Un même verbe *(to cover up)* est employé pour désigner le geste de recouvrir le crâne de sanglier et celui de border James dans son lit. La répétition suggère que l'enfant est lui-même porteur d'un signe que Mrs Ramsay préférerait ignorer : la ressemblance avec le père dont témoigne sa volonté de regarder le crâne en face. Le retour du verbe, associé à un complément différent, signale en outre un infléchissement du discours : le refus de la mort a fait place à celui de l'altérité, l'angoisse à l'insatisfaction

Page 189.

1. *The China rose is all abloom and buzzing with the honey*

bee : reprise d'un vers de « Luriana, Lurilee » cité à la fin de la section 17. À noter que « honey » (miel) se substitue ici à « yellow » (jaune). La logique de cette substitution s'explique par ce qui suit directement. Le vers remémoré éveille des résonances dans l'esprit de Mrs Ramsay et provoque un jaillissement de signifiants non identifiés mais comparés à de petites lumières, « une rouge, une bleue, une jaune ». Il fallait bien que « honey » ou quelque autre signifiant emprunté à cette même série paradigmatique se substitue à « yellow » dans la citation pour que ce mot puisse être employé à propos d'un *autre signifiant* surgi en écho.

Page 190.

1. *Le livre :* un recueil poétique. Les citations insérées dans la suite du texte laissent supposer qu'il s'agit de *The Oxford Book of English Verse* (1900), très célèbre anthologie éditée par A. T. Quiller-Couch.

2. *Steer, hither steer your winged pines, all beaten Mariners :* V. Woolf réunit en un seul les deux premiers vers de « The Sirens' Song » (« Le Chant des Sirènes ») de William Browne of Tavistock (v. 1591 - v. 1643).

3. Le mode de lecture de Mrs Ramsay s'apparente à celui du lecteur cloué au lit par une grippe, tel que le définit V. Woolf dans « On Being Ill » (De l'état de maladie), essai écrit en 1926 : « Nous pillons les fleurs des poètes. Nous détachons un vers ou deux et les laissons s'épanouir dans les profondeurs de notre esprit » (voir *Collected Essays*, vol 4, éd. cit ; p. 199).

Page 191.

1. *Mucklebackit :* personnage de *The Antiquary* (1816), roman de Walter Scott de la série de *Waverley*. Mr Ramsay vient de lire les chapitres vingt-six à trente-quatre qui racontent la noyade d'un jeune pêcheur, Steenie Mucklebackit, la détresse de sa famille (hormis la grand-mère retombée en enfance) et l'émotion du personnage éponyme, Jonathan Oldbuck, venu présenter ses condoléances aux Mucklebackit et qui ne peut retenir ses larmes. Ce sexagénaire érudit, féru d'archéologie, excentrique, irascible et bourru présente bien des points

communs avec Mr Ramsay. Dans un bref essai écrit en 1906,
V. Woolf rapporte que son père aimait lire à haute voix, que
Scott était sans doute son auteur préféré et qu'il avait relu
« avec calme et satisfaction » la série de *Waverley* dans les dernières années de sa vie (« Impressions of Sir Leslie Stephen »).
V. Woolf a écrit quatre essais sur Scott, dont l'un, en 1924, est
entièrement consacré à *The Antiquary*. Tant ses louanges que
ses réserves recoupent celles de Mr Ramsay. Voir en particulier
la note suivante.

2. Avis partagé par V. Woolf : « Autant parler du cœur des
mouettes, des passions et complexités des cannes et des para-
pluies » (« The Antiquary » in *Collected Essays*, vol. 1, éd. cit.,
p. 140).

Page 192.

1. *Nor praise the deep vermilion in the rose :* ce vers et les
deux qui suivent sont extraits du sonnet 98 de Shakespeare :

> *Et je ne trouvai point les blancs lis admirables,*
> *Ni ne louai la rose à l'incarnat profond :*
> *Du délice ils n'étaient que les reflets aimables*
> *Dessinés d'après toi, d'eux tous le parangon !*
> *Pour moi c'était l'hiver toujours : en ton absence,*
> *Avec eux j'ai joué comme avec ta semblance.*

(Shakespeare, *Œuvres complètes*, vol. 1, Bibliothèque de la
Pléiade, 1959, traduction de Jean Fuzier, p. 117.)

Page 202.

1. Sur l'emploi des crochets dans cette deuxième partie, voir
la Genèse, p. 333.

2. *La lune des moissons :* eu égard au parallélisme précédem-
ment établi entre Mrs Ramsay et la lune des moissons (voir
p. 186) il est permis de lire en ces lignes une évocation méta-
phorique du rôle apaisant que jouait Mrs Ramsay auprès de
son mari à l'automne de sa vie. À signaler que, curieusement,
L. Stephen détestait la lune des moissons. Il y a insisté dans
Some Early Impressions (éd. cit., p. 30), le livre de souvenirs
écrit moins d'un an avant sa mort, édité et publié par V et

L. Woolf en 1924, soit quelques mois avant qu'elle ne commence son roman. L'image à laquelle V. Woolf a choisi d'associer le double fictif de Julia Stephen suggère qu'à ses yeux la maternelle douceur de sa mère pouvait bien répondre à la demande de L. Stephen mais non satisfaire son désir.

Page 203.

1. *Stretched his arms out one dark morning :* fait écho à un passage de *Suspiria de Profundis* (1845) de Thomas De Quincey, dans lequel ce dernier évoque la tentation du suicide, lorsque nous tendons les bras dans les ténèbres : « [we] stretch out our arms in darkness » (*Confessions of an English Opium Eater and Other Writings*, O.U.P., 1895, p. 120). V. Woolf a relu *Suspiria de Profundis* pendant l'été 1926. Magistrale expression du désarroi de Mr Ramsay, l'illogisme de cette première phrase entre crochets a été « corrigé » dans l'édition américaine du roman, le texte devenant : « Mr Ramsay [...] tendit les bras, mais Mrs Ramsay étant morte [..], ses bras, quoique tendus, restèrent vides. »

Page 209.

1. Stella Duckworth, fille aînée de Julia Stephen, se maria en avril 1897 et mourut d'une péritonite en juillet de la même année. Ele attendait un enfant. Le mariage en mai de son double fictif connote la superstition populaire : « Marry in May, repent alway » (Qui se marie en mai s'en repent à jamais).

Page 210.

1. Thoby Stephen, frère aîné de Virginia, mourut à vingt-six ans, en novembre 1906, d'une fièvre typhoïde contractée au cours d'un voyage en Grèce.

Page 229.

1. « *Seuls... Pérîmes* » *:* extraits de l'antépénultième vers de « The Castaway » (« Le Naufragé ») : « We perished, each alone / But I beneath a rougher sea / And whelmed in deeper

gulfs than he. » Ce poème de William Cowper (1731-1800) lui fut inspiré par un fait réel : un marin d'un navire anglais pris dans une tempête dans les parages du Cap Horn passa par-dessus bord. L'équipage, impuissant à lui porter secours, dut l'abandonner en pleine mer. Le narrateur du poème compare son propre sort à celui du malheureux marin. Dans l'essai qu'elle lui a consacré en 1929 (« Cowper et Lady Austen », *Collected Essays*, vol. 3, éd. cit., p. 181-187), V. Woolf évoque les nombreuses crises dépressives et tentatives de suicide de William Cowper à partir de l'âge de vingt et un ans.

Page 232.

1. Cette tragédie, V. Woolf l'évoquera plus longuement mais en termes similaires dans ses Mémoires. (Voir *Instants de vie*, éd. cit., p. 92-95.)

Page 233.

1. *Quarante-quatre ans :* l'âge exact de V. Woolf à l'époque où elle écrivait ce texte.

Page 238.

1. Au cours du dîner de la première partie, Mrs Ramsay avait ironisé sur la tendance de son mari à « parler bottines ». L'obsession de Mr Ramsay est liée à son amour de la marche et à sa nostalgie des longues randonnées solitaires de sa jeunesse.

Page 241.

1. Voir Première Épître de saint Pierre (V, 8) : « Votre partie adverse, le Diable, comme un lion rugissant, rôde, cherchant qui dévorer. »

Page 248.

1. Dans « Une esquisse du passé » V. Woolf développera ce concept de « moment d'être » révélant dans l'instant la forme occultée par la brume des apparences et fondant sa certitude

que « le monde entier est une œuvre d'art ; que nous participons à l'œuvre d'art » (*Instants de vie*, éd. cit., p. 115).

Page 250.

1. Voir « Réminiscences » : après la mort de Julia, puis celle de Stella, L. Stephen était devenu aux yeux de ses filles « le tyran à l'égoïsme inconcevable qui, à la beauté et à l'allégresse des mortes, avait substitué laideur et tristesse. Nous étions amères, dures et, dans une grande mesure, injustes ; mais maintenant encore il me semble qu'il y avait du vrai dans nos doléances » (*Instants de vie*, éd. cit., p. 85).

Page 254.

1. « *But I beneath a rougher sea* » : pénultième vers de « The Castaway ». (Voir ci-dessus n. 1, p. 229.)
2. V. Woolf déforme le dernier vers du poème : « Was whelmed... » au lieu de « And whelmed... ».

Page 261.

1. Voir n. 1, p. 96.

Page 264.

1. *Surbiton :* petite ville au sud-ouest de Londres, près de Hampton Court (voir n. 1, p. 268).
2. *Rickmansworth :* petite ville du Hertfordshire, au nord-ouest de Londres.

Page 265.

1. *Taxation des valeurs foncières et impôt sur le capital :* voir n. 1, p. 181. Ces propositions, que le gouvernement libéral d'Asquith soutenu par les travaillistes n'avait pu faire aboutir avant la guerre, revinrent au centre des débats après 1918.

Page 267.

1. *Raphaël* a peint de très nombreuses Madones : outre la *Madone Sixtine* (1513) (voir n. 1, p. 102), la *Madone du Belvédère*

(1506), la *Madone au chardonneret* (1506), la *Madone à la chaise* (1514-1515), etc.

Page 268.

1. *Hampton Court* : situé sur la rive gauche de la Tamise à une vingtaine de kilomètres au sud-ouest de Londres. Palais construit au début du xvie siècle par le cardinal Wolsey qui le donna plus tard à Henri VIII. Les bâtiments sont disposés autour de trois cours. À un petit jardin élisabéthain s'ajoutent d'autres jardins dessinés sous Charles Ier et Guillaume III ; ils comportent des fontaines et un remarquable labyrinthe.

Page 271.

1. Allusion à Excalibur, l'épée du roi Arthur. Mortellement blessé, Arthur ordonna à Sire Bedivere de jeter Excalibur dans le lac. Une main sortit de l'eau, prit l'épée et disparut. Voir Sir Thomas Malory, *Le Morte Darthur* (1485), et Alfred Tennyson, « Morte D'Arthur » (1842), vers 142-146.

Page 274.

1. Dans son *Journal* de 1923, V. Woolf note que dans les jours qui ont suivi l'annonce de la mort de Katherine Mansfield une image lui venait sans cesse à l'esprit : « Katherine mettant une couronne blanche et nous quittant, en réponse à un appel, pleine d'une dignité nouvelle, élue [...] Cette impression s'estompe. Je ne la vois plus continuellement avec sa couronne » (16 janvier 1923). Par ailleurs, l'ombre qui accompagne Mrs Ramsay connote la vision qu'avait eue la jeune Virginia au lendemain de la mort de sa mère, après l'avoir embrassée pour la dernière fois : « Il me sembla entrevoir un homme assis penché au bord du lit. » Stella, à qui Virginia s'était confiée, avait eu ce commentaire : « C'est bien qu'elle ne soit pas seule » (*Instants de vie*, éd. cit., p. 156).

2. *Standard, News :* deux quotidiens londoniens du soir.

Page 276.

1. Les dernières lignes de ce paragraphe connotent la chan-

son d'Ariel dans *La Tempête* de Shakespeare, Acte I, scène II :
« Par cinq brasses sous les eaux / Ton père étendu sommeille. /
De ses os naît le corail, / De ses yeux naissent les perles. / Rien
chez lui de périssable / Que le flot marin ne change / En tel ou
tel faste étrange, / Et les nymphes océanes / Sonnent son glas
d'heure en heure » (trad : Pierre Leyris et Elizabeth Holland,
in *Œuvres complètes*, vol. 2, Bibliothèque de la Pléiade, éd.
cit., p. 1486).

Page 279.

1. *Quel jardin ? :* le manuscrit holographe est plus explicite :
« Il y avait ce jardin [...] ce jardin miraculeux, où avant la chute
(et il partageait effectivement le temps entre l'espace d'avant la
catastrophe et l'espace d'après) même s'il ne faisait pas beau,
du moins personne n'était mélancolique comme ça » (éd. cit.,
p. 309).

2. V. Woolf prête à James un élément de ce qu'elle devait
définir en 1939 comme son tout premier et plus important souvenir : « Je suis au lit, à demi réveillée, dans la chambre des
enfants, à St Ives. J'entends les vagues qui se brisent [...] derrière un store jaune [...] la sensation, telle que je la formule
parfois pour moi-même, d'être à l'intérieur d'un grain de raisin
et de voir à travers une pellicule d'un jaune semi-translucide »
(*Instants de vie*, éd. cit., p. 98-100).

Page 284.

1. *Shapes of a world not realised : cf.* William Wordsworth,
« Ode : Intimations of Immortality » (1807) : « Blank misgivings
of a Creature / Moving about in worlds not realized » (str. 9).

Page 285.

1. Voir « Une esquisse du passé » : « [J'allais] au bureau de
mon père pour y prendre un autre livre. Là je trouvais mon père
qui se balançait dans son fauteuil à bascule, pipe à la bouche.
Lentement il prenait conscience de ma présence. Il se levait,
s'approchait des rayonnages pour remettre le livre à sa place
et me demandait gentiment ce que j'en avais pensé [...] Nous

discutions un moment, et puis, me sentant apaisée, stimulée, pleine d'amour pour cet homme solitaire, de grande classe, si détaché du monde, je redescendais au salon » (*Instants de vie*, éd. cit., p. 243-244).

Page 290.

1. *Cf.* ce que V. Woolf notait dans son *Journal* de l'époque : « Et si l'on pouvait saisir [ses pensées] avant qu'elles ne deviennent "des œuvres d'art" ? Les saisir à chaud, à l'instant même où elles surgissent à l'esprit [...] Bien sûr c'est impossible » (juillet 1926).

Page 293.

1. L. Stephen éprouvait à regarder Julia « le genre de plaisir qu'un chef-d'œuvre de la sculpture grecque doit procurer à qui est doué d'un grand sens artistique » (*Mausoleum Book*, éd. cit., p. 32). V. Woolf de même comparaît sa beauté à celle des statues « de la plus grande période de l'art grec » (*Instants de vie*, éd. cit., p. 53).

2. Voir « Réminiscences » : « [Ma mère] avait toujours eu un esprit pénétrant, impitoyable envers toute mauvaise foi et même trop enclin à soutenir qu'un sentiment doit pouvoir se traduire en action, ou sinon, qu'il est sans valeur » (*Instants de vie*, éd. cit., p. 32).

Page 294.

1. *Golder's Green* : quartier de la banlieue nord de Londres.

Page 296.

1. *Crinolines and peg-top trousers :* se retrouvent dans l'évocation par V. Woolf de la vie à Little Holland House, la maison de Thoby et Sara Prinsep, oncle et tante de Julia Stephen. (Voir *Instants de vie*, éd. cit., p. 144 et ci-dessus n. 2 p. 50.)

Page 300.

1. Ce paragraphe et le précédent font allusion au mythe de

Déméter et sa fille Perséphone. Les fleurs éparpillées par Prue rappellent celles que cueillait Perséphone au moment où Hadès surgit pour l'entraîner aux enfers. Par ailleurs Mrs Ramsay précède sa fille parmi des champs fertiles et des vallées riantes, telle Déméter, déesse de la végétation, reconduisant au début de l'été Perséphone à Hadès. S'agissant du troisième personnage qui, dans la vision de Lily, se joint soudain à Mrs Ramsay et Prue, le manuscrit était plus explicite : « Prue went ; Andrew went » (éd. cit., p. 345). Ainsi se trouvait souligné le parallélisme entre cette procession funèbre et celle conduite par Mr Ramsay au début de la troisième partie. En revanche, la référence explicite à Andrew obscurcissait l'allusion au mythe de Déméter et Perséphone. Dans la version définitive, la suppression du nom d'Andrew enrichit la signification du troisième personnage, dès lors susceptible de s'associer dans l'esprit du lecteur tant au fils mort de Mrs Ramsay qu'à l'ombre qui l'accompagnait déjà dans la section 7 (voir ci-dessus n. 1, p. 274).

Page 305.

1. *Soixante et onze ans :* l'âge de Leslie Stephen à sa mort.

Page 308.

1. *It is finished :* les dernières paroles du Christ sur la croix, dans la traduction anglaise de l'Évangile de saint Jean (XIX, 30). La formule, reprise au passé dans l'avant-dernière phrase du roman, avait déjà été employée dans la section 9 de la deuxième partie pour signaler la fin des travaux de Mrs McNab et de ses aides dans la maison. Ainsi le texte confère-t-il la beauté et le pathétique d'un acte d'amour et d'expiation suprêmes aux combats respectifs de Mrs McNab, Mr Ramsay et Lily.

*Tous les papiers utilisés pour les ouvrages
des collections Folio sont certifiés
et proviennent de forêts gérées durablement.*

*Impression Novoprint
à Barcelone, le 28 février 2023
Dépôt légal : mars 2023
1ᵉʳ dépôt légal dans la collection : juin 1996*

ISBN 978-2-07-038947-6 / Imprimé en Espagne

598541